Giuseppe
Tomasi
di Lampedusa
O Leopardo

Giuseppe Tomasi di Lampedusa
O Leopardo

Maurício Santana Dias
TRADUÇÃO E POSFÁCIO

Gioacchino Lanza Tomasi
TEXTOS DO APÊNDICE

COMPANHIA DAS LETRAS

Copyright © 1969, 2002 by Giangiacomo Feltrinelli Editore, Milão
Copyright dos textos do apêndice © 2006 by Gioacchino Lanza Tomasi
Copyright do posfácio © 2017 by Maurício Santana Dias
Publicado originalmente em 1958 por Giangiacomo Feltrinelli Editore
Todos os direitos reservados.

Grafia atualizada segundo o Acordo Ortográfico da Língua Portuguesa de 1990,
que entrou em vigor no Brasil em 2009.

Título original
Il Gattopardo

Capa e projeto gráfico
Victor Burton

Preparação
Silvia Massimini Felix

Revisão
Jane Pessoa
Angela das Neves

Dados internacionais de catalogação na publicação (CIP)
(Câmara Brasileira do Livro, SP, Brasil)

Tomasi di Lampedusa, Giuseppe, 1896-1957
    O Leopardo / Giuseppe Tomasi di Lampedusa;
tradução e posfácio Maurício Santana Dias. – 1ª ed. –
São Paulo: Companhia das Letras, 2017.

        Título original: Il Gattopardo.
        ISBN: 978-85-359-2890-7

        1. Ficção italiana I. Título.

17-01890   CDD-853

Índice para catálogo sistemático:
1. Ficção: Literatura italiana 853

5ª reimpressão

Todos os direitos desta edição reservados à
EDITORA SCHWARCZ S.A.
Rua Bandeira Paulista, 702, cj. 32
04532-002 – São Paulo – SP
Telefone: (11) 3707-3500
www.companhiadasletras.com.br
www.blogdacompanhia.com.br
facebook.com/companhiadasletras
instagram.com/companhiadasletras
twitter.com/cialetras

PRIMEIRA PARTE
Maio de 1860
8

SEGUNDA PARTE
Agosto de 1860
50

TERCEIRA PARTE
Outubro de 1860
90

QUARTA PARTE
Novembro de 1860
134

QUINTA PARTE
Fevereiro de 1861
188

SEXTA PARTE
Novembro de 1862
210

SÉTIMA PARTE
Julho de 1883
238

OITAVA PARTE
Maio de 1910
252

Posfácio
276

Apêndices
291

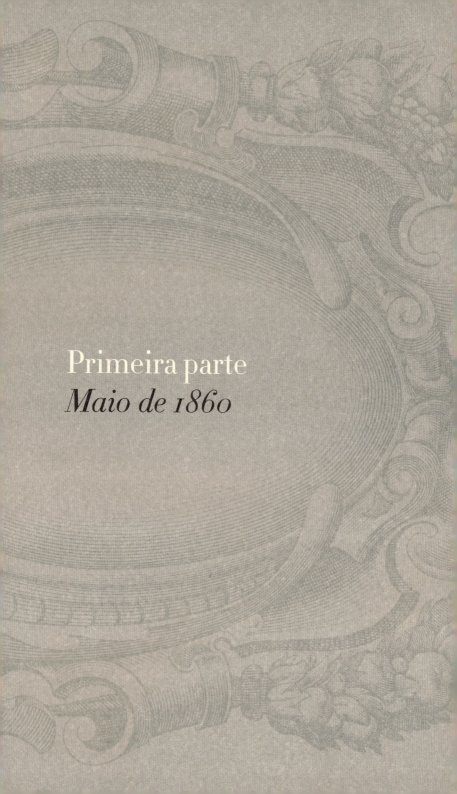

Primeira parte
Maio de 1860

"Nunc et in hora mortis nostrae. Amen."

O Rosário de todo dia chegara ao fim. Durante meia hora, a voz pacata do Príncipe recitara os Mistérios Dolorosos; durante meia hora, outras vozes, misturadas, tramaram uma algaravia ondejante sobre a qual se destacaram as flores de ouro de palavras incomuns: amor, virgindade, morte; e enquanto durou aquela algaravia o salão rococó pareceu ter mudado de aspecto — até os papagaios com suas asas iriadas sobre a seda da tapeçaria se mostravam intimidados; mesmo a Madalena, entre duas janelas, parecia uma penitente, e não uma loura linda absorta em sabe-se lá que devaneios, como sempre era vista.

Agora, silenciada a voz, tudo retornava à ordem, à desordem habitual. Pela porta por onde os criados haviam saído, o alano Bendicò, triste por ter sido excluído, entrou e abanou a cauda. As mulheres se levantaram lentamente, e o oscilante repuxo de suas saias pouco a pouco deixava à vista os nus mitológicos que se desenhavam sobre o fundo leitoso dos ladrilhos. Permaneceu encoberta apenas uma Andrômeda a quem a batina do Padre Pirrone, atardado em suas orações adicionais, impediu por um bom tempo a visão do prateado Perseu que, sobrevoando as vagas, se apressava ao socorro e ao beijo.

No afresco do teto, as divindades despertaram. As fileiras de Tritões e de Dríades que dos montes e dos mares, entre nuvens púrpuras e lilases, precipitavam-se sobre uma Conca d'Oro[*] transfigurada a fim de exaltar a glória da casa Salina, surgiram de repente tão cheias de júbilo que negligenciaram as mais simples regras da perspectiva; e os Deuses maiores, os Príncipes entre os

---

[*] *Conca d'Oro (Concha de Ouro) é o nome da planície sobre a qual se encontra Palermo e arredores.*

Deuses, Júpiter fulgurante, Marte carrancudo, Vênus lânguida, os quais haviam precedido a turba dos menores, carregavam de bom grado o brasão azul com o Leopardo. Eles sabiam que agora, por vinte e três horas e meia, tornariam a ser os senhores da vila. Nas paredes, os macacos voltaram a fazer caretas para as cacatuas.

Debaixo daquele Olimpo palermitano, também os mortais da casa Salina desciam depressa das esferas místicas. As jovens ajeitavam as dobras dos vestidos, trocavam olhares azulados e palavras do jargão do internato; havia mais de um mês, desde o dia dos "motins" de Quatro de Abril, por prudência elas haviam sido trazidas do convento e estavam saudosas dos dormitórios baldaquinados e da intimidade coletiva com o Salvador. Os meninos se estapeavam pela posse de uma imagem de São Francisco de Paula; o duque Paolo, o primogênito, o herdeiro, já estava com vontade de fumar e, temeroso de fazê-lo na presença dos pais, apalpava no bolso a palha trançada do porta-charutos; em seu rosto emaciado aflorava uma melancolia metafísica; o dia tinha sido ruim: Guiscardo, o baio irlandês, pareceu-lhe desanimado, e Fanny não encontrara maneira (ou vontade?) de passar-lhe o habitual bilhetinho cor de violeta. Para quê, pois, o Redentor encarnara? Com ansiosa prepotência, a Princesa deixou cair secamente o rosário na bolsa bordada de azeviche, enquanto seus belos olhos obcecados espreitavam os filhos servos e o marido tirano, para o qual seu minúsculo corpo pendia numa vã aflição de domínio amoroso.

Nesse meio-tempo, ele, o Príncipe, punha-se de pé: o choque de seu peso de gigante fazia o assoalho trepidar, e seus olhos muito claros refletiram num relance o orgulho por essa confirmação de seu senhorio sobre homens e construções. Agora repousava o enorme Missal vermelho na cadeira que estivera à sua frente durante a recitação do Rosário, recolhia o lenço sobre o qual pousara o joelho e, um tanto de mau humor, anuviou o olhar quando reviu a manchinha de café que desde a manhã ousava interromper a vasta brancura do colete.

Não que fosse gordo: era simplesmente imenso e fortíssimo; sua cabeça roçava (nas casas habitadas pelos comuns dos mortais) a roseta inferior dos lampadários; seus dedos podiam amassar como papel de seda as moedas de um ducado; e, entre a vila Salina e o ateliê de um ourives, havia um frequente vaivém para reparar garfos e colheres que, à mesa, sua ira contida o fazia constantemente entortar. No entanto, aqueles dedos também sabiam ser de um toque extremamente delicado ao apalpar e acariciar, e disso se recordava em dano próprio Maria Stella, a esposa; e assim os parafusos, os aros, os botões esmerilhados dos telescópios, as lunetas e os "buscadores de cometas" que lá no alto, em cima da vila, apinhavam seu observatório particular mantinham-se intactos sob o manuseio suave. Os raios do sol poente daquela tarde de maio acendiam o colorido rosado e a pelagem cor de mel do Príncipe, que denunciavam a origem alemã de sua mãe, a princesa Carolina, cuja altivez havia congelado, trinta anos antes, a Corte sem requinte das Duas Sicílias. Mas em seu sangue fermentavam outras essências germânicas, bem mais incômodas para aquele aristocrata siciliano de 1860 do quanto pudessem ser atraentes a pele muito branca e os cabelos louros em um ambiente de oliváceos e corvinos: temperamento autoritário, certa rigidez moral, propensão a ideias abstratas que, no habitat gelatinoso da sociedade palermitana, se transformaram em prepotência voluntariosa, eternos escrúpulos morais e desprezo pelos parentes e amigos que, a seu ver, seguiam à deriva no lento rio do pragmatismo siciliano.

Primeiro (e último) de uma estirpe que por séculos jamais soubera sequer fazer a soma das próprias despesas e a subtração dos próprios débitos, tinha forte e genuína propensão às matemáticas; aplicara-as à astronomia e disso auferira suficiente reconhecimento público e deleitosas alegrias privadas. Basta dizer que, nele, orgulho e análise matemática se associaram a tal ponto que lhe deram a ilusão de que os astros obedeciam a seus cálculos (como de fato pareciam fazer) e que os dois pequenos planetas que havia descoberto (aos quais chamara Salina e Svelto, assim como seu feudo e um inesquecível perdigueiro que tivera) propagavam a fama de sua casa pelas plagas estéreis entre Marte e Júpiter, e que, portanto, os afrescos da vila eram mais uma profecia que uma adulação.

Solicitado de um lado pelo orgulho e o intelectualismo materno, de outro, pela sensualidade e leviandade do pai, o pobre Príncipe Fabrizio vivia em eterno descontentamento apesar da catadura jupiteriana, contemplando a ruína da própria casta e do patrimônio sem esboçar nenhuma iniciativa e com vontade ainda menor de tentar repará-la.

Aquela meia hora entre o Rosário e o jantar era um dos momentos menos irritantes do dia, e ele antegozava horas antes essa calma, se bem que duvidosa.

Precedido por um Bendicò excitadíssimo, desceu a pequena escada que levava ao jardim. Encerrado entre três muros e um lado da vila, a reclusão do espaço conferia-lhe um aspecto cemiterial, acentuado pelos montículos paralelos que margeavam os canaletes de irrigação e pareciam túmulos de gigantes delgados. No terreno avermelhado as plantas cresciam em densa desordem, as flores despontavam onde Deus quisesse e as sebes de murta pareciam dispostas mais para impedir que orientar os passos. Ao fundo, uma Flora manchada de liquens amarelo-escuros exibia resignada seus hábitos mais que seculares; nas laterais, dois bancos sustentavam almofadas dobradas e trabalhadas, também elas de mármore gris, e num canto o dourado de uma acácia impunha sua alegria intempestiva. De cada pedaço de terra emanava a sensação de um desejo de beleza logo esmorecido pela preguiça.

Mas o jardim, comprimido e macerado entre suas barreiras, exalava perfumes untuosos, carnais e levemente apodrecidos, como os chorumes aromáticos destilados das relíquias de certas santas; os cravos sobrepunham seu aroma apimentado ao odor protocolar das rosas e ao oleoso das magnólias que vicejavam nos cantos; e bem ao fundo também se percebia o perfume da menta misturado ao odor infantil da acácia e ao doce e frutado da murta, e para além do muro a plantação de cítricos transbordava a fragrância de alcova das primeiras floradas.

Era um jardim para cegos: a visão era constantemente maltratada, mas dele o olfato podia extrair um considerável prazer, embora não delicado. As rosas *Paul Neyron*, cujas mudas ele mesmo adquirira em Paris, haviam degenerado: primeiro excitadas e depois extenuadas pelos sucos vigorosos e indolentes da terra siciliana, queimadas pelos julhos apocalípticos, se transmudaram numa espécie de couve cor de carne, obscenas, mas destilando um aroma denso quase torpe, que nenhum criador francês jamais teria ousado imaginar. O Príncipe levou uma delas ao nariz e teve a impressão de cheirar a coxa de uma bailarina da Ópera. Bendicò, a quem ela também foi ofertada, retraiu-se nauseado e correu a buscar sensações mais salubres entre o adubo e algumas lagartixas mortas.

O LEOPARDO

13

Para o Príncipe, porém, o jardim perfumado propiciou sombrias associações de ideias. "Agora o cheiro é bom, mas um mês atrás..."

Recordava o asco que os bafios adocicados haviam difundido em toda a vila antes que fosse removida sua causa: o cadáver de um jovem soldado do Quinto Batalhão Caçadores que, ferido na refrega de San Lorenzo contra as forças rebeldes, viera morrer sozinho sob um limoeiro. Fora encontrado de bruços em meio ao trevo cerrado, o rosto afundado no sangue e no vômito, as unhas cravadas na terra, coberto de formigões; e, sob as bandoleiras, os intestinos arroxeados haviam formado uma poça. Foi Russo, o administrador, quem encontrou aquela coisa despedaçada, desemborcou-a, escondeu-lhe o rosto com seu grande lenço vermelho, empurrou com um graveto as vísceras para dentro do rasgo do ventre e, por fim, cobriu a ferida com as abas verdes do sobretudo, cuspindo sem parar de tanto nojo — não propriamente em cima, mas bem perto do corpo. Tudo isso com perturbadora perícia. "O fedor dessas pragas não passa nem quando estão mortas", dizia. Tinha sido a única homenagem àquela morte desamparada. Quando depois seus companheiros de armas o levaram embora entorpecidos (e, claro, o arrastaram pelos ombros até a carroça, de modo que o enchimento do boneco transbordara novamente), um "De Profundis" pela alma do desconhecido foi acrescentado ao Rosário vespertino; e não se falou mais disso, tendo se declarado satisfeita a consciência das mulheres da casa.

Dom Fabrizio foi raspar um pouco de líquen dos pés da Flora e se pôs a caminhar para lá e para cá. O sol baixo projetava sua sombra imensa sobre os canteiros funestos. De fato, não se falara mais do morto; e, afinal, os soldados são soldados justamente para morrer em defesa do Rei. No entanto, a imagem daquele corpo destripado reaparecia com frequência em sua lembrança, como a demandar que se lhe desse paz do único modo possível ao Príncipe: superando e justificando seu sofrimento extremo em nome de uma necessidade geral. Porque morrer por alguém ou por alguma coisa, tudo bem, é normal; mas é preciso saber ou, pelo menos, ter certeza de que se sabe por quem ou por que se morreu; era isso que pedia aquela face desfigurada, e precisamente aqui começava a névoa.

"Mas ele morreu pelo Rei, caro Fabrizio, é óbvio", teria respondido seu cunhado Màlvica se Dom Fabrizio o tivesse interrogado — aquele Màlvica sempre escolhido como porta-voz da turba de amigos. "Pelo Rei, que representa a ordem, a continuidade, a decência, o direito, a honra; pelo Rei, o único a defender a Igreja, o único a impedir a dissolução da propriedade, meta última da 'seita'."

Belas palavras estas, que indicavam tudo o que era caro ao Príncipe até as raízes do coração. Mas algo ainda destoava. O Rei, tudo bem. Ele conhecia bem o Rei, pelo menos aquele que morrera havia pouco; o atual não passava de um seminarista vestido de general. E de fato não valia muito. "Mas isso não é raciocinar, Fabrizio", rebatia Màlvica, "um determinado soberano pode não estar à altura, mas a ideia monárquica permanece sendo o que é; ela está desvinculada das pessoas." "Isso também é verdade; mas os Reis que encarnam uma ideia não podem, não devem descer por gerações abaixo de certo nível; caso contrário, meu caro cunhado, a ideia também sofre."

Sentado em um banco, contemplava inerte a devastação que Bendicò operava nos canteiros; de vez em quando o cão virava os olhos inocentes para ele como se quisesse ser louvado pelo trabalho feito: catorze cravos despedaçados, meia sebe arrancada, um canalete obstruído. Parecia realmente um cristão. "Meu caro Bendicò, venha aqui." E o bicho acorria, pousava as narinas terrosas em sua mão, ansioso para lhe mostrar que o perdoava pela tola interrupção do belo trabalho executado.

As audiências, as muitas audiências que o Rei Ferdinando lhe havia concedido, em Caserta e em Nápoles, em Capodimonte, em Portici, no quinto dos infernos...

Ao lado do camareiro de serviço que o conduzia conversando, com o bicorne sob o braço e as mais recentes vulgaridades napolitanas nos lábios, percorriam-se intermináveis salas de arquitetura magnífica e mobiliário repugnante (exatamente como a monarquia dos Bourbon), penetrava-se em passagens meio sujas e escadinhas malconservadas, desembocando-se numa antecâmara onde muita gente aguardava: caras amarradas de esbirros, caras ávidas de solicitantes com cartas de recomendação. O camareiro se desculpava, ajudava-o a contornar o obstáculo da gentalha e o conduzia até outra antecâmara, reservada às pessoas da Corte — uma saleta azul e prateada; e, depois de uma breve espera, um criado batia de leve na porta e era-se admitido diante da Augusta Presença.

O gabinete privado era pequeno e artificiosamente simples: nas paredes pintadas de branco, um retrato do Rei Francisco I e outro da atual Rainha, de aspecto azedo; acima da lareira, uma Madona de Andrea del Sarto parecia estarrecida ao ver-se circundada por litografias coloridas representando santos de terceira ordem e santuários napolitanos; sobre uma mísula, um Menino Jesus de cera com uma chaminha acesa na frente; e, sobre a imensa escrivaninha, papéis brancos, papéis amarelos, papéis azuis: toda a administração do Reino na reta final, da assinatura de Sua Majestade (D. G.).

Por trás da barreira da papelada, o Rei. Já de pé, para não ser forçado a mostrar-se no momento em que se levantava; o Rei, com o carão mortiço entre as suíças alouradas, com aquele capote militar de tecido áspero sob o qual escapava a catarata violácea das calças frouxas. Dava um passo à frente com a mão direita já estendida para o beija-mão que depois recusaria. "Salve, Salina, felizes estes olhos que o veem." O sotaque napolitano era bem mais saboroso que o do camareiro. "Peço a Vossa Majestade Real que me perdoe se não me apresento em trajes de Corte; estou apenas de passagem por Nápoles e não queria deixar de vir reverenciar Vossa Pessoa." "Imagine, Salina, você sabe que Caserta é como sua casa. Sua casa, com certeza", repetia, sentando-se atrás da escrivaninha e demorando-se um instante em oferecer assento à visita.

"E as pequenas, como vão?" O Príncipe entendeu que precisava desfazer o equívoco ao mesmo tempo lascivo e hipócrita. "As pequenas, Majestade? Na minha idade, e sob o vínculo sagrado do matrimônio?" A boca do Rei torceu-se num riso, enquanto as mãos irritadas organizavam os papéis. "Eu jamais me permitiria, Salina. Perguntava das suas pequenas, das Princesinhas. Concetta, nossa querida afilhada, já deve estar grande agora, uma senhorita."

Da família passou-se à ciência. "Salina, você honra não só a si próprio, mas a todo o Reino! Que excelente coisa é a ciência quando não lhe dá na veneta atacar a religião!" Em seguida, porém, a máscara do amigo era deixada de lado e se adotava a do Soberano Severo. "Me diga, Salina, o que se fala de Castelcicala na Sicília?" Dom Fabrizio se esquivava: tinha ouvido dizer

O LEOPARDO

17

o diabo a respeito dele, tanto da parte monarquista quanto da liberal, mas não queria trair o amigo e por isso se mantinha em generalidades. "Um grande cavalheiro, com uma gloriosa ferida, talvez um tanto idoso para os encargos da Lugar-Tenência." O Rei cerrava o cenho: Salina não queria se prestar a espião, portanto Salina não valia nada para ele. Apoiando as mãos na escrivaninha, preparava-se para dispensá-lo. "Tenho muito trabalho; todo o Reino recai nestes meus ombros." Era a hora de dar o torrão de açúcar, e a máscara do amigo tornou a sair da gaveta: "Quando passar de novo por Nápoles, Salina, traga Concetta para uma visita à Rainha. Eu sei, ela é jovem demais para ser apresentada à Corte, mas nada nos impede um almocinho particular. *Maccarrune e belle guaglione,** como se diz. Adeus, Salina, passe bem".

Certa vez, no entanto, a despedida fora ruim. Dom Fabrizio já havia feito a segunda reverência enquanto recuava, quando o Rei tornou a chamá-lo: "Salina, ouça bem. Ouvi dizer que você tem más companhias em Palermo. Aquele seu sobrinho Falconeri... por que não põe a cabeça dele no lugar?". "Majestade, mas Tancredi só se interessa por mulheres e cartas." O Rei perdeu a paciência. "Salina, Salina, você está louco? O responsável é você, o tutor. Diga a ele que cuide do pescoço. Adeus."

Repercorrendo o itinerário ostentosamente ordinário para ir assinar o registro da Rainha, o desânimo o invadiu. A cordialidade plebeia o deprimira tanto quanto o rosnado policiesco. Sorte daqueles seus amigos que interpretavam a familiaridade como amizade, a ameaça como poderio real. Ele, não. E, enquanto esgrimia fofocas com o impecável camareiro, ia se perguntando quem estaria destinado a suceder essa monarquia

---

* *"Macarrão e belas garotas", ditado napolitano.*

que mostrava os sinais da morte no rosto. O Piemontês, o assim chamado Cavalheiro que fazia tanto barulho em sua pequena e afastada capital?* Não daria na mesma? Dialeto piemontês em vez de napolitano — e só.

Aproximou-se do registro. Firmou: Fabrizio Corbèra, Príncipe de Salina.

Ou seria a República de dom Peppino Mazzini?** "Obrigado, passarei a ser o sr. Corbèra."

A longa jornada de volta não o acalmou. Nem sequer o encontro marcado com Cora Danòlo foi capaz de consolá-lo.

Se as coisas estavam nesse pé, o que se podia fazer? Agarrar-se ao que existia sem dar saltos no escuro? Então eram necessários os estouros secos dos disparos, tal como haviam estalado havia pouco tempo numa praça desolada de Palermo; mas de que serviam também os disparos? "Não se chega a nada com esses *bang, bang!* Não é mesmo, Bendicò?"

"*Blem, blem, blem!*", tocava o sino que anunciava o jantar. Bendicò corria com água na boca, já prevendo o repasto. "Um Piemontês sem tirar nem pôr!", pensava Salina ao subir a escada.

O jantar na vila Salina era servido com o fausto desbeiçado que então era o estilo do Reino das Duas Sicílias. O número de comensais (eram catorze, entre os donos da casa, filhos, governantas e preceptores) por si só bastava para conferir imponência à

---

* *Referência a Vittorio Emanuele II (1820-78), então rei da Sardenha, príncipe do Piemonte e, dali a pouco, rei da Itália unificada.*
** *Giuseppe Mazzini (1805-72), revolucionário e político republicano, um dos expoentes da Unificação italiana.*

mesa. Coberta por uma fina toalha já cerzida, ela resplendia sob a luz de um potente candeeiro precariamente pendurado sob a ninfa, debaixo do lampadário de Murano. Pelas janelas ainda entrava luz, mas as figuras brancas contra o fundo escuro das sobreportas, simulando baixos-relevos, já se perdiam na sombra. Maciça era a prataria, e esplêndidas as taças, que traziam no medalhão liso entre as ranhuras de Boêmia as iniciais *F. D.* (*Ferdinandus dedit*), em lembrança de uma munificência real; mas os pratos, cada um marcado por uma insígnia ilustre, eram apenas sobreviventes dos massacres cometidos por ajudantes de cozinha e provinham de serviços díspares. Os de formato maior, delicados Capodimonte com uma larga borda verde-amêndoa decorada por pequenas âncoras douradas, eram reservados ao Príncipe, que apreciava ter ao redor de si tudo em escala, exceto a esposa. Quando entrou na sala de jantar, todos já estavam reunidos, somente a Princesa sentada, os outros de pé, atrás de suas cadeiras. Diante de seu assento, ladeados por uma coluna de pratos, alargavam-se os flancos prateados da enorme sopeira cuja tampa era encimada pelo Leopardo dançante. O Príncipe tratava de revolver a sopa, tarefa aprazível, símbolo dos encargos nutrizes do *pater familias*. Naquela noite, porém, como havia tempos não acontecia, ouviu-se o retinir ameaçador da concha contra o interior da sopeira; sinal de grande cólera, apesar de contida, e um dos rumores mais terríveis que houvesse, como diria quarenta anos depois um filho remanescente: o Príncipe percebera que Francesco Paolo, de dezesseis anos, não estava em seu lugar. O rapaz entrou imediatamente ("desculpe, papai") e se sentou. Não sofreu nenhuma censura, mas Padre Pirrone, que desempenhava mais ou menos as funções de cão de guarda, inclinou a cabeça e rezou a Deus. A bomba não explodiu, mas o vento de sua passagem congelara a mesa, e o jantar estava irremediavelmente arruinado. Enquanto se comia em silêncio, os olhos azuis do Príncipe, levemente estreitos entre as pálpebras semicerradas, fixavam os filhos um a um e os emudeciam de medo.

Qual o quê! "Bela família", pensava. As mulheres roliças, esbanjando saúde, com suas covinhas maliciosas e, entre a testa e o nariz, aquela tal expressão, a marca atávica dos Salina. Os homens magros mas fortes manejavam os talheres com ímpeto controlado. Um deles estava ausente havia dois anos, Giovanni, o segundo mais velho, o mais amado, o mais arredio. Um belo dia desaparecera de casa e dele não se teve notícia por dois meses. Até que chegou uma carta de Londres, fria e respeitosa, na qual ele pedia desculpas pelos transtornos causados, dizia que gozava de boa saúde e afirmava, estranhamente, preferir a modesta vida de empregado numa fábrica de carvão à existência "demasiado cuidada" (leia-se: controlada) entre os confortos palermitanos. A lembrança e a aflição pelo jovem errante na névoa esfumaçada daquela cidade herética alfinetaram cruelmente o coração do Príncipe, que sofreu muito. E ficou ainda mais sombrio.

Tão sombrio que a Princesa, sentada a seu lado, estendeu-lhe a mão infantil e acariciou a poderosa patorra que repousava sobre a toalha. Um gesto imprevisto, que desencadeou uma série de sensações: irritação por ser objeto de pena, sensualidade despertada, mas não mais direcionada a quem a despertara. Num relance, impôs-se ao Príncipe a imagem de Mariannina com a cabeça afundada no travesseiro. Subiu a voz secamente: "Domenico", disse a um criado, "diga a dom Antonino para atrelar os baios ao cupê; desço a Palermo logo após o jantar". Mirando os olhos da mulher, que se tornaram de vidro, arrependeu-se do que havia ordenado, mas, como era impensável o recuo de uma disposição dada, insistiu, inclusive acrescentando o escárnio à crueldade: "Padre Pirrone, venha comigo, estaremos de volta às onze; o senhor poderá passar duas horas no Mosteiro com seus amigos".

Ir a Palermo à noite, e naqueles tempos de desordens, parecia algo obviamente sem sentido, a menos que se tratasse de uma aventura galante de baixo nível: de resto, tomar como companheiro o religioso da casa era de uma prepotência ofensiva. Pelo menos Padre Pirrone entendeu assim e se ofendeu; mas, naturalmente, aquiesceu.

Mal a última nêspera fora engolida quando se escutou o rolar da carruagem sob o átrio; enquanto na sala um camareiro estendia a cartola a Dom Fabrizio e o tricorne ao Jesuíta, a Princesa já com lágrimas nos olhos fez uma última tentativa, absolutamente vã: "Mas Fabrizio, nestes tempos... com as estradas cheias de soldados, cheias de arruaceiros, pode acontecer uma desgraça". Ele deu risada. "Tolices, Stella, tolices; o que pode me acontecer? Todos aqui me conhecem: homens altos que nem eu são raros em Palermo. Até mais." E beijou apressado a fronte ainda lisa que estava à altura de seu queixo. Entretanto, fosse porque o cheiro da pele da Princesa lhe evocasse ternas recordações, fosse porque atrás dele o passo penitencial de Padre Pirrone lhe houvesse evocado pias admoestações, quando chegou diante do cupê viu-se de novo a ponto de cancelar o passeio. Naquele momento, já com a boca aberta para mandar recolher os cavalos à estrebaria, um grito repentino — "Fabrizio, meu Fabrizio!" — chegou da janela superior, acompanhado de gritos agudos. A Princesa estava tendo uma de suas crises histéricas. "Vamos!", disse ao cocheiro, já a postos na boleia com o chicote atravessado sobre o ventre. "Em frente, vamos a Palermo deixar o Reverendo no Mosteiro." E bateu a porta antes que o camareiro pudesse fechá-la.

* * *

Ainda não era noite fechada e, estreita entre os altos muros, a estrada se alongava branquíssima. Assim que se saía da propriedade Salina, divisava-se, à esquerda, a semidestruída vila dos Falconeri pertencente a Tancredi, seu sobrinho e pupilo. Um pai perdulário, marido da irmã do Príncipe, havia dissipado todos os bens e depois morrera. Fora uma daquelas ruínas completas, em que até os fios de prata dos galões das librés são mandados para a fundição; e, com a morte da mãe, o Rei tinha confiado a tutela do órfão de catorze anos ao tio Salina. O rapaz, antes quase desconhecido, tornou-se muito amado ao irascível Príncipe, que nele percebia uma alegria indomável e um temperamento frívolo, às vezes contrariado por súbitas crises de seriedade. Sem confessar a si mesmo, preferiria tê-lo como primogênito em lugar do tonto Paolo. Agora, aos vinte anos, Tancredi levava uma vida boa com o dinheiro que o tutor não lhe negava, tirando até do próprio bolso. "Vai saber o que aquele lá anda aprontando agora", pensava o Príncipe enquanto margeava a vila Falconeri, à qual a enorme buganvília, transbordando para fora da cancela suas cascatas de seda episcopal, conferia um abusivo aspecto de fausto na escuridão.

"Vai saber o que anda aprontando." Porque, quando o Rei Ferdinando lhe falara das más companhias do jovem, fizera mal em dizê-lo, mas de fato estava com a razão. Preso numa rede de amigos jogadores, de amigas — como se dizia — "de má conduta", dominados por seu fascínio delgado, Tancredi chegara a ponto de nutrir simpatia pelas "seitas", de ter relações com o Comitê Nacional secreto; talvez tirasse dinheiro dali também, assim como tirava da Caixa Real. E foi preciso do bom e do melhor, foram necessárias várias visitas ao cético Castelcicala e ao demasiado cortês Maniscalco para evitar que o rapaz tivesse graves problemas depois do Quatro de Abril. Nada disso era bom; por outro lado, aos olhos do tio, Tancredi jamais cometia erros, portanto a verdadeira culpa era dos tempos, desses tempos inconsequentes em que um jovem de boa família não estava livre para jogar cartas sem tropeçar em amizades comprometedoras. Tempos horríveis.

"Tempos horríveis, Excelência." A voz de Padre Pirrone ressoou como um eco de seus pensamentos. Espremido num canto do cupê, premido pela massa do Príncipe, dobrado pela prepotência do Príncipe, o Jesuíta sofria no corpo e na consciência e, homem não medíocre que era, transferia de imediato suas penas efêmeras ao mundo duradouro da história. "Veja, Excelência", e apontava os montes íngremes da Conca d'Oro ainda claros naquele último crepúsculo. Em seus flancos e nos cimos ardiam dezenas de luzeiros, as fogueiras que as "tropas" rebeldes acendiam toda noite, silenciosa ameaça à cidade régia e conventual. Pareciam aquelas luzes que se veem arder nos aposentos de doentes graves durante as noites extremas.

"Estou vendo, Padre, estou vendo", e pensava que Tancredi talvez estivesse à volta de um daqueles fogos cruéis, atiçando com as mãos aristocráticas a brasa que queimava justamente para desgastar as mãos daquele modo. "De fato sou um ótimo tutor, com um protegido fazendo qualquer bobagem que lhe dá na veneta."

A estrada agora seguia em ligeira descida, e se avistava Palermo já perto, completamente no escuro. Suas casas baixas e cerradas eram oprimidas pelo volume desmesurado dos conventos; havia dezenas deles, todos enormes, em geral associados em grupos de dois ou três, conventos de homens e de mulheres, conventos ricos e conventos pobres, conventos nobres e conventos plebeus, conventos de Jesuítas, de Beneditinos, de Franciscanos, de Capuchinhos, de Carmelitas, de Redentoristas, de Agostinianos... Cúpulas depauperadas de curvas incertas semelhantes a seios esvaziados de leite se erguiam ainda mais acima, mas eram eles, os conventos, que conferiam à cidade seu aspecto sombrio e seu caráter, seu decoro e também o sentimento de morte que nem a frenética luz siciliana jamais conseguia dissipar. Além disso, àquela hora, já quase noite feita, eles eram os déspotas do panorama. E era contra eles que na verdade se haviam acendido as fogueiras das montanhas, atiçadas por homens de resto muito parecidos aos que viviam nos conventos, fanáticos como eles, fechados como eles, como eles ávidos de poder e, como é regra, de ócio.

Era nisso que pensava o Príncipe enquanto os baios prosseguiam o passo na descida; pensamentos em contraste com sua verdadeira essência, gerados pela ansiedade quanto ao destino de Tancredi e pelo estímulo sensual que o induzia a revoltar-se contra as constrições que os conventos encarnavam.

De fato, a estrada agora atravessava os laranjais em flor, e o aroma nupcial dos brotos anulava qualquer coisa, assim como o plenilúnio anula uma paisagem: o cheiro dos cavalos suados, o cheiro de couro dos revestimentos, o cheiro de Príncipe e o cheiro de Jesuíta, tudo era eliminado por aquele perfume islâmico que evocava huris e aléns carnais.

Padre Pirrone também se comoveu. "Que belo país poderia ser este, Excelência, se..." "Se não houvesse tantos Jesuítas", pensou o Príncipe, que pela voz do padre interrompera presságios de puro deleite. E logo se arrependeu da vilania não consumada e, com a mão poderosa, bateu no tricorne do velho amigo.

Na entrada dos subúrbios da cidade, na vila Airoldi, uma patrulha parou a viatura. Vozes da Apúlia, vozes de Nápoles entoaram o "alto!", e imensas baionetas relampearam sob a luz vacilante de uma lanterna; mas um suboficial logo reconheceu Dom Fabrizio, que estava em seu canto com a cartola sobre os joelhos. "Desculpe, Excelência, podem passar." Aliás, mandou um soldado subir na boleia para que ele não fosse perturbado em outros postos de bloqueio. Com a sobrecarga, o cupê avançou mais lento, contornou a vila Ranchibile, ultrapassou Terrerosse e os hortos de Villafranca, entrou na cidade pela Porta Maqueda. No Café Romeres de Quattro Canti di Campagna, os oficiais dos destacamentos de guarda se divertiam e sorviam granitas enormes. Mas foi o único sinal de vida da cidade: as ruas estavam desertas, e nelas ressoava apenas o passo cadenciado das rondas que passavam com as bandoleiras brancas cruzadas sobre o peito. Nas laterais, o baixo contínuo dos conventos, a Abadia del Monte, os Estigmas, os Crucíferos, os Teatinos, paquidérmicos, negros como o piche, imersos em um sono que se assemelhava ao nada.

"Daqui a duas horas passarei para buscá-lo, Padre. Boas orações."

E o pobre Pirrone bateu à porta do convento, confuso, enquanto o cupê se distanciava pelas vielas.

Deixada a viatura em seu palácio, o Príncipe dirigiu-se a pé ao local que buscava. A rua era curta, mas o bairro, mal-afamado. Soldados em uniforme completo, que decerto haviam escapado às escondidas dos destacamentos de bivaque nas praças, saíam com olhos esmerilhados das casinhas baixas em cujas graciosas sacadas um vaso de manjericão explicava a facilidade com que tinham entrado. Rapagões sinistros com calças largas brigavam nas tonalidades baixas dos sicilianos enfurecidos. De longe chegava o rumor de disparos feitos por sentinelas nervosos. Superado esse trecho, a rua margeou a Cala: no velho porto pesqueiro, as barcas semipútridas oscilavam com o aspecto desolado dos cães sarnentos.

"Sou um pecador, eu sei, duplamente pecador: perante a lei divina e perante o afeto humano de Stella. Disso não há dúvida, e amanhã me confessarei ao Padre Pirrone." Sorriu para si pensando que talvez fosse supérfluo, tão certo devia estar o Jesuíta de suas ações de hoje; depois, o espírito de tergiversação levou a melhor: "Peco, é verdade, mas peco para não pecar mais, para arrancar de mim esse espinho carnal, para não ser arrastado a maiores males. Isso o Senhor bem sabe". Foi tomado de um forte enternecimento por si: mentalmente, choramingava. "Sou um pobre homem fraco", pensava, enquanto seus passos poderosos comprimiam o calçamento sujo, "sou fraco e não conto com o sustento de ninguém. Stella! É tão fácil dizer! O Senhor sabe se a amei: casamo-nos aos vinte anos. Mas ela agora é prepotente demais, velha demais também." A sensação de fraqueza passara. "Ainda sou um homem vigoroso; e como posso contentar-me com uma mulher que, na cama, faz o sinal da cruz antes de cada abraço e que, em seguida, nos momentos de maior emoção, só sabe falar 'Ai, Jesus!'? Quando nos casamos, tudo isso me inebriava; mas agora... tive sete filhos com ela, sete; e nunca vi seu umbigo. Isso é justo?" Quase gritava, excitado por sua excêntrica angústia. "É justo? Pergunto a todos vocês!" E se dirigia ao pórtico da Catena. "A verdadeira pecadora é ela!"

A reconfortante descoberta o apaziguou, e ele bateu decidido à porta de Mariannina.

***

Duas horas depois já estava no cupê com o Padre Pirrone, a caminho de casa. O Jesuíta estava perturbado: seus confrades o haviam posto a par da situação política, que era muito mais tensa do que parecia na calma distante da vila Salina. Temia--se um desembarque dos Piemonteses no Sul da ilha, nas bandas de Sciacca; e as autoridades tinham notado um fermento mudo no povo: a caterva citadina esperava o primeiro sinal de debilidade do poder para lançar-se a saques e estupros. Os padres estavam alarmados, e três deles, os mais velhos, embarcaram para Nápoles com o "paquete" da tarde, levando consigo os documentos da Casa. "O Senhor nos proteja e poupe este Reino santíssimo."

Dom Fabrizio mal o ouvia, imerso como estava numa serenidade saciada, maculada de repugnância. Mariannina o havia mirado com os olhos opacos de camponesa, não se recusara a nada, mostrara-se humilde e solícita. Uma espécie de Bendicò em saia de seda. Num instante de especial êxtase, chegara até a exclamar: "Principão!". Ele ainda sorria disso, satisfeito. Melhor assim, com certeza, que os *"mon chat"* ou os *"mon singe blond"** que extravasavam nos momentos análogos de Sarah, a rameirinha parisiense que frequentara três anos antes, quando, no Congresso de Astronomia, lhe haviam outorgado na Sorbonne uma medalha de prata. Melhor que *"mon singe blond"*, sem dúvida, mas muito melhor que "Ai, Jesus!": pelo menos não era nem um pouco sacrílego. Mariannina era uma boa menina; da próxima vez, lhe levaria três varas de seda carmim.

* *"Meu gato", "meu macaco louro".*

Mas, ao mesmo tempo, que tristeza: aquela carne jovem já tão manuseada, aquele despudor resignado. E ele mesmo, o que era? Um porco, nada mais. Veio-lhe à mente um verso que havia lido por acaso numa livraria de Paris, folheando um volume de não sabia mais quem, um daqueles poetas que a França desenfornava e esquecia a cada semana. Revia a pilha amarelo-limão dos exemplares não vendidos, a página, uma página par, e reouvia os versos que estavam ali, encerrando um poema extravagante:

Seigneur, donnez-moi la force et le courage
de regarder mon coeur et mon corps sans dégoût!*

E, enquanto Padre Pirrone continuava preocupado com um tal La Farina e com um tal Crispi, o "Principão" adormeceu numa espécie de desesperada euforia, embalado pelo trote dos baios em cujas nádegas gordas as lamparinas da viatura faziam a luz oscilar. Despertou na curva diante da vila Falconeri. "Aquele lá também, que alimenta as brasas que irão devorá-lo!"

Quando se viu no aposento matrimonial, observar a pobre Stella com os cabelos bem arrepanhados sob a touca, dormindo a suspirar no enorme, altíssimo leito de cobre, causou-lhe comoção e ternura. "Sete filhos ela me deu, e foi somente minha." Um cheiro de valeriana vagava pelo cômodo, último vestígio da crise histérica. "Minha pobre Stelluccia", lamentava-se escalando a cama. As horas passaram, e ele não conseguia dormir; Deus, com a mão possante, misturava em seus pensamentos

---

* *Versos do poema "Viagem a Citera", de Charles Baudelaire: "Ah, Senhor, dai--me a força e a coragem/ de olhar meu coração e meu corpo sem desgosto!".*

O LEOPARDO

três fogos: o das carícias de Mariannina, o dos versos do desconhecido, o iracundo das piras nos montes.

No entanto, por volta do alvorecer, a Princesa teve oportunidade de fazer o sinal da cruz.

Na manhã seguinte, o sol iluminou um Príncipe revigorado. Tinha tomado o café e, vestindo um robe de chambre vermelho com flores negras, fazia a barba diante do pequeno espelho. Bendicò repousava a cabeçorra pesada em sua pantufa. Enquanto raspava a face direita, viu no espelho, atrás de si, o rosto de um jovem, um rosto magro, marcado por uma expressão de temerosa zombaria. Não se virou e continuou a barbear-se. "Tancredi, o que você aprontou na noite passada?" "Bom dia, tio. O que eu aprontei? Nadica de nada: estive com uns amigos. Uma noite santa. Não como certos conhecidos meus, que estiveram se divertindo em Palermo." Dom Fabrizio esmerou-se em raspar bem aquele trecho de pele dificultoso entre o lábio e o queixo. A voz levemente nasal do rapaz tinha tal carga de brio juvenil que não havia como se irritar; surpreender-se, porém, talvez fosse legítimo. Virou-se e, com a toalha debaixo do queixo, mirou o sobrinho. Ele estava em trajes de caça, jaqueta justa e perneiras altas. "E quem eram esses conhecidos, pode-se saber?" "Você, tiozão, você. Pude vê-lo com estes olhos, no posto de bloqueio da vila Airoldi, enquanto falava com o sargento. Muito bonito, na sua idade! E em companhia de um reverendíssimo! As múmias libertinas!" Era de fato insolente demais, achava que podia se permitir tudo. Através das estreitas fissuras das pálpebras, os olhos azuis turvos, os olhos de sua mãe, seus próprios olhos o fixavam risonhos. O Príncipe se sentia ofendido: o rapaz de fato não sabia o momento de parar, mas não tinha ânimo para censurá-lo; de resto, ele tinha razão. "Mas por que você está vestido assim? O que é? Um baile de máscaras matutino?" O jovem ficou sério: seu rosto triangular assumiu uma inesperada expressão viril. "Estou partindo, tiozão, parto daqui a meia hora. Vim me despedir." O pobre Salina sentiu um aperto no coração. "Um duelo?" "Um grande duelo, tio. Contra Franceschiello Dio Guardi. Vou para as montanhas de Corleone; não diga nada a ninguém, sobretudo a Paolo. Grandes coisas estão para acontecer, tiozão, e eu não quero ficar em casa, onde, aliás, me capturariam imediatamente, caso eu ficasse." O Príncipe teve uma de suas visões repentinas: uma cena cruel de guerrilha, disparos nos bosques, e seu Tancredi caído no chão, desventrado como aquele soldado infeliz. "Você está louco, meu filho! Meter-se com aquela gente! São todos mafiosos e trapaceiros. Um Falconeri deve permanecer conosco, pelo Rei." Os olhos voltaram a sorrir. "Pelo Rei, com certeza, mas por qual Rei?" O rapaz teve uma de suas crises de seriedade, que o tornavam impenetrável e adorável. "Se não nos envolvermos nisso, os outros implantam a república. Se quisermos que tudo continue como está, é preciso que tudo mude. Fui claro?" Abraçou o tio um tanto comovido. "Até breve. Voltarei com a bandeira tricolor." A retórica dos amigos tinha afetado até seu sobrinho; mas não. Na voz nasal havia uma entonação que desmentia a ênfase. Que rapaz! As tolices e, ao mesmo tempo, a derrisão das tolices. E o seu Paolo, que neste momento decerto estaria cuidando da digestão de Guiscardo! Este era seu filho de verdade. Dom Fabrizio levantou-se depressa, arrancou a toalha do pescoço, remexeu numa gaveta. "Tancredi, Tancredi, espere." Correu atrás do sobrinho, meteu-lhe no bolso um rolinho de onças de ouro e apertou-lhe um ombro. O outro ria: "Agora vai subsidiar a revolução? Obrigado, tiozão, até mais; abraços na tia". E precipitou-se pelas escadas.

Chamou de volta Bendicò, que já seguia o amigo enchendo a vila de latidos alegres, terminou de fazer a barba e lavou o rosto. O camareiro veio vestir e calçar o Príncipe. "A bandeira tricolor! Bravo, a bandeira tricolor! Enchem a boca com isso, os patifes. E o que significa esse símbolo geométrico, essa macaquice dos franceses, tão feio se comparado à nossa bandeira alva, com os lírios dourados do brasão? E o que podem esperar dessa confusão de cores estridentes?" Era o momento de passar em torno do pescoço a enorme e solene gravata de cetim preto. Operação difícil, durante a qual era aconselhável que os pensamentos políticos fossem suspensos. Uma volta, duas voltas, três voltas. Os grossos dedos delicados ajeitavam os vincos, alisavam os excessos, pregavam na seda a cabecinha de Medusa com olhos de rubi. "Um gilê limpo. Não notou que este aqui está manchado?" O camareiro se pôs na ponta dos pés para vestir-lhe o redingote de tecido marrom e estendeu-lhe o lenço com as três gotas de bergamota. As chaves, o relógio com a corrente, o porta-moedas, ele mesmo os enfiou no bolso. Olhou-se no espelho: não havia o que dizer, ainda era um belo homem. "'Múmia libertina'! Aquele moleque não tem limites! Queria vê-lo na minha idade, esquelético do jeito que é."

O passo vigoroso fazia tinir os vidros dos salões que atravessava. A casa era serena, luminosa e ornamentada; sobretudo era dele. Ao descer as escadas, compreendeu. "Se quisermos que tudo continue como está..." Tancredi era um grande homem: sempre o soubera.

***

Os gabinetes da Administração ainda estavam desertos, silenciosamente iluminados pelo sol através das persianas fechadas. Embora aquele fosse o lugar da vila onde se cumpriam as maiores frivolidades, seu aspecto era de uma severa austeridade. Das paredes caiadas se refletiam no pavimento encerado os enormes quadros representando os feudos da casa Salina: despontando em cores vibrantes de dentro das molduras negras e douradas via-se Salina, a ilha das montanhas gêmeas, circundada de um mar rendilhado de espuma, sobre o qual galés empavesadas voluteavam; Querceta, com suas casas baixas em torno da Igreja Matriz, rumo à qual se dirigiam grupos de peregrinos em azul; Ragattisi, estreitado entre as gargantas dos montes; Argivocale, minúsculo na imensidão da planície de trigais salpicada de camponeses operosos; Donnafugata, com seu palácio barroco, meta de coches escarlates, de coches esmeralda, de coches dourados, repletos, ao que parecia, de mulheres, garrafas e violinos; e muitos outros ainda, todos protegidos sob o céu límpido e tranquilizador do Leopardo sorridente entre os longos bigodes. Cada um deles festivo, cada um deles desejoso de exaltar o iluminado império tão "misto" quanto "puro" da casa Salina. Ingênuas obras-primas de arte rústica do século passado, incapazes de delimitar confins, precisar áreas, rendas — coisas que, de fato, permaneciam desconhecidas. Nos muitos séculos de existência, a riqueza se transformara em ornamento, em luxo, em prazeres; apenas nisso; a abolição dos direitos feudais havia decapitado de um só golpe obrigações e privilégios, a riqueza, como um vinho velho, havia deixado decantar no fundo do barril a borra da cupidez, dos cuidados, até da prudência, para con-

O LEOPARDO

33

servar apenas o aroma e a cor. E desse modo acabava anulando a si mesma: essa riqueza, que havia engendrado o próprio fim, era composta apenas de óleos de essência e, como os óleos de essência, evaporava depressa. Já alguns daqueles feudos, tão festivos nos quadros, haviam alçado voo e permaneciam somente nas telas coloridas e nos nomes. Outros pareciam essas andorinhas de setembro, ainda presentes, mas já reunidas e estridentes sobre os galhos, prontas a partir. Mas havia muitas delas; pareciam não acabar nunca.

Malgrado esta última consideração, a sensação experimentada pelo Príncipe ao entrar em seu escritório foi, como sempre, desagradável. No centro da sala imperava uma escrivaninha com dezenas de gavetas, nichos, vãos, escaninhos e tampos inclinados. Sua enormidade de madeira amarela e escura era escavada e disposta como um palco, cheia de armadilhas, planos corrediços, recursos secretos que mais ninguém sabia fazer funcionar, salvo os ladrões. Estava coberta de papéis e, embora a previdência do Príncipe tivesse tido o cuidado de que boa parte deles se referisse às regiões ataráxicas dominadas pela astronomia, o que sobrava era suficiente para encher seu coração de mal-estar. De repente voltou-lhe ao pensamento a escrivaninha do Rei Ferdinando em Caserta, ela também abarrotada de ofícios e de decisões a tomar, com os quais era possível a ilusão de que se podia influir sobre a torrente dos acasos que, no entanto, irrompia por conta própria em outra valada.

Dom Fabrizio pensou num remédio, descoberto havia pouco nos Estados Unidos, que permitia não sofrer durante as operações mais cruéis e manter a serenidade em meio às desventuras. Chamaram de morfina esse rude sucedâneo químico do estoicismo pagão, da resignação cristã. Para o pobre Rei, a administração espectral fazia as vezes de morfina; ele, Salina, possuía outra, de composição mais fina: a astronomia. Afugentando as imagens da Ragattisi perdida e da Argivocale periclitante, mergulhou na leitura do mais recente número do *Journal des Savants*. *"Les dernières observations de l'Observatoire de Greenwich présentent un intérêt tout particulier..."*[*]

Mas logo precisou exilar-se daqueles serenos reinos estelares. Dom Ciccio Ferrara, o contador, entrou. Era um homenzinho enxuto, que escondia a alma iludida e rapace de liberal por trás de óculos confiáveis e gravatinhas imaculadas. Naquela manhã estava mais lépido que de costume: parecia evidente que as mesmas notícias que haviam deprimido o Padre Pirrone agiram sobre ele como um elixir. "Tristes tempos, Excelência", disse após os cumprimentos protocolares, "estão para acontecer grandes desastres, mas, depois de um pouco de desordens e disparos, tudo vai seguir pelo melhor caminho, e novos tempos gloriosos virão para nossa Sicília; não fosse o fato de que muitos filhos de boa família vão pagar com a vida, só poderíamos estar contentes." O Príncipe resmungava sem emitir uma opinião. "Dom Ciccio", disse em seguida, "é preciso pôr ordem na exação das taxas de Querceta; faz dois anos que não se vê um centavo dali." "A contabilidade está em ordem, Excelência." Era a frase mágica. "Só é preciso escrever a Angelo Mazza para que execute os trâmites; submeterei hoje mesmo a carta para a assinatura de Vossa Excelência", e retirou-se para vasculhar entre os intermináveis registros nos quais, com dois anos de atraso, estavam minuciosamente inscritas todas as contas da casa Salina, menos aquelas de fato importantes.

---

[*] *"As últimas observações do Observatório de Greenwich apresentam um interesse particular..."*

De novo sozinho, Dom Fabrizio retardou seu mergulho nas nebulosas. Estava irritado não exatamente com os fatos que se anunciavam, mas com a estupidez de Ferrara, em quem de súbito havia identificado uma das futuras classes dirigentes. "O que diz o bom homem é precisamente o oposto da verdade. Lamenta os muitos filhos de boa família que vão bater as botas, e no entanto estes, se conheço bem o caráter dos dois adversários, serão muito poucos. De todo modo, nenhum a mais do que será necessário à redação de um comunicado de vitória, seja em Nápoles ou em Turim, o que no fim das contas é a mesma coisa. Em vez disso, acredita nos 'tempos gloriosos de nossa Sicília', como ele mesmo diz — o que nos foi prometido em cada um dos cem desembarques, desde os tempos de Nícias, e que nunca ocorreu. De resto, por que deveria ter ocorrido? E então o que acontecerá? Tratativas pontuadas por tiroteios quase inócuos e, depois, tudo continuará na mesma quando tudo tiver mudado." Voltaram-lhe à mente as palavras ambíguas de Tancredi, que no entanto agora compreendia a fundo. Tranquilizou-se e deixou de folhear a revista. Olhava as encostas esturricadas de monte Pellegrino, escavadas e eternas como a miséria.

Pouco depois chegou Russo, o administrador, o homem que o Príncipe mais considerava entre seus funcionários. Ágil, envolto não sem elegância em sua casaca de veludo riscado, com olhos ávidos sob uma fronte sem remorsos, era para ele a perfeita expressão de uma classe que ascendia. De resto, obsequioso e quase sinceramente devotado, pois cumpria as roubalheiras convencido de exercer um direito. "Imagino quanto Vossa Excelência deve estar aborrecido com a partida do sr. Tancredi, mas sua ausência não durará muito, tenho certeza disso, e tudo vai acabar bem." Mais uma vez o Príncipe se viu diante de um dos enigmas sicilianos. Nesta ilha secreta, onde as casas têm trancas e os camponeses dizem desconhecer o caminho que leva ao povoado em que vivem e que se avista bem ali, na colina, a dez minutos de estrada, nesta ilha, malgrado o ostensivo luxo de mistério, a discrição é um mito.

Fez sinal para que Russo se sentasse e o mirou fixo nos olhos: "Pietro, vamos falar de homem para homem, você também está metido nessas aventuras?". Metido não estava, respondeu, era pai de família e esses riscos são coisa para jovens como o sr. Tancredi. "Eu jamais esconderia algo de Vossa Excelência, que é como meu pai." (No entanto, três meses antes, havia escondido em seu depósito cento e cinquenta cestos de limões do Príncipe, e sabia que o Príncipe sabia.) "Mas devo dizer que meu coração está com eles, com esses rapazes valentes." Ergueu-se para dar passagem a Bendicò, que fazia a porta tremer sob seu ímpeto amistoso. Tornou a sentar-se. "Vossa Excelência sabe, não é mais possível: buscas, interrogatórios, papeladas para qualquer coisa, um policial em cada canto; um cavalheiro não tem liberdade de cuidar do que é seu. Depois, em compensação, teremos liberdade, segurança, taxas mais brandas, facilidades, comércio. Todos estaremos melhor: só os padres vão perder. O Senhor protege os pobres coitados como eu, não eles." Dom Fabrizio sorria: sabia que era justo ele, Russo, que desejava comprar Argivocale por meio de um intermediário. "Haverá dias de tiroteio e confusão, mas a vila Salina continuará segura como uma rocha; Vossa Excelência é nosso pai, e eu tenho muitos amigos aqui. Os Piemonteses vão entrar com o chapéu na mão, só para reverenciar Vossas Excelências. Que aliás é tio e tutor de Dom Tancredi!" O Príncipe sentiu-se humilhado: agora se via rebaixado à categoria de protegido dos amigos de Russo; seu único mérito, ao que parecia, era ser tio do moleque Tancredi. "Daqui a uma semana é capaz que minha vida seja salva só porque tenho Bendicò em casa." Afagava uma orelha do cão entre os dedos com tanta força que o pobre animal gania, sem dúvida lisonjeado, mas sofrendo.

Pouco depois, algumas palavras de Russo lhe trouxeram certo alívio. "Tudo vai ser melhor, acredite em mim, Excelência. Os homens honestos e capazes poderão tomar a dianteira. O resto será como antes." Essa gente, esses liberaizinhos rurais queriam um meio de se aproveitar mais facilmente. Apenas isso. As andorinhas bateriam asas mais cedo, e só. De resto, ainda havia muitas no ninho.

"Talvez você tenha razão. Quem sabe?" Agora havia penetrado todos os sentidos ocultos: as palavras enigmáticas de Tancredi, as enfáticas de Ferrara, as falsas mas reveladoras de Russo tinham franqueado seu reconfortante segredo. Muitas coisas ocorreriam, mas tudo seria uma comédia, uma comédia barulhenta e romântica com algumas manchas de sangue no figurino bufão. Este era o país das conciliações, não havia a fúria dos franceses; de resto, mesmo na França, com a exceção do Junho de Quarenta e Oito, quando acontecera algo de fato sério? Teve vontade de dizer a Russo, mas a cortesia inata o deteve: "Entendi perfeitamente: vocês não querem destruir a nós, que somos seus 'pais'; querem apenas tomar nosso lugar. Com doçura, com boas maneiras, quem sabe pondo em nossos bolsos uns milhares de ducados. É assim? Seu sobrinho, meu caro Russo, vai acreditar sinceramente que é um barão; e você se tornará, sei lá, o descendente de um boiardo moscovita, graças a seu nome, e não o filho de um matuto de cabelo ruivo, como justamente seu nome revela. Antes disso sua filha desposará um de nós, quem sabe até o próprio Tancredi, com seus olhos azuis e suas mãos flexíveis. De resto, ela é linda, e uma vez que tenha aprendido a se lavar... 'Para que tudo continue como está.' Como está, no fundo: simplesmente uma lenta substituição de classes. Minhas chaves douradas de aristocrata de câmara, o cordão cereja de San Gennaro ficarão guardados na gaveta e depois vão parar numa vitrine do filho de Paolo, mas os Salina permanecerão os Salina; e talvez tenham até alguma compensação: o Senado da Sardenha, a fita pistache de San Maurizio. Penduricalhos estes, penduricalhos aqueles."

Levantou-se: "Pietro, converse com seus amigos. Aqui há muitas mulheres, é preciso que elas não se assustem". "Com certeza, Excelência, já falei com eles: a vila Salina ficará tranquila como uma abadia." E sorriu com uma ironia afetuosa.

Dom Fabrizio saiu seguido de Bendicò; queria subir e encontrar o Padre Pirrone, mas o olhar implorante do cachorro o impeliu a passear no jardim: de fato, Bendicò conservava entusiasmadas lembranças do belo trabalho da noite anterior e queria completá-lo com esmero. O jardim estava ainda mais perfumado que no dia anterior, e sob o sol da manhã o ouro da acácia destoava menos. "Mas e os Soberanos, e os nossos Soberanos? E a legitimidade? Onde vai parar?" Esse pensamento o perturbou por um instante, não era possível contorná-lo; por um momento, raciocinou como Màlvica. Esses Ferdinandos, esses Franciscos tão desprezados lhe pareceram como irmãos mais velhos, confiáveis, afetuosos, justos, verdadeiros reis. Mas as forças defensivas da calma interior, tão vigilantes no Príncipe, já acorriam em socorro, com a mosquetaria da jurisprudência, com a artilharia da história. "E a França? Por acaso Napoleão III não é ilegítimo? E por acaso os franceses não vivem felizes sob esse Imperador iluminado, que decerto os conduzirá aos mais altos destinos? Aliás, vamos deixar claro. Por acaso Carlos III estava perfeitamente em seu lugar? Até a batalha de Bitonto foi uma espécie de batalha de Corleone, ou de Bisacquino, ou vai saber de que outra, na qual os Piemonteses encherão os nossos de pescoços; uma dessas batalhas travadas para que tudo continue como está. De resto, nem Júpiter era o legítimo rei do Olimpo."

Era óbvio que o golpe de Estado de Júpiter contra Saturno acabaria por evocar em sua memória as estrelas.

Deixou Bendicò entregue a seu dinamismo, tornou a subir as escadas, atravessou os salões em que as filhas falavam das amigas do Salvador (à sua passagem, a seda de suas saias farfalhou enquanto se levantavam), subiu uma comprida escadinha e desembocou na grande luz azul do observatório. Com o ar sereno de sacerdote que disse a missa e tomou café forte com biscoitos de Monreale, o Padre Pirrone se assentava engolfado em suas fórmulas algébricas. Os dois telescópios e as três lunetas, cegados pelo sol, estavam descansando quietos, com a tampa preta na ocular, animais bem adestrados que sabiam que seu repasto só era servido à noite.

A visão do Príncipe afastou o Padre de seus cálculos, trazendo-lhe à mente a má conduta da noite anterior. Levantou-se, cumprimentou-o obsequioso, mas não pôde deixar de dizer: "Vossa Excelência veio se confessar?". Dom Fabrizio, cujo sono e as conversas da manhã fizeram esquecer o episódio noturno, ficou surpreso. "Confessar-me? Mas hoje não é sábado." Então se lembrou e sorriu: "Sinceramente, Padre, nem haveria necessidade. O senhor já sabe tudo". Essa insistência na cumplicidade imposta irritou o Jesuíta. "Excelência, a eficácia da Confissão não consiste apenas em expor as culpas, mas também no arrependimento do que se cometeu de ruim; e, até que não o faça e não o tenha demonstrado a mim, permanecerá em pecado mortal, quer eu conheça suas ações, quer não." Meticuloso, soprou um fiapo da manga e voltou a mergulhar em abstrações.

A quietude que as descobertas políticas da manhã tinham instaurado na alma do Príncipe era tal que ele apenas sorriu daquilo que, em outro momento, teria a seus olhos parecido uma insolência. Abriu uma das janelas da torrezinha. A paisagem ostentava suas belezas. Sob o fermento do sol forte, todas as coisas pareciam sem peso: o mar, ao fundo, era uma mancha de pura cor, as montanhas, que à noite pareciam temíveis, cheias de ameaças, pareciam massas de vapor prestes a se dissolver, e mesmo a agitada Palermo se estendia apaziguada ao redor dos Conventos, como um rebanho aos pés dos pastores. Na enseada, os navios estrangeiros ancorados, expedidos à espera de agitações, não conseguiam instilar um sentimento de medo na calma estupefata. O sol, que no entanto estava bem longe de seu máximo ardor naquela manhã de 13 de maio, revelava-se como o autêntico soberano da Sicília: o sol violento e desabrido, o sol também narcotizante, que anulava as vontades singulares e mantinha cada coisa em imobilidade servil, embalada em sonhos violentos, em violências que participavam da arbitrariedade dos sonhos.

"Haja Vittorio Emanuele para transformar esta poção mágica que sempre se derrama sobre nós!"

Padre Pirrone se levantou, ajeitou o cinto e se dirigiu ao Príncipe com a mão estendida: "Excelência, eu fui brusco demais; seja benevolente comigo, mas me dê ouvidos e se confesse".

O gelo se rompeu, e o Príncipe pôde comunicar ao Padre Pirrone suas recentes intuições políticas. Mas o Jesuíta manteve-se bem longe de compartilhar seu alívio, ao contrário, tornou-se ainda mais ferino: "Em poucas palavras, os senhores entram em acordo com os liberais — que liberais! —, até com os maçons, e à nossa custa, à custa da Igreja. Porque é claro que nossos bens, esses bens que são patrimônio dos pobres, serão sequestrados e malmente divididos entre os chefetes mais despudorados; e quem, depois, saciará a fome das multidões de infelizes que ainda hoje a Igreja sustenta e guia?". O Príncipe mantinha-se calado. "Como se fará então para aplacar as turbas desesperadas? Digo-lhe logo, Excelência. Serão dadas em pasto a eles primeiro uma parte, depois uma segunda e, por fim, a totalidade das suas terras. E assim Deus terá cumprido Sua Justiça, ainda que por meio dos maçons. O Senhor curava os cegos de corpo; mas onde irão parar os cegos de espírito?"

O infeliz padre estava com a respiração pesada: uma dor sincera pelo previsível desperdício do patrimônio da Igreja unia-se, nele, ao remorso por ter se deixado arrebatar mais uma vez, ao temor de ter ofendido o Príncipe, de quem gostava e de quem já havia experimentado a cólera ruidosa, mas também a bondade desinteressada. Sentou-se cauteloso enquanto olhava de esguelha Dom Fabrizio, que, com uma escovinha, limpou os dispositivos de uma luneta e parecia absorto em sua atividade meticulosa; depois de um tempo, levantou-se e asseou demoradamente as mãos com um trapinho: o rosto não demonstrava nenhuma expressão, os olhos claros pareciam atentos apenas a vasculhar alguma manchinha de gordura escondida sob as unhas. Lá embaixo, ao redor da vila, o silêncio luminoso era profundo, aristocrático ao extremo; pontuado, mais que perturbado, por um longínquo latido de Bendicò, que provocava o cão do jardineiro ao fundo da plantação de cítricos, e também pelas batidas rítmicas e surdas da faca de um cozinheiro que, sobre o cepo da cozinha, picava carne para o almoço iminente. O grande sol havia absorvido a turbulência dos homens e a aspereza da terra. Dom Fabrizio aproximou-se da mesa do Padre, sentou-se e começou a desenhar lírios borbônicos fininhos com o lápis bem apontado que o Jesuíta, em sua ira, havia abandonado. Tinha um ar sério, mas tão sereno que logo as inquietações do Padre Pirrone se dissiparam.

"Não somos cegos, caro Padre, somos apenas homens. Vivemos numa realidade movediça, à qual tentamos nos adaptar assim como as algas se dobram sob o impulso do mar. À Santa Igreja a imortalidade foi prometida explicitamente; a nós, como classe social, não. Para nós, um paliativo que prometa durar cem anos equivale à eternidade. Podemos até nos preocupar com nossos filhos, talvez com nossos netos; mas, para além do que podemos acariciar com estas mãos, não temos compromissos; e eu não posso me preocupar com os meus eventuais descendentes em 1960. A Igreja, sim, precisa cuidar disso, porque está destinada a não morrer. Em seu desespero, o conforto é implícito. E o senhor acredita que, se ela pudesse agora, ou no futuro, salvar a si mesma com nosso sacrifício, não o faria? Claro que sim, e faria bem."

O Padre Pirrone estava tão contente por não ter ofendido o Príncipe que nem sequer se ofendeu. Aquela expressão — "desespero" — em relação à Igreja era inadmissível, mas o longo hábito do confessionário o tornava capaz de apreciar o humor desiludido de Dom Fabrizio. Mas também não precisava deixar que o interlocutor triunfasse. "Vossa Excelência tem dois pecados a me confessar no sábado: um da carne, de ontem, e um do espírito, de hoje. Lembre-se disso."

Ambos reconciliados, discutiram sobre um artigo que logo devia ser enviado a um observatório estrangeiro, de Arcetri.

Sustentados, guiados, ao que parece, pelos números, invisíveis naquelas horas do dia, mas presentes, os astros riscavam o éter com suas trajetórias exatas. Fiéis aos encontros, os cometas estavam acostumados a se apresentar pontualmente, segundo quem os observasse. E eles não eram mensageiros de catástrofes, como Stella acreditava: sua previsível aparição era, ao contrário, o triunfo da razão humana que se projetava e se inseria na sublime normalidade dos céus. "Deixemos que aqui embaixo os Bendicòs persigam presas selvagens, e que a faca do cozinheiro triture a carne de animais inocentes. Diante da altura deste observatório, as fanfarronadas de um e a truculência do outro se fundem numa harmonia tranquila. O verdadeiro problema, o único, é poder continuar vivendo esta vida do espírito em seus momentos mais abstratos, mais semelhantes à morte."

Assim raciocinava o Príncipe, esquecendo-se das cismas de sempre, das veleidades carnais da véspera. E, naqueles momentos de abstração, viu-se talvez mais intimamente absolvido, isto é, reconectado ao universo do que a fórmula do Padre Pirrone seria capaz de fazer. Por meia hora naquela manhã, os deuses do teto e os símios da tapeçaria puseram-se de novo em seu lugar, silenciosos. Mas, no salão, ninguém percebeu.

Quando a campainha do almoço os chamou para baixo, os dois já estavam tranquilos, tanto pelo entendimento da conjuntura política quanto pela superação desse mesmo entendimento, e uma atmosfera de rara distensão difundiu-se pela vila. A refeição do meio-dia era a principal e, graças a Deus, tudo correu bem. Ainda que Carolina, a filha de vinte anos, tenha deixado cair bem dentro do prato um dos cachos — ao que parece, preso por um grampo mal fixado — que lhe emolduravam o rosto. O incidente, que noutra ocasião poderia ter sido embaraçoso, dessa vez só fez aumentar a alegria; quando o irmão, que estava sentado ao lado da moça, pegou o cacho e o pendurou no pescoço, de modo que ficou ali como um escapulário, até Dom Fabrizio acabou sorrindo. A partida, o destino e os objetivos de Tancredi já eram conhecidos de todos, e cada qual comentava o caso, exceto Paolo, que comia em silêncio. Mas ninguém estava preocupado, salvo o Príncipe, que escondia a leve ansiedade nas profundezas do coração, e Concetta, que era a única a exibir uma sombra sobre a bela fronte. "A moça deve ter uma paixãozinha por aquele rapazote. Dariam um belo casal, mas temo que Tancredi esteja mirando mais acima, quero dizer, mais abaixo." Hoje, como a bonança política havia afugentado as nuvens que em geral fechavam o tempo, a fundamental cordialidade de Dom Fabrizio tornou à superfície. Para tranquilizar a filha, pôs-se a explicar a escassa eficácia dos fuzis do Exército real: falou da falta de estrias nos canos daquelas enormes espingardas e da pouca força de penetração dos projéteis que saíam delas; explicações técnicas, aliás, cheias de má-fé, que poucos compreenderam e que não convenceram ninguém, mas que consolaram a todos porque tinham conseguido transformar a guerra em um claro diagrama de forças, tirando-a daquele caos extremamente concreto e sujo que na realidade é.

Ao final do almoço, serviu-se gelatina ao rum. Era a sobremesa predileta de Dom Fabrizio, e a Princesa, em reconhecimento aos consolos que recebera, tinha tido o cuidado de ordenar que a preparassem de manhã cedo. Apresentava-se ameaçadora, com aquela sua forma de torreão apoiado sobre bastiões e escarpas de paredes lisas e escorregadias, impossíveis de escalar, presidida por uma guarnição vermelha e verde de cerejas e pistaches;

mas era transparente e trêmula e, ao toque da colher, cedia com espantosa facilidade. Quando o baluarte cor de âmbar chegou a Francesco Paolo, rapaz de dezesseis anos e o último a ser servido, ele não passava de destroços abatidos a canhão e blocos desmoronados. Animado pelo aroma alcoólico e pelo gosto delicado da guarnição colorida, o Príncipe se divertira assistindo ao desmantelo da fortaleza opaca sob o assalto dos apetites. Uma de suas taças ficara com o Marsala pela metade; ele a ergueu, olhou a família ao redor, detendo-se um instante nos olhos azuis de Concetta, e disse: "À saúde do nosso querido Tancredi". Bebeu o vinho de um só gole. As iniciais F. D., que antes se destacavam bem nítidas na cor dourada da taça cheia, haviam desaparecido.

Na Administração, para onde Dom Fabrizio tornou a descer depois do almoço, a luz agora entrava de viés; não precisou sofrer novas censuras dos quadros feudais, então na sombra. "Bênção, Vossenhoria", murmuraram Pastorello e Lo Nigro, os dois arrendatários que haviam trazido a "carnagem", aquela parte da paga que era saldada in natura. Estavam ali bem empertigados, com os olhos perplexos nos rostos perfeitamente escanhoados e tostados de sol. Exalavam cheiro de rebanho. O Príncipe lhes dirigiu a palavra com cordialidade, em seu dialeto bastante estilizado; quis saber como iam suas famílias, informou-se sobre o estado das reses, das previsões para a colheita. Então perguntou: "Vocês trouxeram alguma coisa?" e, enquanto os dois diziam que sim, que as coisas estavam no cômodo ao lado, o Príncipe envergonhou-se um pouco, percebendo que a conversa tinha sido uma repetição das audiências com o Rei Ferdinando. "Esperem cinco minutos e Ferrara lhes dará os recibos." Pôs dois ducados na mão de cada um, o que talvez fosse mais que o valor daquilo que tinham trazido. "Tomem um trago em nossa saúde." E foi ver a "carnagem": no chão havia quatro peças de *"primosale"* de doze rolos, com dez quilos cada — observou-os com indiferença, detestava aquele tipo de queijo; seis cordeirinhos, os últimos da temporada, com as cabeças pateticamente abandonadas sobre os longos talhos de onde suas vidas tinham saído poucas horas antes — seus ventres também tinham sido abertos e, agora, os intestinos irisados pendiam para fora. "O Senhor receba sua alma", pensou, lembrando-se do estripado do mês anterior. Havia ainda quatro pares de galinhas amarradas pelos pés, debatendo-se de medo sob a fuça inquisidora de Bendicò. "Mais um exemplo de temor inútil", pensava, "o cão não representa nenhuma ameaça para elas; não comerá nem um osso, porque lhe faria mal à barriga." Entretanto, o espetáculo de sangue e de terror o entristeceu. "Pastorello, leve as galinhas ao poleiro, por ora não precisamos delas na despensa, e da próxima vez me traga os carneiros direto para a cozinha, aqui fica tudo sujo. E você, Lo Nigro, vá dizer a Salvatore que venha fazer a limpeza e levar os queijos. E abra a janela para o cheiro sair."

Então Ferrara chegou com os recibos.

Quando tornou a subir, Dom Fabrizio encontrou Paolo, o primogênito, duque de Querceta, que o aguardava no escritório em cujo sofá vermelho ele costumava fazer a sesta. O jovem havia reunido toda a sua coragem e desejava falar com o pai. Baixo, magro, oliváceo, parecia mais velho que ele. "Queria lhe perguntar, papai, como devemos nos comportar com Tancredi quando ele voltar." O pai entendeu de imediato e logo ficou irritado. "O que você quer dizer com isso? O que é que mudou?"

"Mas, papai, é claro que você não pode concordar com isso: ele foi se juntar àqueles canalhas que estão tumultuando a Sicília; não é coisa que se faça."

O ciúme pessoal, o ressentimento do fariseu contra o primo desabusado, do tolo contra o rapaz espirituoso se travestiram de argumentação política. Dom Fabrizio ficou tão indignado que nem deixou o filho sentar: "Melhor fazer bobagens que passar o dia inteiro olhando a bosta dos cavalos! Tenho ainda mais apreço por Tancredi do que antes. De resto, não são bobagens. Se mais tarde você puder fazer cartões de visita com o 'Duque de Querceta' estampado, e se quando eu bater as botas você ainda herdar uns trocados, vai ficar devendo isso a Tancredi e a outros como ele. Vá embora, não lhe permito que volte a falar comigo sobre esse assunto! Aqui quem manda sou eu!". Depois se acalmou e substituiu a ira pela ironia. "Vá, meu filho, quero dormir. Vá falar de política com Guiscardo, vocês se entendem bem." E, enquanto Paolo, petrificado, fechava a porta, Dom Fabrizio tirou o redingote e as botas, fez o sofá gemer sob seu peso e adormeceu tranquilo.

Quando acordou, o camareiro lhe trouxe numa bandeja um jornal e um bilhete. Seu cunhado Màlvica os havia enviado de Palermo, por um criado a cavalo. Ainda um tanto entorpecido, o Príncipe abriu a carta: "Caro Fabrizio, enquanto escrevo, estou num estado de prostração extrema. Leia as terríveis notícias que estão no jornal. Os Piemonteses desembarcaram. Estamos perdidos. Nesta mesma noite eu e toda a família nos refugiaremos nas embarcações inglesas. Com certeza você desejará fazer o mesmo; se quiser, posso reservar alguns lugares. O Senhor salve mais uma vez nosso amado Rei. Um abraço. Seu, Ciccio".

Dobrou o bilhete, enfiou-o no bolso e se pôs a rir alto. Aquele Màlvica! Sempre fora um cordeirinho. Não tinha entendido nada, e agora tremia. E ainda deixava o palácio à mercê dos criados: dessa vez, sim, ele o encontraria vazio! "A propósito, é preciso que Paolo vá para Palermo; casas abandonadas, nesses momentos, são casas perdidas. Vou falar com ele no jantar."

Abriu o jornal. "Um ato de flagrante pirataria foi consumado em 11 de maio após o desembarque de gente armada na marina de Marsala. Posteriores informações confirmaram tratar-se de um bando de cerca de oitocentos homens, comandados por Garibaldi. Assim que os flibusteiros pisaram em terra, evitaram de todo modo entrar em confronto com as tropas reais e dirigiram-se, pelo que nos foi relatado, para Castelvetrano, ameaçando os pacíficos cidadãos e não os poupando de saques e depredações... etc. etc....."

O nome de Garibaldi o perturbou um pouco. Aquele aventureiro barbado e cabeludo era um mazziniano puro. Iria causar problemas. "Mas, se o Cavalheiro o fez vir até aqui, quer dizer que confia nele. Vão lhe pôr uns arreios."

Tranquilizou-se, penteou-se, ordenou que lhe recolocassem os sapatos e o redingote. Meteu o jornal numa gaveta. Estava quase na hora do Rosário, mas o salão ainda estava vazio. Sentou-se num sofá e, enquanto esperava, notou como o Vulcano do teto se parecia um pouco com as litografias de Garibaldi que tinha visto em Turim. Sorriu. "Um chifrudo."

A família ia se reunindo. A seda das saias farfalhava. Os mais jovens ainda brincavam uns com os outros. Ouviu-se atrás da porta o costumeiro eco da discussão entre os criados e Bendicò, que queria participar a todo custo. Um raio de sol carregado de poalha iluminou os macacos malignos.

Ajoelhou-se: "*Salve, Regina, Mater misericordiae...*".

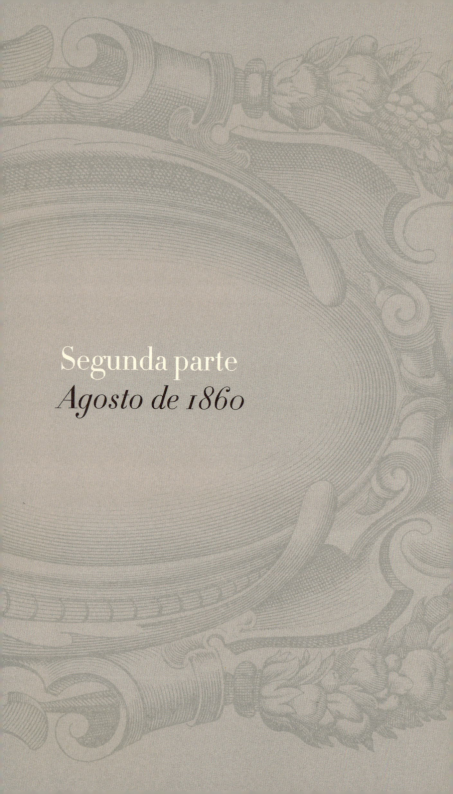

Segunda parte
Agosto de 1860

"As árvores! Há árvores ali!"

O grito lançado da primeira das carroças percorreu a fila das outras quatro quase invisíveis na nuvem de poeira branca, e em cada uma das janelinhas rostos suados esboçaram uma satisfação exausta.

As árvores, na verdade, eram apenas três, três eucaliptos dos mais mirrados filhos da Mãe Natureza; mas também eram as primeiras que se avistavam desde que, às seis da manhã, a família Salina havia deixado Bisacquino. Agora eram onze, e naquelas cinco horas só se divisaram na paisagem preguiçosas garupas de colinas abrasadas e amarelas sob o sol. O trote nas estradas planas por vezes se alternava às longas e lentas arrancadas das subidas, ou ao passo prudente das descidas; de resto, passo e trote igualmente diluídos pelo fluxo contínuo dos guizos que, agora, era percebido apenas como a manifestação sonora do ambiente tórrido. Atravessaram-se vilarejos pintados de um azul tênue, transtornados; por pontes de bizarra magnificência transpuseram-se leitos de rio totalmente secos; margearam-se desolados despenhadeiros que os sorgos e as giestas não conseguiam consolar. Jamais uma árvore, jamais uma gota d'água: sol e poeira. No interior das carroças, fechadas por causa do sol e do pó, a temperatura com certeza havia atingido os cinquenta graus. Aquelas árvores sedentas, a agitar os braços para o céu, anunciavam várias coisas: que se estava a menos de duas horas do término da viagem; que se entrava nas terras da casa Salina; que se podia almoçar e quem sabe lavar o rosto com a água verminosa de um poço.

Dez minutos depois, chegou-se à fazenda de Rampinzèri: uma enorme construção, habitada apenas durante um mês do ano por peões, mulas e outros animais que ali eram reunidos para a colheita. Sobre a porta sólida, mas arrombada, um Leopardo de pedra ainda dançava, embora uma pedrada lhe tivesse quebrado justo as pernas; ao lado da construção, um poço profundo, vigiado por aqueles eucaliptos, prestava mudo os vários serviços de que era capaz: servia de piscina, de bebedouro, de prisão, de cemitério. Matava a sede, propagava o tifo, abrigava cristãos sequestrados, ocultava carcaças de bichos e de homens até que se reduzissem a lisos esqueletos sem nome.

Toda a família Salina desceu das diligências. O Príncipe, contente com a perspectiva de chegar logo à sua querida Donnafugata; a Princesa, ao mesmo tempo irritada e prostrada, mas a quem a serenidade do marido dava ânimo; as garotas, cansadas; os rapazes, excitados com a novidade que o calor não pudera domar; mademoiselle Dombreuil, a governanta francesa que, completamente desfeita, lembrando-se dos anos passados na Argélia com a família do marechal Bugeaud, ia gemendo *"Mon Dieu, mon Dieu, c'est pire qu'en Afrique!"*,* enquanto enxugava o narizinho arrebitado; o Padre Pirrone, que, iniciada a leitura do Breviário, caíra num sono que lhe tornou o trajeto aparentemente mais breve, e que era o mais lépido de todos; uma camareira e dois criados, gente urbana irritada pela visão inusitada do campo; e Bendicò, que, precipitando-se da última carroça, investia contra os influxos funestos dos corvos que volteavam baixo sob a luz.

Todos estavam brancos de poeira até os cílios, os lábios e as caudas; nuvenzinhas esbranquiçadas erguiam-se ao redor das pessoas, que, alcançada a meta, se limpavam umas às outras.

Entre a imundície brilhava com mais intensidade a correta elegância de Tancredi. Tinha viajado a cavalo e, chegando à

---

* *"Meu Deus, meu Deus, é pior do que na África!"*

fazenda meia hora antes da caravana, tivera tempo de tirar a poeira, assear-se e trocar a gravata branca. Quando foi pegar a água do poço de muitos usos, olhou-se um momento no espelho do balde e achou-se em ordem, com aquela banda preta no olho direito que agora servia mais para lembrar do que tratar a ferida no supercílio de três meses antes, aberta nos combates de Palermo; com o outro olho azul, que parecia ter assumido a missão de expressar até a malícia daquele que estava temporariamente tapado; com o discreto debrum escarlate acima da gravata, que aludia à camisa vermelha que vestira. Ajudou a Princesa a descer da carruagem, desempoeirou a cartola do tio com a manga, distribuiu caramelos às primas e chistes aos priminhos, ajoelhou-se quase em frente ao Jesuíta, correspondeu aos ímpetos passionais de Bendicò, consolou mademoiselle Dombreuil, zombou de todos, encantou a todos.

Os cocheiros faziam os cavalos passear lentamente, em giros, a fim de se refrescarem antes de beber água; os camareiros estendiam as toalhas sobre a palha que sobrara da debulha, bem no retângulo de sombra projetado pelo edifício. Perto do poço solícito, teve início o almoço. Em torno, a campina funérea ondeava, amarela de restolhos, preta de restos queimados; o lamento das cigarras tomava o céu; era como o estertor da Sicília incendiada que, no final de agosto, em vão esperava a chuva.

Uma hora depois, todos retomaram o caminho com novo ânimo. Embora os cavalos cansados avançassem ainda mais lentos, o último trecho do percurso parecia curto; a paisagem, não mais desconhecida, atenuara sua aparência sinistra. Reconheciam-se locais familiares, marcos áridos de antigos passeios e de piqueniques em anos passados: o barranco da Dragonara, a bifurcação de Misilbesi e, logo mais, a Nossa Senhora das Graças, o ponto final das caminhadas mais longas que partiam de Donnafugata. A Princesa adormecera, e Dom Fabrizio, sozinho com ela na ampla carruagem, estava embevecido. Nunca esteve tão contente por passar três meses em Donnafugata quanto estava agora, neste fim de agosto de 1860. Não só porque adorava a casa de Donnafugata, as pessoas, o sentimento de posse feudal que ali sobrevivera, mas também porque, à diferença de outras vezes, não sentia nenhuma falta das pacíficas noites transcorridas no observatório, das ocasionais visitas a Mariannina. Na verdade, o espetáculo que Palermo oferecera nos últimos três meses o enojara um pouco. Gostaria de ter tido o orgulho de ser o único a compreender a situação e de ter feito vista grossa aos "bichos-papões" dos camisas vermelhas; mas teve de admitir que a clarividência não era monopólio da casa Salina. Todos os palermitanos pareciam felizes, todos, exceto um punhado de simplórios: Màlvica, seu cunhado, que foi preso pela polícia do Ditador* e passou dez dias no xilindró; o filho Paolo, igualmente insatisfeito, porém mais prudente, que permanecera em Palermo implicado em sabe-se lá que complôs pueris. Todos os demais ostentavam alegria, andavam por aí com adornos tricolores nas lapelas, faziam desfiles de manhã até a noite e, acima de tudo, falavam, discursavam, declamavam; e se nos primeiríssimos dias da ocupação toda essa balbúrdia tinha até certo propósito, conferido pelas aclamações que saudavam os poucos feridos que passavam pelas ruas principais e pelos lamentos das

---

*Giuseppe Garibaldi, que se autoproclamou "Ditador" da Sicília em seguida ao desembarque.

"ratazanas", dos agentes da polícia derrotada que eram torturados nas vielas, agora que os feridos estavam curados e as "ratazanas" sobreviventes se alistavam na nova polícia, todo esse carnaval, mesmo reconhecendo sua necessidade inevitável, lhe parecia tolo e sem graça. Mas devia admitir que tudo isso era manifestação superficial de má educação; o cerne das coisas, o tratamento econômico e social havia sido satisfatório, tal e qual o previra. Dom Pietro Russo havia mantido sua promessa e, nos arredores da vila Salina, não se escutara sequer um disparo; e se no palácio de Palermo um grande serviço de porcelana chinesa tinha sido roubado, isso se devia exclusivamente à estupidez de Paolo, que o mandara embalar em dois cestos que depois abandonou no pátio durante o bombardeio, um autêntico convite para que os próprios embaladores viessem furtá-los depois.

Os Piemonteses (como o Príncipe continuava a chamá-los buscando tranquilizar-se, do mesmo modo que outros os chamavam de Garibaldinos para exaltá-los ou Garibaldescos para vituperá-los), os Piemonteses se apresentaram não propriamente com o chapéu na mão, como previra, mas pelo menos com a mão na viseira de seus pequenos barretes vermelhos, tão amarrotados e puídos quanto os dos oficiais borbônicos.

Anunciado vinte e quatro horas antes por Tancredi, em 20 de junho um general vestindo dólmã vermelho com alamares negros apresentou-se na vila Salina. Acompanhado de seu oficial de ordenança, solicitou, polido, ser recebido a fim de admirar os afrescos dos tetos. Foi admitido de pronto, pois o anúncio prévio permitira que fosse retirado de um dos salões um retrato do rei Ferdinando II em pompa magna, substituído por um neutro "Tanque de Betesda", operação que unia vantagens estéticas e políticas.

O general era um toscano extremamente esperto, de seus trinta anos, conversador e um tanto fanfarrão; mas era educado e simpático, e se comportou com o devido respeito, inclusive tratando Dom Fabrizio de "Excelência", em nítida contradição com um dos primeiros decretos do Ditador; o oficial de ordenança, um fedelho de dezenove anos, era um conde milanês que encantou as moças com suas botas lustrosas e os "erres" franceses.

Chegaram acompanhados de Tancredi, que fora promovido a — aliás, inventado — capitão de campo; um pouco abatido pelos sofrimentos decorrentes de seu ferimento, lá estava ele, em traje vermelho e irresistível, exibindo intimidade com os vencedores; intimidade à base de "você" e "meu caro amigo" recíprocos, que os "continentais" prodigalizavam com fervor infantil e que eram correspondidos por Tancredi, porém anasalados e, aos olhos de Dom Fabrizio, cheios de veladas ironias. O Príncipe os havia acolhido do alto de sua inexpugnável cortesia, mas foi de fato entretido e plenamente tranquilizado por eles, tanto que, três dias depois, os dois "Piemonteses" foram convidados para um jantar; e foi bonito ver Carolina sentada ao piano acompanhando o canto do general que, em homenagem à Sicília, se arriscara ao "Vi ravviso, o luoghi ameni",* enquanto Tancredi, compenetrado, virava as páginas da partitura como se desafinar não fosse coisa deste mundo. Nesse meio-tempo, o condezinho milanês, curvado sobre um sofá, falava de flores a Concetta e lhe revelava a existência de Aleardo Aleardi;** ela

---

*Ária da ópera La sonnambula, de Vincenzo Bellini, que evoca dias felizes no passado.
**Político e poeta romântico que participou ativamente do Risorgimento.

fazia de conta que o escutava, mas se entristecia com a má aparência do primo, que as velas do piano tornavam mais lânguida do que na verdade era.

A noitada, idílica à perfeição, foi seguida de outras igualmente cordiais; numa delas, o general foi solicitado a intervir para que a ordem de expulsão dos Jesuítas não se aplicasse ao Padre Pirrone, descrito como muito idoso e cheio de enfermidades; o general, que simpatizara com o excelente padre, fingiu acreditar em seu estado deplorável, empenhou-se, falou com amigos políticos, e o Padre Pirrone ficou — o que deixou Dom Fabrizio cada vez mais confiante na confirmação de seus vaticínios.

O general também foi muito útil na questão dos salvo-condutos, necessários naqueles dias incertos para quem quisesse transitar; em grande parte, foi graças a ele que, naquele ano de revolução, a família Salina pôde gozar de férias. Até o jovem capitão obteve licença de um mês e pôde viajar com os tios. Porém, mesmo com os salvo-condutos, os preparativos da partida foram longos e complicados. Com efeito, precisaram recorrer a elípticas negociatas na administração com fiduciários de "pessoas influentes" de Agrigento, negociatas que, conduzidas por Pietro Russo, se concluíram com sorrisos, apertos de mão e tilintar de moedas. Obteve-se um segundo e mais precioso salvo--conduto, mas isso não constituía uma novidade. Foi preciso organizar montanhas de bagagens e provisões e expedir três dias antes parte dos cozinheiros e dos criados; foi preciso embalar um pequeno telescópio e permitir que Paolo permanecesse em Palermo; só depois disso foi possível partir. O general e o segundo-tenente levaram flores e votos de boa viagem; e, quando os veículos partiram da vila Salina, dois braços vermelhos saudaram longamente, a cartola preta do Príncipe despontou da janela, mas a mãozinha com luva rendada que o condezinho ansiava por ver continuou no colo de Concetta.

A viagem durou três dias e foi horrível. As estradas, as famosas estradas sicilianas que haviam causado a perda do posto de lugar-tenente ao príncipe de Satriano, eram vagos traçados repletos de buracos e cheios de pó. A primeira noite em Marineo, na casa de um tabelião amigo, foi ainda suportável; mas a segunda, numa péssima estalagem de Prizzi, foi difícil de passar, estirados de três em três em cada cama, atacados por faunas repulsivas. A terceira, em Bisacquino. Nesta não havia percevejos, mas em compensação Dom Fabrizio encontrou treze moscas dentro do copo de granita; um forte cheiro de fezes exalava tanto das ruas quanto do contíguo "quarto dos vasos", e isso inspirou sonhos penosos no Príncipe: despertado pelas primeiras luzes do dia, imerso no suor e no fedor, não pôde deixar de comparar aquela viagem asquerosa à sua vida, que de início avançara por planícies risonhas, depois subira por íngremes montanhas, atravessara gargantas ameaçadoras para enfim desembocar em intermináveis ondulações monocromáticas, desertas como o desespero. Essas fantasias de manhã cedo eram o que de pior poderia acontecer a um homem de meia-idade; e, embora Dom Fabrizio soubesse que se dissipariam com as atividades do dia, sofria agudamente com isso, porque já era experiente o bastante para saber que elas deixavam no fundo da alma um sedimento de luto que, acumulando-se a cada dia, acabaria sendo a verdadeira causa da morte.

Com o brilho do sol, esses monstros enfurnaram-se mais uma vez em zonas inconscientes; Donnafugata já se aproximava com seu palácio, as águas jorrantes, a lembrança de seus santos antepassados, a impressão que dava de perenidade da infância; até as pessoas ali eram simpáticas, devotadas e simples. Mas àquela altura foi tomado por um pensamento: quem sabe se depois dos fatos recentes o pessoal se mostraria devotado como antes? "Vamos ver."

Agora, de fato, tinham quase chegado. O rosto arguto de Tancredi apareceu por trás da janelinha. "Tios, se preparem, daqui a cinco minutos estaremos lá." Tancredi teve o tato de preceder o Príncipe na entrada do povoado; pôs seu cavalo em marcha e, bastante reservado, prosseguiu ao lado da primeira carruagem.

Do outro lado da pequena ponte, as autoridades aguardavam, rodeadas por algumas dezenas de camponeses. Mal as carroças entraram na ponte, a banda municipal atacou com frenético ímpeto "Noi siamo zingarelle",[*] a primeira, esquisita e afetuosa saudação que Donnafugata oferecia a seu Príncipe havia alguns anos; e logo em seguida os sinos da Igreja Matriz e do convento de Santo Spirito, avisados por algum menino vigilante, encheram o ar de festiva algazarra. "Graças a Deus, parece que tudo está como sempre", pensou o Príncipe descendo da carruagem. Lá estavam Dom Calogero Sedàra, o Prefeito, com os quadris apertados numa faixa tricolor nova e flamejante como seu cargo; o Monsenhor Trottolino, o Arcipreste, com seu carão ressequido; dom Ciccio Ginestra, o tabelião, que tinha vindo carregado de galões e penachos na qualidade de capitão da Guarda Nacional; lá estavam dom Totò Giambono, o médico, e a peque-

[*] *"Nós somos ciganas", famosa cena da ópera* La traviata *(1853), de Giuseppe Verdi.*

na Nunzia Giarritta, que estendeu à Princesa um maço troncho de flores colhidas meia hora antes no jardim do palácio. Lá estava Ciccio Tumeo, o organista da igreja, que a rigor não teria status suficiente para perfilar-se com as autoridades, mas que mesmo assim tinha vindo como amigo e companheiro de caça, e que teve a boa ideia de trazer consigo — a fim de agradar ao Príncipe — Teresina, a cadela perdigueira marcada por dois sinais cor de avelã acima dos olhos, sendo recompensado por sua ousadia com um sorriso todo especial de Dom Fabrizio. Ele estava de ótimo humor e sinceramente afável; desceu da carruagem com a esposa a fim de agradecer e, sob a onipresença da música de Verdi e do barulho dos sinos, abraçou o Prefeito e apertou a mão de todos os demais. A multidão de camponeses estava muda, mas de seus olhos imóveis transparecia uma curiosidade nada hostil, porque os matutos de Donnafugata não tinham nada contra seu tolerante senhor, que com tanta frequência se esquecia de cobrar o foro e os pequenos aluguéis; de resto, acostumados a ver o Leopardo bigodudo dançando na fachada do palácio, sobre o frontão das igrejas, no alto das fontes, nas lajotas azulejadas das casas, estavam agora curiosos para ver o autêntico Leopardo em calça chino, distribuindo patadas amigáveis a todos e sorrindo em seu rosto de felino cortês. "Não há o que dizer, está tudo como antes; aliás, melhor que antes." Tancredi também era objeto de grande curiosidade; todos o conheciam de outros tempos, mas agora ele parecia transfigurado: não se via mais o rapazinho irreverente, e sim o aristocrata liberal, o camarada de Rosolino Pilo, o glorioso ferido nos combates de Palermo. Naquela admiração rumorosa, ele nadava feito um peixe na água; aqueles admiradores rústicos eram de fato uma diversão: falava com eles em dialeto, brincava, zombava de si e de seu ferimento. Porém, quando dizia "o general Garibaldi", baixava a voz e assumia o ar absorto de um coroinha diante do ostensório; e a dom Calogero Sedàra, sobre quem havia vagamente escutado que atuara bastante nos dias da libertação, disse com voz sonora: "Crispi me falou muito bem do senhor, dom Calogero". Depois disso, deu o braço à prima Concetta e seguiu adiante, deixando todos extasiados.

As carroças com os criados, as crianças e Bendicò rumaram direto para o palácio, mas, como queria um costume muito antigo, antes de pôr os pés na casa, os outros deviam assistir a um "Te Deum" na Igreja Matriz. De resto, ela ficava a dois passos dali, e todos seguiram para lá em cortejo, os recém-chegados poeirentos mas imponentes, as autoridades reluzentes mas humildes. Ia à frente dom Ciccio Ginestra, que, com o prestígio do uniforme, abria caminho aos passantes; depois, de braço dado à esposa, vinha o Príncipe com um ar de leão saciado e manso; atrás, Tancredi, tendo à sua direita Concetta, em quem a caminhada rumo à igreja ao lado do primo produzia grande comoção e uma dulcíssima vontade de chorar; estado de alma que não era nem um pouco amenizado pela forte pressão que o atencioso rapaz exercia sobre seu braço, com o único propósito — ora! — de fazê-la desviar-se dos buracos e das cascas que constelavam a rua. Um pouco atrás, em desordem, os demais. O organista escapara depressa para deixar Teresina em casa e estar em seu posto trovejante no momento da entrada na igreja. Os sinos repicavam sem parar, e nas paredes das casas as inscrições de "Viva Garibaldi!", "Viva o Rei Vittorio!" e "Morte ao Rei Borbônico!", que um pincel inábil havia traçado dois meses antes, agora desbotavam e pareciam querer penetrar nos muros. Os rojões explodiam durante a subida da escadaria e, quando o pequeno cortejo entrou na Igreja, dom Ciccio Tumeo, chegando quase sem fôlego, mas a tempo, entoou com paixão "Amami, Alfredo".

A matriz estava apinhada de gente curiosa entre as atarracadas colunas de mármore vermelho; a família Salina sentou-se no coro e, durante a breve cerimônia, Dom Fabrizio exibiu-se à multidão, estupendo; a Princesa estava a ponto de desmaiar de calor e cansaço, e Tancredi, a pretexto de espantar as moscas, roçou mais de uma vez os cabelos louros de Concetta. Tudo estava em ordem e, depois da prédica do Monsenhor Trottolino, todos se curvaram diante do altar, se encaminharam para a porta e saíram na praça embrutecida de sol.

Ao pé da escadaria as autoridades se despediram, e a Princesa, que durante a cerimônia recebera instruções sussurradas, convidou para jantar naquela mesma noite o Prefeito, o Arcipreste e o Tabelião. O Arcipreste era solteiro por ofício, o Tabelião, por vocação; e assim, para eles, não havia a questão das consortes. O convite ao Prefeito foi delicadamente estendido a sua esposa: ela era uma camponesa lindíssima, mas, segundo o próprio marido, por mais de um motivo, inapresentável; portanto ninguém se surpreendeu quando ele disse que ela estava indisposta; mas foi grande o espanto quando emendou: "Se Suas Excelências permitirem, irei com minha filha, Angelica, que há um mês só fala no prazer que teria em ser apresentada aos senhores, como adulta". Naturalmente a permissão foi dada; e Dom Fabrizio, que tinha visto Tumeo espreitar por trás dos outros, gritou para ele: "É claro que o senhor também, dom Ciccio, e traga Teresina". E, virando-se para os outros, acrescentou:

"E depois do jantar, às nove e meia, teremos a alegria de receber todos os amigos". Por muito tempo Donnafugata comentou estas últimas palavras. O Príncipe, que encontrara o vilarejo inalterado, foi por sua vez considerado muito mudado, ele, que nunca pronunciara palavras tão cordiais; e a partir daquele momento, invisível, começou o declínio de seu prestígio.

O palácio Salina era contíguo à Igreja Matriz. Sua discreta fachada, com sete balcões sobre a praça, não revelava sua enormidade, que se estendia para trás por duzentos metros: eram edificações de estilos diferentes, mas harmoniosamente unidas em torno de três grandes pátios, que culminavam num amplo jardim todo murado. Na entrada principal, que dava para a praça, os viajantes foram submetidos a novas manifestações de boas-vindas. Dom Onofrio Rotolo, o administrador local, não havia participado, não participava nunca, das acolhidas oficiais na entrada da cidade. Educado na rígida escola da princesa Carolina, ele considerava inexistente o *vulgus*, e, o Príncipe, residente no exterior enquanto não ultrapassasse a soleira de seu palácio; por isso estava ali, a dois passos do portão, pequeníssimo, velhíssimo, barbudíssimo, ladeado pela esposa bem mais jovem que ele e vigorosa, e atrás de si os criados e os oito *campieri** com o Leopardo de ouro no barrete e, nas mãos, oito espingardas nem sempre inócuas. "Estou feliz por dar as boas-vindas a Suas Excelências em Sua casa. Entrego o palácio exatamente como foi deixado."

Dom Onofrio era uma das raras pessoas estimadas pelo Príncipe e talvez a única que jamais o havia roubado. Sua honestidade

* *Guardas particulares nos latifúndios sicilianos.*

beirava a mania, e a seu respeito narravam-se episódios espetaculares, como aquele do cálice de licor deixado semicheio pela princesa no momento da partida e reencontrado no ano seguinte, no mesmo lugar, com o conteúdo evaporado e reduzido ao estado de sarro açucarado, mas intocado. "Porque esta é uma parte infinitesimal do patrimônio do Príncipe e não deve ser desperdiçada."

Encerradas as formalidades com dom Onofrio e dona Maria, a Princesa, que a essa altura mal conseguia ficar de pé, foi às escondidas para a cama; as meninas e Tancredi correram para as sombras quentes dos jardins; Dom Fabrizio e o administrador passaram em revista os enormes aposentos. Tudo estava em perfeita ordem: os quadros em suas molduras robustas tinham sido desempoeirados, as dourações das lombadas antigas emitiam seu fogo discreto, o sol alto fazia brilhar os mármores pardos em volta de cada porta. Tudo estava no estado em que se encontrava havia cinquenta anos. Procedendo do turbilhão ruidoso das refregas civis, Dom Fabrizio sentiu-se aliviado, tomado por uma segurança serena, e olhou quase com ternura dom Onofrio, que trotava a seu lado. "Dom 'Nofrio, o senhor é de fato um desses gnomos que custodiam tesouros; o reconhecimento que lhe devemos é grande." Em anos passados o sentimento havia sido o mesmo, mas as palavras não lhe tinham saído da boca; dom 'Nofrio o olhou agradecido e surpreso. "É o dever, Excelência, o dever"; e, para ocultar a emoção, coçava uma orelha com a comprida unha do mindinho esquerdo.

Em seguida, o Administrador foi submetido à tortura do chá. Dom Fabrizio mandou trazer duas xícaras e, com a morte no coração, dom 'Nofrio teve de engolir uma; depois começou a narrar as crônicas de Donnafugata: duas semanas atrás, havia renovado o aluguel do feudo Aquila em condições um pouco piores que antes; tivera de arcar com despesas no reparo dos sótãos da ala de hóspedes; mas havia em caixa, à disposição de Sua Excelência, 3275 onças livres de qualquer despesa, taxa e de seu salário.

Depois vieram as notícias particulares, que giravam em torno do grande evento do ano: a contínua e rápida ascensão da fortuna de dom Calogero Sedàra. Seis meses antes o empréstimo concedido ao barão Tumino havia vencido, e ele se apropriara das terras; graças a mil onças de crédito, agora possuía uma nova propriedade que lhe rendia quinhentas em um ano. Em abril conseguiu adquirir dois alqueires de terra por uma ninharia, e nessa pequena propriedade havia uma pedreira muito valiosa, que ele pretendia explorar; vendera uma partida de trigo muito vantajosa nos momentos de confusão e carestia que se seguiram ao desembarque. A voz de dom 'Nofrio se encheu de rancor: "Fiz uma conta na ponta do lápis: daqui a pouco os rendimentos de dom Calogero serão equiparáveis aos de Vossa Excelência aqui em Donnafugata — e esta do vilarejo é a menor das propriedades dele".

Junto com a riqueza também crescia sua influência política: tornara-se o líder dos liberais em Donnafugata e até nas localidades vizinhas; tinha a certeza de que, quando houvesse eleições, iria a Turim como deputado. "E quanta enfatuação! Não ele, que é inteligente demais para isso, mas a filha, por exemplo, que voltou do colégio em Florença e circula pela cidade em saias de crinolina e fitas de veludo que lhe caem do chapeuzinho."

O Príncipe permanecia calado: a filha, sim, aquela Angelica que viria jantar esta noite; tinha curiosidade de rever aquela pastorinha enfeitada; não era verdade que nada havia mudado; dom Calogero rico que nem ele! Mas no fundo essas coisas eram previsíveis, eram o preço a ser pago.

O silêncio do Príncipe perturbou dom 'Nofrio: imaginou que o havia importunado contando as fofocas provincianas. "Excelência, ordenei que preparassem um banho; agora já deve estar pronto." Dom Fabrizio de repente percebeu que estava cansado: eram quase três da tarde, e fazia nove horas que andava sob o sol tórrido, e depois de uma noite daquelas; sentia o corpo impregnado de pó até as dobras mais remotas. "Obrigado por ter pensado nisso, dom 'Nofrio; e por todo o resto. Hoje à noite nos veremos no jantar."

Subiu a escada interna; passou pelo salão das tapeçarias, pelo salão azul, pelo amarelo; as venezianas abaixadas filtravam a luz; em seu escritório o pêndulo de Boulle batia em surdina. "Que paz, meu Deus, que paz!" Entrou no cômodo reservado ao banheiro: pequeno, pintado a cal, com um pavimento de ásperas lajotas em cujo centro havia o orifício para o escoamento da água. A banheira era uma espécie de manjedoura oval, imensa, em ferro pintado de amarelo por fora e branco por dentro, erguida sobre quatro pés robustos de madeira. Da janela sem anteparos o sol entrava brutalmente.[*]

[*] *O texto datilografado dos originais de Lampedusa apresenta o seguinte trecho, suprimido das primeiras edições do romance: "Pendurado em um prego na parede, um roupão; numa das cadeiras de vime, a muda de roupa íntima; na outra, um traje que ainda apresentava os vincos recebidos no baú. Ao lado da banheira, uma barra de sabão cor-de-rosa, um escovão, um lenço amarrado contendo um pouco de farelo que, molhado, soltaria um leite aromático, e uma enorme esponja, dessas que o administrador de Salina lhe enviava".*

Dom Fabrizio chamou: dois criados entraram trazendo cada qual um par de baldes transbordantes, um de água fria, o outro de água fervente; foram e voltaram diversas vezes, a manjedoura se encheu; ele experimentou a temperatura com a mão: estava boa. Dispensou os criados, tirou a roupa e submergiu. Sob sua massa enorme, a água esteve a ponto de transbordar. Ensaboou-se, esfregou-se: a mornidão lhe fazia bem, relaxava-o. Estava quase adormecendo quando bateram à porta; Domenico, o camareiro, entrou temeroso. "O Padre Pirrone pede para ver Vossa Excelência imediatamente. Está aqui ao lado, esperando que Vossa Excelência saia do banho." O Príncipe ficou surpreso; se havia ocorrido algum problema, era melhor tomar conhecimento logo. "Nada disso, faça-o entrar agora mesmo."

Dom Fabrizio alarmou-se com a urgência do Jesuíta; e, em parte por isso e em parte pelo respeito ao hábito sacerdotal, apressou-se em sair do banho; esperava conseguir pôr o roupão antes que o Padre Pirrone entrasse; mas isso não foi possível, e o padre entrou justo no instante em que ele, não mais coberto pela água ensaboada, não ainda envolto no efêmero sudário, erguia-se inteiramente nu, como o Hércules Farnese, e ainda por cima fumegando, enquanto pelo pescoço, pelos braços, pelo estômago, pelas coxas a água lhe escorria em regatos, assim como o Ródano, o Reno e o Danúbio atravessam e banham os desfiladeiros alpinos. O panorama do Principão em estado adâmico era inédito ao Padre Pirrone. Adestrado à nudez das almas pelo sacramento da Penitência, o era bem menos à dos corpos; e ele, que não teria titubeado ao ouvir a confissão — digamos — de uma trama incestuosa, perturbou-se com a visão daquela inocente nudez titânica. Balbuciou uma desculpa e fez menção de se retirar; mas Dom Fabrizio, irritado por não ter podido cobrir-se a tempo, dirigiu naturalmente contra ele a própria raiva: "Padre, não banque o tolo; em vez disso, me passe o roupão e, se não for incômodo, me ajude a me secar". Logo em seguida, um antigo bate-boca voltou-lhe à memória. "E ouça o que lhe digo, Padre, tome um banho o senhor também." Satisfeito por ter dado aquela advertência higiênica a quem lhe prodigalizava tantas de cunho moral, voltou a ficar sereno. Com a ponta superior do pano enfim obtido, enxugou os cabelos, as costeletas e o pescoço, enquanto com a ponta inferior o humilhado Padre Pirrone lhe esfregava os pés. Quando o cume e o sopé da montanha ficaram enxutos: "Agora pode sentar, Padre, e diga por que tanta pressa em conversar comigo". Enquanto o Jesuíta sentava, ele passou a secar por conta própria algumas partes mais íntimas. "Pois não, Excelência: fui encarregado de uma missão delicada. Uma pessoa sumamente cara ao senhor quis me abrir sua alma e confiar-me a incumbência de revelar seus sentimentos, confiante, talvez equivocadamente — de que a estima da qual fui honrado..." As hesitações de Padre Pirrone se dissolviam em frases intermináveis. Dom Fabrizio perdeu a paciência: "Mas afinal, Padre, de que se trata? Da Princesa?". E, com o braço levantado, parecia ameaçador; na verdade, estava enxugando uma axila.

"A Princesa está cansada; está dormindo, e ainda não a vi. Trata-se da srta. Concetta." Pausa. "Ela está apaixonada." Um homem de quarenta e cinco anos pode achar-se ainda jovem até o momento em que se dá conta de que tem filhos em idade de amar. O Príncipe sentiu-se envelhecido de repente; esqueceu-se das milhas que percorria caçando, dos "ai, Jesus!" que sabia provocar, de seu vigor atual depois de uma viagem longa e penosa; de súbito, viu a si mesmo como um homem grisalho, que acompanha uma legião de netinhos montados nas cabras de Villa Giulia.*

"E por que aquela boba foi correndo contar essas coisas ao senhor? Por que não veio falar comigo?" Não perguntou sequer por quem Concetta estava apaixonada: era supérfluo.

"Vossa Excelência encerra muito bem o coração paterno sob a autoridade do patriarca; então é natural que a pobrezinha se atemorize e recorra ao devotado eclesiástico da casa."

Dom Fabrizio vestia as compridas ceroulas e bufava: já estava prevendo longas conversas, lágrimas, aborrecimentos sem fim; aquela garota manhosa estava estragando seu primeiro dia em Donnafugata.

"Entendo, Padre, entendo. Na minha casa ninguém me compreende. É a minha desgraça." Permanecia sentado num banco, a pelagem loura do peito perolada de gotinhas. Finos regatos d'água serpenteavam sobre as lajotas, o cômodo estava carregado do odor leitoso do farelo, do odor amendoado do sabão. "E, segundo o senhor, o que eu deveria dizer?" O Jesuíta suava no calor da estufa e, agora que a confidência fora transmitida, gostaria de poder se retirar; mas o sentimento de responsabilidade o deteve. "O desejo de fundar uma família cristã parece muito bem-vindo aos olhos da Igreja. A presença do Senhor nas núpcias de Canaã..." "Não divaguemos. Pretendo falar deste casamento, não do casamento em geral. Tancredi fez propostas concretas? E quando?"

Durante cinco anos, o Padre Pirrone tentara ensinar latim ao garoto; durante sete anos suportara suas birras e brincadeiras; assim como todos, se deixara levar por seu fascínio; mas as

---

Parque em Palermo.

recentes atitudes políticas de Tancredi o haviam ofendido; o antigo afeto, nele, lutava contra o novo rancor. Agora não sabia o que dizer. "Propostas concretas, não. Mas a srta. Concetta não tem dúvida: as atenções, os olhares, as meias palavras dele, atitudes que se tornam cada vez mais frequentes, acabaram por convencer aquela alma santa; ela tem certeza de ser amada; mas, filha respeitosa e obediente que é, queria perguntar-lhe, por meu intermédio, o que deverá responder quando o pedido for feito. Ela sente que é iminente."

Dom Fabrizio ficou um pouco mais tranquilo: mas como aquela criança teria adquirido uma experiência que lhe permitisse ver com clareza as intenções de um rapaz? E ainda por cima de um rapaz como Tancredi! Tratava-se provavelmente de meras fantasias, de um daqueles "sonhos dourados" que amarrotam os travesseiros dos internatos. O perigo não estava próximo.

Perigo. A palavra ressoou em sua mente com tanta nitidez que ele se surpreendeu. Perigo. Mas perigo para quem? Ele amava Concetta, e muito: gostava de sua permanente submissão, da placidez com que se dobrava a qualquer manifestação exorbitante da vontade paterna; submissão e placidez, aliás, superestimadas por ele. Sua natural tendência a remover qualquer ameaça à própria tranquilidade fizera que ele deixasse de observar o lampejo metálico que atravessava os olhos da moça sempre que as bizarrias às quais obedecia eram de fato muito vexatórias. O Príncipe amava demais esta filha; mas amava Tancredi mais ainda. Conquistado desde sempre pela afetuosidade zombeteira do rapaz, havia poucos meses começara a admirar também sua inteligência: a rápida adaptabilidade, a inserção na sociedade, a arte inata das nuanças que lhe permitia falar a linguagem demagógica em voga, mas dando a entender aos iniciados que isso não era senão um passatempo ao qual ele, o Príncipe de Falconeri, se abandonava por um momento, todas essas coisas o divertiam; e, para pessoas do caráter e da classe de Dom Fabrizio, a faculdade de ser divertido constitui quatro quintos do afeto. Segundo ele, Tancredi tinha um grande futuro pela frente; poderia vir a ser o porta-bandeira de um contra--ataque que a nobreza, sob outros uniformes, talvez conduzisse contra a nova ordem política. Para isso só lhe faltava uma coisa: dinheiro — dinheiro que Tancredi não tinha, nenhum. E, para prosperar em política, agora que o nome contaria menos, era necessário mais dinheiro ainda: dinheiro para comprar votos, dinheiro para prestar favor aos eleitores, dinheiro para um estilo de vida que impressionasse. Estilo de vida... e Concetta, com todas as suas virtudes passivas, seria capaz de ajudar um marido ambicioso e brilhante a galgar os degraus escorregadios da nova sociedade? Tímida, reservada, arredia como era? Continuaria sendo sempre a boa moça recatada que era hoje, ou seja, uma bola de chumbo no pé do marido.

"Padre, o senhor consegue imaginar Concetta embaixadora em Viena ou em Petersburgo?" A mente do Padre Pirrone ficou atordoada com aquela pergunta. "Mas o que isso tem a ver? Não entendi." Dom Fabrizio não se preocupou em explicar e tornou a imergir em seus pensamentos. Dinheiro? Concetta teria um dote, claro. Mas a fortuna da casa Salina deveria ser dividida em oito partes, em partes não iguais, dentre as quais a das meninas seria mínima. E então? Tancredi precisava de bem mais: de Maria Santa Pau, por exemplo, com os quatro feudos já dela e todos aqueles tios padres e poupadores; de uma das jovens Sutèra, tão feinhas, mas tão ricas. O amor. Claro, o amor.

Fogo e labaredas por um ano, cinzas por trinta. Ele sabia o que era o amor... e logo Tancredi, diante de quem as mulheres cairiam como peras maduras...

Subitamente sentiu frio. A água que tinha no corpo evaporava, e a pele dos braços estava gelada. As pontas dos dedos se enrugaram. Quantas conversas penosas teria pela frente. Era necessário evitar... "Agora preciso me vestir, Padre. Por favor, diga a Concetta que não estou nem um pouco irritado, mas que conversaremos sobre tudo isso assim que tivermos a certeza de que não se trata apenas de fantasias de uma jovem romântica. Até logo, Padre."

Ergueu-se e passou ao quarto de toalete. Da Igreja Matriz vizinha chegavam os tétricos repiques de um mortório. Alguém tinha morrido em Donnafugata, algum corpo cansado que não resistira ao extenso luto do verão siciliano, a quem faltaram as forças para esperar a chuva. "Sorte dele", pensou o Príncipe, enquanto passava loção nas costeletas. "Sorte dele, que agora está se lixando para filhas, dotes e carreiras políticas." Essa efêmera identificação com um defunto desconhecido foi suficiente para acalmá-lo. "Enquanto há morte, há esperança", pensou; depois se achou ridículo por estar em tal estado de depressão porque uma filha sua queria se casar. "*Ce sont leurs affaires, après tout*",* pensou em francês, como fazia quando suas cogitações tentavam ser maliciosas. Sentou-se numa poltrona e cochilou.

Depois de uma hora, acordou revigorado e desceu ao jardim. O sol já se punha e seus raios, cessada sua potência, iluminavam com luz cortês as araucárias, os pinheiros e as robustas azinheiras que faziam a glória do lugar. A alameda principal

* *"É problema deles, afinal."*

descia lenta entre as altas sebes de loureiro que emolduravam bustos anônimos de deusas sem nariz; e lá do fundo se ouvia a doce chuva dos jorros que caíam na fonte de Anfitrite. Dirigiu--se para lá, ágil, ávido por rever o local. Sopradas pelos búzios dos Tritões, pelas conchas das Náiades, pelas narinas dos monstros marinhos, as águas irrompiam em filamentos sutis, martelavam com pungente rumor a superfície esverdeada da bacia, produziam saltos, bolhas, espumas, ondulações, frêmitos, remoinhos risonhos; de toda a fonte, das águas tépidas, das pedras revestidas de musgos aveludados emanava a promessa de um prazer que jamais poderia se transformar em dor. Sobre uma ilhota no centro da bacia redonda, modelado por um cinzel inábil mas sensual, um Netuno rude e sorridente agarrava uma Anfitrite libidinosa; o umbigo dela brilhava ao sol encharcado pelos jatos, ninho, em breve, de beijos secretos na penumbra subaquática. Dom Fabrizio parou, olhou, recordou, lamentou. Permaneceu ali por um bom tempo.

"Tiozão, venha ver os pêssegos estrangeiros. Ficaram ótimos; e deixe pra lá essas indecências, que não são para homens da sua idade."

A afetuosa malícia da voz de Tancredi o tirou do entorpecimento voluptuoso. Não havia percebido sua aproximação, ele era como um gato. Pela primeira vez lhe pareceu que um sentimento de rancor o ferisse ao avistar o rapaz; aquele janota de cinturinha fina sob a veste azul-marinho tinha sido a causa de sua amarga lembrança da morte duas horas antes. Depois se deu conta de que não era rancor, apenas uma máscara da apreensão: temia que lhe falasse de Concetta. Mas a abordagem, o tom do sobrinho, não era o de quem se prepara para fazer confidências amorosas a um homem como ele. Acalmou-se: o olho

O LEOPARDO

73

do sobrinho o fixava com o afeto irônico que a juventude concede às pessoas idosas. "Podem permitir-se um pouco de gentileza conosco, já que estão convencidos de que, no dia seguinte aos nossos funerais, estarão livres." Foram ver os "pêssegos estrangeiros". O enxerto dos brotos alemães, feito dois anos antes, tinha sido um sucesso; os pêssegos eram poucos, uma dúzia em duas árvores transplantadas, mas eram grandes, aveludados e perfumados; amarelados com duas leves manchas rosadas nas bochechas, pareciam pequenas cabeças de chinesinhas pudicas. O Príncipe os apalpou com a famosa delicadeza da ponta dos dedos. "Parece-me que estão bem no ponto. Pena que sejam insuficientes para serem servidos hoje à noite. Amanhã mandaremos colhê-los e vamos ver como estão." "Muito bem! É assim que eu gosto de vê-lo, tio; assim, no papel do *agricola pius** que aprecia e antegoza os frutos do próprio trabalho; não como o encontrei agora há pouco, enquanto contemplava nudezas escandalosas." "No entanto, Tancredi, esses pêssegos também são produzidos por amores, por conjunções." "Claro, mas por amores legítimos, promovidos por você, o dono, e pelo jardineiro, o tabelião; por amores meditados, frutuosos. Já aqueles ali", disse acenando para a fonte, cujo frêmito se sentia para além de uma cortina de azinheiras, "pensa mesmo que passaram diante de um pároco?" O rumo da conversa tornava-se perigoso, e Dom Fabrizio apressou-se em mudar de rota.

Subindo de volta para a casa, Tancredi contou o que lhe haviam dito sobre as histórias amorosas de Donnafugata: Menica, a filha do capataz Saverio, fora engravidada pelo noivo; o casamento agora seria feito às pressas. Já Colicchio tinha escapado

* *Fiel agricultor.*

por um triz do tiro de um marido descontente. "Mas como você fica sabendo dessas coisas?" "Eu sei, tiozão, eu sei. Contam tudo para mim; sabem que me compadeço."

Quando chegaram ao topo da escadaria que, com curvas lentas e longos intervalos de patamares, subia do jardim até o palácio, avistaram o horizonte crepuscular para além das árvores: do lado do mar, imensas nuvens cor de chumbo escalavam o céu. Será que a cólera divina fora saciada e a maldição anual da Sicília havia chegado ao fim? Naquele instante, aquelas nuvens carregadas de alívio eram observadas por milhares de outros olhos, percebidas por milhões de sementes no ventre da terra. "Tomara que o verão tenha terminado, e que afinal venha a chuva", disse Dom Fabrizio; com essas palavras, o altivo aristocrata para quem, pessoalmente, as chuvas só trariam aborrecimento, revelava-se irmão de seus rudes camponeses.

O Príncipe sempre fazia questão de que o primeiro jantar em Donnafugata fosse solene: os filhos com menos de quinze anos eram excluídos da mesa, serviam-se vinhos franceses, havia o ponche à romana antes do assado; os criados vestiam uniformes de gala. Só transigia em um único ponto: não usava traje a rigor para não constranger os convidados que, evidentemente, não o possuíam. Naquela noite, no chamado salão "Leopoldo", a família Salina aguardava os últimos convidados. Por baixo dos quebra-luzes de renda, os lumes a querosene expandiam uma tênue luz amarela; os desmedidos retratos equestres dos antepassados Salina não eram mais que imagens imponentes e vagas como sua recordação. Dom Onofrio já havia chegado com a esposa, e também o Arcipreste, que, com o mantéu preguea-do descendo-lhe pelos ombros em sinal de pompa, falava com a Princesa sobre as desavenças no Colégio de Maria. Chegara também dom Ciccio, o organista (Teresina já havia sido atada ao pé de uma mesa da copa), que evocava com o Príncipe fabulosas caçadas nos desfiladeiros da Dragonara. Tudo corria plácida e costumeiramente quando Francesco Paolo, o filho de dezesseis anos, irrompeu com estardalhaço no salão: "Papai, dom Caloge-ro está subindo as escadas. Veio de fraque!".

Tancredi avaliou a importância da notícia um segundo an-tes dos demais; estava concentrado em encantar a esposa de dom Onofrio, mas, quando ouviu a frase fatal, não conseguiu se controlar e estourou numa gargalhada. Todavia não riu o Príncipe, em quem — vale dizer — a notícia produziu maior efeito que o informe sobre o desembarque em Marsala. Aquele havia sido um acontecimento não só aguardado, mas também distante e invisível. Agora, sensível como era aos presságios e aos símbolos, ele contemplava a Revolução naquela gravatinha branca e naquelas duas caudas pretas que subiam a escadaria de sua casa. Não apenas ele, o Príncipe, não era mais o proprietário máximo de Donnafugata, mas também se via forçado a receber, em roupas vespertinas, um convidado que se apresentava, com propriedade, em trajes noturnos.

Seu desconforto foi grande e ainda durava enquanto avan-çava mecanicamente para a porta a fim de receber o convidado. Porém, quando pôs os olhos nele, sua aflição foi bastante alivia-da. Perfeitamente adequado como manifestação política, podia--se afirmar sem sombra de dúvida que, em matéria de alfaiataria, o fraque de dom Calogero era uma catástrofe. O tecido era de primeira, o modelo, recente, mas o corte era fatal. O Verbo londrino* encarnara desastrosamente em um artesão de Agrigento a quem a tenaz sovinice de dom Calogero recorrera. As pontas das duas abas se erguiam para o céu em muda súplica, o largo colete era informe e — embora doloroso, é necessário dizer — os pés do Prefeito calçavam botinhas abotoadas.

Dom Calogero se dirigia com a mão estendida e enluvada para a Princesa: "Minha filha pede desculpas; ainda não estava pronta. Vossa Excelência sabe como são as mulheres nestas ocasiões", acrescentou, expressando em termos quase vernáculos um pensamento de leveza parisiense. "Mas ela estará aqui em um instante; como sabe, nossa casa fica a dois passos."

O instante durou cinco minutos; depois a porta se abriu e Angelica entrou. A primeira impressão foi de deslumbrante surpresa. Os Salina perderam o fôlego; Tancredi até sentiu o pulsar das veias das têmporas. Sob o ímpeto de sua beleza, os homens permaneceram incapazes de notar, analisando-os, os não poucos defeitos que essa beleza continha; muitas deviam ser as pessoas que nunca foram capazes desse exame crítico. Era alta e bem-feita, com base em generosos critérios; sua carne devia ter o sabor do creme fresco ao qual se assemelhava; a boca infantil, o de morangos. Sob a massa de cabelos cor da noite, imersos em ondulações suaves, os olhos verdes cintilavam imóveis como os das estátuas e, assim como estes, um tanto cruéis. Avançava lenta, fazendo voltear em torno de si a ampla saia branca, e trazia em sua pessoa a calma e a invencibilidade da mulher de incontestável beleza. Só muitos meses depois se soube que, no momento de sua entrada triunfal, ela estivera a ponto de desmaiar de ansiedade.

---

*A alta-costura de Londres.

Não deu importância a Dom Fabrizio, que acorreu em sua direção, e passou por Tancredi, que sorria embevecido; diante da poltrona da Princesa, sua anca estupenda desenhou um leve arco, e essa forma de reverência inabitual na Sicília conferiu--lhe instantaneamente o fascínio do exotismo, acrescido à beleza provinciana. "Minha Angelica, há quanto tempo não a via. Você mudou muito; e não para pior." A Princesa não acreditava em seus olhos: lembrava-se da garota de treze anos pouco cuidada e feinha, de quatro anos atrás, e não conseguia coadunar essa imagem com a da adolescente voluptuosa que estava diante de si. O Príncipe não tinha lembranças a reordenar, apenas previsões a projetar; o golpe que o fraque do pai infligira em seu orgulho se repetia, agora, no aspecto da filha; mas desta vez não se tratava de tecido preto, e sim de uma alucinante pele láctea; e bem cortada, muitíssimo bem! Velho cavalo de batalha, o retinir da graça feminina logo o encontrou, e ele se dirigiu à jovem com toda a graciosa deferência que teria empregado ao falar com a duquesa de Bovino ou com a princesa de Lampedusa. "É uma felicidade para nós, srta. Angelica, poder acolher uma flor tão bela em nossa casa; e espero que tenhamos o prazer de revê-la muitas vezes aqui." "Obrigada, Príncipe; vejo que Sua bondade comigo é igual àquela que sempre demonstrou com meu querido pai." A voz era bela, de tom baixo, talvez um tanto controlada demais; o colégio florentino apagara a cadência arrastada do sotaque de Agrigento; de siciliano, em suas palavras, restava apenas a aspereza das consoantes que, de resto, harmonizava à perfeição com sua formosura clara, mas grave. Em Florença também lhe haviam ensinado a omitir o "Excelência".

Lamentavelmente há pouco a dizer de Tancredi: depois que se fez apresentar a dom Calogero, depois de mal ter resistido ao desejo de beijar a mão de Angelica, depois de ter manobrado o farol de seus olhos azuis, continuou conversando com a sra. Rotolo sem entender nada de quanto escutava. O Padre Pirrone estava a meditar num canto escuro e pensava nas Sagradas Escrituras, que, naquela noite, se lhe apresentavam apenas como uma sucessão de Dalilas, Judites e Ester.

A porta central do salão se abriu e *"Prann' pronn'"*, declamou o mordomo; sons misteriosos mediante os quais se anunciava que o banquete estava pronto; e o grupo heterogêneo encaminhou-se para a sala de jantar.

O Príncipe tinha experiência suficiente para não oferecer a convidados sicilianos de um povoado do interior um banquete que se iniciasse com um *potage*, e infringia com a maior facilidade as regras da alta cozinha de acordo com o próprio gosto. Mas as informações sobre o bárbaro costume forasteiro de servir um caldo ralo como primeiro prato haviam chegado com demasiada insistência às autoridades de Donnafugata, fazendo-lhes palpitar um temor residual ao início de cada um daqueles jantares solenes. Por isso, quando três criados empoados, trajando verde e ouro, entraram trazendo cada qual uma enorme travessa de prata contendo a cúpula imponente de um *timballo di maccheroni*, apenas quatro dos vinte comensais se abstiveram de manifestar uma agradável surpresa: o Príncipe e a Princesa, porque já o sabiam; Angelica, por afetação; e Concetta, por falta de apetite. Todos os outros (inclusive Tancredi, é forçoso dizer) manifestaram seu alívio de diversas maneiras, que iam dos flautados grunhidos extáticos do tabelião ao gritinho agudo de Francesco Paolo. Entretanto, o olhar circundante e ameaçador do anfitrião cortou imediatamente aquelas manifestações impróprias.

Porém, bons modos à parte, o aspecto daqueles *pasticci* babélicos era digno de causar frêmitos de admiração. O ouro tostado da crosta, a fragrância de açúcar e canela que dela emanava eram apenas o prelúdio da sensação de delícia que escapava de seu interior quando a faca rasgava-lhe o invólucro: primeiro irrompia um vapor carregado de aromas, depois se divisavam os fígados de frango, os ovinhos cozidos, as tiras de presunto, de frango e de trufa enredadas na massa untuosa e fervente dos macarrõezinhos curtos, à qual o sumo de carne conferia uma preciosa cor de camurça.

O início da refeição foi, como sempre ocorre na província, de recolhimento. O Arcipreste fez o sinal da cruz e lançou-se de cabeça baixa, sem dizer palavra; o organista absorvia a suculência da comida de olhos fechados: estava grato ao Criador de que sua habilidade em fulminar lebres e galinholas lhe propiciasse de vez em quando semelhantes êxtases, e pensava que, com o preço de uma daquelas travessas, ele e Teresina sobreviveriam por um mês; Angelica, a bela Angelica, esqueceu-se dos crepes toscanos e de parte das boas maneiras e devorava com o apetite de seus dezessete anos e com o vigor que o garfo, empunhado pela metade do cabo, lhe conferia. Tentando conciliar a galanteria e a gula, Tancredi buscava imaginar o sabor dos beijos de Angelica, vizinha a ele, no gosto das garfadas aromáticas, mas se deu conta de que a experiência era desagradável e a suspendeu, reservando-se o direito de ressuscitar essas fantasias no momento da sobremesa; Dom Fabrizio, embora enlevado na contemplação de Angelica sentada à sua frente, foi capaz de notar — o único à mesa — que a *demi-glace* estava um pouco pesada, prometendo a si mesmo comunicar ao cozinheiro no dia seguinte; os outros comiam sem pensar em nada, sem saber que o prato lhes parecia tão apetitoso também porque uma aura sensual havia penetrado na casa.

Todos estavam tranquilos e contentes. Todos, exceto Concetta. Sim, ela havia abraçado e beijado Angelica, tinha até recusado o tratamento formal que a outra lhe dispensara e proposto o "você" de suas infâncias, mas ali, sob o corpete azul pálido, seu coração estava sendo torturado; nela vinha à tona o violento sangue Salina e, sob a fronte lisa, articulavam-se fantasias venenosas. Tancredi estava sentado entre ela e Angelica e, com a cortesia cheia de dedos de quem se sentia em culpa, dividia igualmente olhares, mesuras e facécias entre as duas vizinhas; mas Concetta sentia, sentia de modo animalesco, a corrente de desejo que passava do primo para a intrusa, e entre a fronte e o nariz seu cenho se franzia; desejava matar assim como desejava morrer. E, como era mulher, apegava-se aos detalhes: notava a graça vulgar do mindinho direito de Angelica apontado para o alto enquanto segurava a taça; notava um sinal avermelhado na pele do pescoço; notava a tentativa reprimida a meio caminho de tirar com a unha um fiapo de comida que ficara entre seus dentes branquíssimos; notava com ainda mais vivacidade uma certa dureza de espírito; e a esses detalhes, que na verdade eram insignificantes porque incinerados pelo fascínio sensual, agarrava-se confiante e desesperada, como um pedreiro que ao cair se aferra a uma calha de chumbo; esperava que Tancredi também os notasse e se desagradasse diante desses traços manifestos da diferença de educação. Mas Tancredi já os havia notado e, ai!, sem nenhum resultado. Deixava-se arrastar pelo estímulo físico que a belíssima fêmea atiçava em sua juventude fogosa e também pela excitação — digamos assim — contábil que a garota rica suscitava em seu cérebro de homem ambicioso e pobre.

Ao final do jantar, a conversa era generalizada: dom Calogero contava em péssima língua, mas com perspicácia, alguns bastidores da conquista garibaldina da província; o tabelião falava com a Princesa sobre a casinha "fora da cidade" (isto é, a cem metros de Donnafugata) que estava construindo; Angelica, excitada pelas luzes, pela comida, pelo *chablis*, pelo evidente consenso que constatava em todos os homens ao redor da mesa, pedira a Tancredi que lhe narrasse alguns episódios dos "gloriosos feitos militares" de Palermo; havia pousado um cotovelo sobre a toalha e apoiado o rosto na mão; o sangue lhe afluía às bochechas, e toda ela era perigosamente agradável ao olhar; o arabesco desenhado pelo antebraço, o cotovelo, os dedos, a luva branca pendente, provocou deleite em Tancredi e desgosto em Concetta. O jovem, mesmo continuando a admirá-la, narrava a guerra fazendo tudo parecer leve e sem importância: a marcha noturna sobre Gibilrossa, o entrevero entre Bixio e La Masa, o assalto à Porta de Termini. "Eu ainda não tinha este tapa-olho e me diverti a valer, senhorita, acredite. Nossas maiores gargalhadas foram na noite de 28 de maio, minutos antes de eu ser ferido. O General precisava de um posto de observação no alto do Monastério do Origlione: batemos na porta, e de novo, gritamos, e nada; era um convento de clausura. Tassoni, Aldrighetti, eu e mais uns outros tentamos arrombar a porta com a coronha de nossos mosquetes. Nada. Então fomos buscar a viga de uma casa bombardeada ali perto e enfim, com um barulho dos infernos, a porta veio abaixo. Entramos: tudo deserto; mas do canto de um corredor se ouvem estrilos desesperados; um grupo de freiras se refugiara na capela, e elas estavam ali, apinhadas perto do altar; sabe-se lá o que temiam daquela dezena de jovens exaltados. Era engraçado vê-las, feias e velhas, em seus hábitos negros, os olhos esbugalhados, prontas e dispostas ao... martírio. Ganiam feito cadelas. Tassoni, sempre brincalhão, gritou: 'Nada feito, irmãs, precisamos cuidar de outras coisas; voltaremos quando nos mostrarem as noviças!'. E todos caímos na risada até quase embolarmos no chão. E as deixamos ali, de boca seca, para abrir fogo contra os soldados reais dos terraços de cima."

Ainda apoiada, Angelica ria exibindo todos os seus dentes de lobinha. A anedota lhe parecia deliciosa; aquela possibilidade de estupro a perturbava, a bela garganta palpitava. "Mas que tipos os senhores deviam ser. Como teria gostado de estar com os senhores!" Tancredi parecia transfigurado: o entusiasmo do relato, a força da lembrança, ambos enxertados na excitação que a aura sensual da garota produzia nele, num instante transformaram o rapaz de bons modos que no fundo era em um soldado brutal.

"Se quem estivesse lá fosse a senhorita, não teríamos precisado aguardar as noviças."

Em sua casa, Angelica tinha ouvido muitas palavras grosseiras; mas esta era a primeira vez (e não a última) que se via como alvo de um duplo sentido lascivo; a novidade lhe agradou, sua risada subiu de tom, tornou-se estrídula.

Naquele momento todos se levantavam da mesa; Tancredi inclinou-se para apanhar o leque de plumas que Angelica deixara cair; ao reerguer-se, viu Concetta com o rosto em brasa e duas pequenas lágrimas na borda dos cílios: "Tancredi, estas coisas feias se dizem ao confessor, não se contam a senhoritas,

à mesa; pelo menos, não quando eu estiver presente". E virou-
-lhe as costas.

Antes de ir para a cama, Dom Fabrizio se deteve um momento
na sacadinha do quarto de vestir. O jardim dormia submerso
na sombra, lá embaixo; no ar inerte as árvores pareciam-lhe de
chumbo fundido; do sino sobrestante chegava o fabuloso sibilo
das corujas. O céu estava livre de nuvens: aquelas a que sauda-
ra ao crepúsculo quem sabe aonde tinham ido, rumo a cidades
menos culpáveis, para as quais a cólera divina havia decretado
condenações mais brandas. As estrelas pareciam turvas, e seus
raios esforçavam-se em penetrar a manta de mormaço.
   A alma de Dom Fabrizio lançou-se para elas, as intangíveis,
as inalcançáveis, aquelas que dão alegria sem nada pedir em
troca, aquelas que não negociam; quantas outras vezes deva-
neou que logo poderia se encontrar entre aquelas extensões
geladas, puro intelecto armado de um bloco para cálculos; para
cálculos dificílimos, mas que sempre dariam certo. "Elas são as
únicas puras, as únicas pessoas de bem", pensou com suas expressões mundanas. "Quem pensa em se preocupar com o dote
das Plêiades, com a carreira política de Sírio, com as atitudes
na alcova de Vega?" O dia tinha sido ruim; agora o percebia não
só pela pressão na boca do estômago, mas também pelo que até
as estrelas lhe diziam; em vez de vê-las conformadas em seus
habituais desenhos, sempre que erguia os olhos avistava lá no
alto um único diagrama: duas estrelas em cima, os olhos; uma
embaixo, a ponta do queixo; o esquema burlesco de um rosto
triangular que sua alma projetava nas constelações quando
estava transtornada. O fraque de dom Calogero, os amores de

GIUSEPPE TOMASI DI LAMPEDUSA

Concetta, a empolgação evidente de Tancredi, a própria pusilanimidade e até a ameaçadora beleza daquela Angelica. Coisas ruins, pedrinhas céleres que precedem a avalanche. E Tancredi! Tinha razão, com certeza, e decerto o ajudaria; mas não se podia negar que era um tantinho ignóbil. E ele mesmo era como Tancredi. "Chega, hora de ir para a cama."

Na sombra, Bendicò esfregava a cabeçorra em seu joelho. "Está vendo, Bendicò, você é um pouco que nem as estrelas: felizmente incompreensível, incapaz de produzir angústia." Levantou a cabeça do cão quase invisível na noite. "E no fim das contas, com esses seus olhos no mesmo nível do nariz, com sua ausência de queixo, é impossível que sua cabeça evoque espectros malignos no céu."

Costumes seculares exigiam que, no dia seguinte à chegada, a família Salina fosse ao Monastério de Santo Spirito rezar sobre o túmulo da Beata Corbèra, antepassada do Príncipe, que havia fundado o convento, o havia provido, e ali santamente vivera e santamente morrera.

O monastério era submetido a uma rígida regra de clausura, e seu ingresso era interdito aos homens. Por isso mesmo Dom Fabrizio estava especialmente feliz por visitá-lo, porque para ele, descendente direto da fundadora, a interdição não vigia, e desse privilégio, que ele compartilhava apenas com o Rei de Nápoles, era cioso e sentia um orgulho infantil.

E essa faculdade de canônica prepotência era a causa principal, mas não a única, de sua predileção por Santo Spirito. Naquele lugar tudo lhe agradava, a começar pela humildade do parlatório rústico com sua abóbada de berço e o Leopardo no centro, as grades duplas para as conversas, a pequena roda de madeira para permitir a transmissão das mensagens, a porta bem esquadrada que o Rei e ele, únicos homens no mundo, podiam atravessar de modo lícito. Gostava do aspecto das freiras com seus largos peitilhos de alvíssimo linho em pregueados minúsculos que despontavam sobre a rude túnica negra; enlevava-se ao escutar pela vigésima vez o relato da Abadessa sobre os milagres da Beata, ao ver como ela lhe apontava o canto do jardim melancólico onde a santa freira havia erguido no ar uma grande pedra que o Demônio, enervado por sua austeridade, arremessara sobre ela; sempre se espantava ao ver emolduradas na parede de uma cela as duas cartas famosas e indecifráveis, a que a Beata Corbèra havia escrito ao Diabo a fim de exortá-lo ao bem e a resposta dele, que exprimia — ao que parece — pesar por não poder obedecer a ela; gostava dos doces de amêndoas que as freiras preparavam segundo receitas centenárias, gostava de ouvir o Ofício no coro, e contentava-se até em oferecer àquela comunidade uma parte não desprezível de sua renda, assim como ordenava o ato de sua fundação.

Portanto, naquela manhã só havia gente satisfeita nas duas carruagens que se dirigiam ao monastério, nas cercanias da cidade. Na primeira estavam o Príncipe com a Princesa e as filhas Carolina e Concetta; na segunda, a filha Caterina, Tancredi e o Padre Pirrone, os quais, bem entendido, permaneceriam *extra muros* e aguardariam no parlatório durante toda a visita, confortados pelos doces de amêndoas que surgiam através da roda. Concetta parecia um tanto distraída, mas serena, e o Príncipe torcia para que as birras da véspera tivessem passado.

O ingresso em um convento de clausura não é coisa simples, até para quem possui o mais sagrado dos direitos. As religiosas fazem questão de mostrar certa relutância, formal, é verdade, mas prolongada, o que de resto confere maior sabor à já sabida admissão; embora a visita fosse esperada, foi preciso, pois, aguardar um bom tempo no parlatório. Foi ao final dessa espera que de repente Tancredi disse ao Príncipe: "Tio, você não poderia conseguir que eu entrasse também? Afinal de contas sou metade Salina, e nunca estive aqui". O Príncipe no fundo ficou feliz com o pedido, mas recusou decididamente com um movimento da cabeça. "Mas, meu filho, você sabe: só eu posso entrar; para os demais é impossível." Mas não era fácil demover Tancredi: "Desculpe, tiozão; nesta manhã reli o ato de fundação na biblioteca: 'Poderá entrar o Príncipe de Salina e, com ele, dois cavalheiros de seu séquito, se a Abadessa o permitir'. Serei o cavalheiro do seu séquito, serei seu escudeiro, farei o que você quiser. Peça à Abadessa, por favor". Falava com insólito fervor; talvez quisesse fazer com que alguém esquecesse as falas inconvenientes da noite anterior. Dom Fabrizio estava lisonjeado: "Se você quer tanto, meu caro, vou ver...". Mas Concetta, com seu sorriso mais doce, dirigiu-se ao primo: "Tancredi, quando estávamos vindo avistamos uma viga no chão, na frente da casa de Ginestra. Vá buscá-la, assim entrará mais depressa". O olho azul de Tancredi se turvou, e o rosto enrubesceu como uma papoula, não se sabe se por vergonha ou ira; quis dizer algo a um estupefato Dom Fabrizio, mas Concetta interveio de novo, agora com voz maldosa e sem sorrir. "Deixe para lá, papai, ele está brincando; ele já esteve pelo menos em um convento, e isso deve ser o bastante; não é justo que entre neste nosso."

A porta se abria com o rumor de ferrolhos puxados. No parlatório abafado entrou o frescor do claustro misturado à algaravia das freiras perfiladas. Era tarde demais para se chegar a um acordo, e Tancredi ficou passeando diante do convento sob o céu afogueado.

A visita foi perfeita. Por amor ao sossego, Dom Fabrizio prescindiu de indagar a Concetta o significado de suas palavras; devia tratar-se sem dúvida de uma das habituais brincadeiras entre primos; de todo modo, o bate-boca entre os dois jovens afastava aborrecimentos, conversas, decisões a serem tomadas, portanto tinha vindo em boa hora. Sobre essas premissas, o túmulo da Beata Corbèra foi por todos venerado com contrição, o café fraco das freiras foi sorvido com tolerância, e os doces de amêndoas rosados e esverdeados foram mastigados com satisfação; a Princesa inspecionou o roupeiro, Concetta dirigiu-se às freiras com a bondade costumeira e decorosa, ele, o Príncipe, deixou sobre a mesa do refeitório as vinte "onças" que ofertava a cada vez. É verdade que, na saída, Padre Pirrone estava sozinho; mas, como disse que Tancredi tinha ido embora a pé, depois de se lembrar de uma carta urgente a escrever, ninguém se importou com isso.

Voltando ao palácio, o Príncipe subiu à biblioteca, que ficava bem no centro da fachada sob o relógio e o para-raios. Do grande balcão fechado contra o mormaço avistava-se a praça de Donnafugata: vasta, sombreada pelos plátanos poeirentos. As casas em frente ostentavam algumas fachadas desenhadas com brio por um arquiteto local; rústicas monstruosidades em pedra macia, polidas pelos anos, sustentavam contorcidas as sacadinhas demasiado pequenas; outras casas, entre elas a de dom Calogero, se dissimulavam por trás de pudicas fachadinhas imperiais.

Dom Fabrizio passeava para cima e para baixo pelo enorme aposento; de vez em quando, ao passar, dava uma espiada na praça: em um dos bancos que ele mesmo doara à Prefeitura, três velhinhos tostavam ao sol; uns dez pirralhos corriam uns atrás dos outros brandindo espadas de madeira; quatro mulas estavam atadas a uma árvore. Sob a fúria da solina, o espetáculo não podia ser mais provinciano. Porém, numa de suas passagens pela janela, seu olhar foi atraído por uma figura nitidamente urbana: ereta, delgada, bem-vestida. Aguçou os olhos: era Tancredi; reconheceu-o, embora estivesse um pouco distante, pelos ombros caídos e a cintura bem envolta no redingote. Tinha trocado de roupa: não estava mais de marrom, como em Santo Spirito, mas de azul da Prússia, "a cor da minha sedução", como ele mesmo dizia. Segurava uma bengala de castão esmaltado (devia ser aquela com o Unicórnio dos Falconeri e o moto *Semper purus*) e caminhava lépido feito um gato, como alguém que temesse sujar os sapatos de pó. Dez passos atrás, um criado o seguia com uma cesta cheia de laços, dentro da qual havia uma dezena de pêssegos amarelos com bochechinhas rosadas.

Desviou-se de um pirralho, evitou com cuidado uma mijada de mula. Alcançou a porta da casa Sedàra.

Terceira parte
Outubro de 1860

A chuva chegara, a chuva fora embora; o sol tornara a subir ao trono como um rei absoluto que, afastado por uma semana pelas barricadas dos súditos, volta a reinar iracundo, mas refreado por cartas constitucionais. O calor restaurava sem arder, a luz era autoritária mas deixava as cores sobreviver, e da terra rebrotavam calamintas e trifólios cautelosos; dos rostos apreensivos, esperanças.

Na companhia de Teresina e Arguto, cães, e de dom Ciccio Tumeo, discípulo, Dom Fabrizio passava longas horas caçando, do alvorecer até a tarde. O esforço era de todo desproporcional aos resultados, porque até aos mais experientes atiradores é difícil acertar um alvo que quase nunca existe, e já era muito se o Príncipe, voltando para casa, pudesse levar à cozinha um par de perdizes, assim como dom Ciccio achava-se afortunado se, à noite, conseguisse jogar sobre a mesa um coelho selvagem, que de resto era ipso facto promovido ao grau de lebre, como se usa entre nós.

Por outro lado, uma abundância de butim teria sido um prazer secundário para o Príncipe; o divertimento dos dias de caça consistia noutras coisas, subdividido em muitos episódios miúdos. Começava com o barbear no cômodo ainda escuro, à luz de uma vela que tornava enfáticos os gestos sob o teto de arquiteturas afrescadas; aguçava-se na travessia dos salões adormecidos, no esquivar-se das mesas sob a luz vacilante com as cartas de baralho em desordem entre fichas e cálices vazios, e em discernir entre elas o valete de espadas que lhe dirigia uma saudação viril; em percorrer o jardim imóvel sob a luz cinzenta, onde os pássaros mais matutinos se agitavam para expulsar o orvalho de suas penas; em sair para fora passando por uma portinhola impedida pela hera; em fugir, enfim; e depois, na estrada ainda inocente com os primeiros albores, encontrava dom Ciccio sorridente entre os bigodes amarelados, enquanto investia afetuoso contra os cachorros; estes, na espera, fremiam os músculos sob o pelo aveludado. Vênus brilhava, bago de uva descascado, transparente e úmido, e já parecia escutar o fragor do carro solar que subia a encosta atrás do horizonte; logo se avistavam os primeiros rebanhos que avançavam sonolentos como as marés, guiados a pedradas pelos pastores calçados com peles; as lãs se tornavam macias e rosadas sob os primeiros raios; depois era preciso dirimir obscuros conflitos de primazia entre os cães de matilha e os obstinados perdigueiros, e após esse intermezzo ensurdecedor contornava-se por um declive e se deparava com o imemorial silêncio da Sicília pastoral. De repente, estava-se longe de tudo, no espaço e mais ainda no tempo. Donnafugata com seu palácio e seus novos-ricos estava ali, a duas milhas, mas parecia desbotada na lembrança como as paisagens que às vezes se entreveem na abertura longínqua de um túnel ferroviário; suas penas e seus luxos se mostravam ainda mais insignificantes do que se pertencessem ao passado, porque em relação à imobilidade dessas paragens afastadas pareciam fazer parte do futuro, terem sido extraídos não da rocha e da carne, mas do tecido de um sonhado porvir, hauridos de uma Utopia imaginada por um Platão rústico que, pelo mais mínimo acidente, também poderia se conformar em moldes de todo diversos ou mesmo inexistir; desprovidos, assim, até daquele pouco de carga energética que cada coisa passada continua possuindo, já não poderiam trazer aborrecimentos.

* * *

Dom Fabrizio havia tido nesses últimos dois meses muitos aborrecimentos, provenientes de todas as partes como formigas ao ataque de uma lagartixa morta. Alguns haviam despontado pelas rachaduras da situação política; outros lhe caíram no colo pelas paixões alheias; outros ainda (e eram os mais mordazes) haviam germinado de seu interior, isto é, de suas reações irracionais à política e aos caprichos do próximo (caprichos os chamava quando estava enfurecido; quando calmo, denominava-os paixões); e esses aborrecimentos eram passados em revista todos os dias, manipulados, dispostos em colunas ou desdobrados em filas sobre a praça de armas da própria consciência, e ele esperava detectar em suas evoluções um sentido qualquer de finalidade que pudesse tranquilizá-lo; mas não conseguia. Em anos passados as preocupações eram menores e, de todo modo, a temporada em Donnafugata constituía um período de repouso: os tormentos se deixavam desarmar, dispersavam-se por entre as anfractuosidades dos vales e se punham tão calmos, absortos em comer pão e queijo, que a belicosidade de seus uniformes era esquecida e podiam ser tomados por vaqueiros inofensivos. Já neste ano, como tropas amotinadas que brandissem, agitadas, as armas, permaneceram agrupados e, em sua própria casa, suscitavam nele o abatimento de um coronel que dissesse: "Ataquem as fileiras!", e em seguida visse o regimento mais compacto e ameaçador que nunca.

Bandas, rojões, sinos, *zingarelle* e "Te Deum" na chegada, tudo bem; mas depois a revolução burguesa que subia as escadas de seu palácio no fraque de dom Calogero; a beleza de Angelica que punha na sombra a graça contida de sua Concetta; Tancredi que precipitava os tempos da evolução prevista e cujo entusiasmo sensual, aliás, achava meios de enfeitar com flores seus motivos realistas; os escrúpulos e os equívocos do plebiscito: as mil astúcias às quais o Leopardo devia ceder, ele, que por tantos anos havia afugentado as dificuldades com um gesto da pata.

Tancredi partira havia mais de um mês e agora estava em Caserta, acampado nos aposentos de seu Rei; de lá enviava a Dom Fabrizio esporádicas cartas que ele lia alternando risos e rosnados e depois guardava na gaveta mais remota da escriva-ninha. Nunca escrevia a Concetta, mas não se esquecia de lhe mandar lembranças com sua habitual e afetuosa malícia; uma vez até escreveu: "Beijo as mãos de todas as Leopardinhas, em especial as de Concetta", frase que a prudência paterna censu-rou quando a carta foi lida à família. Angelica fazia uma visita quase todos os dias, mais sedutora que nunca, acompanhada do pai ou de uma camareira de mau agouro: oficialmente ela visitava as amigas, as garotas, mas de fato se percebia que seu escopo maior era atingido no momento em que ela perguntava com indiferença: "E chegaram notícias do Príncipe?". Na boca de Angelica, "o Príncipe" não era — ai de mim! — o vocábu-lo para designar a ele, Dom Fabrizio, mas o nome usado para evocar o capitãozinho garibaldino; e isso provocava em Salina um sentimento curioso, tecido no algodão da inveja sensual e na seda do comprazimento pelo sucesso do querido Tancredi; sentimento, no fim das contas, desagradável. À pergunta, era ele mesmo quem sempre respondia: de modo bastante ponde-rado, informava o que sabia, mas tendo o cuidado de apresen-tar uma plantinha de notícias bem podada, da qual suas cau-telosas tesouras haviam extirpado tanto os espinhos (relatos de frequentes passeios em Nápoles, claras alusões à beleza das pernas de Aurora Schwarzwald, bailarina do San Carlo) quanto os brotos prematuros ("me dê notícias da srta. Angelica"; "no gabinete de Ferdinando II vi uma Madona de Andrea del Sarto que me fez lembrar a srta. Sedàra"). Plasmava deste modo uma imagem insípida de Tancredi, bem pouco verdadeira, mas assim, também, não se podia dizer que ele estivesse bancando o estraga-prazeres ou o alcoviteiro. Essas precauções verbais correspondiam muito bem aos próprios sentimentos quanto à refletida paixão de Tancredi, mas o irritavam na mesma medida em que o cansavam; de resto, elas eram apenas um exemplo das centenas de rodeios de linguagem que havia algum tempo ele era forçado a inventar; repensava pesaroso na situação de um ano atrás, quando dizia tudo o que lhe passava pela cabeça, certo de que qualquer tolice seria aceita como palavra do Evangelho, e qualquer desfaçatez, como displicência principesca. Tomando a via nostálgica do passado, nos momentos de pior humor embrenhava-se bem longe por essa ribanceira perigosa: uma vez, enquanto adoçava a xícara de chá que Angelica lhe passara, percebeu que estava invejando as possibilidades daqueles tais Fabrizios de Corbèra e Tancredis Falconeri de três séculos antes, que saciariam a vontade de ir para a cama com as Angelicas de seu tempo sem precisar passar diante de um padre, sem se preocupar com os dotes das aldeãs (que de resto não existiam), e dispensados da necessidade de obrigar seus respeitáveis tios a pisar em ovos ao dizer ou calar as coisas apropriadas. O impulso de luxúria atávica (que aliás não era de todo luxúria, mas também comportamento sensual da preguiça) foi brutal a ponto de enrubescer o civilizadíssimo aristocrata cinquentão, e a alma dele — que, mesmo através de

numerosos filtros, terminara tingindo-se de escrúpulos rous-
seaunianos — envergonhou-se profundamente; pelo que se
deduzia uma repulsa ainda mais aguda à conjuntura social em
que tropeçara.

A sensação de se ver prisioneiro de uma situação que avançava
mais rápido do que fora previsto era especialmente aguda naquela manhã. De fato, na noite anterior, o correio irregular que
trazia dentro de uma caixa amarela a escassa correspondência
de Donnafugata lhe entregara uma carta de Tancredi.

Antes mesmo de ser lida, ela proclamava sua importância
pelo modo como fora escrita em suntuosas folhas de papel brilhante e com caligrafia clara e harmoniosa. Revelava-se imediatamente como a "cópia final" de sabe-se lá quantos rascunhos
desordenados. Nela o Príncipe não era chamado de "tiozão",
apelido a que se afeiçoara, mas de "caríssimo tio Fabrizio", tratamento que possuía múltiplos méritos: afastava desde o início
qualquer suspeita de brincadeira, dava a intuir a importância
do que vinha escrito em seguida, permitia, se necessário, que
se mostrasse a carta a qualquer um e, ainda, remetia a ancestrais tradições religiosas que atribuíam um poder vinculatório
à exatidão do nome invocado.

O "caríssimo tio Fabrizio", pois, era informado de que seu
"afeiçoadíssimo e devotadíssimo sobrinho" estava havia três
meses tomado pelo mais violento amor, e que nem "os riscos
da guerra" (leia-se: passeios no parque de Caserta) nem "os
muitos atrativos de uma cidade grande" (leia-se: as carícias da
bailarina Schwarzwald) tinham sido capazes de afastar por um
instante sequer de sua mente e de seu coração a imagem da srta.

Angelica Sedàra (aqui uma longa procissão de adjetivos voltados a exaltar a beleza, a graça, a virtude e o intelecto do objeto
amado); por meio de nítidos rabiscos de tinta e de sentimentos,
ainda se afirmava como o próprio Tancredi, consciente de sua
indignidade, havia tentado sufocar seu ardor ("longas, mas vãs,
foram as horas durante as quais, fosse entre a balbúrdia de Nápoles, fosse entre a austeridade de meus companheiros de armas, busquei reprimir meus sentimentos"). Mas agora o amor
havia superado a contenção, e ele vinha rogar ao amado tio que
concordasse em pedir em seu nome a mão da srta. Angelica "a
seu estimadíssimo pai". "Você sabe, tio, que não posso oferecer
à amada donzela nada mais que meu amor, meu nome e minha
espada." Após esta frase, a respeito da qual é preciso lembrar
que à época se estava em pleno esplendor romântico, Tancredi
abandonava-se a longas considerações sobre a conveniência,
ou melhor, sobre a necessidade de que uniões entre famílias
como a dos Falconeri e dos Sedàra (uma vez, ousado, chegara
a escrever "casa Sedàra") fossem encorajadas pelo aporte de
sangue novo que elas traziam às antigas estirpes, e pela ação
de nivelamento das classes, que era um dos objetivos do atual
movimento político na Itália. Esta foi a única parte da carta que
Dom Fabrizio leu com prazer, não só porque ela confirmava
suas previsões e lhe conferia o louro de profeta, mas também
porque o estilo, transbordante de implícita ironia, evocava nele
magicamente a figura do sobrinho, a nasalidade zombeteira da
voz, os olhos faiscantes de malícia azulada, os trejeitos corteses.
Quando mais tarde Dom Fabrizio notou que esse rompante ja-
cobino estava perfeitamente contido numa folha, de modo que,
querendo, podia-se dar a ler a carta mesmo subtraindo-lhe o
trechinho revolucionário, sua admiração pelo tato de Tancre-

di atingiu o ápice. Depois de ter narrado brevemente os mais recentes episódios guerreiros e expressado a convicção de que dentro de um ano se alcançaria Roma, "predestinada capital augusta da nova Itália", agradecia os cuidados e o afeto recebidos no passado e concluía desculpando-se pela ousadia de ter confiado a ele a incumbência "da qual depende minha felicidade futura". Finalmente se despedia (apenas dele).

A primeira leitura dessa extraordinária passagem de prosa provocou certa tontura em Dom Fabrizio. Ele de novo notou a espantosa aceleração da história; para expressar-se em termos modernos, diremos que ele se encontrou no estado de ânimo de uma pessoa de hoje que, acreditando ter subido a bordo de um dos aviões paquidérmicos que fazem a cabotagem entre Palermo e Nápoles, se dá conta de ter entrado num aparelho supersônico e compreende que estará em seu destino antes de ter tido tempo de fazer o sinal da cruz. Um segundo estrato — o afetuoso — de sua personalidade abriu caminho, e ele se alegrou com a decisão de Tancredi, que vinha assegurar sua satisfação carnal, efêmera, e sua tranquilidade econômica, perene. Mas em seguida ainda notou a incrível empáfia do rapazola que postulava seu desejo como se já tivesse sido aceito por Angelica; mas ao final todos esses pensamentos foram tragados por um profundo senso de humilhação, já que se via forçado a tratar com dom Calogero de assuntos tão íntimos, e também pelo fastio de ter que, no dia seguinte, entabular tratativas delicadas recorrendo àquelas precauções de previdência que repugnavam sua alegada natureza leonina.

O conteúdo da carta foi revelado por Dom Fabrizio apenas à esposa, quando já estavam na cama sob a claridade azulina do lampião encapuchado pela cúpula de vidro. De início Maria

Stella não disse palavra, mas fazia uma fieira de sinais da cruz; depois declarou que deveria ter se persignado não com a mão direita, mas com a esquerda; passada essa expressão de suma surpresa, irromperam os raios de sua eloquência. Sentada na cama, seus dedos amarrotavam o lençol enquanto as palavras riscavam a atmosfera lunar do quarto fechado, rubras feito tochas iracundas. "E eu que esperava que ele se casasse com Concetta! É um traidor, como todos os liberais da sua laia; primeiro traiu o Rei, agora nos trai! Ele, com aquela cara falsa, com as palavras cheias de mel e as ações carregadas de veneno! É isso o que acontece quando se traz para dentro de casa gente que não é inteiramente do próprio sangue!" Nesse ponto, deixou irromper a carga de pelotão dos dramas familiares: "Eu sempre disse! Mas ninguém me escuta. Nunca suportei aquele almofadinha. Só você perdeu a cabeça por ele!". Na verdade, ela também fora subjugada pela lábia de Tancredi; também ela ainda o amava; mas, como a volúpia de gritar "a culpa é sua!" é a mais forte que uma criatura humana possa gozar, todas as verdades e todos os sentimentos eram subvertidos. "E agora tem a cara de pau de encarregar você, o tio, Príncipe de Salina e cem vezes senhor dele, pai da criatura que ele enganou, de fazer esse pedido indecente àquele canalha, pai daquela putinha! Mas você não deve fazer isso, Fabrizio, não deve fazer, não vai fazer, não deve fazer!" A voz se tornava aguda, o corpo começava a se retesar. Ainda deitado de costas, Dom Fabrizio olhou de lado para assegurar-se de que a valeriana estava sobre a cômoda. A garrafa estava lá, e também a colher de prata pousada de viés sobre a tampa; na penumbra glauca do quarto, brilhavam como um farol tranquilizador, erguido contra as tempestades histéricas. Por um momento pensou em se levantar e pegá-las; mas por fim contentou-se em sentar na cama; assim readquiriu parte do prestígio. "Stelluccia, não diga tantas asneiras; você nem sabe o que está falando. Angelica não é uma putinha; talvez se torne uma, mas por ora é uma garota como todas as outras, mais bonita que as outras e talvez também um pouquinho apaixonada por Tancredi, como todos. No entanto, deve ter dinheiro; em grande parte dinheiro nosso, mas administrado até bem demais por dom Calogero; e Tancredi tem grande necessidade disso: é um cavalheiro, é ambicioso, é um mão-aberta. Nunca disse nada a Concetta, aliás, foi ela quem, desde que chegamos aqui, o tratou feito um cachorro. De resto, não é um traidor: simplesmente segue os tempos, tanto na política quanto na vida privada, e é o rapaz mais adorável que eu conheço — e você sabe disso tanto quanto eu, minha Stelluccia."

Cinco dedos enormes afagaram sua minúscula caixa craniana. Agora ela soluçava; tivera o bom senso de beber um gole d'água e o fogo da ira se transformara em amargura. Dom Fabrizio começou a acreditar que não seria necessário sair do leito morno, enfrentar de pés nus uma travessia do aposento já fresquinho. Para assegurar-se da calma futura, revestiu-se de falsa fúria: "Além disso, não quero gritos na minha casa, no meu quarto, na minha cama! Nada desses 'vai fazer', 'não vai fazer'! Quem decide sou eu, e eu já havia decidido antes mesmo que você sequer imaginasse. Chega!".

Aquele que abominava gritos berrava a plenos pulmões, com todo o ar que cabia em seu tórax desmesurado. Achando que tinha uma mesa diante de si, deu um grande soco no próprio joelho, machucou-se e por fim também se acalmou.

A mulher estava assustada e se lamuriava baixinho, como um filhote ameaçado. "Agora vamos dormir. Amanhã vou caçar e preciso acordar cedo. Chega! O que decidi está decidido. Boa noite, Stelluccia." Beijou a esposa primeiro na testa, em sinal de reconciliação, depois na boca, em sinal de amor. Tornou a deitar e virou-se para o lado da parede. Na seda da parede, sua sombra estendida desenhava-se como o perfil de uma cordilheira montanhosa contra um horizonte cerúleo.

Stelluccia também se deitou e, enquanto sua perna direita tocava a esquerda do Príncipe, ela se sentiu consolada e orgulhosa de ter como marido um homem tão enérgico e altivo. Quem se importava com Tancredi... ou com Concetta...

Essas marchas no fio da navalha estavam de todo suspensas para o momento, junto a outros pensamentos, no arcaísmo perfumado do campo, se assim se podiam chamar os locais em que com tanta frequência caçava. No termo "campo" está implícito um sentido de terra transformada pelo trabalho: já o bosque, agarrado às encostas de uma colina, encontra-se no mesmo estado de entrelaçamento aromático em que o haviam encontrado Fenícios, Dórios e Jônios quando desembarcaram na Sicília, esta América da Antiguidade. Dom Fabrizio e Tumeo subiam, desciam, escorregavam e eram arranhados pelos espinhos tal e qual um Arquídamo ou um Filóstrato qualquer se cansaram e se arranharam vinte e cinco séculos antes; viam as mesmas árvores, o mesmo suor grudento banhava suas roupas, o mesmo indiferente vento sem trégua, marinho, movia os mirtos e as giestas, disseminava o cheiro do timo. As repentinas paradas pensativas dos cães e sua patética tensão à espera da presa eram idênticas às dos dias em que, para a caça, se invocava Ártemis. Reduzida a esses elementos essenciais, com o rosto lavado da maquiagem das preocupações, a vida se mostrava sob um aspecto tolerável.

Pouco antes de alcançar o topo da colina naquela manhã, Arguto e Teresina iniciaram a dança religiosa dos cães que pressentiam a aproximação da presa: esfregações, enrijecimentos, erguidas de pata cautelosas, latidos reprimidos. Em poucos minutos, um traseirinho de pelos cinzentos saltou entre as plantas, e dois disparos simultâneos puseram fim à silenciosa espera; Arguto depôs aos pés do Príncipe um animalzinho agonizante. Era um coelho selvagem: a humilde casaca cor de argila não foi suficiente para salvá-lo. Horríveis talhos lhe haviam lacerado o focinho e o peito. Dom Fabrizio viu-se fixado por dois grandes olhos negros que, invadidos rapidamente por um véu esverdeado, olhavam para ele sem reprovação, mas carregados de uma dor atônita dirigida contra todo o ordenamento das coisas; as orelhas aveludadas já estavam frias, as patinhas vigorosas se contraíam ritmadas, símbolo sobrevivente de uma fuga inútil; o animal morria torturado por uma ansiosa esperança de salvação, imaginando que ainda poderia se safar quando já tinha sido agarrado, como tantos homens; enquanto as pontas dos dedos piedosos acariciavam o mísero focinho, o bichinho teve um último espasmo e morreu; mas Dom Fabrizio e Tumeo tiveram seu passatempo; aliás, além do prazer de matar, o primeiro também experimentara o de compadecer-se.

Quando os caçadores chegaram ao topo do monte, por entre os tamariscos e os sobreiros esparsos descortinou-se a verdadeira paisagem da Sicília, diante da qual cidades barrocas e laranjais são apenas firulas negligenciáveis. O aspecto era de uma aridez ondulante ao infinito, em corcovas após corcovas, desconsoladas e irracionais, cujas linhas principais, concebidas numa fase delirante da criação, a mente não podia apreender; um mar que se houvesse petrificado num átimo, cujas ondas tivessem entrado em demência por uma súbita mudança de vento. Donnafugata, agachada, escondia-se numa dobra anônima do terreno, e não se via uma alma: apenas mirradas linhas de videiras denunciavam alguma passagem humana. Além das colinas, de um lado, a mancha índigo do mar, ainda mais duro e infecundo do que a terra. O vento leve passava sobre tudo, universalizava cheiros de esterco, carniças e sálvia, apagava, elidia, recompunha cada coisa no sopro indiferente; enxugava as gotinhas de sangue que eram o único legado do coelho, muito mais adiante ia agitar a cabeleira de Garibaldi e, mais longe ainda, lançava poeira nos olhos dos soldados napolitanos que reforçavam às pressas os bastiões de Gaeta,* iludidos por uma esperança que era tão vã quanto a fuga atropelada da caça.

Sob a sombra circunscrita dos sobreiros, o Príncipe e o organista descansaram: beberam o vinho tépido dos cantis de madeira e comeram uma galinha assada que Dom Fabrizio tirara do alforje, salpicada com os delicados *muffoletti* de farinha crua que dom Ciccio levara consigo; degustavam a doce *insòlia*, aquela uva tão feia aos olhos quanto boa ao paladar; saciavam com grossas fatias de pão a fome dos galgos que estavam diante deles, impassíveis como pajens concentrados no recebimento da própria paga. Depois, sob o sol constitucional, Dom Fabrizio e dom Ciccio estiveram a ponto de adormecer.

Mas, se um tiro de espingarda matara o coelho, se os canhões estriados de Cialdini já desencorajavam os soldados napolitanos, se o calor meridiano adormecia os homens, nada no

*Comuna fortificada na região do Lácio.

entanto podia deter as formigas. Atraídas por alguns bagos de uva passada que dom Ciccio havia cuspido, suas densas fileiras acorriam, exaltadas pelo desejo de anexar aquele punhado podre imerso em saliva de organista. Seguiam avante cheias de ousadia, em desordem, mas resolutas: grupinhos de três ou quatro paravam um pouco para conversar e, óbvio, enalteciam a glória secular e a prosperidade futura do formigueiro $n^{\underline{o}}$ 2 sob o sobreiro $n^{\underline{o}}$ 4 do cume do monte Morco; depois, em companhia das outras, retomavam a marcha rumo ao porvir garantido; os dorsos luzidios daqueles insetos vibravam de entusiasmo e, sem dúvida, por cima de suas fileiras, sobrevoavam as notas de um hino.

Como consequência de algumas associações de ideias que não seria oportuno detalhar, a atividade das formigas impediu o sono de Dom Fabrizio e o fez recordar os dias do plebiscito tal como ele os experimentara pouco tempo antes ali mesmo em Donnafugata; além de uma sensação de surpresa, aqueles dias lhe haviam deixado vários enigmas a ser resolvidos; agora, diante dessa natureza que, com exceção das formigas, estava evidentemente alheia a tudo isso, talvez fosse possível buscar a solução de um deles. Os cães dormiam estendidos e planos como figurinhas recortadas; o coelhinho pendurado de cabeça para baixo num galho pendia em diagonal sob o impulso constante do vento; Tumeo, com o auxílio de seu cachimbo, ainda conseguia manter os olhos abertos.

"E o senhor, dom Ciccio, votou como no dia 21?"

O pobre homem teve um sobressalto. Tomado de surpresa, num momento em que se encontrava fora do recinto das prudentes cercas em que em geral se encerrava como todos os seus conterrâneos, hesitava sem saber como responder.

O Príncipe tomou por receio o que era apenas espanto e se irritou. "Mas afinal, de que o senhor tem medo? Estamos apenas nós, o vento e os cães."

A lista das testemunhas arroladas não era, de fato, muito feliz; o vento é conversador por definição, o Príncipe era metade siciliano. De absoluta confiança, só havia os cães, e apenas por serem desprovidos de linguagem articulada. Mas dom Ciccio se recuperara e a astúcia matuta lhe sugerira a resposta certa, isto é, nada. "Desculpe, Excelência, sua pergunta é inútil. O senhor já sabe que em Donnafugata todos votaram pelo 'sim'."

Isso Dom Fabrizio já sabia, é verdade; e por isso a resposta apenas transformou um enigma minúsculo num enigma histórico. Antes da votação, muitas pessoas tinham ido se aconselhar com ele; e todas tinham sido sinceramente exortadas a votar pelo sim. Com efeito, Dom Fabrizio nem sequer concebia que se votasse de outro modo, fosse por já ser fato consumado e em respeito à banalidade teatral do ato, fosse pela necessidade histórica e mesmo em consideração aos problemas que aquela gente simples talvez tivesse de enfrentar quando sua opção pelo não fosse descoberta. Mas percebeu que muitos não haviam se convencido de suas palavras. Entrara em jogo o maquiavelismo inculto dos Sicilianos que, naqueles tempos, tantas vezes induzia essa gente generosa por definição a erigir andaimes complexos assentados em bases muito frágeis. Assim como clínicos muito hábeis nos tratamentos, mas que se baseiam em análises de sangue e urina inteiramente errôneas, e que para corrigi-las são demasiado preguiçosos, os Sicilianos (da época) terminavam matando o doente, isto é, a si mesmos, precisamente em consequência da refinada astúcia, que quase nunca se apoiava em um real conhecimento dos problemas ou, pelo menos, dos interlocutores. Alguns daqueles que haviam cumprido a viagem *ad limina Gattopardorum* reputavam impossível que um Príncipe de Salina pudesse votar a favor da Revolução (era assim que, naquele remoto povoado, ainda se designavam as recentes transformações) e interpretavam suas ponderações como tiradas irônicas visando alcançar um resultado prático oposto ao sugerido pelas palavras; esses peregrinos (e eram os melhores) haviam saído de seu gabinete com ares alusivos, na medida em que o devido respeito lhes permitia, orgulhosos de terem captado o sentido das palavras principescas e esfregando as mãos para congratular-se pela própria perspicácia justo no instante em que ela fora eclipsada. Já outros, depois de o terem escutado, afastavam-se consternados, certos de que ele era um trânsfuga ou um mentecapto e mais do que nunca decididos a não lhe dar ouvidos e, em vez disso, obedecer ao provérbio milenar que exorta a preferir um mal já experimentado a um bem desconhecido; estes relutavam em ratificar a nova realidade nacional também por razões pessoais, fosse por fé religiosa, fosse por terem recebido favores do antigo regime e depois não terem sabido se inserir no novo com suficiente agilidade; fosse, enfim, porque durante o tumulto da libertação lhes haviam sumido com um punhado de galinhas e algumas medidas de fava e, por sua vez, fizeram--lhes surgir alguns pares de cornos, livremente voluntários, como as tropas garibaldinas, ou convocados à força, como os regimentos borbônicos. Quanto a pelo menos umas dez pessoas, ele tivera a impressão penosa mas nítida de que votariam "não", decerto uma minoria exígua, mas não negligenciável no diminuto eleitorado de Donnafugata. De resto, caso se quisesse considerar que as pessoas que o visitaram representavam apenas a nata do povoado, e que alguns ainda não convertidos deviam fazer parte daquelas centenas de eleitores que nem sequer sonharam se apresentar no palácio, o Príncipe calculara que a densidade afirmativa de Donnafugata seria varada por uns trinta votos negativos.

O dia do plebiscito tinha sido ventoso e encoberto, e pelas ruas da cidade se viram em circulação pequenos grupos de jovens cansados portando cartõezinhos presos na fita dos chapéus com muitos "sim". Entre papéis e dejetos erguidos pelos pés de vento, cantavam umas estrofes da "Bella Gigougin"* transformadas em ladainhas árabes, sorte a que deve sucumbir qualquer melodiazinha alegre cantada na Sicília. Também se viram dois ou três "rostos forasteiros" (isto é, de Agrigento) acampados na taverna de *zzu* Menico, onde decantavam os "magníficos e progressivos destinos" de uma renovada Sicília unida à Itália ressurgida; alguns lavradores se quedavam mudos a ouvi-los, embrutecidos que estavam, em partes iguais, pelo uso imoderado do "enxadão" e pelos muitos dias de ócio forçado e faminto. Escarravam e cuspiam com frequência, mas calados; tão calados que deve ter sido naquele momento (como depois disse Dom Fabrizio) que os "rostos forasteiros" decidiram antepor, entre as artes do Quadrivium, a Matemática à Retórica.

Por volta das quatro da tarde, o Príncipe dirigiu-se para votar escoltado à direita pelo Padre Pirrone e, à esquerda, por dom Onofrio Rotolo; de cenho franzido e pele clara, avançava cauteloso rumo à Prefeitura muitas vezes protegendo os olhos com as mãos para impedir que o vento importuno, carregado

---

Canção patriótica composta em 1858 pelo músico milanês Paolo Giorza (1832-1914).

de todas as imundícies recolhidas pela rua, lhe causasse a conjuntivite a que era propenso; e ia dizendo ao Padre Pirrone que, sem vento, o ar seria como um charco apodrecido, mas que as ventanias restauradoras também traziam consigo muita sujeira. Trajava o mesmo redingote preto com que, três anos antes, se dirigira a Caserta para prestar homenagem ao pobre Rei Ferdinando que — sorte dele — morrera a tempo de não estar presente neste dia flagelado por um vento impuro, durante o qual se estava selando sua ignorância. Mas de fato se tratava de ignorância? Então seria como dizer que quem sucumbe ao tifo morre por ignorância. Recordou-se do Rei empenhado em dar seguimento a rios de papelada inútil e de repente se deu conta de quanto apelo inconsciente à misericórdia se manifestara naquele rosto antipático. Tais pensamentos eram desagradáveis como todos aqueles que nos fazem compreender as coisas tarde demais, e o aspecto do Príncipe, sua figura, tornou-se tão solene e sombrio que ele parecia seguir um invisível carro fúnebre. Apenas a violência com que os pedriscos da rua respingavam ao choque raivoso dos pés revelava seus conflitos internos; supérfluo dizer que a fita de sua cartola estava imaculada, sem nenhum cartão, mas aos olhos de quem o conhecia, um "sim" e um "não" alternados se sucediam sobre o brilho do feltro.

Ao chegar ao local de votação na Prefeitura, surpreendeu-se ao ver que todos os membros da seção eleitoral se levantaram quando sua estatura preencheu toda a extensão da porta; alguns camponeses que o haviam precedido e que também queriam votar foram afastados e, assim, sem precisar esperar, Dom Fabrizio entregou seu "sim" às mãos patrióticas do Prefeito Sedàra. Já o Padre Pirrone não consignou seu voto, porque tivera o cuidado de não se declarar residente no povoado. Dom 'Nofrio, obedecendo às ordens do Príncipe, manifestou seu monossilábico juízo sobre a delicada questão italiana, obra-prima de concisão que foi cumprida com a mesma boa vontade com que uma criança ingere óleo de rícino.

Depois disso, todos foram convidados a subir e "tomar um copinho" no gabinete do Prefeito; mas o Padre Pirrone e dom 'Nofrio se apressaram em alegar motivos de abstinência, o primeiro, e dor de barriga, o segundo, e permaneceram lá embaixo. Dom Fabrizio teve de enfrentar o refresco sozinho.

Atrás da escrivaninha de dom Calogero flamejava uma oleografia de Garibaldi e (já) outra de Vittorio Emanuele, por sorte colocada à direita; belo homem o primeiro, horroroso o segundo, mas irmanados pela prodigiosa exuberância capilar que quase lhes escondia o rosto. Numa mesinha havia um prato com biscoitos ancestrais, tarjados de luto por excrementos de moscas, e doze copinhos toscos repletos de rosólio: quatro vermelhos, quatro verdes, quatro brancos — estes, no centro; ingênua simbolização da nova bandeira que tingiu de sorriso o remorso do Príncipe, o qual escolheu para si o licor branco, porque supôs menos indigesto e não, como se quis dizer, por tardia homenagem ao estandarte borbônico. As três variedades de licor eram, de resto, igualmente açucaradas, viscosas e intragáveis. Teve-se o bom senso de não brindar e, de todo modo, como disse dom Calogero, as grandes alegrias são mudas. Exibiram a Dom Fabrizio uma carta das autoridades de Agrigento que anunciava aos laboriosos cidadãos de Donnafugata a concessão de um contributo de duas mil liras para a rede de esgoto, obra que seria concluída até 1961, como assegurou o Prefeito, tropeçando num desses *lapsus* cujo mecanismo Freud deveria explicar muitas décadas depois; e a reunião se desfez.

Antes do pôr do sol, as três ou quatro meretrizes de Donnafugata (também ali as havia, não agrupadas, mas cada qual operando em suas empresas privadas) compareceram à praça com a cabeleira adornada de fitinhas tricolores para protestar contra a proibição das mulheres ao voto; as coitadinhas foram enxotadas até pelos mais acesos liberais e impelidas a voltar a suas tocas. Isso não impediu que, quatro dias depois, o *Jornal de Trinacria* informasse aos palermitanos que, em Donnafugata, "algumas gentis representantes do belo sexo quiseram manifestar sua fé inabalável nos novos e fúlgidos destinos da Pátria amada e desfilaram na praça em meio ao consenso geral daquela patriótica população".

Em seguida, a seção eleitoral foi fechada, os escrutinadores iniciaram os trabalhos e, já à noite, o balcão central da Prefeitura se abriu e dom Calogero surgiu com cinta tricolor e tudo, ladeado por dois rapazotes com candelabros acesos que, no entanto, logo foram apagados pelo vento. À massa invisível nas trevas anunciou que, em Donnafugata, o plebiscito assim resultara:

Inscritos: 515; votantes: 512; "sim": 512; "não": zero.

Do fundo escuro da praça chegaram aplausos e vivas; do pequeno balcão de sua casa, Angelica, ao lado da camareira funesta, batia as lindas mãos rapaces; discursos foram pronunciados: adjetivos carregados de superlativos e de consoantes duplas reboaram e se entrechocaram no escuro, de uma parede a outra das casas; em meio ao trovejar de morteiros expediram-se mensagens ao Rei (o novo) e ao General; alguns rojões tricolores partiram do vilarejo escuro rumo ao céu sem estrelas; às oito tudo havia terminado, e não restou senão o escuro, como em qualquer outra noite, desde sempre.

No cimo do monte Morco, tudo agora era nítido sob a grande luz; mas a escuridão daquela noite ainda estava estagnada no fundo da alma de Dom Fabrizio. Seu mal-estar assumia formas tão mais penosas quanto incertas; não se originava de modo nenhum das graves questões que o Plebiscito começara a solucionar: os grandes interesses do Reino (das Duas Sicílias), os interesses da própria classe e suas vantagens particulares saíam machucados de todos esses acontecimentos, mas ainda vivos; diante das circunstâncias, não era razoável pedir mais; seu mal-estar não era de natureza política e devia ter raízes mais profundas, entranhadas num desses motivos que chamamos irracionais porque sepultos sob montanhas de desconhecimento de si.

A Itália havia nascido naquela noite circunspecta em Donnafugata, nascido justamente ali, naquele povoado esquecido, assim como na indolência de Palermo e na agitação de Nápoles; no entanto uma fada má, de quem não se sabia o nome, deve ter estado presente; seja como for, tinha nascido e era preciso esperar que pudesse sobreviver sob essa forma — qualquer outra teria sido pior. De acordo. Entretanto, essa inquietude persistente devia significar algo; ele sentia que, naquela enunciação demasiado enxuta de cifras, durante aqueles discursos demasiado enfáticos, alguma coisa, alguém tinha morrido, somente Deus sabia em que desvão da cidade, em que dobra da consciência popular.

O frescor havia dispersado a sonolência de dom Ciccio, a imponência maciça do Príncipe havia afastado seus temores; agora emergia à tona de sua consciência apenas o rancor, decerto inútil, mas não ignóbil. De pé, falava em dialeto e gesticulava, patético fantoche que ridiculamente tinha razão.

"Eu, Excelência, eu tinha votado 'não'. 'Não', cem vezes 'não'. Recordava aquilo que o senhor me dissera: a necessidade, a inutilidade, a unidade, a oportunidade. O senhor deve ter razão, mas eu não entendo nada de política. Deixo essas coisas para os outros. Mas Ciccio Tumeo é um cavalheiro, pobre e miserável, com os fundilhos remendados (e batia no traseiro, bem em cima dos cuidadosos remendos em sua calça de caça), mas não se esqueceu dos benefícios recebidos; e aqueles porcos da Prefeitura engoliram minha opinião, eles a mastigaram e depois cagaram, transformando-a no que bem queriam. Eu disse preto, e eles me fizeram dizer branco! A única vez que eu pude dizer o que pensava, aquele sanguessuga do Sedàra me anulou, fez como se eu nunca tivesse existido, como se fosse um nada misturado com ninguém, eu, que sou Francesco Tumeo La Manna do falecido Leonardo, organista da Igreja Matriz de Donnafugata, melhor que ele mil vezes e que até lhe dediquei uma mazurca que eu mesmo compus quando nasceu aquela... (e mordeu um dedo para se conter) aquela metida da filha dele!"

Nesse instante a calma desceu sobre Dom Fabrizio, que enfim desvendara o enigma; agora sabia quem tinha sido estrangulado em Donnafugata, em tantos outros lugares, ao longo daquela noite de vento imundo: uma recém-nascida, a boa-fé, justo aquela criaturinha que deveria ter recebido os maiores cuidados, cujo robustecimento teria justificado outros vandalismos estúpidos e inúteis. O voto negativo de dom Ciccio, cinquenta votos parecidos em Donnafugata, cem mil "nãos" em todo o Reino não teriam mudado em nada o resultado, ao contrário, o teriam tornado mais representativo, e a desfiguração das almas teria sido evitada. Seis meses atrás se ouvia a voz despótica que dizia: "Faça o que eu mando, ou vai ter bordoada". Agora já se tinha a impressão de que a ameaça fora substituída pelas palavras macias do agiota: "Mas se você mesmo assinou! Não está vendo? É tão claro! Você deve fazer o que dizemos, porque senão... veja a promissória! Sua vontade é igual à nossa".

Dom Ciccio ainda trovejava: "Para os senhores a coisa é outra. Podem manifestar ingratidão por um feudo a mais; quando se trata de um pedaço de pão, nosso reconhecimento é obrigatório. E outro bom quinhão ainda vai para trapaceiros como Sedàra, para quem tirar proveito é uma lei da natureza. Para nós, da arraia-miúda, as coisas são o que são. O senhor sabe, Excelência, o meu falecido pai era guarda-caça na Vila Real de San Onofrio ainda nos tempos de Ferdinando IV, quando os ingleses estavam aqui. Levava-se uma vida dura, mas o traje verde real e a medalha de prata conferiam autoridade. Foi a rainha Isabel, a espanhola, que na época era duquesa da Calábria, que me permitiu estudar para que eu me tornasse o que sou, Organista da Igreja Matriz, honrado pela benevolência de Vossa Excelência; e nos anos de maior dificuldade, quando minha mãe enviava um pedido à corte, as cinco 'onças' de socorro chegavam certeiras que nem a morte, porque lá em Nápoles gostavam da gente, sabiam que éramos boas pessoas e súditos fiéis. Quando o Rei vinha, eram tapinhas nas costas do meu pai e: '*Don Lionà, ne vurria tante come a vuie, fedeli sostegni del*

*Trono e della Persona mia'.** Em seguida, o ajudante de campo distribuía as moedas de ouro. Agora aquela generosidade dos verdadeiros Reis é chamada de esmola; chamam assim para não terem eles mesmos que dar, mas era uma justa recompensa à devoção. E hoje, se esses santos Reis e essas belas Rainhas estiverem olhando do Céu, o que eles vão dizer? 'O filho de dom Leonardo Tumeo nos traiu!' Ainda bem que se conhece a verdade no Paraíso. Eu sei, Excelência, as pessoas como o senhor já me disseram, essas coisas por parte da Realeza não significam nada, fazem parte do ofício deles! Pode ser verdade, aliás, é verdade. Mas as cinco onças de ouro existiam, é um fato, e com isso nos ajudavam a sobreviver ao inverno. E agora, quando eu podia saldar a dívida, nada. 'Você não existe.' Meu 'não' se transforma num 'sim'. Eu era um 'súdito fiel', agora sou um 'borbônico asqueroso'. Agora todos são saboianos, mas eu mastigo esses saboianos com café!". E, segurando entre o polegar e o indicador um biscoito fictício, ele o mergulhava numa xícara imaginária.

Dom Fabrizio sempre gostou de dom Ciccio, mas era um sentimento nascido da compaixão por qualquer pessoa que, na juventude, se acreditara predestinada à arte e que, na velhice, percebendo não ter talento, continuou exercendo aquela mesma atividade em níveis mais baixos, carregando seus pobres sonhos no bolso; e também se compadecia de sua honrosa miséria. Mas agora também sentia por ele uma espécie de admiração e, no fundo, bem no fundo de sua consciência altiva, uma voz indagava se por acaso dom Ciccio não se

---

* *"Dom Leonardo, eu queria ter muitos como o senhor, fiéis defensores do Trono e de minha Pessoa".*

comportara de modo mais nobre que ele, o Príncipe de Salina; e os Sedàra, todos esses Sedàra, desde este minúsculo que violentava a aritmética em Donnafugata até aqueles maiores de Palermo, de Turim, acaso não teriam cometido um crime ao estrangular essas consciências? Dom Fabrizio não podia saber naquele momento, mas uma parte da indolência, da aquiescência pela qual ao longo das décadas seguintes se depreciaria a gente do Sul teve sua origem precisamente no estúpido cancelamento da primeira expressão de liberdade que se apresentara a este povo.

Dom Ciccio desabafara; agora sua autêntica mas rara personificação do "cavalheiro austero" era substituída por outra, bem mais frequente e não menos genuína: a do "esnobe". Porque Tumeo pertencia à espécie zoológica dos "esnobes passivos", espécie agora injustamente vilipendiada. A bem da verdade, a palavra "esnobe" era ignorada em 1860 na Sicília, mas, assim como antes de Koch havia os tuberculosos, do mesmo modo, naquela remota era, existia gente para a qual obedecer, imitar e sobretudo não importunar quem se considera de nível social superior ao seu eram lei suprema de vida — sendo o "esnobe", de fato, o contrário do invejoso. Na época ele se apresentava sob nomes diferentes: era chamado de "devotado", "afeiçoado", "fiel"; e levava uma vida feliz, porque o sorriso mais fugaz de um aristocrata era suficiente para encher de sol um dia inteiro dele; e, como se perfilava acompanhado desses apelativos afetuosos, as graças restauradoras eram mais frequentes do que são hoje. Assim, a cordial natureza esnobe de dom Ciccio temeu ter causado algum aborrecimento a Dom Fabrizio, e sua solicitude apressou-se em buscar os meios necessários para dissipar as sombras acumuladas por culpa sua — acreditava — no cenho olímpico do Príncipe; o meio mais idôneo para isso era propor que se retomasse a caçada; e assim se fez.

Surpreendidos durante a sesta da tarde, algumas infelizes galinholas e outro coelho caíram sob os tiros dos caçadores — naquele dia, tiros especialmente impiedosos, pois tanto Salina quanto Tumeo se compraziam em identificar naqueles inocentes animais a pessoa de dom Calogero Sedàra. Mas os disparos, os chumaços de pelo ou de penas que as detonações faziam brilhar um instante ao sol não bastaram para resserenar o Príncipe naquele dia; à medida que as horas passavam e que o retorno a Donnafugata se aproximava, a preocupação, o ressentimento, a humilhação pela iminente conversa com o Prefeito plebeu o oprimiam, e ter chamado em seu íntimo duas galinholas e um coelho de "dom Calogero" afinal não servira para nada; embora já estivesse decidido a engolir aquele sapo repugnante, sentiu a necessidade de ter informações mais extensas sobre o adversário ou, melhor dizendo, de sondar a opinião das pessoas em relação ao passo que estava prestes a dar. Foi assim que, pela segunda vez naquele dia, dom Ciccio foi surpreendido por uma pergunta à queima-roupa.

"Dom Ciccio, me diga. O senhor, que conhece tantas pessoas da cidade, o que realmente se pensa de dom Calogero em Donnafugata?"

Tumeo tinha a impressão de na verdade já ter expressado com suficiente clareza sua opinião sobre o Prefeito, e assim já estava para responder quando lhe ocorreram os vagos rumores que ouvira sussurrar sobre a doçura dos olhos com que Dom Tancredi contemplava Angelica; e então foi assaltado pelo desprazer de ter se deixado levar a manifestações tribunícias que talvez cheirassem mal às narinas do Príncipe, caso aquilo que se dizia fosse verdade; enquanto isso, em outro compartimento de seu cérebro, ele se alegrava por não ter dito nada de definitivo contra Angelica; aliás, a dorzinha que ainda sentia no indicador direito teve nele o efeito de um bálsamo.

"No fim das contas, Excelência, dom Calogero Sedàra não é pior do que tanta gente que ascendeu nesses últimos meses." O elogio era modesto, mas foi suficiente para permitir que Dom Fabrizio insistisse. "Porque, veja bem, dom Ciccio, eu tenho muito interesse em conhecer a verdade sobre dom Calogero e a família dele."

"A verdade, Excelência, é que dom Calogero é muito rico, e muito influente também; é sovina (quando a filha estava no colégio, ele e a esposa dividiam um ovo frito), mas sabe gastar quando necessário; e, como cada *tarì* gasto no mundo acaba no bolso de alguém, aconteceu que muita gente agora depende dele; mas é preciso reconhecer que, quando ele é amigo, é amigo; cede sua terra a quatro meeiros e os camponeses têm de suar sangue para pagar, mas um mês atrás emprestou cinquenta onças a Pasquale Tripi, que o tinha ajudado no período do desembarque; e sem juros, o que é o maior milagre que já se viu desde que Santa Rosalia acabou com a peste em Palermo. De resto, é inteligente feito o diabo; Vossa Excelência deveria ter visto o homem na primavera passada: corria para cima e para baixo em todo o território feito um morcego, de carroça, montado em mula, a pé, debaixo de sol ou de chuva; e por onde passava se formavam círculos secretos, preparava-se o caminho para os que estavam por vir. Um castigo de Deus, Excelência, um castigo de Deus! E só estamos vendo o início de sua carreira! Daqui a uns meses vai ser deputado em Turim, e daqui a uns anos, quando os bens da Igreja forem postos à venda na bacia das almas, ele vai arrematar os feudos de Marca e de Masciddàro e se tornar o maior proprietário da província. Esse é dom Calogero, Excelência, o homem novo como deve ser; mas é pena que deva ser assim."

Dom Fabrizio lembrou-se da conversa que tivera meses antes com o Padre Pirrone no observatório inundado de sol; aquilo que o Jesuíta previra se confirmava; mas não seria uma boa tática inserir-se no movimento novo e impeli-lo a se voltar, ao menos em parte, em proveito de alguns indivíduos de sua classe? O enfado pela conversa próxima com dom Calogero diminuiu.

"Mas e os outros da casa, dom Ciccio, os outros, como são de fato?"

"Excelência, ninguém vê a esposa de dom Calogero faz anos, exceto eu. Só sai de casa para ir à missa, a primeira missa, a das cinco, quando não há ninguém. Nessa hora não há serviço de órgão; mas certa vez eu madruguei só para vê-la. Dona Bastiana entrou acompanhada da camareira, e eu, atrás do confessionário onde me escondera, não conseguia ver direito; mas ao final da missa o calor foi mais forte que a pobre mulher, e ela tirou o véu negro. Palavra de honra, Excelência, ela é linda como o sol! E não se pode recriminar dom Calogero, repulsivo como ele é, por querer mantê-la distante dos outros. Mas mesmo das casas mais protegidas as notícias terminam vazando; pelo que as criadas falam, parece que dona Bastiana é uma espécie de animal: não sabe ler, não sabe escrever, não sabe ver as horas, quase não sabe falar; enfim, uma belíssima jumenta, voluptuosa e tosca; é incapaz até de gostar da filha; boa apenas para a cama, e só." Dom Ciccio, que, pupilo de rainhas e partidário de príncipes, tinha grande apreço por suas maneiras simples — que reputava perfeitas —, sorria deleitado: havia descoberto como se vingar, ao menos um pouco, do carrasco da sua pessoa. "De resto", continuava, "não poderia ser diferente. O senhor sabe, Excelência, de quem a dona Bastiana é filha?" Voltando-se, ergueu-se sobre a ponta dos pés e, com o indicador, apontou para um longínquo amontoado de casas que dava a impressão de escorregar da encosta de uma colina à qual pareciam cravadas a custo por um campanário miserável: um vilarejo crucificado. "É filha de um arrendatário seu, de Runci; Peppe Giunta era o nome dele: tão sujo e terrível que todos o chamavam de 'Peppe 'Merda'. Desculpe a palavra, Excelência." E, satisfeito, enrolava em torno de um dedo a orelha de Teresina. "Dois anos depois que dom Calogero fugiu com Bastiana, ele foi encontrado morto na vereda que leva a Rampinzeri, com doze balaços nas costas. Homem de sorte esse dom Calogero, porque o outro estava ficando importuno e prepotente."

Muitas dessas coisas eram do conhecimento de Dom Fabrizio e já tinham sido pesadas na balança; mas desconhecia o sobrenome do avô de Angelica; isso abria uma perspectiva histórica profunda, desvelava abismos diante dos quais dom Calogero, em comparação, parecia um canteiro de jardim. Sentiu realmente o chão lhe faltar sob os pés: como Tancredi faria para engolir isso também? E ele? Sua cabeça se pôs a calcular que ligação de parentesco seria capaz de unir o Príncipe de Salina, tio do noivo, ao avô da noiva; não achou a solução, não havia. Angelica era Angelica, uma flor de menina, uma rosa cujo sobrenome do avô servira apenas de fertilizante. *"Non olet"*, repetia, *"non olet"*, ao contrário, *"optime foeminam ac contubernium olet."**

---

* *"Não cheira mal, não cheira mal"*, ao contrário, *"cheira à melhor intimidade feminina".*

"O senhor me falou de tudo, dom Ciccio, de mães selvagens e de avós fecais, mas não do que mais me interessa: da srta. Angelica."

O segredo quanto às intenções matrimoniais de Tancredi, ainda que embrionárias até pouco antes, com certeza viria à tona se não tivesse tido a sorte de por acaso se camuflar. Sem dúvida, as frequentes visitas do jovem à casa de dom Calogero foram notadas, assim como seus sorrisos inebriados; as pequenas atenções, habituais e insignificantes em uma cidade, aos olhos do puritanismo de Donnafugata eram indícios de desejos violentos. O maior escândalo havia sido o primeiro: os velhotes que lagarteavam ao sol e os meninos que brincavam de espada na praça tinham visto tudo, compreendido tudo e repetido tudo; quanto ao significado rufianesco e afrodisíaco daquela cesta de pêssegos, consultaram-se benzedeiras muito experientes e livros de interpretação de arcanos, sobretudo Rutilio Benincasa, o Aristóteles das plebes camponesas. Por sorte, produzira-se um fenômeno frequente entre nós: a vontade de maldizer havia mascarado a verdade, todos forjaram a imagem de um Tancredi libertino, que fixara a luxúria em Angelica e fazia de tudo para seduzi-la, e só. A simples ideia de um casamento arranjado entre um Príncipe de Falconeri e uma neta de Peppe 'Merda sequer passou pela cabeça daqueles provincianos, que assim rendiam homenagens às casas feudais como o blasfemador a Deus. De resto, a partida de Tancredi interrompeu esses devaneios e não se falou mais no assunto. Sob esse aspecto, Tumeo compartilhava a mesma opinião dos demais e, por isso, acolheu a pergunta do Príncipe com a zombaria de homem maduro que comenta as safadezas de um rapazote.

"Quanto à senhorita, Excelência, não há nada a dizer, ela fala por si: seus olhos, a pele, a exuberância são evidentes e não deixam margem de dúvida. Creio que sua eloquência foi bem compreendida por Dom Tancredi — ou estou sendo muito malicioso ao pensar assim? Nela há toda a beleza da mãe, mas sem o cheiro de esterco do avô. E como é inteligente! Viu como esses poucos anos em Florença bastaram para transformá-la? Tornou-se uma verdadeira dama", continuava dom Ciccio, pouco sensível às nuances, "uma dama completa. Quando voltou do colégio, convidou-me à sua casa e tocou minha velha mazurca: tocava mal, mas vê-la era um deleite, com aquelas tranças negras, aqueles olhos, as pernas, os peitos... Uhh! Cheiro de esterco coisa nenhuma! Seus lençóis devem ter o perfume do paraíso!"

O Príncipe se irritou: o orgulho de classe é tão zeloso, mesmo quando declina, que os louvores orgíacos à sensualidade da futura sobrinha o ofenderam; como dom Ciccio ousava falar da futura Princesa de Falconeri de modo tão lascivo? Mas na verdade o pobre homem não sabia de nada; era preciso contar-lhe tudo; além disso, dali a poucas horas a notícia se tornaria pública. O Príncipe se decidiu de pronto e dirigiu a Tumeo um sorriso leopardiano, mas amigável: "Calma, caro dom Ciccio, calma; tenho em casa uma carta de meu sobrinho, encarregando-me de fazer um pedido de casamento à srta. Angelica; de agora em diante o senhor deverá falar dela com o devido respeito. É o primeiro a saber da novidade, mas vai ter de pagar por esse privilégio: ao voltarmos ao palácio, o senhor será fechado à chave com Teresina na sala de armas; terá tempo de limpar e azeitar várias delas e só será posto em liberdade depois da visita de dom Calogero; não quero que nada vaze antes disso".

Todo o esnobismo e a cautela de dom Ciccio, ao ser surpreendido, desmoronaram na hora como um conjunto de pinos atingidos em cheio. Sobreviveu apenas um sentimento atávico.

"Isso, Excelência, é uma imoralidade! Um sobrinho, quase um filho seu, não deveria se casar com a filha de seus inimigos, que sempre lhe passaram a perna. A tentativa de sedução, como eu acreditava, era um ato de conquista — mas, assim, é uma rendição incondicional. É o fim dos Falconeri, e também dos Salina!"

Dito isso, baixou a cabeça e desejou, angustiado, que a terra se abrisse sob seus pés. O Príncipe ficou vermelho até as orelhas, mesmo o branco dos olhos parecia de sangue. Cerrou o malho dos punhos e deu um passo em direção a dom Ciccio. Mas era um homem de ciência, habituado a ver os prós e os contras das situações; de resto, sob a aparência leonina, era um cético. Já havia sofrido o suficiente por hoje: o resultado do Plebiscito, o apelido do avô de Angelica, os balaços! E Tumeo estava certo, por ele falava a mais pura tradição. No entanto era um bronco: aquele casamento não significava o final de nada, e sim o início de tudo; entrava na esfera de costumes seculares.

Os punhos se reabriram, os sinais das unhas permaneceram impressos nas palmas. "Vamos para casa, dom Ciccio; o senhor não pode compreender certas coisas. Mantemos nosso acordo, entendido?"

E, enquanto desciam rumo à estrada, seria difícil dizer quem era dom Quixote, quem era Sancho.

Às quatro e meia, quando lhe anunciaram a chegada pontualíssima de dom Calogero, o Príncipe ainda não havia terminado sua toalete; mandou pedir ao sr. Prefeito que esperasse um momento no gabinete e continuou tranquilamente a se embelezar. Untou os cabelos com o *lemo-liscio*, o *Lime-Juice* da Atkinson, uma loção densa e leitosa que lhe chegava em caixas de Londres e que sofria, no nome, a mesma deformação étnica das canções; recusou o redingote preto e o substituiu por um em tons de lilás, que lhe parecia mais adequado à ocasião supostamente festiva; atrasou-se mais um pouco a fim de arrancar do queixo, com uma pinça, um despudorado pelinho louro que conseguira escapar ao barbeado displicente da manhã, e chamou o Padre Pirrone; antes de sair, apanhou da mesa uma separata das *Blätter der Himmelsforschung* e, com o fascículo enrolado, fez o sinal da cruz, um gesto de devoção que, na Sicília, tem um significado não religioso bem mais frequente do que se imagina.

Ao atravessar os dois aposentos que precediam o gabinete, imaginou-se um Leopardo imponente, de pelagem sedosa e perfumada que se preparava para estraçalhar um pequeno chacal amedrontado; mas, por uma dessas involuntárias associações de ideias que são o martírio de naturezas como a sua, veio-lhe à memória a imagem de um daqueles quadros históricos franceses em que marechais e generais austríacos, cobertos de penachos e galões, desfilam rendendo-se a um Napoleão irônico; não há dúvida de que eles são mais elegantes, mas o vencedor é o homúnculo de casaco cinzento; e assim, ultrajado por essas lembranças importunas de Mântua e de Ulm, quem acabou entrando no gabinete foi um Leopardo irritado.

Dom Calogero estava ali, de pé, baixote, miúdo e com a barba malfeita; de fato, assemelhava-se a um pequeno chacal, não fossem os olhinhos faiscantes de inteligência; porém, como sua perspicácia tinha um escopo material oposto àquele abstrato que supunha ser o do Príncipe, acabou passando por sinal de malícia. Desprovido do senso de adequação do traje às circunstâncias, o que no Príncipe era inato, o Prefeito achou por bem se vestir como enlutado, e estava quase tão negro quanto Padre

Pirrone; este sentou num canto e assumiu o ar vago e marmóreo dos sacerdotes que não querem influenciar as decisões alheias, ao passo que o rosto do Prefeito exprimia um sentimento de ávida espera, quase penoso de ver. Imediatamente tiveram início as escaramuças de palavras irrelevantes que antecedem as grandes batalhas verbais. Mas foi dom Calogero quem esboçou o ataque principal:

"Excelência", indagou, "o senhor tem recebido boas-novas de Dom Tancredi?" Nos pequenos vilarejos de então, o Prefeito conseguia controlar os correios, de modo não oficial, e talvez a elegância incomum do envelope de Tancredi o tenha deixado de sobreaviso. O Príncipe, quando a ideia lhe passou pela cabeça, sentiu uma ponta de irritação.

"Não, dom Calogero, não. Meu sobrinho ficou louco..."

Mas existe uma Deusa protetora dos príncipes. Ela se chama Boas Maneiras e com frequência intervém para salvar os Leopardos de maus passos. Porém é preciso pagar um tributo pesado. Assim como Palas Atena intercede para frear as intemperanças de Odisseu, Boas Maneiras manifestou-se a Dom Fabrizio para detê-lo à beira do abismo; mas ele precisou pagar sua salvação tornando-se explícito pelo menos uma vez na vida. Com perfeita naturalidade, sem um instante de pausa, concluiu a frase:

"... louco de amor por sua filha, dom Calogero; e ontem me escreveu confessando isso." O Prefeito manteve uma equanimidade surpreendente; sorriu e passou a perscrutar a fita de seu chapéu; Padre Pirrone, com os olhos postos no teto, parecia um mestre de obras encarregado de verificar a solidez da construção. Dom Fabrizio se incomodou: a sisudez de ambos lhe negava até mesmo a mera satisfação de estarrecer os ouvintes. Foi com alívio, pois, que se deu conta de que dom Calogero estava prestes a falar.

"Eu sabia, Excelência, eu sabia. Foram vistos se beijando na terça-feira, dia 25 de setembro, véspera da partida de Dom Tancredi; no jardim do senhor, perto da fonte. As sebes de louro nem sempre são tão cerradas quanto se pensa. Durante um mês aguardei um gesto de seu sobrinho, e já estava pensando em vir perguntar a Vossa Excelência quais eram as intenções dele."

Numerosas e pungentes vespas atacaram Dom Fabrizio. Em primeiro lugar, como sucede a qualquer homem ainda não decrépito, as do ciúme carnal: Tancredi havia saboreado aquele gosto de morango que jamais lhe seria dado a conhecer. Depois, um sentimento de humilhação social: o de ver-se na situação de acusado em vez de mensageiro de boas-novas. Por fim, o despeito pessoal de quem tinha a ilusão de controlar a todos e, no entanto, percebe que muitas coisas avançavam sem o conhecimento dele.

"Dom Calogero, não vamos alterar as cartas já dadas. Lembre-se de que fui eu quem solicitou ao senhor que viesse aqui. Queria informá-lo a respeito de uma correspondência de meu sobrinho que recebi ontem, na qual ele declara a paixão pela senhorita sua filha, paixão que eu..." (e aqui o Príncipe titubeou um pouco, porque as mentiras às vezes são difíceis de dizer diante de olhos tão penetrantes como os do Prefeito) "... cuja intensidade eu ignorava; e, ao final da missiva, encarregou-me de pedir ao senhor a mão da srta. Angelica."

Dom Calogero continuava impassível; de perito em edificações, Padre Pirrone se transformara num santarrão muçulmano e, cruzando os quatro dedos da direita com os quatro da esquerda, fazia os polegares girarem um ao redor do outro, invertendo e mudando a direção num espetáculo de coreografia teatral. O silêncio durou um bom tempo, o Príncipe se impacientou: "Agora, dom Calogero, sou eu quem espera que me declare suas intenções".

O Prefeito, que mantivera os olhos fixos na franja alaranjada da poltrona do Príncipe, cobriu-os um instante com a mão direita e então tornou a erguê-los — agora pareciam cândidos, cheios de estupefata surpresa, como se aquele gesto de fato os houvesse transformado.

"Desculpe-me, Príncipe." (A fulminante omissão do "Excelência" sinalizou a Dom Fabrizio que tudo se encaminharia para um final feliz.) "Essa bela surpresa me deixou sem palavras. Mas sou um pai moderno e só posso dar uma resposta definitiva depois de consultar o anjo que é a alegria de nossa casa. No entanto, também sei exercer os direitos sagrados de pai; conheço tudo o que se passa na cabeça e no coração de Angelica e creio poder afirmar que o afeto de Dom Tancredi — que tanto nos honra — é sinceramente correspondido."

Dom Fabrizio foi vencido por uma sincera comoção: o sapo já tinha sido engolido, a cabeça e o intestino mastigados desciam-lhe goela abaixo; restava ainda triturar as patas, mas era algo de pouca monta em relação ao resto, a maior parte já estava feita. Depois de saborear um sentimento de libertação, o afeto por Tancredi começou a insinuar-se nele; imaginou os estreitos olhos azuis faiscando ao ler a resposta auspiciosa; fantasiou — ou melhor, recordou — os primeiros meses de um casamento de amor, quando o frenesi e as acrobacias dos sentidos reluzem e são sustentados por todas as hierarquias angelicais, benévolas apesar de inesperadas. Indo mais além, entreviu a vida segura, a possibilidade de avanço dos talentos de Tancredi, que sem isso teria as asas cortadas pela falta de dinheiro.

GIUSEPPE TOMASI DI LAMPEDUSA

O aristocrata se levantou, deu um passo na direção de um dom Calogero atônito, ergueu-o da poltrona e o apertou contra o peito; as perninhas do Prefeito ficaram suspensas no ar. Naquele aposento de uma remota província siciliana reproduzia-se uma gravura japonesa em que um moscardo peludo pendia de uma enorme pétala de íris violácea. Quando dom Calogero voltou a tocar o chão, Dom Fabrizio pensou: "Preciso de fato lhe oferecer um par de navalhas inglesas, não dá para continuar assim".

Padre Pirrone interrompeu a turbina dos polegares, levantou-se e apertou a mão do Príncipe: "Excelência, invoco a proteção divina para essas núpcias, sua alegria é também a minha". Estendeu a ponta dos dedos a dom Calogero sem dizer nada. Depois, com uma leve batida, tocou o barômetro pendurado na parede; estava descendo; tempo ruim à vista. Tornou a sentar e abriu o breviário.

"Dom Calogero", dizia o Príncipe, "o amor desses dois jovens é a base de tudo, o único fundamento sobre o qual pode surgir a futura felicidade deles. Isto já sabemos, não há o que dizer. Mas nós, homens maduros, somos forçados a nos preocupar com outras coisas. É desnecessário dizer-lhe quanto a família Falconeri é ilustre: chegou à Sicília com Carlos d'Anjou e encontrou meios de vicejar sob os aragoneses, os espanhóis, os reis Bourbon (se me é permitido nomeá-los em sua presença), e estou certo de que também vai prosperar sob a nova dinastia continental, Deus queira." (Nunca era possível saber quando Dom Fabrizio ironizava ou se equivocava). "Foram Pares do Reino, Grandes de Espanha, Cavaleiros de Santiago e, se lhes dava na veneta tornar-se Cavaleiros de Malta, bastava estalar os dedos e a via Condotti logo lhes desenfornava títulos, qual pães doces, pelo menos até hoje." (Essa pérfida insinuação foi de todo inútil, porque dom Calogero ignorava completamente os estatutos da Ordem dos Cavaleiros Hospitalários.) "Estou certo de que, com sua beleza sem par, sua filha ornará ainda mais o velho tronco dos Falconeri, e com sua virtude saberá emular a das santas Princesas, a última das quais, a minha falecida irmã, com certeza abençoará os noivos do alto dos céus." E Dom Fabrizio comoveu-se de novo ao recordar sua querida Giulia, cuja vida desperdiçada fora um perpétuo sacrifício diante das extravagâncias desenfreadas do pai de Tancredi. "Quanto ao rapaz, o senhor o conhece; e, se não o conhece, estou aqui para afiançá-lo de modo cabal. Ele é um poço de bondade, e não sou só eu quem diz isso, não é mesmo, Padre Pirrone?"

Interrompido em sua leitura, o bom Jesuíta se encontrou de repente diante de um dilema penoso. Como confessor de Tancredi, conhecia vários de seus pecadilhos; nenhum realmente grave, decerto, mas de todo modo capazes de subtrair muitos metros da profunda bondade a que se aludia — todos, aliás, de natureza a garantir uma férrea infidelidade conjugal. É evidente que isso não podia ser dito, tanto por razões sacramentais quanto por conveniências mundanas; por outro lado, ele gostava do rapaz e, embora desaprovasse aquele casamento do fundo do coração, jamais diria uma palavra que pudesse, não diria impedir, mas sequer ofuscar sua realização. Encontrou refúgio na Prudência, a mais dúctil dentre as virtudes cardeais e a de mais fácil manejo. "A bondade do nosso querido Tancredi é profunda, dom Calogero, e ele, sustentado pela Graça divina e as virtudes terrenas da srta. Angelica, um dia poderá se tornar um bom esposo cristão." A profecia arriscada, mas prudentemente condicionada, foi aceita sem reparo.

"Entretanto, dom Calogero", prosseguiu o Príncipe mastigando as últimas cartilagens do sapo, "se é ocioso mencionar a antiguidade da casa Falconeri, infelizmente também é escusado dizer, pois o senhor já sabe, que as atuais condições econômicas de meu sobrinho não são compatíveis com a grandeza de seu nome; o pai de Tancredi, meu cunhado Ferdinando, não era o que se pode chamar de um pai previdente; suas liberalidades de grande senhor, corroboradas pela leviandade de seus administradores, abalaram gravemente o patrimônio do meu querido sobrinho e pupilo; os grandes feudos ao redor de Mazzara, as plantações de pistache em Ravanusa, as de amora em Oliveri, o palácio de Palermo, tudo, tudo se perdeu; o senhor bem sabe, dom Calogero." Dom Calogero de fato sabia: fora a maior migração de andorinhas de que se tinha memória, e, se a lembrança disso ainda incutia terror — mas não prudência — em toda a nobreza siciliana, era uma fonte de delícia para todos os Sedàra. "Durante o período da minha tutela, só consegui salvar a vila, que fica próxima à minha, mediante muitas manobras legais e também graças a algum sacrifício, que aliás cumpri com alegria tanto em memória da minha santa irmã Giulia quanto por afeto àquele querido rapaz. É uma bela vila: a escada foi desenhada por Marvuglia, os salões foram decorados por Serenario; mas hoje o aposento em melhor estado serve apenas de curral para as cabras."

Os últimos ossinhos do sapo foram mais indigestos que o previsto, mas, enfim, também acabaram deglutidos. Agora era preciso enxaguar a boca com alguma frase agradável e, de resto, sincera: "Porém, dom Calogero, o resultado de todos esses infortúnios, de todos esses desgostos, foi o próprio Tancredi; nós conhecemos essas coisas: talvez não fosse possível obter a distinção, a delicadeza, o encanto de um rapaz como ele sem que seus ascendentes tivessem dilapidado meia dúzia de grandes patrimônios; pelo menos na Sicília é assim: uma espécie de lei da natureza, como as que regulam os terremotos e as estiagens".

Calou-se porque um camareiro acabava de entrar com duas lamparinas acesas sobre uma bandeja; enquanto ele as acomodava, Dom Fabrizio deixou reinar no gabinete um silêncio carregado de autocomiseração. Depois prosseguiu: "Tancredi não é um jovem qualquer, dom Calogero, não é apenas nobre e elegante; aprendeu pouco, mas conhece tudo o que se deve conhecer em seu meio: os homens, as mulheres, as circunstâncias, a feição do tempo; é ambicioso e tem razões para sê-lo, pois vai longe; e sua Angelica, dom Calogero, será afortunada se quiser percorrer a estrada ao lado dele. Além disso, quando se está com Tancredi, é possível irritar-se de vez em quando, mas jamais se entediar, o que já é muito".

Seria exagero dizer que o Prefeito apreciava as sutilezas mundanas dessa parte da conversa do Príncipe; grosso modo, ela só confirmou sua sumária convicção a respeito da astúcia e do oportunismo de Tancredi, e era de um homem astuto e tempestivo que ele precisava em casa, nada mais. Achava-se e considerava-se igual a qualquer um; e até se ressentia de perceber na filha certo sentimento amoroso pelo rapaz.

"Príncipe, eu já sabia dessas e de outras coisas; e não me importo nem um pouco com isso." Revestiu-se de sentimentalismo. "O amor, Príncipe, o amor é tudo, e eu posso entendê-lo." E talvez o pobre homem fosse sincero, levando-se em conta sua provável definição de amor. "Mas sou um homem do mundo e também quero pôr minhas cartas na mesa. Seria ocioso falar do dote da minha filha; ela é sangue do meu sangue, carne da minha carne; não tenho outra pessoa a quem deixar o que possuo, e o que é meu é dela. Mas é justo que os jovens saibam aquilo com que podem contar imediatamente: no contrato matrimonial destinarei a ela o feudo de Settesoli, de seiscentos e quarenta e quatro alqueires, ou seja, mil seiscentos e oitenta hectares, como se diz hoje em dia, todos de plantação de trigo, terras de primeira qualidade, frescas e arejadas; e cento e oitenta alqueires de vinhas e olivais em Gibildolce; e, no dia das bodas, entregarei ao noivo vinte bolsas de pano com mil onças em cada uma. Eu fico de mãos abanando", acrescentou com convicção, e feliz por não ser levado a sério, "mas filha é filha. E com isso é possível refazer todas as escadas de Marruggia e todos os tetos de Sorcionero que existem no mundo. Angelica precisa morar bem."

A vulgaridade tosca minava de todos os seus poros; mesmo assim, os dois ouvintes ficaram espantados: Dom Fabrizio precisou se controlar muito para esconder sua surpresa. O golpe de Tancredi fora mais desmesurado do que ele havia suposto. Uma sensação de desgosto estava prestes a assaltá-lo, mas a beleza de Angelica e a desfaçatez do noivo ainda conseguiam dar um toque de poesia à brutalidade do contrato. Padre Pirrone estalou a língua; em seguida, contrariado por ter revelado seu estupor, tentou encontrar uma rima para o ruído imprudente fazendo a cadeira e os sapatos rangerem e folheando ruidosamente o breviário; não conseguiu, e a impressão permaneceu.

Por sorte uma impertinência de dom Calogero, a única de toda a conversa, tirou a todos do embaraço. "Príncipe", ele disse, "sei que o que vou dizer não significará muito para o senhor, que desce do imperador Tito e da rainha Berenice, mas os Sedàra também são nobres; até minha pessoa eles foram uma raça infeliz, enterrada na província e sem lustro, mas eu tenho os papéis guardados na gaveta, e um dia se saberá que seu sobrinho desposou a baronesa Sedàra del Biscotto, título concedido por Sua Majestade Ferdinando IV pelo fisco do porto de Mazzara. Preciso providenciar os trâmites: falta-me apenas uma oportunidade".

A história das "oportunidades" faltantes, dos fiscos, das quase homonímias era, havia cem anos, um elemento importante na vida de muitos sicilianos, e causava ora euforia, ora depressão, a milhares de pessoas, fossem boas ou nem tanto; mas esse é um assunto relevante demais para ser tratado de passagem, e aqui nos limitaremos a dizer que a saída heráldica de dom Calogero proporcionou ao Príncipe o inigualável prazer artístico de ver um tipo se consumar em todos os detalhes, e reprimiu tanto o riso que sua boca se adoçou até a náusea.

Em seguida, a conversa se dispersou em mil estilhaços infrutíferos: Dom Fabrizio se lembrou de Tumeo trancado na escuridão da sala de armas e, pela enésima vez na vida, deplorou a duração das visitas interioranas e se fechou num silêncio ressabiado; dom Calogero percebeu, prometeu voltar na manhã seguinte com o garantido consentimento de Angelica e se despediu. Foi acompanhado ao longo de dois salões, recebeu mais um abraço e desceu as escadas enquanto o Príncipe, no alto, como uma torre, observava apequenar-se aquele montículo de astúcia, de trajes mal cortados, de ouro e de ignorância que agora praticamente passava a fazer parte da família.

Segurando uma vela, ele então foi libertar Tumeo, que estava resignado, no escuro, fumando seu cachimbo.

GIUSEPPE TOMASI DI LAMPEDUSA

"Lamento, dom Ciccio, mas, entenda, eu precisava fazer isso." "Entendo, Excelência, entendo. Pelo menos correu tudo bem?" "Muito bem, melhor impossível." Tumeo balbuciou felicitações, reajustou a guia na coleira de Teresina, que dormia exausta pela caçada, e apanhou a bolsa. "Fique também com minhas galinholas, o senhor as mereceu. Até mais, caro dom Ciccio, não demore a aparecer. E desculpe qualquer coisa." Uma poderosa patada nos ombros selou a reconciliação e reavivou sua autoridade; o último fiel da casa Salina partiu para sua modesta moradia.

Quando o Príncipe voltou ao gabinete, Padre Pirrone se escafedera para evitar qualquer discussão; ele então foi ao quarto da esposa a fim de lhe contar o ocorrido. O ruído de seus passos vigorosos e rápidos o anunciava a dez metros de distância. Atravessou a sala de estar das meninas: Carolina e Caterina enrolavam um novelo de lã e, à sua passagem, levantaram-se sorridentes; mademoiselle Dombreuil retirou os óculos depressa e respondeu contrita à sua saudação; Concetta estava de costas; fazia renda de bilros e, como não ouviu o pai passar, nem sequer se voltou.

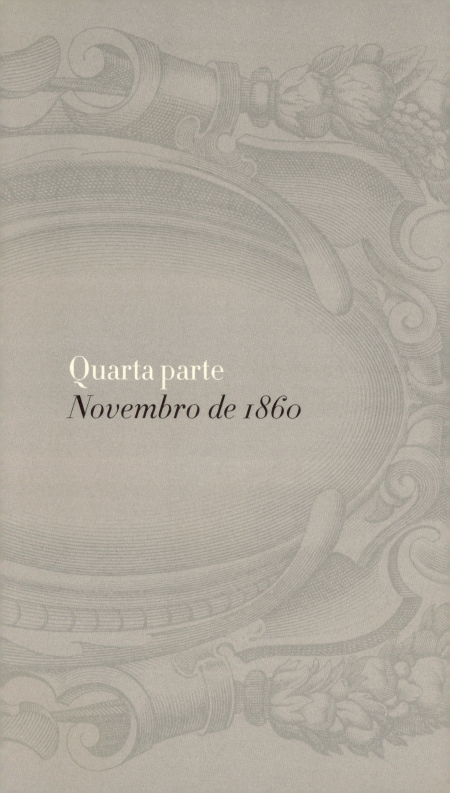

Quarta parte
Novembro de 1860

Os contatos mais frequentes para fechar o acordo de núpcias começaram a incutir em Dom Fabrizio uma inusitada admiração pelas qualidades de Sedàra. A assiduidade acabou por habituá-lo ao rosto mal escanhoado, ao sotaque plebeu, às roupas bizarras e ao ranço persistente de suor, permitindo-lhe perceber a rara inteligência daquele homem; muitos problemas que ao Príncipe pareciam insolúveis eram resolvidos num piscar de olhos por dom Calogero — livre dos vários estorvos que a honestidade, a decência e talvez até a boa educação impõem às ações de muitos homens, ele avançava na floresta da vida com a segurança de um elefante que, abatendo árvores e pisoteando covis, prossegue em linha reta sem sentir nem mesmo os arranhões dos espinhos e os ganidos dos massacrados. O Príncipe, ao contrário, acostumado a vales amenos percorridos pelos zéfiros afáveis dos "por favor", "lhe sou grato", "me faria uma cortesia", "muito gentil de sua parte", agora, quando conversava com dom Calogero, encontrava-se a descoberto numa árida planície varrida por ventos secos e, mesmo ainda preferindo as anfractuosidades dos montes, não podia deixar de admirar o ímpeto dessas correntes de ar que tirava arpejos inauditos das azinheiras e dos cedros de Donnafugata.

Pouco a pouco, quase sem se dar conta, Dom Fabrizio ia expondo a dom Calogero seus negócios, que eram numerosos, complexos e em parte desconhecidos dele mesmo; não por falta de perspicácia, mas por certa indiferença desdenhosa em relação a coisas desse tipo, consideradas menores, e no fundo causada pela indolência e pela costumeira facilidade com que se safava das más situações por meio da venda de algumas vintenas de seus milhares de hectares.

As ações que dom Calogero aconselhava após ter escutado o Príncipe e reordenado seu relato por conta própria eram bastante oportunas e de efeito imediato, embora com os anos o resultado final de seus conselhos, dados com eficiência cruel e aplicados pelo benevolente Dom Fabrizio com acanhada brandura, tenha proporcionado à casa Salina a fama de voraz entre seus dependentes — fama bem pouco merecida, mas que destruiu seu prestígio em Donnafugata e em Querceta, sem que a ruína do patrimônio fosse de algum modo contida.

Não seria justo omitir que a frequentação mais assídua com o Príncipe também teve certo efeito sobre Sedàra. Até aquele momento ele só havia encontrado aristocratas em reuniões de negócios (isto é, de compra e venda) ou em festas, depois de convites excepcionais e longamente meditados, duas ocasiões em que esses distintos exemplares sociais não exibem o melhor de si. Durante esses eventos ele se convencera de que a aristocracia consistia apenas em homens-ovelhas, que existiam com a única finalidade de abandonar a lã de seus bens à sua tesoura de tosa, e o nome, iluminado por um prestígio inexplicável, à sua filha.

Porém, quando conheceu Tancredi, já na época pós-garibaldina, viu-se diante de um inesperado exemplar de jovem nobre, duro como ele, capaz de negociar com vantagem seus sorrisos e títulos em troca de encantos e bens alheios, e revestindo essas ações "sedarescas" de uma graça e um fascínio que o Prefeito sabia não possuir, aos quais se submetia sem se dar conta e sem poder discernir nem mesmo de onde vinham. Mais tarde, quando aprendeu a conhecer melhor Dom Fabrizio, percebeu nele a brandura e a incapacidade de se defender características de seu preconcebido homem-ovelha, mas também reconheceu uma força de atração diferente no tom, mas de intensidade igual à do jovem Falconeri; mais ainda, certa energia que se inclinava à abstração, uma predisposição em ganhar a vida com o que saísse de si, e não com o que pudesse extrair dos outros; ficou muito abalado por essa energia abstrata, embora ela lhe parecesse áspera e irredutível a palavras, como aqui se tentou fazer; porém percebeu que boa parte desse fascínio emanava das boas maneiras e se deu conta de como um homem bem-educado é aprazível, pois no fundo apenas se trata de alguém que elimina as manifestações desagradáveis de grande parte da condição humana e exerce certo altruísmo proveitoso (fórmula em que a eficácia do adjetivo lhe permitiu tolerar a inutilidade do substantivo). Aos poucos, dom Calogero notava que uma refeição em comum não deve necessariamente ser um vendaval de ruídos mastigatórios e manchas de gordura; que uma conversa pode muito bem não se assemelhar a uma briga entre cães; que dar a precedência a uma mulher é sinal de força e não de fraqueza, como acreditara; que é possível contar com mais interlocutores quando se diz "eu não me expliquei bem" em vez de "você não entendeu merda nenhuma", e que, adotando atitudes como essas, refeições, mulheres, argumentos e interlocutores só têm a ganhar, em proveito de quem os tratou bem.

Seria arriscado afirmar que dom Calogero se beneficiou de imediato de tudo o que aprendera; dali em diante ele passou a barbear-se um pouco melhor e a espantar-se menos com a quantidade de sabão necessária para lavar roupa, e só; mas foi a partir daquele momento que, para ele e os seus, teve início o constante refinamento de uma classe que, no curso de três gerações, transforma cafonas eficientes em nobres indefesos.

***

A primeira visita de Angelica à família Salina na condição de noiva transcorreu como que coreografada por uma direção impecável. A compostura da jovem foi tão perfeita que parecia ter sido sugerida por Tancredi — gesto por gesto, palavra por palavra; mas a lentidão das comunicações da época tornava tal possibilidade insustentável, e foi preciso recorrer a outra hipótese, ou seja, os aconselhamentos teriam ocorrido antes do noivado oficial; hipótese arriscada até para quem supunha conhecer de fato a previdência do Principezinho, mas não de todo absurda. Angelica chegou às seis da tarde vestida de branco e rosa, com as tranças negras e sedosas resguardadas por um grande chapéu de palha ainda de verão, sobre o qual cachos de uva artificial e espigas douradas evocavam discretamente os vinhedos de Gibildolce e os celeiros de Settesoli. Já na sala de entrada tomou a dianteira do pai; em meio ao esvoaçar da ampla saia, subiu com leveza os não poucos degraus da escadaria interna e lançou-se aos braços de Dom Fabrizio; deu-lhe dois beijos estalados nas costeletas, os quais foram retribuídos com genuíno afeto; o Príncipe demorou-se talvez um instante a mais que o necessário aspirando o aroma de gardênia das bochechas adolescentes. Em seguida, Angelica enrubesceu e recuou meio passo: "Estou tão, tão feliz...". Aproximou-se de novo e, esticando-se na ponta dos pés, suspirou-lhe no ouvido: "Tiozão!". Excelente gag, cuja eficácia em termos cênicos podia ser comparada ao carrinho de bebê de Eisenstein e que, explícita e secreta como era, deixou maravilhado o coração simples do Príncipe, subjugando-o definitivamente à bela menina. Enquanto isso, dom Calogero subia as escadas e dizia que sua esposa lamentava muito não poder

estar presente, mas na noite anterior havia tropeçado em casa,
o que lhe causara uma torção muito dolorosa no pé esquerdo.
"Está com o peito do pé parecendo uma berinjela, Príncipe."
Dom Fabrizio, divertido com aquela carícia verbal e, por outro
lado, sabendo que sua cortesia seria inútil depois das revelações
de Tumeo, deu-se ao prazer de propor ir imediatamente ao encontro da sra. Sedàra, sugestão que acabrunhou dom Calogero, o qual se viu forçado a recusá-la, pespegando um segundo
achaque na consorte, dessa vez uma enxaqueca que obrigava a
coitadinha a ficar no escuro.

Nesse meio-tempo, o Príncipe ofereceu o braço a Angelica;
atravessaram vários salões na penumbra, vagamente iluminados por lamparinas a óleo que mal permitiam discernir o caminho; ao fundo da perspectiva das salas, porém, resplandecia o
salão "Leopoldo", onde estava o resto da família, e esse avançar
pelo deserto escuro rumo ao centro cristalino da intimidade tinha o ritmo de uma iniciação maçônica.

A família se aglomerava na porta. A Princesa retirara suas
objeções diante da ira do marido, que não apenas as rechaçara,
mas as fulminara por completo; beijou várias vezes a futura sobrinha linda e a abraçou tão forte que deixou impresso na pele
da jovem o contorno do famoso colar de rubis dos Salina que
Maria Stella decidira usar, ainda que de dia, em sinal de grande
celebração; Francesco Paolo, o rapaz de dezesseis anos, estava feliz por ter a oportunidade excepcional de também beijar
Angelica, sob o olhar impotente e enciumado do pai; Concetta
foi afetuosa de maneira especial — sua alegria era tão intensa
que lhe saltaram lágrimas dos olhos; as outras irmãs se acoto-
velavam ao redor dela com risinhos alegres, uma vez que não
estavam comovidas; por fim, Padre Pirrone, que santamente

não era insensível ao fascínio feminino, no qual se comprazia em perceber uma prova irrefutável da Bondade Divina, sentiu que todas as suas reservas derretiam diante do tepor da graça (com g minúsculo). E lhe murmurou: "*Veni, sponsa de Libano*";* depois precisou se conter um pouco para não deixar que lhe ocorressem outros versículos mais calorosos; mademoiselle Dombreuil, como convém às governantas, chorava de emoção, apertando entre suas mãos desiludidas os ombros viçosos da menina e dizendo: "*Angelicà, Angelicà, pensons à la joie de Tancrède*".** Apenas Bendicò, contrariando sua costumeira sociabilidade, rosnava no fundo da garganta, até ser enquadrado com vigor por um indignado Francesco Paolo, cujos lábios ainda tremiam.

Em vinte e quatro dos quarenta e oito braços do lampadário estava acesa uma candeia, e cada uma dessas velas cândidas e candentes se assemelhava a uma virgem torturada de amor; as flores bicolores de Murano, sobre os caules de vidro curvo, olhavam para baixo admirando aquela que entrava e lhe dirigindo um sorriso matizado e frágil. A grande lareira estava acesa mais em sinal de júbilo do que para aquecer o ambiente ainda tépido, e a luz das chamas palpitava sobre o piso, desprendendo brilhos intermitentes do douramento desbotado da mobília; a lareira de fato representava o calor doméstico, o símbolo da casa, e nela os tições aludiam a centelhas de desejo, brasas, ardores contidos.

Citação da Divina Comédia (Purgatório *XXX, 2, momento em que Dante reencontra Beatriz no Paraíso Terrestre), que por sua vez cita o Cântico dos cânticos 4,8.* ("*Vem, ó esposa, do Líbano*").
** "*Angelica, Angelica, imagine a alegria de Tancredi!*"

Por iniciativa da Princesa, que possuía em alto grau a faculdade de reduzir as emoções a um mínimo denominador comum, narraram-se episódios sublimes da infância de Tancredi, e ela tanto insistiu nessas histórias que de fato era possível pensar que Angelica devia considerar-se uma mulher de sorte por casar com um homem que, aos seis anos, era tão sensato que se submetia sem lamúrias aos clisteres de praxe e, aos doze, tão ousado que roubara um punhado de cerejas — quando esse episódio de banditismo temerário foi recordado, Concetta se pôs a rir. "Esse é um vício do qual Tancredi ainda não conseguiu se livrar", disse, "lembra, papai, que há dois meses ele pegou aqueles pêssegos que eram seu xodó?" Depois ficou séria de repente, como se fosse a presidente de uma sociedade de fruticultura que havia sido lesada.

Imediatamente a voz de Dom Fabrizio lançou à sombra esses disparates; falou do Tancredi de agora, do jovem sagaz e atento, sempre pronto a uma daquelas tiradas que encantavam a todos os que gostavam dele e exasperavam os demais; contou como, durante uma temporada em Nápoles, apresentado à duquesa de San-Alguma-Coisa, ela tomou-se de tal paixão que queria vê-lo em sua casa de manhã, à tarde e à noite, não importava se estivesse no salão ou na cama, porque, dizia ela, ninguém sabia narrar *les petits riens** como ele; e, embora Dom Fabrizio se apressasse em esclarecer que na época Tancredi não tinha nem dezesseis anos e a duquesa já estava para lá dos cinquenta, os olhos de Angelica faiscaram, já que ela dispunha de informações precisas sobre rapazolas palermitanos e fortes intuições a respeito de duquesas napolitanas.

_____
* *Os detalhes, as minudências.*

Supor que, por essa atitude, Angelica amava Tancredi seria um erro: ela possuía demasiado orgulho e demasiada ambição para submeter-se ao aniquilamento — provisório — da própria personalidade sem o qual não há amor; além disso, sua limitada experiência juvenil e social ainda não lhe permitia apreciar as verdadeiras qualidades dele, compostas de nuances sutis; porém, mesmo não o amando, à época estava apaixonada por ele, o que é bem diferente; os olhos azuis, a afetuosidade brincalhona, certos tons repentinamente graves de sua voz lhe causavam, até mesmo na lembrança, uma perturbação específica, e naqueles dias tudo o que desejava era ser dobrada por aquelas mãos; e, após ter sido dominada, haveria de esquecê-las e substituí-las, como de fato ocorreu, mas por ora o que mais queria era ser arrebatada por ele. Portanto, a revelação daquela possível aventura galante (que, aliás, não ocorrera) causou-lhe um ataque do mais absurdo dos flagelos, o do ciúme retrospectivo — ataque logo dissipado, porém, por um exame frio das vantagens eróticas e extraeróticas que seu casamento com Tancredi ensejava.

Dom Fabrizio continuava exaltando Tancredi; levado pelo afeto, falava dele como de um Mirabeau: "Ele começou cedo, e começou muito bem; sua estrada será longa". A fronte lisa de Angelica se inclinava em sinal de concordância; na realidade, ela não se importava com o futuro político de Tancredi. Era uma das muitas jovens que consideram os acontecimentos públicos como processos de um universo à parte e nem sequer imaginava que um discurso de Cavour pudesse, com o passar do tempo e por meio de mil engrenagens minúsculas, influir sobre sua vida e transformá-la. Pensava em siciliano: *"Noi avemo il 'furmento' e questo ci basta: che strada e* *strada!".*.* Pura ingenuidade juvenil que ela mesma renegaria mais tarde, quando, ao longo dos anos, se tornou uma das mais viperinas Egérias de Montecitorio e da Consulta.**

"Além disso, Angelica, você ainda não sabe como Tancredi é divertido! Sabe tudo, e extrai uma conclusão inesperada de qualquer coisa. Quando ele está inspirado, o mundo nos parece mais engraçado do que é normalmente, e às vezes até mais sério." Que Tancredi era divertido, Angelica já sabia; que era capaz de revelar mundos novos, ela não só esperava, mas também tinha razões para suspeitá-lo desde o final do mês anterior, nos dias do famoso — mas não único — beijo oficialmente comprovado, que de fato tinha sido algo muito mais delicado e saboroso do que fora seu único outro exemplar, aquele que o rapazote jardineiro lhe deu em Poggio a Caiano, mais de um ano antes. Mas a Angelica pouco importavam os lances de espírito ou mesmo a inteligência do noivo, bem menos do que importavam ao querido Dom Fabrizio, que de fato era muito querido, mas também "intelectual" demais. Em Tancredi ela via a possibilidade de ter uma posição de destaque no mundo aristocrático da Sicília, mundo que ela considerava coalhado de maravilhas, bem diferente do que ele era na realidade, e também desejava em Tancredi um vigoroso companheiro de abraços. Se além disso ele fosse intelectualmente superior, melhor ainda; mas Angeli-

---

* "A gente tem 'trigo' [dinheiro], e isso nos basta: estrada coisa nenhuma."
** Na mitologia latina, Egéria foi uma ninfa que se tornou esposa e conselheira de Numa Pompílio, o segundo rei de Roma (753 a.C.-673 a.C.). Montecitorio e Consulta são dois palácios romanos, sede, respectivamente, da Câmara dos Deputados e da Corte Constitucional. A Consulta também foi residência do príncipe herdeiro Umberto I (1871-4), sede do Ministério das Relações Exteriores (1874-1922) e do Ministério das Colônias (1874-1953).

ca não ligava para isso. Sempre era possível se divertir. No momento, tanto fazia se o noivo fosse espirituoso ou tolo: gostaria de tê-lo a seu lado, para que pelo menos lhe roçasse a nuca, por baixo das tranças, como costumava fazer.

"Ah, meu Deus, como eu queria que ele estivesse aqui conosco, agora!"

A exclamação comoveu a todos — fosse pela evidente sinceridade, fosse pela ignorância acerca de sua motivação — e concluiu a venturosa primeira visita. De fato, Angelica e o pai se despediram logo em seguida; precedidos de um jovem cavalariço segurando uma lanterna acesa que, com o ouro incerto de sua luz, acendia o vermelho das folhas caídas dos plátanos, pai e filha voltaram para casa, cujo ingresso fora vetado a Peppe 'Merda pelos balaços que lhe estouraram os rins.

Um hábito que Dom Fabrizio voltou a cultivar após reaver a serenidade foi o das leituras noturnas. No outono, depois do Rosário, como já estava muito escuro para sair, a família se reunia em torno da lareira à espera do jantar, e o Príncipe lia para todos um romance moderno, em capítulos; e de todos os seus poros jorrava uma digna benevolência.

Aqueles eram precisamente os anos em que, por meio dos romances, iam se formando os mitos literários que ainda hoje dominam as mentes europeias; mas a Sicília, em parte por sua tradicional impermeabilidade ao novo, em parte pelo difuso desconhecimento de qualquer língua, em parte ainda — é preciso dizer — pela opressiva censura borbônica que agia nas alfândegas, ignorava a existência de Dickens, Eliot, Sand e Flaubert, até de Dumas. É verdade que, por meio de alguns estratagemas, um par de volumes de Balzac havia chegado até as mãos de Dom Fabrizio, que se atribuíra o encargo de censor familiar; ele os lera e em seguida emprestara, insatisfeito, a um amigo de quem não gostava, dizendo que eram fruto de um engenho sem dúvida vigoroso, mas extravagante e "fixado" (hoje teria dito "monomaníaco"); julgamento apressado, como se vê, mas não desprovido de certa agudeza. Portanto, o nível das leituras era muito baixo, condicionado que estava ao respeito pelo pudor virginal das donzelas, pelos escrúpulos religiosos da Princesa e pelo senso de dignidade do próprio Príncipe, que se recusaria a ler "porcarias" a seus familiares reunidos.

Era por volta do dia 10 de novembro, já no final da temporada em Donnafugata. Chovia forte e o vento mistral arrojava raivosas saraivadas de água contra as janelas; ao longe se ouvia um rodopio de trovões; de vez em quando algumas gotas, tendo conseguido se infiltrar nas singelas chaminés sicilianas, frigiam um instante no fogo e salpicavam de preto os ardentes tições de oliveira. Lia-se *Angiola Maria*,* e naquela noite se chegava às últimas páginas do livro: a descrição da triste viagem da menina pela gélida Lombardia invernal enternecia o coração siciliano das senhoritas, sentadas em suas mornas poltronas. De repente se ouviu um grande rebuliço na sala ao lado, e o camareiro Mimì entrou ofegante. "Excelências", gritou, esquecendo qualquer compostura, "Excelências, o sr. Tancredi chegou! Está no pátio descarregando as bagagens do coche. Meu Deus do céu, com esse temporal!" E desapareceu.

---

*Romance sentimental do jornalista e político Giulio Carcano (1812-84).

A surpresa transportou Concetta a um tempo que já não correspondia ao real, e ela exclamou: "Querido!", mas o próprio som de sua voz a reconduziu ao presente desconsolado e, como é fácil perceber, essas bruscas passagens de uma temporalidade segregada e calorosa a outra, evidente mas gélida, causaram-lhe grande dor; por sorte, submersa na comoção geral, a exclamação não foi ouvida.

Precedidos pelas largas passadas de Dom Fabrizio, todos correram para a escada; atravessaram às pressas os salões escuros, desceram; a grande porta estava escancarada sobre a escadaria externa que dava para o pátio; o vento irrompia e fazia tremer as telas dos retratos, tangendo diante de si umidade e cheiro de terra; contra o fundo do céu relampejante, as árvores do jardim se debatiam e chiavam como sedas rasgadas. Dom Fabrizio estava para atravessar a porta quando, no último degrau, apareceu uma massa informe e pesada; era Tancredi enrolado na enorme capa azul da cavalaria piemontesa, tão encharcada que pesava uns cinquenta quilos e parecia preta. "Cuidado, tiozão, não me toque: estou ensopado!" A luz da luminária da sala permitiu entrever seu rosto. Entrou, desatou a correntinha que prendia a capa ao pescoço e a deixou cair e murchar no chão com um som chapinhante. Ele cheirava a cachorro molhado e não tirava as botas havia três dias, mas para Dom Fabrizio, que o abraçava, ele era o jovem mais amado que seus filhos; para Maria Stella, o querido sobrinho perfidamente caluniado; para Padre Pirrone, a ovelha que sempre se perdia e era reencontrada; para Concetta, um caro fantasma que lembrava seu amor perdido; até mademoiselle Dombreuil o beijou com a boca desafeita a carícias e gritava, a coitada: *"Tancrède, Tancrède, pensons à la joie*

d'Angelicà",* com as cordas tão escassas de seu arco, sempre forçada a imaginar as alegrias alheias. Bendicò também reencon-
trava o querido companheiro de brincadeiras, aquele que sabia
como ninguém soprar dentro de seu focinho através das mãos
fechadas, mas, de modo canino, demonstrava seu êxtase galo-
pando frenético ao redor da sala sem se importar com o amado.

Foi um momento de fato comovente, toda a família reunida
em torno do rapaz que regressava, mais adorado ainda por não
ser propriamente da família, e tão mais por estar vindo colher
o amor aliado ao sentimento de segurança perene. Momento
comovente, mas também longo. Quando os primeiros entusias-
mos passaram, Dom Fabrizio percebeu que no limiar da porta
estavam outras duas figuras, igualmente encharcadas e sorridentes. Tancredi também se deu conta e riu. "Peço desculpas a
todos, mas a emoção me fez perder a cabeça. Tia", disse, dirigindo-se à Princesa, "tomei a liberdade de trazer meu caro amigo, o
conde Carlo Cavriaghi; vocês já o conhecem, ele esteve muitas
vezes na vila quando prestava serviços ao general. E aquele outro é o lanceiro Moroni, meu ordenança." O soldado sorria com
sua cara obtusamente honesta, em posição de sentido, enquanto a água do tecido grosso de seu sobretudo escorria no piso.
Mas o condezinho não estava em posição de sentido: depois de
tirar o barrete ensopado e disforme, beijou a mão da Princesa,
sorriu e encantou as garotas com seus bigodinhos louros e o in-
falível "erre" francês. "E pensar que me disseram que aqui por
essas bandas nunca chovia! Meu Deus, faz dois dias que estamos
como dentro de um rio!" Depois ficou sério: "Mas afinal, Falconeri, onde está a srta. Angelica? Você me arrastou de Nápoles

---

* *"Tancredi, Tancredi, como Angelica ficará contente."*

até aqui só para que eu a visse. Estou vendo muitas beldades, mas não ela". Virou-se para Dom Fabrizio: "Sabe, Príncipe, pelo que ele diz, a moça é a rainha de Sabá! Vamos logo reverenciar a *formosissima et nigerrima.** Vamos lá, cabeçudo!".

Falava assim, transportando a linguagem dos refeitórios de oficiais para o sisudo salão com a fila dupla de antepassados encouraçados e pomposos; e todos se divertiam. Mas Dom Fabrizio e Tancredi tinham suas objeções: conheciam dom Calogero, conheciam a "Bela Fera" que era sua mulher, o incrível desleixo da casa daquele ricaço — coisas que a cândida Lombardia ignorava.

Dom Fabrizio interveio: "Ouça, conde: o senhor pensava que na Sicília nunca chovia, e no entanto, veja que dilúvio. Não gostaria que o senhor acreditasse que entre nós não haja pneumonia e depois se visse numa cama com quarenta graus de febre. Mimì", disse ao camareiro, "mande acender a lareira no quarto do sr. Tancredi e também no verde, da ala de hóspedes. Mande preparar o quartinho ao lado para o soldado. E o senhor, conde, enxugue-se bem e troque de roupa. Mandarei levar um ponche e biscoitos; e o jantar será servido às oito, daqui a duas horas". Cavriaghi estava habituado ao serviço militar havia muitos meses para não se dobrar de imediato àquela voz autoritária: despediu-se e acompanhou, murcho, murcho, o camareiro. Atrás deles, Moroni arrastava os baús dos oficiais e as espadas em suas bainhas de flanela verde.

Enquanto isso, Tancredi escrevia: "Caríssima Angelica, cheguei, e cheguei por você. Estou apaixonado feito um gato,

---

* *Mais uma alusão ao Cântico dos cânticos 1,5, que diz, na vulgata de S. Jerônimo: "Nigra sum sed formosa".*

mas também molhado como uma rã, sujo como um cachorro abandonado e faminto como um lobo. Assim que me limpar e me julgar digno de apresentar-me à bela entre as belas, irei correndo para você; daqui a duas horas. Meus cumprimentos a seus queridos pais. A você... nada, por enquanto". O texto foi submetido à apreciação do Príncipe; este, que sempre admirara o estilo epistolar de Tancredi, o aprovou sorrindo; e na mesma hora o bilhete foi enviado à casa da frente.

A alegria geral era tanta que quinze minutos bastaram para que os dois jovens se enxugassem, se limpassem, trocassem os uniformes e se reencontrassem no "Leopoldo" ao redor da lareira: tomavam chá e conhaque enquanto se deixavam admirar. Naqueles tempos, não havia nada menos militar que as famílias aristocráticas da Sicília: os oficiais borbônicos nunca frequentaram os salões palermitanos, e os poucos garibaldinos que haviam entrado ali causaram muito mais uma impressão pitoresca de espantalhos do que de militares autênticos. Por isso os dois jovens oficiais eram de fato os primeiros que as garotas Salina viam de perto; ambos de redingote — Tancredi com os botões de prata dos lanceiros, Carlo com os dourados dos artilheiros; o primeiro com o colarinho alto de veludo preto bordado de laranja, o segundo de carmesim —, espichavam para as brasas as pernas revestidas de tecido azul e preto. Nas mangas, os "floreios" de prata ou ouro se desatavam em volutas e arabescos sem fim; um encanto para meninas acostumadas a redingotes austeros e fraques mortuários. O romance edificante jazia emborcado atrás de uma poltrona.

O LEOPARDO

Dom Fabrizio não estava entendendo muito bem: recordava-se de ambos vestidos de qualquer jeito e vermelhos como camarões. "Mas, afinal de contas, vocês, garibaldinos, não usam mais a camisa vermelha?" Os dois se viraram como se tivessem sido picados por uma serpente. "Mas que garibaldinos que nada, tiozão! Já fomos, mas agora chega. Cavriaghi e eu somos oficiais do Exército regular de Sua Majestade, rei da Sardenha por mais alguns meses, e da Itália daqui a pouco. Quando o Exército de Garibaldi se dissolveu, era possível escolher: voltar para casa ou permanecer no Exército do Rei. Nós dois, assim como todas as pessoas de bem, entramos no Exército 'verdadeiro'. Não era possível continuar com aqueles lá, não é mesmo, Cavriaghi?" "Meu Deus, que gentalha! Homens que só serviam para atacar, dar uns tiros, e só! Agora estamos entre pessoas de bem, como deve ser; enfim, somos oficiais de verdade", e erguia os bigodinhos num trejeito de desgosto adolescente.

"Eles nos rebaixaram a patente, sabe, tiozão, tão pouco era o apreço que tinham por nossa experiência militar; eu, de capitão, virei tenente", e exibia as linhas dos floreios, "e ele, de tenente, passou a subtenente. Mas estamos satisfeitos, como se tivéssemos sido promovidos. Seja como for, agora somos bem mais respeitados em nossos uniformes." "Pudera", interrompeu Cavriaghi, "agora as pessoas não temem que roubemos suas galinhas, ora." "Você tinha de ver, de Palermo até aqui, quando parávamos na posta para a troca dos cavalos! Bastava dizer: 'Ordens urgentes a serviço de Sua Majestade', e os cavalos apareciam como num passe de mágica; e nós exibíamos as ordens que, afinal de contas, eram meros recibos dos hotéis de Nápoles, bem dobrados e selados."

Encerrada a conversa sobre as mudanças militares, passaram a assuntos mais amenos. Concetta e Cavriaghi se sentaram lado a lado mas um pouco afastados, e o condezinho lhe mostrou o presente que trouxera de Nápoles para ela: os *Cantos* de Aleardo Aleardi, numa encadernação esplêndida. Uma coroa principesca fora gravada em baixo-relevo sobre o azul-escuro do couro, e, abaixo, as iniciais de Concetta: "C. C. S.". Um pouco mais abaixo, letras grandes e vagamente góticas diziam: "Sempre surda". Concetta riu, divertida. "Mas por que surda, conde? C. C. S. escuta muito bem." O rosto do conde se inflamou de paixão infantil. "Surda, sim, surda, senhorita, surda a meus suspiros, surda a meus gemidos, e também cega, cega às súplicas que meus olhos lhe dirigem. Se soubesse quanto sofri em Palermo quando todos vieram para cá: nem sequer uma saudação, um aceno sequer enquanto as carruagens desapareciam na alameda! E a senhorita não quer que a chame de surda? Eu deveria ter mandado gravar: 'Cruel'."

A excitação literária do jovem foi congelada pela reserva da moça. "O senhor ainda está cansado da longa viagem, suas emoções não estão sob controle. Acalme-se: por que não lê uma bela poesia para mim?"

Enquanto o militar lia os versos delicados com voz sentida e pausas cheias de desconsolo, Tancredi, diante da lareira, tirava do bolso um estojinho de cetim azul-celeste. "Olhe aqui o anel, tiozão, o anel que vou dar a Angelica; ou melhor, o anel que o senhor lhe oferece por meu intermédio." Soltou o fecho de mola e surgiu uma safira muito escura, cortada em octógono achatado, engastada com firmeza numa chuva de brilhantes minúsculos e puros. Uma joia um tanto tétrica, mas muito condizente com o gosto cemiterial da época, e que valia claramente as trezentas onças que Dom Fabrizio expedira. Na verdade, custara bem menos: naqueles dias de saques e fugas, em Nápoles se podiam encontrar lindas joias de ocasião; a diferença de preço resultou num broche, uma lembrança para a bailarina Schwarzwald. Até Concetta e Cavriaghi foram chamados para admirá-lo, mas não se moveram de onde estavam, porque o condezinho já o conhecia e Concetta adiou aquele prazer para mais tarde. O anel passou de mão em mão, admirado e louvado; o previsível bom gosto de Tancredi também foi exaltado. Dom Fabrizio perguntou: "Mas como é que se faz quanto à medida? Vamos ter de mandar o anel a Agrigento para ajustá-lo". Os olhos de Tancredi faiscaram de malícia: "Não será necessário, tio: a medida está certa, eu já a tinha tomado". E Dom Fabrizio se calou: reconheceu que estava diante de um mestre.

O estojinho fizera todo o giro ao redor da lareira e voltara às mãos de Tancredi quando, por trás da porta, se ouviu um discreto: "Posso entrar?". Era Angelica. Na pressa, emocionada, para se proteger da chuva torrencial não encontrara nada melhor que um *scappolare*, um desses enormes capotes de camponês de tecido áspero: enrolado nas dobras rijas de azul-escuro, o corpo dela parecia muito magro; por baixo do capuz molhado, os olhos verdes, ansiosos e perdidos, expressavam voluptuosidade.

Diante daquela visão, do contraste entre a beleza da pessoa e a rusticidade do manto, Tancredi sentiu como uma chicotada: ergueu-se, correu para ela sem dizer palavra e lhe deu um beijo na boca. O estojinho que levava na mão direita roçava a nuca reclinada da garota. Então soltou o fecho de mola, pegou o anel e o enfiou no anular de Angelica — o estojo caiu no chão. "Aqui está, minha linda, é para você, do seu Tancredi." Sua ironia irrompeu mais uma vez: "E agradeça também ao tiozão por isso". Depois voltou a abraçá-la: a ânsia sensual os fazia tremer; o salão, os presentes, tudo parecia muito distante deles; e os beijos deram a Tancredi a impressão de que retomava a posse da Sicília, a terra bela e infiel sobre a qual os Falconeri tinham sido senhores por séculos e que agora, depois de uma revolta inútil, rendia-se de novo a ele, como desde sempre aos seus, feita de delícias carnais e colheitas douradas.

Depois da bem-vinda chegada dos hóspedes, adiou-se o retorno a Palermo e transcorreram duas semanas de encantos. A tempestade que acompanhara a viagem dos dois oficiais fora a última de uma série, e depois dela resplandeceu o verão de San Martino, que é a verdadeira estação de volúpia na Sicília: clima luminoso e azul, oásis de doçura no andamento inclemente das estações que, suave, estimula e extravia os sentidos, enquanto seu tepor convida a nudezes secretas. No palácio de Donnafugata não se falava de nus eróticos, que ali abundavam, de um sensualismo exaltado, tanto mais agudo quanto mais reprimido. Oitenta anos antes, o palácio dos Salina fora um refúgio para aqueles obscuros prazeres com que se regozijara o *Settecento* agonizante; mas a regência severa da princesa Carolina, a neorreligiosidade da Restauração e o caráter afavelmente sensual do Dom Fabrizio de então haviam quase relegado ao esquecimento as bizarrices do passado; os diabretes em pó de arroz tinham sido afugentados; certamente ainda existiam, mas em estado larvar, hibernando sob cúmulos de poeira em sabe-se lá que sótão do imenso edifício. A vinda da bela Angelica ao palácio ressuscitava um pouco esses fantasmas, como talvez se recorde;

mas foi a chegada dos jovens apaixonados que de fato redesper-
tou os instintos ocultos da casa, os quais agora, como formigas
acordadas pelo sol, se mostravam por toda parte, talvez desinto-
xicados, mas muito vívidos. A arquitetura e a própria decoração
rococó, com suas curvas imprevistas, evocavam quadris fartos e
seios empinados; qualquer abertura de porta chiava como uma
cortina de alcova.

Cavriaghi estava apaixonado por Concetta; mas, infantil
que era — e não só na aparência, como Tancredi, mas também
no íntimo —, seu amor desaguava nos ritmos fáceis de Prati e
Aleardi, no sonho de raptos ao clarão da lua, cuja consequência lógica ele não se arriscava a contemplar, e que, de resto, a
surdez de Concetta esmagava no nascedouro. Não se sabe se,
na reclusão de seu aposento verde, ele não se entregava a fantasias mais concretas; mas o certo é que, para a cenografia galante
daquele outono em Donnafugata, ele contribuiu apenas como
desenhista de nuvens e horizontes evanescentes, e não como
idealizador de massas arquitetônicas. Já as duas outras moças,
Carolina e Caterina, desempenhavam muito bem seu papel na
sinfonia de desejos que ressoava naquele novembro por todo o
palácio, misturando-se ao murmúrio das fontes, ao pisotear dos
cavalos fogosos nas estrebarias e à tenaz escavação de ninhos
dos carunchos nos móveis antigos. Ambas eram muito jovens e
graciosas e, embora não tivessem um objeto de paixão específi-
co, viam-se imersas na corrente dos estímulos que se cruzavam
entre os demais; e muitas vezes o beijo que Concetta negava a
Cavriaghi e o abraço de Angelica que não saciava Tancredi re-
verberavam nelas, roçavam seus corpos intactos — e elas an-
siavam por eles, sonhando mechas encharcadas de estranhos
suores, breves gemidos. Até a infeliz mademoiselle Dombreuil,

à força de ter de agir como para-raios, assim como os psiquia-
tras se infectam e sucumbem ao frenesi de seus enfermos, foi
atraída para a voragem obscura e radiosa; e, depois de um dia de
vigilâncias e espreitas moralistas, ela se estendia em sua cama
solitária, apalpava os seios murchos e sussurrava, a esmo, os nomes de Tancredi, Carlo, Fabrizio...

Centro e motor dessa excitação dos sentidos era evidentemente o casal Tancredi-Angelica. O casamento assegurado,
embora ainda distante, estendia antecipadamente sua sombra
reconfortante no húmus ardente de seus desejos recíprocos; a diferença de classes levava dom Calogero a considerar
normais, na nobreza, as demoradas conversas longe de olhos
alheios, e a princesa Maria Stella, que acreditava usuais na classe dos Sedàra a frequência das visitas de Angelica e a liberalidade de seu comportamento, certamente não as veria como
adequadas às próprias filhas; e assim as visitas de Angelica ao
palácio se tornaram cada vez mais frequentes, a ponto de serem quase contínuas, e ela acabou sendo apenas formalmente
acompanhada pelo pai, que logo se dirigia à Administração
para descobrir (ou tecer) tramas secretas, ou pela camareira,
que desaparecia na despensa para tomar café e atormentar os
pobres criados.

Tancredi queria que a noiva conheçesse o palácio em todo o
seu inextricável complexo de antigas e novas alas de hóspedes,
apartamentos de honra, cozinhas, capelas, teatros, galerias, de-
pósitos recendentes a couro, estrebarias, estufas abafadas, passagens, corredores, escadinhas, terracinhos, pórticos e sobretudo uma série de cômodos esquecidos e desertos, abandonados
havia décadas, que compunham um emaranhado labiríntico e
misterioso. Tancredi não se dava conta (ou se dava conta per-

feitamente) de que arrastava Angelica para o centro oculto do ciclone sensual, e a jovem, naquele tempo, queria tudo o que Tancredi decidia. As incursões pelo edifício quase ilimitado eram intermináveis; partia-se como para uma terra incógnita, e incógnita era de fato, já que em muitos daqueles apartamentos nem mesmo Dom Fabrizio jamais pusera os pés — o que aliás era motivo de grande contentamento para ele, pois costumava dizer que um palácio cujos aposentos eram todos conhecidos não era digno de ser habitado. Os dois apaixonados embarcavam rumo a Citera numa nave feita de quartos sombrios e outros ensolarados, de ambientes luxuosos ou deploráveis, vazios ou repletos de destroços de mobiliário heterogêneo. Partiam acompanhados por mademoiselle Dombreuil ou por Cavriaghi (Padre Pirrone, com a sagacidade de sua Ordem, sempre se recusou a isso), às vezes por ambos; a decência exterior estava salva. Mas não era difícil despistar quem os quisesse seguir pelo palácio: bastava entrar por um corredor (havia alguns muito longos, estreitos e tortuosos, com janelinhas gradeadas, que davam angústia só de percorrer), dobrar numa galeria, subir uma escadinha cúmplice, e os dois jovens já estavam longe, invisíveis, sós como numa ilha deserta. Eram observados apenas por um retrato a pastel esfumado e apagado, que a inexperiência do pintor criara sem visão, ou, num teto recoberto, por uma pastorinha logo aquiescente. Além disso, Cavriaghi se cansava em pouco tempo e, assim que encontrava em sua rota um ambiente conhecido ou uma escadinha que descia ao jardim, abandonava sua missão, fosse para agradar o amigo, fosse para suspirar mirando as mãos geladas de Concetta. A governanta resistia mais tempo, mas não eternamente; por uns momentos se ouviam seus apelos cada vez mais distantes, nunca respondidos:

"*Tancrède, Angelicà, où êtes-vous?*".* Depois tudo se fechava no silêncio, trincado apenas pelo galope dos ratos sobre os forros, pelo arrastar de uma carta centenária e esquecida que o vento varria sobre o assoalho: pretextos para temores desejados, para um estreitamento reconfortante dos membros. E Eros estava sempre com eles, malicioso e tenaz, arrebatando os noivos para um jogo cheio de riscos e feitiços. Os dois, ainda muito próximos da infância, sentiam prazer com o jogo em si, em se perseguir, se perder, se reencontrar; porém, quando se alcançavam, seus sentidos aguçados levavam a melhor e os cinco dedos dele se enlaçavam aos dela num gesto caro aos amantes indecisos, a fricção suave das digitais nas veias pálidas do dorso perturbava-os por inteiro, num prelúdio de carícias mais ousadas.

Certa vez ela se escondeu atrás de um enorme quadro apoiado no chão; e por alguns instantes *Arturo Corbèra no assédio de Antioquia* protegeu a ânsia esperançosa da menina; no entanto, quando foi descoberta, com o sorriso coberto de teias e as mãos veladas de pó, viu-se enlaçada e apertada, e ficou uma eternidade dizendo "Não, Tancredi, não", recusa que era um convite porque, de fato, tudo o que ele fazia era fixar nos olhos verdíssimos dela o azul dos seus. Certa ocasião, numa manhã luminosa e fria, ela tremia nas vestes ainda de verão; para aquecê-la, ele a apertou contra seu corpo sobre um sofá com o estofo em fiapos; o hálito perfumado de Angelica agitava os cabelos em sua testa, e foram momentos de êxtase e dor, nos quais o desejo se transformou em tormento, e o controle, por sua vez, em delícia.

Nos aposentos abandonados, os quartos não tinham nem fisionomia certa nem nome; e, tal como os descobridores do

---

* "*Tancredi, Angelica, onde estão vocês?*"

O LEOPARDO

*1*57

Novo Mundo, eles batizavam os espaços percorridos conforme aquilo que acontecera neles: um amplo quarto de dormir em cuja alcova havia o espectro de uma cama com baldaquim adornado por esqueletos de plumas de avestruz foi mais tarde lembrado como o "quarto das penas"; Tancredi batizou uma escadinha de degraus de ardósia lisos e desbeiçados de "a escada do escorregador feliz". Mais de uma vez não souberam onde estavam: de tanto girar, regressar, perseguir-se, fazer longas pausas cheias de murmúrios e contatos, ficavam desorientados e precisavam se debruçar numa janela sem vidros para entender, pelo aspecto de um pátio ou pela perspectiva de um jardim, em que ala do palácio se encontravam. No entanto, às vezes não se localizavam de jeito nenhum, porque a janela dava não para um grande pátio, mas para um pequeno recinto interno, igualmente anônimo e desconhecido, sinalizado apenas pela carcaça de um gato ou por um punhado de macarrão ao sugo, que jamais se saberá se vomitado ou descartado; e de outra janela os perscrutava os olhos de uma camareira aposentada. Numa tarde encontraram dentro de uma cômoda de três pernas quatro *carillons*, essas caixas de música que tanto agradavam a ingenuidade convencional do século XVIII. Três delas, envoltas em poeira e teias de aranha, continuaram mudas; a quarta, porém, mais nova, mais bem fechada no estojinho de madeira escura, pôs em movimento seu cilindro de cobre inçado de pontas, e de repente as linguetas de aço erguidas produziram uma musiquinha graciosa, toda em agudos argentinos: o famoso "Carnaval de Veneza"; e eles ritmaram seus beijos segundo aqueles sons de alegria desencantada; e, quando o abraço se afrouxou, os dois se surpreenderam ao notar que os sons tinham cessado havia tempo, e que suas carícias seguiram apenas o ritmo da lembrança daquela música fantasma.

Certa vez, a surpresa teve um tom diferente. Num quarto da antiga ala de hóspedes, vislumbraram uma porta que um armário escondia; a fechadura centenária cedeu de golpe àqueles dedos que gozavam ao se retorcer e esfregar para abri-la: diante deles, uma escada comprida e estreita avançava em curvas suaves com seus pequenos degraus de mármore rosa. No alto, outra porta, aberta e com a espessa forração consumida; e depois um apartamentinho galante e excêntrico, seis quartinhos dispostos em torno de uma saleta de modestas proporções, todos eles e a própria sala com piso de mármore alvíssimo em leve desnível, pendendo para uma canaleta lateral. *Nos tetos baixos, estranhos estuques coloridos que a umidade por sorte tornara incompreensíveis;*[*] nas paredes, grandes espelhos atônitos, pendurados muito embaixo, *um deles quebrado por uma pancada quase no centro*, cada qual com um candelabro retorcido do século XVIII; as janelas se abriam para um pequeno pátio isolado, uma espécie de poço cego e surdo que deixava entrar uma luz cinzenta e no qual não havia nenhuma outra abertura. Em cada quarto e também na sala, sofás amplos, enormes, mostravam no estofamento vestígios de uma seda que fora arrancada, e encostos com nódoas; nas lareiras, finos e intricados entalhes no mármore de nus exacerbados e torturados, mutilados por marteladas raivosas. A umidade havia manchado as paredes no alto e à altura de um homem — ao me-

---

[*] *Na descrição do apartamento dos sádicos, as quatro passagens em itálico foram acrescentadas ao manuscrito de 1957 e não se encontram na versão datiloscrita ditada [ao jovem crítico e amigo] Francesco Orlando. O texto referente à terceira passagem está assim no datiloscrito: "Era muito profundo, mas vazio, exceto por um rolo de pano sujo, de pé em um canto".*

nos parecia —, assumindo configurações estranhas, tons sombrios, relevos inusitados. Tancredi, inquieto, não quis que Angelica tocasse num armário embutido da sala: ele mesmo o abriu. Era bastante profundo *e continha coisas bizarras: carretéis de corda de seda fina; caixinhas de prata impudicamente decoradas cujo fundo externo exibia plaquetas minúsculas com indicações obscuras em grafia elegante, como as siglas que se veem nos frascos das farmácias: "Estr. catch.", "Tirsch-stram.", "Part-opp.", garrafinhas cujo conteúdo evaporara;* um rolo de pano sujo, de pé num canto; dentro dele havia um feixe de pequenos açoites, de chibatas em nervo de boi, algumas com empunhaduras de prata, outras revestidas até a metade por uma seda graciosa e muito antiga, branca com listrinhas azuis, na qual se percebiam três fileiras de manchas escuras; pequenos instrumentos metálicos, inexplicáveis. Tancredi teve medo até de si próprio e *compreendeu que havia alcançado o núcleo secreto, o centro de irradiação das inquietudes carnais do palácio.* "Vamos embora, querida, aqui não há nada de interessante." Fecharam bem a porta, desceram a escada em silêncio, puseram o armário no lugar; depois, durante todo o dia, os beijos de Tancredi foram leves, como dados em sonho e em expiação.

A bem da verdade, depois do Leopardo, o chicote parecia ser o objeto mais comum em Donnafugata. No dia seguinte à descoberta do apartamentinho enigmático, os dois namorados toparam com outro pequeno açoite, de caráter bem distinto. Não estava nos aposentos secretos, mas, ao contrário, no venerado local que pertencera ao Duque-Santo, o mais afastado do palácio. Ali, em meados do século XVII, um Salina se retirara como num convento particular e fizera penitência, preparando seu itinerário rumo ao Céu. Os cômodos eram estreitos, de teto baixo, com o piso atijolado de argila rústica, as paredes alvas e caiadas, semelhantes às dos camponeses mais desprovidos. O último aposento dava para uma sacada de onde se dominava a extensão amarela de feudos sobrepostos a feudos, todos imersos numa luz triste. Numa das paredes, um enorme crucifixo, maior que a escala real: a cabeça do Deus martirizado tocava o teto, os pés sangrentos roçavam o assoalho: a chaga no flanco parecia uma boca que a brutalidade proibira de pronunciar as palavras da última salvação. Ao lado do cadáver divino, de um prego pendia um açoite de cabo curto do qual partiam seis tiras de couro já endurecido, arrematadas por seis bolas de chumbo do tamanho de avelãs. Era a "disciplina" do Duque-Santo. Naquele quarto Giuseppe Corbèra, duque de Salina, se açoitava em solidão, diante de Deus e do próprio feudo, e talvez pensasse que as gotas de seu sangue fossem chover sobre as terras para redimi-las; em sua pia exaltação, talvez pensasse que apenas por meio desse batismo expiatório elas realmente se tornassem suas, sangue de seu sangue, carne de sua carne, como se diz. No entanto os torrões se foram, e muitos daqueles que se avistavam lá de cima pertenciam agora a outros, inclusive a dom Calogero; a dom Calogero, ou seja, a Angelica, portanto ao futuro filho deles. A evidência da redenção pela beleza, paralela à outra, pelo sangue, provocou em Tancredi uma espécie de vertigem. Angelica, de joelhos, beijava os pés trespassados de Cristo. "Veja, você é como aquele instrumento ali, serve aos mesmos objetivos." E apontava a disciplina; mas, como Angelica não entendia e sorria, erguendo a cabeça bela e oca, ele se inclinou e, assim ajoelhada como estava, deu-lhe um beijo ríspido que a fez gemer, ferindo seu lábio e raspando-lhe o céu da boca.

Os dois passavam assim aqueles dias, em perambulações e devaneios; descobriam infernos que o amor depois redimia, encontravam paraísos negligenciados que aquele mesmo amor depois profanava; o perigo de interromper o jogo para embolsar imediatamente a aposta tornava-se mais agudo, urgente para ambos; por fim abandonaram a busca, e caminhavam absortos pelos aposentos mais isolados, aqueles de onde nenhum grito poderia ser ouvido; mas não haveria gritos, somente invocações e soluços abafados. Todavia continuavam ali, abraçados e inocentes, compadecendo-se um do outro. Os cômodos da antiga ala de hóspedes eram os mais perigosos: afastados, mais conservados, cada qual com sua cama confortável, colchões enrolados que se estenderiam a um golpe de mão... Um dia, não o cérebro de Tancredi, que sobre o assunto não tinha nada a dizer, mas todo o seu sangue decidiu ir até o fim; naquela manhã Angelica, grande devassa que era, lhe disse: "Sou sua noviça", suscitando na mente de Tancredi, com a clareza do convite, o primeiro encontro sensual ocorrido entre eles; e já a mulher agora descabelada se oferecia, já o macho se sobrepunha ao homem, quando o estrondo do sino da igreja caiu quase a pino sobre seus corpos estendidos, acrescentando o próprio frêmito aos demais; as bocas compenetradas tiveram de se separar para sorrir. Recompuseram-se, e no dia seguinte Tancredi teve de partir.

Aqueles foram os melhores dias da vida de Tancredi e Angelica, vidas que depois seriam tão distintas, tão pecaminosas sobre o fundo inevitável de dor. Mas eles no momento não o sabiam e perseguiam um futuro que supunham mais concreto, embora depois se mostrasse feito apenas de névoa e vento. Quando ficaram velhos e inutilmente sábios, seus pensamentos costumavam retornar àqueles dias com um lamento insistente: tinham sido os dias do desejo sempre presente porque sempre vencido, das muitas camas que se haviam oferecido e foram recusadas, do estímulo sensual que, justo por ter sido reprimido, num instante se sublimara em renúncia, isto é, em amor verdadeiro. Aqueles dias foram a preparação para o casamento deles que, mesmo no aspecto erótico, foi malsucedido; uma preparação que se conformou num conjunto autônomo, delicioso e breve: como aquelas sinfonias que sobrevivem às óperas esquecidas e que fazem referência, com uma graça velada de pudor, a todas as árias que, na ópera, seriam desenvolvidas sem destreza, até o fracasso.

Quando Angelica e Tancredi, abandonando seu exílio no universo dos vícios extintos, das virtudes esquecidas e, sobretudo, do desejo perene, voltavam ao mundo dos vivos, eram recebidos com ironia benevolente. "Vocês são uns tolos para se empoeirar dessa maneira, meus jovens. Veja só a que estado você se reduziu, Tancredi", sorria Dom Fabrizio; e o sobrinho se retirava para ser escovado. Sentado a cavalo numa cadeira, Cavriaghi fumava compenetrado um charuto "virgínia" e olhava o amigo que lavava o rosto e o pescoço e bufava indignado ao ver a água ficar preta feito carvão. "Não vou dizer nada, Falconeri: a srta. Angelica é a garota mais linda que já vi, mas isso não é desculpa: santo Deus, é preciso um pouco de freios! Hoje vocês ficaram sozinhos três horas; se estão assim tão apaixonados, casem-se logo e não virem motivo de chacota para as pessoas. Você devia ter visto a cara que o pai dela fez hoje quando, ao sair da Administração, notou que vocês ainda estavam navegando naquele oceano de quartos! Freios, meu caro amigo, é preciso ter freios — algo que vocês, sicilianos, têm bem pouco!"

Pontificava, feliz de infligir sua sabedoria ao camarada mais velho, ao primo da "surda" Concetta. Mas, enquanto secava o cabelo, Tancredi se enfurecia: ser acusado de não ter freios, ele, que os tinha a ponto de poder parar um trem! Por outro lado, o insolente militar não estava de todo errado: também era preciso pensar nas aparências; mas ele se tornara assim, moralista, por pura inveja, pois agora era evidente que sua corte a Concetta não daria em nada. E, depois, Angelica: aquele gosto suave de sangue hoje, quando lhe mordera a parte interna do lábio! E sua doce submissão sob o abraço! Mas era verdade, não tinha cabimento. "Amanhã vamos visitar a igreja escoltados por Padre Pirrone e Monsenhor Trottolino."

Nesse meio-tempo, Angelica foi se trocar no quarto das meninas. "*Mais, Angelicà, est-ce Dieu possible de se mettre en un tel état?*",* se indignava Dombreuil, enquanto a beldade, de corpete e anágua, lavava os braços. A água fria baixou a fervura da excitação, e ela teve de convir que a governanta tinha razão: valia a pena cansar-se tanto, sujar-se daquele jeito, ser objeto de risos das pessoas, e tudo isso para quê? Para ser olhada nos olhos, deixar-se percorrer por aqueles dedos delgados, e um pouco mais... O lábio ainda lhe doía. "Agora chega. Amanhã ficaremos no salão com os outros." Mas no dia seguinte aqueles mesmos olhos, aqueles mesmos dedos recobrariam seu sortilégio, e de novo os dois retomariam o jogo louco de se esconder e se mostrar.

O resultado paradoxal desses propósitos, distintos mas convergentes, era que à noite, no jantar, os dois mais apaixonados

---

* *"Mas, Angelica, será possível ficar nesse estado?"*

eram os mais serenos, escorados nas ilusórias boas intenções para o dia seguinte, e se divertiam em zombar das manifestações de amor alheias, apesar de tão menores. Concetta havia decepcionado Tancredi: em Nápoles, ele sofrera certo remorso em relação a ela e por isso trouxera Cavriaghi, que esperava substituir a si mesmo perante a prima; e a compaixão também fazia parte de seu cálculo. Quando chegou a Donnafugata, com sutileza, mas também com a esperteza brincalhona que o caracterizava, lançou à prima um olhar quase compadecido por tê-la abandonado; e incentivava o amigo a seguir em frente. Nada. Concetta desarmava seu falatório de colegial e mirava o condezinho sentimentaloide com olhos gélidos, nos quais se podia notar até um pouco de desprezo. Aquela menina era uma tonta, dali não sairia nada de bom. Afinal de contas, o que ela queria? Cavriaghi era um belo rapaz, um homem de bem, tinha um nome respeitável, polpudas fazendas em Brianza; em suma, era aquilo que se chama, em termos animadores, de um "ótimo partido". É claro, Concetta queria Tancredi, não era isso? Ele também a desejara por um tempo: era menos bonita, bem menos rica que Angelica, mas tinha algo que as mulheres de Donnafugata jamais possuiriam. Mas a vida é coisa séria, diabos! Concetta deveria ter entendido; além disso, por que começara a tratá-lo tão mal? Aquele papelão em Santo Spirito, e tantos outros em seguida. O Leopardo, sim, o Leopardo; mas até para aquela fera soberba deveria haver limites. "É preciso ter freios, querida prima, freios! E vocês, sicilianas, têm bem pouco."

Angelica, por seu lado, no íntimo dava razão a Concetta: Cavriaghi era de fato muito sem sal; uma vez apaixonada por Tancredi, casar-se com ele teria sido como beber água após ter saboreado o Marsala que estava diante de si. Concetta, ainda vá lá, Angelica a compreendia por causa dos antecedentes. Mas aquelas duas idiotas, Carolina e Caterina, contemplavam Cavriaghi com olhos de peixe morto e "se arrepiavam", se desmilinguiam quando ele se aproximava. E então, com a mesma falta de escrúpulos paterna, ela não entendia por que uma das duas não tentava dissuadir o condezinho de Concetta em proveito próprio. "Nessa idade os rapazes são como cachorrinhos: basta assoviar e eles vêm correndo. São duas idiotas: com esses seus recatos, restrições, esnobismos, vão acabar já se sabe como."

No salão onde os homens costumavam fumar depois do jantar, a conversa entre Tancredi e Cavriaghi, os únicos fumantes da casa e, portanto, os dois únicos exilados, também assumiu um tom peculiar. O condezinho acabou confessando ao amigo o fracasso de suas esperanças amorosas: "Concetta é bonita demais, pura demais para mim; ela não me ama; fui temerário ao ter esperanças; vou embora com o punhal do remorso cravado no coração. Não ousei fazer uma proposta direta. Sinto que, aos olhos dela, eu sou um verme da terra, e é justo que seja assim; preciso achar uma vermezinha que se contente comigo". E seus dezenove anos o faziam rir da própria desventura.

Do alto de sua felicidade assegurada, Tancredi tentava consolá-lo: "Sabe, conheço Concetta desde que ela nasceu; é a criatura mais adorável que existe, espelho de toda virtude; mas é um tanto fechada, reservada demais, acho que tem um amor-próprio exagerado; além disso, é siciliana até a medula dos ossos; nunca saiu daqui; talvez nem se adaptasse bem a Milão, um lugar terrível, onde para comer um prato de macarrão é preciso planejar uma semana antes!".

A tirada de Tancredi, uma das primeiras manifestações da unidade nacional, fez Cavriaghi sorrir de novo; penas e sofrimentos não integravam sua natureza. "Mas eu lhe providenciaria mil caixas desse seu macarrão! De todo modo, o que está feito, está feito; só espero que seus tios, que foram tão afetuosos comigo, depois não me odeiem por eu ter vindo me meter entre vocês sem conseguir nada de concreto." Quanto a isso ele foi tranquilizado, e com sinceridade, porque Cavriaghi era querido por todos, exceto por Concetta (e talvez até por Concetta), pelo esplêndido bom humor que nele se unia ao sentimentalismo mais lacrimoso; então falaram de outros assuntos, ou seja, falaram de Angelica.

"Veja, Falconeri, você é que tem sorte! Desencavar uma joia como a srta. Angelica nesta pocilga (me desculpe, meu caro). Que linda, meu Deus, que linda! Grande malandro você, que a leva a passear por horas nos cantos mais remotos desta casa tão grande quanto nossa catedral! E não apenas linda, mas também inteligente e culta; e bondosa: vê-se nos olhos dela a bondade, uma ingenuidade inocente e adorável."

Cavriaghi continuava extasiado com a bondade de Angelica sob o olhar divertido de Tancredi. "Em tudo isso, o bom de verdade é você, Cavriaghi." A frase passou despercebida ao otimismo ambrosiano. "Ouça", disse o conde, "daqui a poucos dias vamos partir: não acha que já é hora de ser apresentado à mãe da baronesinha?"

Era a primeira vez que Tancredi, por meio de uma voz lombarda, ouvia sua beldade ser chamada com um título de nobreza. Por um instante não entendeu sobre quem se falava. Depois o príncipe que havia nele se rebelou: "Baronesinha coisa nenhuma, Cavriaghi! É apenas a linda e querida menina que eu amo, e só!".

Que fosse mesmo "só" isso não era verdade, mas Tancredi falava com sinceridade; com o hábito atávico das grandes posses, parecia-lhe de fato que Gibildolce, Settesoli e as bolsas de dinheiro pertencessem a ele desde os tempos de Carlos d'Anjou, desde sempre.

"Lamento, mas acho que você não poderá conhecer a mãe de Angelica; ela parte amanhã para tratamentos termais em Sciacca — está muito doente, coitada."

Esmagou no cinzeiro o que sobrava do virgínia. "Vamos voltar ao salão, já hibernamos o suficiente."

Num daqueles dias, Dom Fabrizio recebeu uma carta do governador de Agrigento, redigida em estilo extremamente cortês, anunciando-lhe a ida a Donnafugata do cavalheiro Aimone Chevalley de Monterzuolo, secretário que iria deixá-lo a par de um assunto que interessava muito ao Governo. Surpreso, Dom Fabrizio enviou o filho Francesco Paolo à estação dos correios para receber o *missus dominicus** e convidá-lo a hospedar-se no palácio, ato de verdadeira misericórdia e hospitalidade, já que o corpo do aristocrata piemontês não seria abandonado aos mil diabretes que o atormentariam na hospedaria-espelunca de *zzu* Menico.

A posta chegou no início da noite com sua guarda armada na boleia e uma carga exígua de caras fechadas. Dela também desceu Chevalley de Monterzuolo, reconhecível de imediato pelo ar estupefato e o sorrisinho cauteloso; estava havia um mês na Sicília, na região mais firmemente autóctone da ilha, e caíra ali vindo direto de sua terra natal, Monferrato. De natureza tímida e congenitamente burocrática, encontrava-se bem

---

* *Enviado real.*

GIUSEPPE TOMASI DI LAMPEDUSA

pouco à vontade. Sua cabeça tinha sido entupida por aquelas histórias de bandidagem com as quais os sicilianos adoravam testar a resistência nervosa dos recém-chegados, e havia um mês enxergava um sicário em cada empregado de seu gabinete e um punhal em cada corta-papel de sua escrivaninha; de resto, também fazia um mês que a comida à base de azeite lhe desarranjara o intestino. Agora estava ali, ao crepúsculo, com sua maleta de lona cinza, espreitando o aspecto insosso da rua em meio à qual tinha sido despejado; a placa "Corso Vittorio Emanuele", que com suas letras azuis sobre fundo branco adornava a casa à sua frente, não bastava para convencê-lo de que estava num lugar que afinal de contas era sua nação; e não ousava se dirigir a nenhum dos lavradores encostados nas casas como cariátides, certo de que não seria compreendido e temeroso de receber uma facada gratuita nas tripas que lhe eram caras, apesar de desarranjadas.

Quando Francesco Paolo se aproximou dele e se apresentou, o cavalheiro esbugalhou os olhos achando que estava perdido, mas o ar decente e honesto do rapazote louro por fim o acalmou e, quando compreendeu que fora convidado a se hospedar no palácio Salina, ficou surpreso e aliviado; o escuro percurso até o palácio foi animado pelas contínuas trocas de cortesia piemontesa e siciliana (as duas mais obstinadas da Itália) a propósito da mala, que acabou sendo levada, embora fosse muito leve, pelos dois cavalheiros que a disputavam.

Ao chegar ao palácio, os rostos barbudos dos *campieri* que se postavam armados já no primeiro pátio perturbaram de novo o espírito de Chevalley de Monterzuolo, embora, em seguida, a benevolência distante da acolhida do Príncipe, aliada ao evidente fausto dos ambientes entrevistos, o tenham precipitado

O LEOPARDO

169

em cogitações opostas. Descendente de uma dessas famílias da pequena nobreza do Piemonte que vivia na própria terra com honrosa parcimônia, era a primeira vez que se hospedava numa grande casa, e isso redobrava sua timidez; por seu turno, as histórias sanguinárias que ouvira em Agrigento, o aspecto demasiado insolente do vilarejo e os "esbirros" (como ele pensava) acampados no pátio lhe incutiam pavor; de modo que desceu para jantar torturado pelos constantes temores de quem se encontra num ambiente estranho aos próprios hábitos, inocentemente caído numa emboscada de malfeitores.

No jantar, comeu bem pela primeira vez desde que desembarcara em terras sicilianas, e a formosura das jovens, a austeridade de Padre Pirrone e as boas maneiras de Dom Fabrizio o convenceram de que o palácio de Donnafugata não era o antro do bandido Capraro[*] e que provavelmente sairia vivo dali; o que mais o consolou foi a presença de Cavriaghi, que, como ficou sabendo, se hospedava ali havia dez dias e parecia estar muito bem, demonstrando aliás ser grande amigo do jovem Falconeri, amizade que lhe pareceu milagrosa por se tratar de um siciliano e um lombardo. Ao final da ceia, aproximou-se de Dom Fabrizio e solicitou que lhe concedesse uma conversa em particular, porque pretendia partir na manhã seguinte; mas o Príncipe lhe amassou o ombro com uma patada e falou com seu sorriso mais leopardesco: "Nada disso, prezado cavalheiro, agora o senhor está na minha casa e será meu refém até quando eu quiser; o senhor não partirá amanhã e, para ter certeza disso, me priva-

---

[*] *Vincenzo Capraro (?-1875), de Sciacca (Sicília), um dos mais famosos bandoleiros do movimento do brigantaggio que tomou o Sul da Itália, sobretudo após a Unificação.*

rei do prazer de termos uma conversa a sós até amanhã à tarde".
Esta frase, que três horas antes teria aterrorizado o excelente
cavalheiro, agora o alegrou; Angelica não estava naquela noite,
e assim se jogou *whist*; numa mesa em companhia de Dom Fabrizio, Tancredi e Padre Pirrone, ele ganhou dois *rubbers* e fa-
turou três liras e trinta e cinco centavos, e então se retirou para
seu aposento, apreciou o frescor dos lençóis e dormiu o sono
reconfortante dos justos.

Na manhã seguinte, Tancredi e Cavriaghi o levaram a passeio ao
jardim, lhe mostraram a pinacoteca e a coleção de tapeçarias;
também deram uma volta com ele pelo vilarejo; sob o sol cor
de mel de novembro, tudo parecia menos sinistro que na noite anterior; depararam-se até com alguns sorrisos, e Chevalley
de Monterzuolo começou a se tranquilizar em relação à Sicília
rural. Tal fato foi notado por Tancredi, que logo se viu assaltado
pela comichão típica dos nativos da ilha em contar aos forasteiros histórias assustadoras, infelizmente sempre verídicas. Passavam diante de um bizarro palácio cuja fachada trazia relevos
grosseiros. "Esta, meu caro Chevalley, é a casa do barão Mùtolo;
agora está vazia e fechada porque a família mora em Agrigento
desde que o filho do barão foi sequestrado por bandoleiros, dez
anos atrás." O piemontês começava a tremer. "Coitado! Quem
sabe quanto precisou pagar para ser libertado!" "Não, o barão
não pagou nada; já estava em dificuldades financeiras, desprovido de dinheiro líquido, como todos aqui. Ainda assim o rapaz
foi restituído, mas em parcelas." "Como assim, Príncipe?" "Em
parcelas, isso mesmo, em parcelas: pedaço por pedaço. Primeiro chegou o indicador da mão direita. Depois de uma semana,

o pé esquerdo e, por fim, num belo cesto, sob uma camada de figos (era agosto), a cabeça; tinha os olhos arregalados e sangue seco no canto dos lábios. Eu não vi nada disso, na época era um menino; mas me disseram que o espetáculo não foi nada bonito. O cesto foi deixado naquele degrau ali, o segundo em frente à porta, por uma velha com um xale preto na cabeça: ninguém a reconheceu." Os olhos de Chevalley se contraíram de desgosto; já tinha ouvido sobre aquele caso, mas agora, ver sob esse belo sol o degrau onde fora depositada a oferenda insólita, era outra coisa. Sua alma de funcionário o socorreu: "Que polícia incompetente a dos Bourbon. Em breve, quando nossos policiais estiverem aqui, tudo isso vai acabar". "Sem dúvida, Chevalley, sem dúvida."

Passaram então na frente do Clube dos Civis, que, à sombra dos plátanos da praça, fazia sua exposição cotidiana de cadeiras de ferro e de homens enlutados. Cumprimentos, sorrisos. "Observe-os bem, Chevalley, guarde a cena na memória: umas duas vezes por ano, um desses senhores é fulminado na sua poltroninha; um tiro disparado na luz incerta do pôr do sol; e ninguém nunca sabe quem foi que atirou." Chevalley precisou se apoiar no braço de Cavriaghi para sentir perto de si um pouco de sangue continental.

Logo em seguida, no topo de uma estradinha íngreme, em meio às guirlandas multicoloridas das roupas de baixo a secar, despontou uma igrejinha ingenuamente barroca. "Aquela é Santa Ninfa. Cinco anos atrás o pároco foi assassinado ali dentro enquanto celebrava a missa." "Que horror! Tiros numa igreja!" "Tiros coisa nenhuma, Chevalley! Somos muito bons católicos para fazer grosserias desse tipo. Simplesmente puseram veneno no vinho da Comunhão; é mais discreto, quero dizer, mais litúrgico. Nunca se soube quem fez isso: o pároco era uma ótima pessoa e não tinha inimigos."

Assim como um homem que, despertando no meio da noite, vê um espectro sentado em sua cama, sobre seus pés, e se salva do terror tentando acreditar que tudo não passa de uma peça de amigos brincalhões, do mesmo modo Chevalley refugiou-se na crença de estar sendo zombado: "Muito engraçado, Príncipe, realmente espirituoso! O senhor deveria escrever romances, conta tão bem essas lorotas!". Mas sua voz tremia; Tancredi sentiu pena dele e, embora na volta para casa tenham passado diante de três ou quatro locais igualmente evocativos ou mais, absteve-se de atuar como cronista e falou de Bellini e Verdi, as eternas pomadas curativas das chagas nacionais.

Às quatro da tarde, o Príncipe mandou dizer a Chevalley que o aguardava no escritório. Tratava-se de um pequeno cômodo em cujas paredes havia algumas perdizes empalhadas sob redomas de vidro, dessas cinzentas com patinhas vermelhas, consideradas raras, troféus de antigas caçadas; uma das paredes era enobrecida por uma estante alta e estreita, repleta de anais de revistas de matemática; acima da grande poltrona destinada às visitas, uma constelação de miniaturas de família: o pai de Dom Fabrizio, o príncipe Paolo, de pele opaca e lábios sensuais como os de um sarraceno, com o uniforme preto da Corte talhado na diagonal pelo cordão de San Gennaro; a princesa Carolina, já de luto, os cabelos muito louros arrematados num penteado alto e os severos olhos azuis; a irmã do Príncipe, Giulia, a princesa de Falconeri, sentada num banco de jardim, à sua direita a mancha amaranto de uma pequena sombrinha apoiada aberta no chão e, à esquerda, a amarela de um Tancredi aos três anos lhe ofertando flores do campo (Dom Fabrizio metera essa miniatura no bolso às escondidas, enquanto os funcionários inventariavam o mobiliário da vila Falconeri). Depois, mais abaixo, Paolo, o primogênito, vestindo calças justas de equitação, flagrado enquanto montava num cavalo bravio de pescoço arqueado e olhos faiscantes; tios e tias não muito bem identificados ostentavam grandes joias ou apontavam, dolentes, o busto de um querido parente morto. No alto da constelação, porém, fazendo as vezes de estrela Polar, despontava uma miniatura maior: o próprio Dom Fabrizio aos vinte e poucos anos com a esposa, que apoiava a cabeça no ombro dele num ato de completo abandono amoroso; ela, morena; ele, rosado, no uniforme azul e prata das Guardas do Rei, sorrindo satisfeito com o rosto emoldurado pelas recentes costeletas muito louras.

Assim que se sentou, Chevalley expôs a missão para a qual fora designado: "Depois da feliz anexação, ou melhor, depois da alvissareira união da Sicília ao Reino da Sardenha, o governo de Turim tem a intenção de nomear para o Senado do Reino alguns sicilianos ilustres; as autoridades do governo da província foram encarregadas de redigir uma lista de personalidades a serem submetidas ao exame do governo central e, se for o caso, à nomeação pelo Rei e, como é óbvio, em Agrigento pensou-se imediatamente no seu nome, Príncipe: um nome ilustre por antiguidade, pelo prestígio pessoal de quem o traz, pelos méritos científicos e, também, pela atitude digna e liberal assumida durante os recentes acontecimentos". O breve discurso tinha sido preparado havia tempos, aliás, fora objeto de concisas anotações a lápis num caderninho que agora descansava no bolso posterior da calça de Chevalley. Mas Dom

Fabrizio não dava sinal de vida, as pálpebras pesadas mal deixavam entrever seu olhar. Imóvel, a patorra de pelos alourados recobria inteiramente uma cúpula de San Pietro em alabastro que estava sobre a mesa.

Já acostumado à astúcia dos loquazes sicilianos quando indagados sobre qualquer coisa, Chevalley não se deixou perturbar: "Antes de enviar a lista a Turim, meus superiores acharam por bem informá-lo sobre a questão e lhe perguntar se tal proposta seria do seu agrado. Solicitar seu consentimento, algo que é muito esperado pelas autoridades, foi o objeto da minha missão aqui, missão que aliás me valeu a honra e o prazer de conhecer o senhor e os seus, este magnífico palácio e esta Donnafugata tão pitoresca".

Os elogios escorriam pela personalidade do Príncipe como a água pelas folhas das ninfeias: esta é uma das vantagens de que gozam os homens que são orgulhosos e, ao mesmo tempo, estão habituados a sê-lo. "Agora esse sujeito imagina ter vindo aqui me fazer uma grande honra", pensava, "a mim, que entre outras coisas também sou Par do Reino da Sicília, o que deve ser mais ou menos o mesmo que senador. É claro que é preciso avaliar os dons de acordo com quem os oferece: um camponês que me dispensa seu pedaço de pecorino me dá um presente mais valioso que Giulio Làscari quando me convida para jantar. O problema é que o pecorino me dá náuseas; e assim só resta a gratidão, que não se vê, e o nariz torcido de desgosto, que se vê bem demais." De resto, suas ideias a respeito do Senado eram muito vagas; apesar de todo o seu esforço, elas sempre o remetiam ao Senado Romano, ao senador Papírio, que partira um báculo na cabeça de um Gallo mal-educado, ao cavalo Incitatus, que Calígula transformara em senador — uma honra que apenas seu filho Paolo não acharia excessiva; também o importunava a lembrança persistente de uma frase dita às vezes por Padre Pirrone: "*Senatores boni viri, senatus autem mala bestia*".* Agora também havia o Senado do Império de Paris, que não passava de uma assembleia de aproveitadores munidos de grandes prebendas. Havia ou houvera também um Senado em Palermo, mas não passava de um comitê de administradores municipais — e que administradores! Ninharia para um Salina. Quis saber mais: "Mas afinal, cavalheiro, explique-me um pouco o que é realmente ser senador. A imprensa da antiga Monarquia não deixava passar notícias sobre o sistema constitucional dos outros estados italianos, e uma temporada de uma semana em Turim dois anos atrás não foi suficiente para me esclarecer. O que é? Um simples título honorífico, uma espécie de condecoração? Ou é preciso exercer funções legislativas, deliberativas?".

O piemontês, representante do único estado liberal italiano, se inflamou: "Mas Príncipe, o Senado é a Câmara Alta do Reino! É ali que a nata dos homens políticos do nosso país, escolhidos pela sabedoria do Soberano, examina, discute, aprova ou rejeita as leis que o Governo ou eles mesmos propõem para o progresso do país; funciona como espora e também como rédea, incita as boas ações, impede os excessos. Quando aceitar assumir o cargo, o senhor representará a Sicília ao lado dos deputados eleitos, fará ouvir a voz desta sua belíssima terra que agora se abre ao mundo moderno, com tantas feridas a sanar, com tantos desejos justos a atender".

Chevalley talvez pretendesse seguir por muito tempo naquela toada, caso Bendicò não estivesse atrás da porta solicitan-

---

* *"Os senadores são bons homens, mas o Senado é uma besta malvada."*

do à "sabedoria do Soberano" ser admitido ali; Dom Fabrizio fez menção de se levantar para abrir, mas agiu com tanta lentidão que deu tempo ao piemontês de ele mesmo deixá-lo entrar; meticuloso, Bendicò farejou demoradamente as calças de Chevalley; depois, convencido de estar diante de um bom homem, aboletou-se sob a janela e dormiu.

"Escute, Chevalley: se se tratasse de uma distinção honorífica, de um simples título a ser impresso no cartão de visitas e só, eu teria o maior prazer em aceitar; penso que, neste momento decisivo para o futuro do Estado italiano, é dever de cada um manifestar seu apoio, evitar a impressão de desacordo perante os Estados estrangeiros que nos observam com um temor e uma esperança que se revelarão injustificados, mas que por ora existem."

"Mas então, Príncipe, por que não aceitar?"

"Calma, Chevalley, já vou explicar: nós, sicilianos, fomos acostumados, devido a uma longa hegemonia de governantes que não eram da nossa religião, que não falavam nossa língua, a ter de nos virar. Se não fizéssemos isso, não escaparíamos dos coletores bizantinos, dos emires berberes, dos vice-reis espanhóis. Burro velho não perde a mania, somos feitos assim. Eu disse 'apoio', não 'participação'. Nesses últimos seis meses, desde que o seu Garibaldi pôs os pés em Marsala, muitas coisas se fizeram sem sermos consultados, e agora não se pode pedir a um membro da velha classe dirigente que as desenvolva e leve a cabo; não quero discutir se o que se fez foi bom ou ruim; na minha opinião, acredito que muita coisa foi ruim; mas já posso lhe antecipar o que o senhor compreenderá sozinho quando tiver passado um ano entre nós. Na Sicília, não importa fazer o mal ou o bem: o pecado que nós, sicilianos, nunca perdoamos é simplesmente o de 'fazer'. Somos antigos, Chevalley, muito, muito antigos. Faz pelo menos vinte e cinco séculos que carregamos nos ombros o peso de magníficas civilizações heterogêneas, todas vindas de fora já completas e aperfeiçoadas, nenhuma germinada de nós mesmos, nenhuma à qual tenhamos dado a afinação; somos brancos assim como o senhor, Chevalley, e tanto quanto a rainha da Inglaterra; no entanto, há dois mil e quinhentos anos somos colônia. Não digo isso para me lamentar: em grande parte é culpa nossa, mas mesmo assim estamos exaustos e esgotados."

Chevalley estava perturbado. "De todo modo, agora isso terminou; hoje a Sicília não é mais terra de conquista, mas parte livre de um Estado livre."

"A intenção é boa, Chevalley, mas tardia; de resto, já lhe disse que o grosso da culpa é nosso; o senhor me falava há pouco de uma jovem Sicília que se abre às maravilhas do mundo moderno; a meu ver, parece-me bem mais uma velha centenária arrastada numa cadeira de rodas à Exposição Universal de Londres, que não compreende nada, não se importa com nada, nem com as aciarias de Sheffield nem com as tecelagens de Manchester, e que só anseia voltar a cochilar entre seus travesseiros babados e o urinol debaixo da cama."

Ainda falava em tom baixo, mas a mão em torno do San Pietro já se contraía; no dia seguinte, constatou-se que a pequena cruz acima da cúpula estava quebrada. "O sono, caro Chevalley, o que os sicilianos querem é o sono, e eles sempre odiarão quem os quiser despertar, ainda que seja para lhes dar os mais belos presentes; e, cá entre nós, tenho minhas dúvidas de que o novo reino traga muitos presentes para nós na bagagem. Todas as manifestações sicilianas são oníricas, até as mais violentas:

nossa sensualidade é desejo de esquecimento, nossos tiroteios e facadas, desejo de morte; desejo de imobilidade voluptuosa, isto é, ainda de morte, nossa preguiça, nossos sorvetes de salsifi-negro ou de canela; nosso ar meditativo é o do vazio que quer perscrutar os enigmas do nirvana. Disso deriva a prepotência de certas pessoas entre nós, dos que estão semiacordados; daí o famoso atraso de um século das manifestações artísticas e intelectuais sicilianas; as novidades só nos atraem quando sentimos que estão mortas, incapazes de dar lugar a correntes vitais; daí o inacreditável fenômeno da formação atual, contemporânea a nós, de mitos que seriam veneráveis se fossem antigos de verdade, mas que não passam de tentativas sinistras de mergulhar de novo num passado que nos atrai justamente porque está morto."

Nem tudo era compreendido pelo bom Chevalley; sobretudo a última frase lhe parecia obscura: tinha visto as carroças coloridas puxadas por cavalos paramentados e desnutridos, tinha ouvido falar do teatro de marionetes cavaleirescas, mas acreditava que fossem velhas tradições autênticas. Disse: "Mas o senhor não acha que está exagerando um pouco, Príncipe? Eu mesmo conheci em Turim alguns sicilianos emigrados... Crispi, para mencionar apenas um... que me pareceram o oposto de dorminhocos".

O Príncipe se irritou: "Somos muitos, é evidente que há exceções; de resto, já mencionei nossos semiacordados. Quanto a esse jovem Crispi, decerto não eu, mas talvez o senhor mesmo possa observar que, quando velho, ele recairá em nosso devaneio voluptuoso: todos fazem isso. Por outro lado, vejo que me expliquei mal: disse os sicilianos, mas deveria ter acrescentado a Sicília, o ambiente, o clima, a paisagem. Estas são as forças que, juntas, e talvez mais que o domínio estrangeiro e as violações incongruentes, lhe formaram o espírito: esta paisagem que ignora os meios-termos entre a malemolência lasciva e a aspereza amaldiçoada; que nunca é mesquinha, prosaica, relaxante, humana, como deveria ser um espaço feito para acolher seres racionais; este lugar que, a poucas milhas de distância, tem o inferno em torno de Randazzo e a beleza da baía de Taormina, ambos desmedidos e, portanto, perigosos; este clima que nos inflige seis meses de uma febre de quarenta graus; pode contá-los, Chevalley, pode contá-los: maio, junho, julho, agosto, setembro, outubro; seis vezes trinta dias de sol a pino nas cabeças; este nosso verão tão longo e terrível quanto o inverno russo, e contra o qual se luta com menos sucesso; o senhor ainda não sabe, mas pode-se dizer que aqui neva fogo, como nas cidades amaldiçoadas da Bíblia; em cada um desses meses, se um siciliano trabalhasse a sério, consumiria força suficiente para três; além disso, a água ou não existe, ou é preciso trazê--la de tão longe que cada gota se paga com uma gota de suor; e ainda temos as chuvas sempre tempestuosas, que fazem delirar as torrentes secas, que afogam animais e homens exatamente onde uma semana antes ambos morriam de sede. Essa violência da paisagem, essa crueldade do clima, essa tensão contínua em cada coisa, até esses monumentos do passado, magníficos mas incompreensíveis porque não foram construídos por nós, que estão à nossa volta como extraordinários fantasmas mudos; todos esses governos, desembarcados em armas vindos sabe-se lá de onde, imediatamente servidos, logo detestados e sempre incompreendidos, que só se expressaram por meio de obras de arte enigmáticas para nós e de concretos coletores de impostos gastos depois em outros lugares; tudo isso formou nosso caráter, que assim permanece condicionado por fatalidades exteriores e por uma assombrosa insularidade da alma."

O inferno ideológico evocado naquele pequeno escritório abateu Chevalley mais do que a crônica sanguinária da manhã. Quis dizer alguma coisa, mas Dom Fabrizio já estava exaltado demais para ouvi-lo.

"Não nego que alguns sicilianos saídos da ilha possam conseguir se livrar do feitiço; mas é preciso mandá-los para longe quando ainda são muito, muito jovens: aos vinte anos já é tarde, a crosta já se formou; depois, ficarão convencidos de que a terra deles é como todas as outras, brutalmente caluniada; que a normalidade civilizada está aqui, e a estranheza, lá fora. Mas me desculpe, Chevalley, me deixei levar e provavelmente o entediei. O senhor não veio até aqui para ouvir Ezequiel esconjurar os infortúnios de Israel. Voltemos ao nosso assunto. Estou muito agradecido ao governo por ter pensado em mim para o Senado e lhe peço que manifeste a quem de direito minha sincera gratidão, mas não posso aceitar. Sou um representante da velha classe, inevitavelmente comprometido com o regime borbônico e a ele ligado pelos vínculos da decência, sem falar dos afetivos. Pertenço a uma geração desgraçada, a meio caminho entre os velhos tempos e os novos, que se sente desconfortável nos dois. Além disso, como o senhor deverá ter notado, não tenho ilusões; e o que o Senado faria comigo, com um legislador inexperiente a quem falta a faculdade de enganar a si mesmo, requisito essencial para os que querem conduzir os outros? Nós, da nossa geração, precisamos nos recolher em um canto e ficar observando os tropeços e as cambalhotas dos jovens ao redor desse cadafalso cheio de enfeites. Vocês agora precisam de jovens, de jovens espertos, com a mente mais aberta ao 'como' do que ao 'por quê', e que sejam hábeis em mascarar, quero dizer, em contemporizar seus interesses específicos e privados com os vagos idealismos políticos." Então se calou e deixou o San Pietro em paz. Continuou: "Posso lhe dar um conselho a ser transmitido a seus superiores?".

"É claro, Príncipe; e ele com certeza será ouvido com toda a consideração; mas ainda tenho a esperança de que, em vez de um conselho, o senhor nos dê um consentimento."

"Há um nome que eu gostaria de sugerir para o Senado: Calogero Sedàra; ele tem mais méritos que eu para sentar ali; sua linhagem, pelo que me disseram, é antiga ou acabará sendo; mais que aquilo que o senhor chama de prestígio, ele tem poder; na falta de méritos científicos, tem competências práticas excepcionais; sua atitude durante a crise de maio passado, mais que impecável, foi de extrema utilidade; não creio que tenha mais ilusões que eu, mas é bastante esperto para saber criá-las quando necessário. É o indivíduo adequado para vocês. Porém é preciso agir logo, porque ouvi dizer que pretende apresentar sua candidatura à Câmara dos Deputados." Já se falara bastante sobre Sedàra na sede do governo, as atividades dele como prefeito e como cidadão eram conhecidas. Chevalley estremeceu: era um cavalheiro, e seu apreço pelas câmaras legislativas se equiparava à pureza de suas intenções; por isso achou prudente não dizer nada e fez bem em não se comprometer, porque de fato, dez anos mais tarde, o ótimo dom Calogero obteria a toga de senador. No entanto, embora honesto, Chevalley não era tolo; é verdade que não possuía aquela prontidão de espírito que na Sicília é sinônimo de inteligência, mas se dava conta das coisas com lenta solidez e não tinha a impenetrabilidade meridional diante das aflições alheias. Compreendeu a amargura e o desencanto de Dom Fabrizio, reviu num relance o espetáculo de miséria, de abjeção, de tenebrosa indiferença do qual fora testemunha por um mês; se nas últimas horas invejara a opulência e a nobreza dos Salina, agora se lembrava com ternura de seu pequeno vinhedo, de seu Monterzuolo perto de Casale, feio, medíocre, mas tranquilo e vivo; sentiu piedade tanto do Príncipe sem esperanças quanto dos meninos descalços, das mulheres com malária, das listas de vítimas sem inocência que chegavam com tanta frequência ao seu escritório; no fundo, todos iguais, companheiros de desventura segregados no mesmo poço.

Quis fazer um último esforço; ficou de pé, e a emoção conferia páthos à sua voz: "Príncipe, será mesmo verdade que o senhor se recusa a fazer o possível para aliviar, para tentar remediar o estado de pobreza material, de cega miséria moral em que jaz este que é seu povo? O clima se combate e vence, a lembrança dos maus governos se apaga, os sicilianos vão querer melhorar; se os homens honestos se retirarem, o caminho ficará livre a pessoas sem escrúpulos e sem perspectivas, aos Sedàra; e tudo voltará a ser como antes, pelos próximos séculos. Ouça sua consciência, Príncipe, e não as orgulhosas verdades que disse. Colabore".

Dom Fabrizio, sorrindo, tomou-lhe a mão e o obrigou a sentar perto dele no sofá: "O senhor é um cavalheiro, Chevalley, e me considero afortunado por tê-lo conhecido; o senhor tem razão em tudo, só se enganou quando disse: 'Os sicilianos vão querer melhorar'. Vou lhe contar um caso pessoal. Dois ou três dias antes de Garibaldi entrar em Palermo, fui apresentado a alguns oficiais da Marinha inglesa que estavam de serviço naqueles navios ancorados na ilha para acompanhar os acontecimentos. Eles ficaram sabendo, não sei como, que eu tenho uma casa na marina, de frente para o mar, com um terraço de onde se avistam os montes em torno da cidade; então me pediram permissão para visitar a casa, para ver aquele espaço onde se dizia que os garibaldinos se movimentavam e que, de seus navios, não era possível observar com clareza. Vieram a minha casa e eu os acompanhei até lá em cima; eram jovens ingênuos, apesar de suas suíças avermelhadas. Ficaram extasiados com a paisagem, com a impetuosidade da luz; mas confessaram que se estarreceram ao observar a miséria, a decrepitude, a imundície das estradas de acesso. Não lhes expliquei que uma coisa derivava da outra, como tentei dizer ao senhor. Depois, um deles me perguntou o que de fato aqueles voluntários italianos tinham vindo fazer aqui na Sicília. *"They are coming to teach us good manners"*, respondi, *"but won't succeed, because we are gods."* "Eles vieram para nos ensinar boas maneiras, mas não vão conseguir, porque somos deuses." Acho que não compreenderam, mas riram e foram embora. E assim respondo também ao senhor, caro Chevalley: os sicilianos não vão querer melhorar nunca, pela simples razão de que se creem perfeitos; sua vaidade é maior que sua miséria; qualquer intromissão de estrangeiros, seja por origem, ou, caso se trate de sicilianos, por independência de espírito, perturba seu devaneio de perfeição alcançada, ameaça balançar sua espera satisfeita do vazio; pisoteados por uma dezena de povos diferentes, eles acreditam possuir um passado imperial que lhes dá o direito a funerais suntuosos. O senhor de fato acredita, Chevalley, que é o primeiro a ter esperanças de canalizar a Sicília para o fluxo da história universal? Quem sabe quantos imãs muçulmanos, quantos cavaleiros do rei Ruggero, quantos escribas dos suevos, quantos barões angevinos, quantos legisladores do Católico* conceberam o mesmo desvario; e quantos vice-reis espanhóis, quantos funcionários reformadores de Carlo III; e quem ainda se lembra quem foram? A Sicília quis dormir, a despeito de suas invocações; por que os deveria ter escutado se é rica, sábia, honesta, admirada e invejada por todos, se é, numa palavra, perfeita?

"Agora também entre nós andam dizendo, com base em escritos de Proudhon e de um judeuzinho alemão cujo nome não lembro, que a culpa pelo mau estado das coisas, aqui e em outros lugares, é do feudalismo, isto é, minha, por assim dizer. Talvez seja. Mas o feudalismo existiu em todo lugar, assim como as invasões estrangeiras. Não acredito que seus antepassados, Chevalley, ou os *squires* ingleses ou os nobres franceses governassem melhor que os Salina. No entanto, os resultados são diferentes. A razão da diversidade está nesse sentimento de superioridade que lampeja em cada olho siciliano, que nós mesmos chamamos de orgulho, e na realidade é cegueira. No momento, e por muito tempo, não há nada a fazer. Lamento, mas em matéria de política eu nem posso estender o dedo: eles o morderiam. Esse tipo de discurso não pode ser feito a sicilianos; aliás se fosse o senhor que me dissesse tais coisas, eu mesmo as levaria a mal.

"É tarde, Chevalley: precisamos nos vestir para o jantar. Tenho de representar por algumas horas o papel de homem civilizado."

Na manhã seguinte, Chevalley partiu cedo, e para Dom Fabrizio, que decidira sair para caçar, não foi um sacrifício acompanhá-

* *O rei Fernando II de Aragão (1452-1516), conhecido como o "Católico", que reinou ao lado de Isabel I de Castela (1451-1504).*

-lo até a estação de posta. Dom Ciccio Tumeo estava com eles e carregava nos ombros o duplo peso das espingardas, a dele e a de Dom Fabrizio, enquanto dentro de si levava a bile de suas virtudes espezinhadas.

À luz pálida das cinco e meia da manhã, Donnafugata estava deserta e parecia desesperada. Diante de cada casa, ao longo dos muros leprosos se acumulavam os restos das refeições miseráveis, que cães trêmulos remexiam com avidez decepcionada. Algumas portas já estavam abertas, e o bafio dos que dormiam amontoados se espalhava pelas ruas; ao bruxuleio dos pavios as mães perscrutavam as pálpebras tracomatosas dos meninos; estavam quase todas de luto, e muitas tinham sido esposas daqueles fantoches com os quais se topa em cada curva das trilhas de gado. Os homens, segurando seus enxadões, saíam para procurar quem — se Deus quisesse — lhes poderia dar algum trabalho; ao redor, o silêncio ou o estridor desesperado de vozes histéricas; nas bandas de Santo Spirito a alvorada de estanho começava a escorrer sobre as nuvens de chumbo.

Chevalley pensava: "Este estado de coisas não vai durar; nossa administração, nova, ágil, moderna, mudará tudo". O Príncipe estava deprimido: "Tudo isto", pensava, "não deveria durar; mas vai durar, sempre; o sempre dos homens, é claro, um século, dois séculos... e depois será diferente, mas pior. Nós fomos os Leopardos, os Leões; os que vão nos substituir serão os chacais, as hienas; e todos eles, Leopardos, chacais, hienas, continuarão se acreditando o sal da terra". Os dois agradeceram um ao outro e se despediram. Chevalley montou na carroça de posta, içada sobre quatro rodas cor de vômito. O cavalo, todo fome e feridas, iniciou a longa viagem.

Acabara de amanhecer; aquele pouco de luz que conseguia atravessar o cobertor de nuvens era vedado mais uma vez pela sujeira imemorial da janelinha. Chevalley estava só; entre solavancos e trepidações, umedeceu a ponta do indicador com saliva e limpou o vidro o bastante para a circunferência de um olho. Observou: diante dele, sob a luz de cinzas, a paisagem estremecia, irredimível.

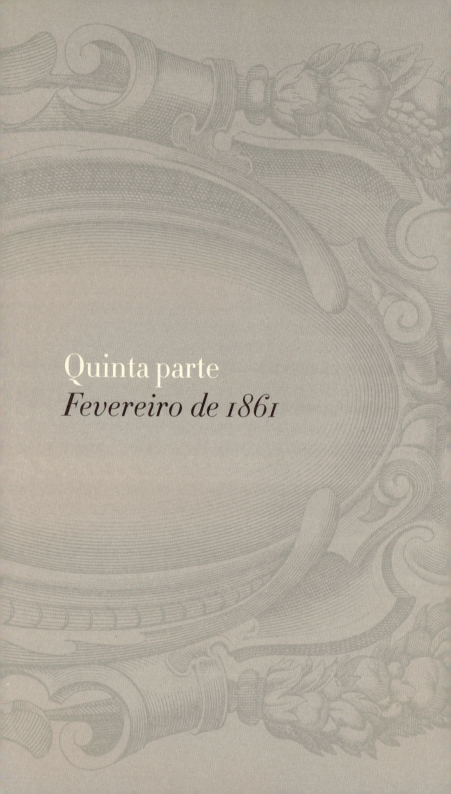

Quinta parte
Fevereiro de 1861

As origens de Padre Pirrone eram humildes: nascera em San Cono, uma cidadezinha minúscula que agora, graças ao ônibus, é quase um dos poleiros-satélites de Palermo, mas que um século atrás pertencia, por assim dizer, a um sistema planetário autônomo, distante quatro ou cinco horas de carroça do sol palermitano.

O pai do nosso Jesuíta tinha sido "administrador" de dois feudos que a Abadia de San Eleuterio se vangloriava de possuir no território de San Cono. Ofício este de "administrador" assaz perigoso, na época, para a saúde da alma e do corpo, porque constringia a frequentações estranhas e ao conhecimento de vários casos cujo acúmulo causava uma enfermidade que, "de golpe" (é a palavra exata), fazia o enfermo cair duro aos pés de alguma mureta, com todas as suas historinhas lacradas na barriga, agora irrecuperáveis à curiosidade dos desocupados. Mas dom Gaetano, o pai de Padre Pirrone, conseguira escapar a essa doença profissional graças a uma rigorosa higiene, baseada na discrição e no uso cauteloso de remédios preventivos; e acabou morrendo tranquilamente de pneumonia num ensolarado domingo de fevereiro, com o murmúrio do vento que desfolhava as flores das amendoeiras. Ele deixava a viúva e os três filhos (duas moças e o sacerdote) em condições financeiras relativamente boas; por ter sido um homem sagaz, soubera fazer economias com o mísero salário que a Abadia lhe pagava e, no momento de sua partida, possuía alguns pés de amendoeira no fundo do vale, umas touças de videira nas encostas e um pouco de pasto pedregoso mais acima; coisa de pobres coitados, é claro, mas suficiente para conferir certo peso à economia deprimida de San Cono; também era proprietário de uma casinha rigorosamente cúbica, azul por fora e branca por dentro, quatro cômodos embaixo, quatro no alto, bem na entrada do povoado para quem vem de Palermo.

Padre Pirrone deixara aquela casa aos dezesseis anos, quando seu êxito na escola paroquial e a benevolência do Abade Mitrado de San Eleuterio o encaminharam para o seminário arquiepiscopal; mas, à distância de anos, voltara ali várias vezes, fosse para abençoar as núpcias das irmãs, fosse para prestar um auxílio supérfluo (mundano, bem entendido) a dom Gaetano moribundo; e agora vinha mais uma vez, no final de fevereiro de 1861, para o décimo quinto aniversário da morte do pai, num límpido dia de vento, exatamente como tinha sido aquele outro.

Foram cinco horas de solavancos, com os pés pendurados atrás do rabo do cavalo; mas, uma vez superada a náusea decorrente das pinturas patrióticas pinceladas havia pouco nos painéis da diligência, que culminavam na figuração satânica de um Garibaldi afogueado de braço dado com uma santa Rosália cor de mar, as cinco horas tinham sido agradáveis. A valada que sobe de Palermo a San Cono reúne em si a paisagem exuberante da zona costeira e a outra, inexorável, do interior, sendo percorrida por lufadas repentinas de vento que tornam o ar salubre e que eram famosas por desviarem a trajetória de balas da melhor pontaria, de modo que os atiradores, diante dos árduos problemas balísticos, preferiam se exercitar em outros locais. De resto, o postilhão conhecera muito bem o finado e se estendia em longas recordações de seus méritos, lembranças que, embora nem sempre adequadas aos ouvidos filiais e eclesiásticos, lisonjearam os do ouvinte calejado.

Ao chegar, foi acolhido com lacrimosa alegria. Abraçou e abençoou a mãe, que ostentava os cabelos alvos e a tez rosada das viúvas por entre as lãs de um luto imprescritível, cumprimentou as irmãs e os sobrinhos, mas, entre estes últimos, olhou atravessado para Carmelo, que tivera o péssimo gosto de exibir no alto do gorro, em sinal de festa, um distintivo tricolor. Assim que entrou na casa, como sempre acontecia, foi tomado pela terna fúria das lembranças de juventude: tudo permanecia imutável, tanto o piso de terracota vermelha quanto a parca mobília; uma luz igualmente terna entrava pelas janelas estreitas; o cachorro Romeo, que latia curto num canto, era o trisneto idêntico a outro perdigueiro, seu companheiro de brincadeiras violentas; e da cozinha exalava o aroma secular de ragu a ferver, feito de tomate, cebolas e carne de cabrito, para os *anelletti* dos dias santos — tudo exprimia a serenidade alcançada mediante os sacrifícios do falecido.

Logo se encaminharam à igreja para ouvir a missa comemorativa. Naquele dia San Cono mostrava seu melhor aspecto e esbanjava uma exibição quase orgulhosa de fezes diversas; cabritas argutas de negras tetas pendentes e muitos leitõezinhos sicilianos, escuros e esbeltos como minúsculos potros, corriam uns atrás dos outros entre a gente, subindo as estradas íngremes; e, como Padre Pirrone se tornara uma espécie de glória local, muitas eram as mulheres, as crianças e até os rapazes que se agrupavam à sua volta para lhe pedir a bênção ou lembrar os tempos passados.

Na sacristia houve o reencontro festivo com o pároco e, celebrada a missa, todos se dirigiram à lápide tumular, numa capela lateral: as mulheres beijaram o mármore chorando, e o filho rezou em voz alta no seu misterioso latim; e, quando voltaram para casa, os *anelletti* estavam prontos e fizeram a delícia de Padre Pirrone, a quem os refinamentos culinários da casa Salina não estragaram o paladar.

Depois, no início da noite, os amigos vieram cumprimentá-lo e se reuniram em seu quarto: uma lucerna de cobre com três braços pendia do teto e ampliava a luz humilde das velas a óleo; num canto, a cama ostentava colchões coloridos e uma pesada colcha vermelha e amarela; um outro canto do quarto era circundado por uma esteira alta e rígida, o *zimmile*, que armazenava o trigo cor de mel levado toda semana ao moinho para suprir as necessidades da família; nas paredes, em gravuras carcomidas, santo Antônio mostrava o Divino Infante, santa Luzia exibia os próprios olhos arrancados, e são Francisco Xavier pregava a turbas de índios emplumados e seminus; lá fora, no crepúsculo estrelado, o vento assoviava e, a seu modo, era o único a comemorar. No centro do quarto, sob a lucerna, punha-se rente ao chão o grande braseiro cercado por um feixe de madeira lustrosa sobre o qual os pés repousavam; ao redor dele, cadeiras de palha onde os convidados sentavam. Lá estavam o pároco, os dois irmãos Schirò, proprietários locais, e dom Pietrino, o idoso herbolário: tinham vindo soturnos, e soturnos permaneciam porque, enquanto as mulheres se atarefavam lá embaixo, eles falavam de política e esperavam ter notícias consoladoras de Padre Pirrone, que vinha de Palermo e devia saber muita coisa, pois vivia entre "senhores". O desejo de notícias foi satisfeito, já o de consolo foi frustrado, porque o amigo Jesuíta, um pouco por sinceridade, um pouco por tática, pintou-lhes um futuro tenebroso: em Gaeta o tricolor borbônico ainda tremulava, mas o cerco ali era férreo, os paióis da praça-forte iam sendo explodidos um a um, e já não se salvava mais nada exceto a honra, ou seja, não muito; a Rússia era aliada, mas distante; Napoleão III, inconfiável e próximo; quanto aos insurretos de Basilicata e Terra di Lavoro, o Jesuíta pouco dizia, porque bem no íntimo se envergonhava. Era preciso — dizia — suportar a realidade daquele Estado italiano ateu e ávido que se formava, as leis de expropriação e de constrição que se alastrariam até ali como a cólera do Piemonte. "Vocês vão ver", foi sua conclusão pouco original, "vocês vão ver que não nos deixarão nem os olhos para chorar."

A essas palavras misturou-se o coro tradicional dos lamentos campesinos. Os irmãos Schirò e o herbolário já tinham sentido a mordida do fisco: os primeiros sofreram taxações extraordinárias e pagaram o um por cento adicional; já o segundo teve uma surpresa devastadora: foi convocado pela Prefeitura e lá lhe disseram que, se não pagasse vinte liras ao ano, não teria mais permissão para vender suas ervas medicinais. "Mas o sene e o estramônio, essas ervas sagradas feitas pelo Senhor, sou eu quem colho com as próprias mãos lá na montanha, faça chuva ou faça sol, em dias e noites santos! Sou eu quem seca as folhas ao sol que é de todos e as transforma em pó com o pilão que pertencia ao meu avô! O que a Prefeitura tem a ver com isso? Por que eu deveria dar vinte liras a eles? Só para lhes agradar?"

As palavras lhe saíram trituradas da boca sem dentes, mas os olhos estavam injetados de autêntico furor. "Tenho ou não tenho razão, Padre? Por favor, me diga!"

O Jesuíta gostava dele: lembrava-se do homem já feito, aliás, já encurvado de tanto perambular e se abaixar quando ele mesmo ainda era um menino que atirava pedras nos pardais; e também lhe era grato por saber que, quando vendia suas infusões às mulheres, sempre lhes falava que sem muita "Ave-Maria" e muito "Pai-Nosso" aquilo não faria efeito; de resto, seu cérebro prudente fazia questão de ignorar o que havia de verdade em suas misturas e a que esperanças atendiam.

"O senhor tem razão, dom Pietrino, tem toda razão. E como não teria? Mas, se não pegarem dinheiro de vocês e de outros pobres coitados, de onde vão tirar recursos para guerrear contra o Papa e roubar o que lhe pertence?"

A conversa se estendia sob a tênue luz que vacilava sob o vento infiltrado pelos postigos maciços. Padre Pirrone divagava sobre os futuros e inevitáveis confiscos dos bens eclesiásticos: então, adeus ao tranquilo domínio da Abadia nos arredores; adeus à sopa distribuída nos invernos rigorosos; e, quando o mais jovem dos Schirò cometeu a imprudência de dizer que assim, talvez, alguns camponeses pobres pudessem ter sua terrinha, sua voz se encrespou no mais categórico desprezo. "Você vai ver, dom Antonino, você vai ver. O Prefeito vai comprar tudo, vai pagar as primeiras prestações, e depois salve-se quem puder. Isso já aconteceu no Piemonte."

Acabaram indo embora bem mais carrancudos do que tinham vindo, abastecidos de lamúrias para os próximos dois meses; só ficou o herbolário, que naquela noite não dormiria porque era lua nova e ele precisava colher o alecrim nos rochedos dos Pietrazzi; tinha trazido a lamparina e seguiria para lá assim que saísse dali.

"Mas, Padre, você, que vive no meio da 'nobreza', o que os 'senhores' estão dizendo desse fogaréu todo? O que o Príncipe de Salina, grande, colérico e orgulhoso do jeito que é, está achando de tudo isso?"

Mais de uma vez Padre Pirrone se fizera a mesma pergunta, e não tinha sido fácil achar uma resposta, sobretudo porque havia negligenciado ou interpretado como exagero o que Dom Fabrizio lhe dissera certa manhã no observatório, quase um ano antes. Agora já o sabia, mas não conseguia traduzi-lo de forma compreensível a dom Pietrino, que de tolo não tinha nada, mas entendia bem mais das propriedades expectorantes, carminativas e até afrodisíacas de suas ervas do que de semelhantes abstrações.

"Veja, dom Pietrino, os 'senhores', como você diz, não são fáceis de entender. Eles vivem num universo particular, que foi criado não diretamente por Deus, mas por eles mesmos, durante séculos de experiências muito especiais, de atribulações e de alegrias só deles; têm uma memória coletiva bastante sólida e por isso se perturbam ou se divertem com coisas que não nos interessam nem um pouco, mas que para eles são vitais porque estão ligadas a esse patrimônio de recordações, de esperanças, de temores de classe. A Divina Providência quis que eu me tornasse uma humilde partícula da Ordem mais gloriosa de uma Igreja eterna, à qual foi assegurada uma vitória definitiva; você está na outra ponta da escada, e não digo a mais baixa, apenas a mais diferente. Quando você se depara com um arbusto vigoroso de orégano ou um ninho bem fornido das afrodisíacas cantáridas (sei que o senhor também as procura, dom Pietrino), está em comunicação direta com a natureza que o Senhor criou com possibilidades indistintas do mal e do bem, a fim de que o homem possa exercitar seu livre-arbítrio; e, quando velhinhas maldosas ou mocinhas cheias de desejo o consultam, você desce ao abismo dos séculos até as épocas obscuras que precederam a luz do Gólgota."

O velho olhava boquiaberto: queria saber se o Príncipe de Salina estava ou não satisfeito com o novo estado de coisas, e o outro lhe falava de cantáridas e de luzes do Gólgota. "De tanto ler ficou doido, coitado."

"Os 'senhores' não são assim: eles vivem de coisas já processadas. Nós, sacerdotes, servimos a eles para apaziguá-los quanto à vida eterna, assim como vocês, boticários, para lhes dar calmantes ou estimulantes. Com isso não quero dizer que eles sejam maus, ao contrário. São diferentes; talvez nos pareçam tão estranhos porque alcançaram uma etapa para a qual todos os que não são santos caminham, a da indiferença quanto aos bens terrenos por já terem se habituado a eles. Talvez por isso não se preocupem com certas coisas que, para nós, importam muito;

quem está na montanha não liga para os mosquitos da planície, e quem vive no Egito se esquece dos guarda-chuvas. Mas o primeiro teme as avalanches, e o segundo, os crocodilos, coisas que, ao contrário, pouco nos preocupam. Para eles, entraram em cena novos temores que nós ignoramos: vi Dom Fabrizio enfurecer-se, ele, um homem sério e sábio, por causa de um colarinho mal passado; e sei com certeza que o príncipe de Làscari, por causa de um assento errado que lhe atribuíram num jantar na Lugar-Tenência, não dormiu uma noite inteira de tanta raiva. Ora, você não acha que o tipo de humanidade que só se preocupa com a roupa e o protocolo é um tipo feliz e, portanto, superior?"

Dom Pietrino não entendia mais nada: as esquisitices se multiplicavam, agora eram os colarinhos das camisas e os crocodilos. Mas ainda mantinha um tanto de bom senso rústico: "Mas, se é assim, Padre, que vão todos para o inferno!". "Por quê? Alguns vão se perder, outros vão se salvar, dependendo de como viverão dentro desse mundo deles, cheio de condições. Num rápido exame, por exemplo, Salina deve se safar: ele sabe jogar seu jogo muito bem, observa as regras, não trapaceia; o Senhor Deus pune quem contraria voluntariamente as leis divinas que conhece, quem enedera por livre vontade pelo mau caminho; mas quem segue a própria estrada está sempre certo, contanto que não cometa torpezas. Se você, dom Pietrino, vendesse de propósito cicuta em vez de menta estaria frito; mas, caso não se desse conta do engano, *gnà* Tana teria a morte nobilíssima de Sócrates, e você iria direto para o céu, com túnica e asinhas, todo de branco."

A morte de Sócrates foi demais para o herbolário, que se rendera e já estava dormindo. Padre Pirrone percebeu e ficou contente, porque agora poderia falar com liberdade, sem medo de ser mal entendido; e ele queria falar, imprimir nas volutas concretas das frases as ideias que obscuramente se lhe agitavam por dentro.

"E aliás fazem muito bem. Se você soubesse, só para citar um caso, que aqueles palácios dão abrigo a muitas famílias que poderiam estar na sarjeta! E não pedem nada em troca, nem mesmo uma trégua em relação aos pequenos furtos. E não fazem por ostentação, mas por uma espécie de instinto atávico e obscuro que os impele a não agir de outro modo. Embora possa não parecer, são menos egoístas que muitos outros: o esplendor de suas casas, a pompa de suas festas contêm em si algo de impessoal, um pouco como a magnificência das igrejas e da liturgia, algo *ad maiorem gentis gloriam*,[*] que em grande medida os redime; para cada taça de champanhe que bebem oferecem cinquenta aos outros, e quando tratam mal alguém, como acontece, não é tanto a personalidade deles que peca, mas sua casta que se afirma. *Fata crescunt.*[**] Dom Fabrizio, por exemplo, protegeu e educou o sobrinho Tancredi; enfim, salvou um pobre órfão que do contrário teria se perdido. Mas você me dirá que só fez isso porque o jovem também era um nobre, que ele não moveria uma palha caso se tratasse de outro. É verdade, mas por que o faria se, sinceramente, no íntimo do seu coração, todos os 'outros' lhe parecem exemplares mal-acabados, estatuetas de argila que saíram informes das mãos do santeiro e que não vale a pena expor à prova do fogo?

"Se você, dom Pietrino, não estivesse dormindo neste momento, com certeza me diria, enfático, que os senhores fazem mal em cultivar esse desprezo pelos outros, e que todos nós, su-

[*] *Para grande glória do povo.*
[**] *Os destinos se cumprem.*

jeitos da mesma forma à dupla servidão do amor e da morte, somos iguais perante o Criador; e eu só poderia lhe dar razão. Mas acrescentaria que não é justo acusar de desprezo apenas os 'senhores', já que esse é um vício universal. Quem ensina na Universidade despreza o pobre professor das escolas paroquiais, ainda que não o demonstre; e já que o senhor está dormindo posso lhe dizer sem meios-termos que nós, sacerdotes, nos consideramos superiores aos leigos, nós, Jesuítas, superiores ao resto do clero, assim como vocês, boticários, desprezam os tira-dentes, que por sua vez debocham de vocês; já os médicos zombam dos tira-dentes e dos boticários e são por seu turno tratados como asnos pelos doentes que pretendem continuar vivendo com o coração e o fígado em frangalhos. Para os juízes, os advogados não passam de importunos que buscam procrastinar o funcionamento das leis; por outro lado, a literatura transborda de sátiras contra a pomposidade, a indolência e às vezes até coisa pior desses mesmos magistrados. Os únicos que são desprezados até por seus pares são os camponeses; quando aprenderem a debochar de outros, o círculo se fechará e será preciso começar tudo de novo.

"Você já parou para pensar, dom Pietrino, quantos nomes de profissão se tornaram verdadeiras injúrias? Desde o de carregador, de remendão e de bodegueiro aos de *reitre* e de *pompier* em francês? As pessoas nunca pensam nos méritos dos carregadores e dos bombeiros, olham apenas seus defeitos marginais e os consideram toscos e presunçosos; e, como você não pode me ouvir, posso lhe dizer que conheço muito bem o significado corrente da palavra 'jesuíta'.

"Além disso, esses nobres são reservados quanto a seus problemas: conheci um, infeliz, decidido a se matar e que na véspera parecia sorridente e alegre como um menino antes da

Primeira Comunhão; já você, dom Pietrino, eu sei, se tiver de beber uma de suas infusões de sene logo sairá se lamentando pelo povoado. A ira e o escárnio são aristocráticos; o pesar e o queixume, não. Aliás, quero lhe dar uma receita: caso tope com um 'senhor' lamentoso e queixoso, observe bem sua árvore genealógica; logo vai encontrar ali um galho seco.

"Uma casta difícil de suprimir porque no fundo se renova continuamente e porque, quando necessário, sabe morrer bem, ou seja, sabe lançar uma semente no momento do fim. Veja a França: deixaram-se massacrar com elegância e agora estão lá, como antes; digo como antes porque não são os latifúndios e os direitos feudais que fazem o nobre, mas as diferenças. Agora me dizem que em Paris há certos condes poloneses que as insurreições e o despotismo levaram ao exílio e à miséria; trabalham como cocheiros, mas olham seus clientes burgueses com tal expressão que os coitados sobem à carruagem, sem saber por quê, com o ar humilde dos cachorros na igreja.

"E lhe direi mais, dom Pietrino: se, como tantas vezes já aconteceu, essa classe desaparecesse, logo surgiria outra equivalente, com as mesmas qualidades e os mesmos defeitos; talvez não se assentasse mais no sangue, mas sei lá... na antiguidade de presença em certo lugar ou no pretenso conhecimento superior de algum texto supostamente sagrado."

Nessa altura se ouviram os passos da mãe na escadinha de madeira, e ela entrou rindo. "Mas com quem você está falando, meu filho? Não viu que seu amigo adormeceu?"

Padre Pirrone ficou um pouco envergonhado e não respondeu, mas disse: "Vou acompanhá-lo lá fora. Coitado, vai ter de ficar no frio a noite toda". Arrancou o pavio da lamparina e o acendeu numa chama do lampadário, espichando-se na ponta dos pés e manchando a própria túnica de óleo; então o repôs no lugar e fechou a portinhola. Dom Pietrino velejava nos sonhos; um fio de baba lhe escorria de um lábio e se espalhava na gola. Foi preciso um bom tempo para acordá-lo. "Desculpe, Padre, mas você dizia coisas tão estranhas e confusas." Sorriram, desceram, saíram. A noite engolfava a casinha, o povoado, o vale; mal se percebiam os montes próximos e, como sempre, carrancudos. O vento se acalmara, mas fazia um frio intenso; as estrelas brilhavam com fúria, produzindo milhares de gradações de cor, mas não conseguiam aquecer o pobre velho. "Pobre dom Pietrino! Quer que eu vá buscar outro capote?" "Obrigado, já estou acostumado. Amanhã nos veremos e você me conta como o Príncipe de Salina enfrentou a revolução." "Posso lhe falar agora mesmo, em duas palavras: ele diz que não houve nenhuma revolução e que tudo continuará como antes."

"Viva o cretino! E você não acha que é uma revolução o Prefeito querer que eu pague pelas ervas criadas por Deus e que eu mesmo colho? Ou você também ficou biruta?"

A luz da lamparina se afastava aos saltos e acabou sumindo na escuridão cerrada como feltro.

Padre Pirrone pensou que o mundo devia parecer um grande quebra-cabeça para quem não conhecia matemática nem teologia. "Ó Senhor, somente Sua Onisciência poderia conceber tantas complicações."

Outra mostra dessas complicações lhe caiu no colo na manhã seguinte. Quando desceu, pronto para rezar a missa na Paróquia, topou com sua irmã Sarina cortando cebolas na cozinha. As lágrimas que ela trazia nos olhos lhe pareceram mais abundantes do que a atividade comportava.

"O que foi, Sarina? Algum problema? Não fique triste: o Senhor aflige e consola."

A voz afetuosa dissipou o pouco de reserva que a pobre mulher ainda tinha: pôs-se a chorar clamorosamente, com o rosto apoiado na gordura da mesa. Entre os soluços se ouviam sempre as mesmas palavras: "Angelina, Angelina... Se Vicenzino souber, vai matar os dois... Angelina... Ele vai matar os dois!".

Com as mãos enfiadas no largo cinto preto e apenas os polegares de fora, Padre Pirrone a observava de pé. Não era difícil entender: Angelina era a filha solteira de Sarina, e Vicenzino, de quem se falava com tanto pavor, era o pai, seu cunhado. A única incógnita da equação era o nome do outro, do eventual amante de Angelina.

O Jesuíta reencontrara a garota no dia anterior, depois de a ter deixado ainda menina chorosa, sete anos antes. Agora devia ter uns dezoito e era bem feinha, com a boca protuberante como tantas camponesas do lugar e os olhos amedrontados de cachorro sem dono. Ele a notara ao chegar e, aliás, em seu íntimo fizera comparações pouco piedosas entre ela, miserável como o diminutivo plebeu do próprio nome, e Angelica, suntuosa como seu nome ariostino, que havia pouco perturbara a paz da casa Salina.

Então a encrenca era grande, e ele topara com ela em cheio; lembrou-se do que Dom Fabrizio dizia: toda vez que se encontra um parente, se encontra um espinho; depois se arrependeu de ter se lembrado daquilo. Afastou a mão direita do quadril, tirou o chapéu e tocou o ombro trêmulo da irmã. "Vamos, Sarina, não fique assim! Por sorte eu estou aqui, e chorar não adianta nada. Onde está Vicenzino?" O cunhado já tinha saído para Rimato, onde encontraria o capataz dos Schirò. Ainda bem, assim era possível conversar sem temer surpresas. Entre soluços, jorros de lágrimas e assoadas de nariz, toda a triste história veio à tona:

O LEOPARDO

201

Angelina (aliás, 'Ncilina) se deixara seduzir; o grande pandemônio aconteceu durante o verão de San Martino; ela costumava encontrar o namorado no palheiro de dona Nunziata; agora estava grávida de três meses; enlouquecida de medo, confessara tudo à mãe; daqui a pouco a barriga despontaria, e Vicenzino faria um massacre. "Aquele lá pode até me matar por eu não ter dito nada; ele é um 'homem honrado'."

De fato, com sua testa curta, com seus *cacciolani*, os tufos de cabelo crescidos nas têmporas, o bambear do passo, o perpétuo inchaço do bolso direito das calças, via-se imediatamente que Vicenzino era um "homem honrado" — um desses imbecis violentos, capazes de qualquer atrocidade.

Sarina teve outra crise de choro, mais forte que a primeira porque nela também aflorava um remorso demente por ter desmerecido o marido, aquele modelo de cavalaria.

"Sarina, Sarina, de novo não! Pare com isso! O rapaz tem de casar com ela, vai casar. Vou à casa dele, vou falar com ele e com os pais, tudo vai se resolver. Vicenzino só saberá do noivado, e sua honra preciosa permanecerá intacta. Mas preciso saber quem foi. Se você sabe, me diga."

A irmã levantou a cabeça: em seus olhos agora se lia um renovado terror, não mais o animalesco das facadas, mas algo mais denso e mais amargo, que o irmão não pôde decifrar no momento.

"Foi Santino Pirrone! O filho de Turi! E fez isso por afronta, para me humilhar, humilhar nossa mãe, a santa memória de nosso pai. Eu nunca falei com ele, todos diziam que era um bom rapaz, mas é um infame, um filho digno do canalha de seu pai, um desonrado. Só me lembrei depois: naqueles dias de novembro eu sempre o via passar aqui em frente com dois amigos e um gerânio vermelho atrás da orelha. Fogo do inferno, fogo do inferno!"

O Jesuíta puxou uma cadeira e se sentou perto da mulher. É claro, a missa iria se atrasar. O assunto era grave. Turi, o pai do sedutor Santino, era tio dele; aliás, o irmão mais velho do falecido seu pai. Vinte anos antes, associara-se ao pai deles na administração da Abadia, justo no momento da maior e mais meritória atividade. Depois, um desentendimento afastou os irmãos, uma dessas brigas familiares de raízes inextricáveis, impossíveis de sanar porque nenhuma das partes fala com clareza, tendo cada uma muito a esconder. O fato é que, quando o finado seu pai adquiriu o pequeno amendoal, o irmão Turi disse que metade lhe pertencia, porque a metade do dinheiro, ou a metade do trabalho, viera dele; mas o documento de aquisição trazia apenas o nome de Gaetano, que Deus o tenha. Turi se enfureceu e saiu pelas ruas de San Cono espumando pela boca; o prestígio de seu pai entrou em jogo, os amigos se intrometeram e se evitou o pior; o amendoal continuou com Gaetano, mas o abismo entre os dois ramos da família Pirrone se tornou insuperável; mais tarde, Turi nem sequer compareceu ao funeral do irmão e, na casa das irmãs, era chamado sempre de "o canalha". O Jesuíta tinha sido informado a respeito de tudo por meio de cartas ditadas ao pároco e pudera formar ideias muito pessoais sobre a canalhice do tio, as quais não expressava por reverência filial. O amendoal, agora, pertencia a Sarina.

Tudo era cristalino: o amor e a paixão estavam fora daquilo. Tratava-se apenas de uma patifaria vingando outra patifaria. Mas remediável: o Jesuíta agradeceu à Providência por tê-lo conduzido a San Cono justamente naqueles dias. "Escute, Sarina, eu resolvo esse problema em duas horas, mas você precisa me ajudar: tem de dar metade de Chìbbaro (era o amendoal) como dote a 'Ncilina. Não há outro remédio, aquela tola arruinou vocês." E pensou em como o Senhor às vezes também se servia de cadelas no cio para fazer cumprir Sua justiça.

Sarina esbravejou: "Metade de Chìbbaro! Para aquela corja de canalhas? Nunca! Melhor que ela morra!".

"Tudo bem. Então depois da missa vou falar com Vicenzino. Não tenha medo, vou tentar acalmá-lo." Recolocou o chapéu na cabeça e as mãos no cinto. Esperava paciente, seguro de si.

Uma edição das fúrias de Vicenzino, ainda que revista e expurgada por um Padre Jesuíta, apresentava-se sempre como ilegível para a infeliz Sarina, que pela terceira vez caiu em prantos; mas aos poucos os soluços diminuíram até cessar. A mulher se levantou: "Seja feita a vontade de Deus; ajeite você as coisas, aqui a vida se acabou. Mas o belo Chìbbaro! Todo o suor do nosso pai!".

As lágrimas estavam prestes a recomeçar, mas Padre Pirrone já tinha ido embora.

Depois de celebrar o Divino Sacrifício e tomar uma xícara de café oferecida pelo pároco, o Jesuíta foi direto para a casa do tio Turi. Nunca estivera lá, mas sabia que era um casebre paupérrimo, bem no alto do povoado, perto da forja de mestre Ciccu. Encontrou o lugar quase de pronto e, como não havia janelas e a porta estava aberta para que entrasse um pouco de sol, deteve-se na soleira: lá dentro, em meio à escuridão, viam-se pilhas de selas para mulas, alforjes e sacos — dom Turi ganhava a vida como arrieiro, agora auxiliado pelo filho.

"Dorátio!", gritou Padre Pirrone. Era uma corruptela da fórmula *Deo gratias* (*agamus*), que os religiosos usavam ao pedir licença para entrar. Uma voz de velho perguntou: "Quem é?", e um homem surgiu do fundo do cômodo e se aproximou da porta. "É seu sobrinho, o Padre Saverio Pirrone. Queria falar com o senhor, se me permite."

Não houve grande surpresa: uma visita dele ou de um representante seu já era esperada havia pelo menos dois meses. Tio Turi era um velho vigoroso e empertigado, com a pele curtida de sol e granizo, e as rugas sinistras que os infortúnios traçam no rosto das pessoas ruins.

"Entre", disse sem sorrir; deu passagem à visita e, de má vontade, fez o gesto de beijar-lhe a mão. Padre Pirrone sentou numa das grandes selas de madeira. O ambiente era bastante pobre: duas galinhas ciscavam num canto e tudo fedia a esterco, panos molhados e torpe miséria.

"Tio, faz muitos anos que não nos vemos, mas não foi só culpa minha; como sabe, não moro no vilarejo, e além disso o senhor nunca aparece na casa da minha mãe, sua cunhada, o que lamentamos." "Nunca vou pôr os pés naquela casa. Meu estômago embrulha quando passo ali em frente. Turi Pirrone não esquece os erros que cometeram contra ele, nem depois de vinte anos."

"Claro, entendo, com certeza. Mas hoje venho como a pomba da Arca de Noé, para lhe garantir que o dilúvio terminou. Estou muito contente por estar aqui e fiquei feliz ontem, quando em casa me contaram que Santino, seu filho, está noivo da minha sobrinha Angelina; pelo que me disseram, são dois ótimos jovens, e a união deles vai pôr fim ao desentendimento que existia entre nossas famílias e que, me permita dizê-lo, sempre me desagradou."

O rosto de Turi exprimiu uma surpresa demasiado evidente para não ser fingida.

"Não fosse pelo hábito sagrado que o senhor veste, Padre, eu lhe diria que está mentindo. Vai saber que balelas lhe contaram aquelas mulheres da sua casa. Santino jamais trocou uma palavra com Angelina em toda a vida; é um filho muito respeitador para ir contra os desejos do pai."

O Jesuíta admirava a secura do velho, a impassibilidade de suas mentiras.

"Pelo visto, tio, fui mal informado; imagine que até me disseram que vocês puseram-se de acordo quanto ao dote e que os dois viriam hoje à nossa casa para a 'confirmação'. Como essas mulheres desocupadas inventam histórias! No entanto, mesmo não sendo verdade, isso só demonstra o desejo do coração delas. Agora, tio, é inútil que eu continue aqui: volto já para casa e vou repreender minha irmã. E me desculpe; fiquei muito satisfeito de vê-lo gozando de boa saúde."

O rosto do velho começava a exibir um interesse ávido. "Espere, Padre. Continue me divertindo com os mexericos da sua casa; a que dote essas faladeiras se referiam?"

"Sei lá, tio! Acho que ouvi alguma coisa como metade de Chìbbaro! Elas diziam que 'Ncilina é a menina dos olhos delas e nenhum sacrifício parece exagerado para assegurar a paz na família."

Dom Turi já não ria. Levantou-se. "Santino!", pôs-se a berrar com a mesma força com que chamava suas mulas teimosas. E, como ninguém vinha, gritou ainda mais forte: "Santino! Pelo sangue da Virgem, o que você está fazendo?!". Quando viu Padre Pirrone estremecer, tapou a boca com um gesto inesperadamente servil.

Santino estava cuidando dos animais no pequeno pátio contíguo. Entrou atemorizado, com a almofaça na mão; era um belo rapagão de vinte e dois anos, alto e enxuto como o pai, com os olhos ainda livres de rispidez. No dia anterior vira, assim como todos, o Jesuíta passar pelas ruas do povoado e o reconheceu de imediato.

"Este aqui é Santino. E este é seu primo, o Padre Saverio Pirrone. Agradeça a Deus que o Reverendíssimo está aqui, senão eu arrancaria suas orelhas. Que história é essa de namorar sem que eu, que sou seu pai, fique sabendo? Os filhos nascem para os pais, e não para correr atrás de rabos de saia."

O jovem ficou envergonhado, talvez não pela desobediência, mas pelo consentimento que lhe fora dado, e não sabia o que dizer; para romper o embaraço, depôs a almofaça no chão e foi beijar a mão do padre. Este mostrou os dentes num sorriso e acenou uma bênção. "Deus te abençoe, meu filho, embora eu ache que você não mereça."

O velho prosseguiu: "Seu primo aqui me pediu com tanta insistência que acabei dando minha permissão. Mas por que você não me disse antes? Agora se limpe e vamos logo para a casa de 'Ncilina".

"Um momento, tio, um momento." Padre Pirrone pensou que ainda precisaria falar com o "homem honrado", que não sabia de nada. "Lá em casa com certeza vão querer cuidar dos preparativos; além do mais, ouvi dizer que esperavam vocês às sete da noite. Venham nesse horário e será uma alegria recebê-los." E, abraçado por pai e filho, foi embora.

De volta à casinha cúbica, Padre Pirrone constatou que o cunhado Vicenzino já havia retornado e, para tranquilizar a irmã, só pôde gesticular pelas costas do marido terrível — o que, aliás, tratando-se de dois sicilianos, era mais que suficiente. Então disse ao cunhado que precisava falar com ele, e os dois se dirigiram à esquelética pérgula atrás da casa: a borda inferior e ondulante da batina traçava em torno do Jesuíta uma espécie de fronteira móvel, intransponível; o traseiro gordo do "homem honrado" bamboleava, símbolo perene de ameaça arrogante. De resto, a conversa foi completamente diversa do previsto. Uma vez assegurado da iminência do casamento de 'Ncilina, a indiferença do "homem honrado" quanto à conduta da filha foi marmórea; entretanto, desde a primeira menção ao dote acordado, seus olhos reviraram, as veias das têmporas incharam e o balanço de seu passo se tornou frenético: um vômito de objeções imorais e torpes saiu-lhe da boca, exaltado pelas mais furiosas resoluções; sua mão, que não fizera um só gesto em defesa da honra da filha, correu nervosa a apalpar o bolso direito da calça, dando a entender que, para defender o amendoal, ele estava disposto a derramar até a última gota do sangue alheio.

Padre Pirrone esperou que as obscenidades se exaurissem e limitou-se a fazer rápidos sinais da cruz quando elas, com frequência, beiravam a blasfêmia; quanto ao gesto anunciador de massacres, não lhe deu nenhuma importância. Durante uma pausa, disse: "É claro, Vicenzino, que eu também quero contribuir para que tudo se resolva. Sabe aquele papel que me assegura a propriedade da parte que me cabe da herança do meu finado pai? Vou enviá-lo a você de Palermo, rasgado".

O efeito daquele bálsamo foi imediato. Concentrado em calcular o valor da herança antecipada, Vicenzino se calou; e, no ar ensolarado e frio, ouviram-se as notas desafinadas de uma canção que 'Ncilina começou a entoar enquanto varria o quarto do tio.

À tarde, tio Turi e Santino vieram fazer sua visita, muito limpos e com camisas branquíssimas. Sentados em cadeiras contíguas, os noivos de vez em quando irrompiam em estrondosas risadas sem dizer palavra, virados um para o outro. Estavam de fato contentes: ela, por "arranjar-se" e ter aquele belo macho à disposição; ele, por ter seguido os conselhos do pai e, agora, possuir uma serva e meio amendoal; o gerânio vermelho que trazia de novo na orelha já não parecia a ninguém um lampejo infernal.

Passados dois dias, Padre Pirrone regressou a Palermo. Durante o percurso de volta, pôs em ordem suas impressões, nem todas agradáveis: aquela brutal relação que frutificou durante o verão de San Martino, aquele mísero meio amendoal reconquistado por meio de uma sedução premeditada, tudo aquilo lhe mostrava o aspecto tosco e miserável de outras histórias a que assistira recentemente. Os grandes senhores eram reservados e incompreensíveis, os camponeses, explícitos e claros; mas o Demônio os revirava igualmente em torno do mindinho.

Em vila Salina, encontrou o Príncipe de ótimo humor. Dom Fabrizio lhe perguntou se passara bem aqueles quatro dias e se lembrara de enviar cumprimentos à mãe da parte dele. De fato, ele a conhecia: seis anos antes ela estivera hospedada na vila, e sua serenidade de viúva agradara aos donos da casa. O Jesuíta se esquecera completamente de mandar lembranças e fez silêncio; mas depois disse que a mãe e a irmã o tinham encarregado de cumprimentar Sua Excelência, o que era apenas uma invenção, portanto menos grave que uma mentira. "Excelência", acrescentou em seguida, "gostaria de lhe perguntar se amanhã poderia ordenar que me concedam um coche; preciso ir ao Arcebispado solicitar uma permissão matrimonial: minha sobrinha ficou noiva de um primo."

"Claro, Padre Pirrone, claro, se essa for sua vontade; mas depois de amanhã devo ir a Palermo, e o senhor poderia ir comigo; ou está com muita pressa?"

O LEOPARDO

209

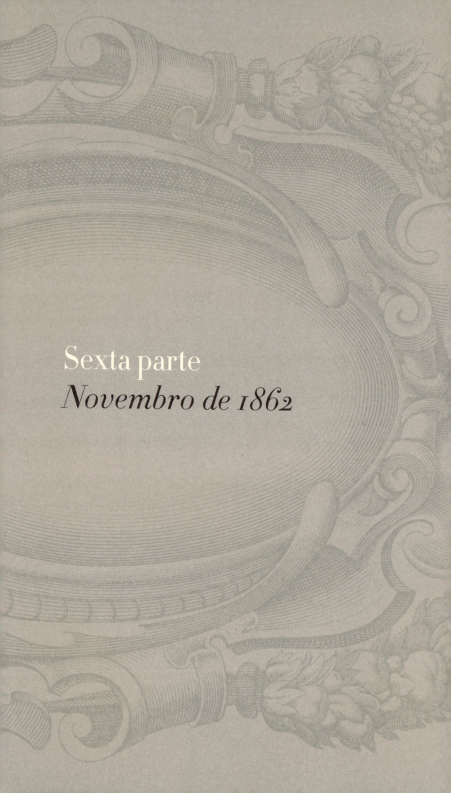

Sexta parte
Novembro de 1862

A princesa Maria Stella subiu à carruagem, sentou-se sobre o cetim azul das almofadas e recolheu tanto quanto possível as dobras farfalhantes do vestido. Nesse meio-tempo, Concetta e Carolina também subiram: sentaram-se uma diante da outra, e de seus vestidos cor-de-rosa idênticos se desprendia um tênue perfume de violeta; por fim, o peso excessivo de um pé apoiado no estribo fez a caleche vacilar em suas molas altas: Dom Fabrizio também subia. A carruagem ficou cheia como um ovo: as ondulações das sedas das armações de três crinolinas se chocavam e se confundiam até quase a altura das cabeças; no piso havia uma barafunda de calçados, os escarpins de seda das moças, os sapatinhos *mordorés* da Princesa, os enormes sapatos de verniz do Príncipe; cada qual sofria com a presença dos pés alheios e já não sabia onde estavam os próprios.

Os dois degraus do estribo foram recolhidos e o criado recebeu as ordens: "Ao palácio Ponteleone". Tornou a subir ao compartimento; o palafreneiro que segurava a rédea dos cavalos se afastou, o cocheiro estalou a língua de modo imperceptível e a caleche avançou suave.

Iam ao baile.

Naquele momento, Palermo atravessava um de seus intermitentes períodos de mundanismo, e os bailes proliferavam. Depois da chegada dos Piemonteses e do crime de Aspromonte, afugentados os espectros de expropriações e violências, as duzentas pessoas que compunham "o mundo" não se cansavam de se encontrar, sempre as mesmas, para congratular-se por ainda existirem.

As festas, várias e sempre idênticas, eram tão frequentes que os príncipes de Salina resolveram passar três semanas no palácio da cidade, para não ter de fazer quase toda noite o longo trajeto de San Lorenzo. As roupas das senhoras chegavam de Nápoles em caixotes pretos e longos semelhantes a esquifes, e houve um vaivém histérico de modistas, cabeleireiras e sapateiros; criados ensandecidos levavam bilhetes aflitos às costureiras. O baile nos Ponteleone seria o mais importante daquela breve temporada: importante aos olhos de todos pelo esplendor da família e do palácio, pelo número de convidados — e mais importante ainda para os Salina, que naquela ocasião apresentariam Angelica, a bela noiva do sobrinho, "à sociedade".

Não passava das dez e meia, um pouco cedo para se apresentar a um baile quando se é o Príncipe de Salina, que deve chegar sempre no momento em que a festa já estiver emanando todo o seu calor; mas dessa vez não se podia proceder de outro modo, caso se quisesse estar ali quando entrassem os Sedàra, gente ("ainda não sabem, coitados") que tomaria ao pé da letra a indicação de horário escrita no cartãozinho brilhante do convite. Havia sido um tanto trabalhoso conseguir que lhes remetessem um daqueles bilhetes: ninguém os conhecia, e dez dias antes a princesa Maria Stella precisara fazer uma visita a Margherita Ponteleone; tudo transcorrera às mil maravilhas, é claro, mas mesmo assim esse foi um dos pequenos espinhos que o noivado de Tancredi impôs às delicadas patas do Leopardo.

O breve percurso até o palácio Ponteleone compreendia um emaranhado de vielas escuras, e se avançava lentamente: via Salina, via Valverde, a descida dos Bambinai, tão alegre de dia com suas lojinhas de figuras de cera, tão sinistra de noite. A ferradura dos cavalos ressoava prudente entre as casas escuras que dormiam ou fingiam dormir.

As moças, esses seres incompreensíveis para quem um baile é uma festa, e não um tedioso dever mundano, tagarelavam alegres a meia-voz; a princesa Maria Stella apalpava a bolsa para certificar-se de que trouxera o frasquinho de "sal volátil", enquanto Dom Fabrizio antegozava o efeito que a beleza de Angelica produziria em toda aquela gente que não a conhecia, e o impacto que a sorte de Tancredi causaria naquelas mesmas pessoas que o conheciam até demais. Mas uma sombra obscurecia sua satisfação: como seria o fraque de dom Calogero? Decerto não semelhante àquele que envergara em Donnafugata: o Prefeito fora confiado a Tancredi, que o arrastara ao melhor alfaiate e até assistira às provas; oficialmente, noutro dia, se mostrara satisfeito com os resultados, mas dissera em tom de confidência: "O fraque é como deve ser; mas o pai de Angelica não é nada chique". Era inegável. Todavia, Tancredi se assegurara de um barbeado perfeito e da decência dos sapatos. Já era alguma coisa.

A carruagem parou no ponto em que a descida dos Bambinai desemboca na abside de San Domenico: ouvia-se uma leve sineta, e de uma esquina surgiu um padre segurando um cálice com o Santíssimo; atrás dele, um coroinha sustentava sobre a cabeça do religioso um pálio branco bordado a ouro; à frente, um outro segurava na mão esquerda um grande círio aceso, e com a direita agitava, muito animado, um sininho de prata. Sinal de que uma daquelas casas fechadas abrigava um moribundo: era o Santo Viático. Dom Fabrizio desceu, ajoelhou-se na calçada, as senhoras fizeram o sinal da cruz, o ressoar do sino se dissipou nas travessas que iam dar em San Giacomo, e a caleche com seus ocupantes, carregados de uma advertência salutar, se encaminhou de novo para o destino já próximo.

Chegaram, desembarcaram no átrio; a carruagem desapareceu na imensidão do pátio, de onde provinham o pisoteio e o clarão dos veículos que vieram antes.

***

A escadaria era de material modesto, mas de proporções nobilíssimas; de cada canto dos degraus, flores silvestres espalhavam seu perfume rústico; no patamar que dividia as duas alas, as librés cor de amaranto de dois criados imóveis sob a peruca acrescentavam um tom vívido ao cinza perolado do ambiente. De dois janelões altos com grades douradas partiam risos e murmúrios infantis: os netos dos Ponteleone, excluídos da festa, se vingavam debochando dos convivas. As senhoras alisavam os vincos das sedas; Dom Fabrizio, com a claque sob o braço, ultrapassava-as em uma cabeça, embora estivesse um degrau abaixo. À porta do primeiro salão, depararam-se com os donos da casa: ele, dom Diego, grisalho e pançudo, a quem somente os olhos altivos salvavam de uma aparência plebeia; ela, dona Margherita, que por entre o coruscar do diadema e do colar de esmeraldas de três voltas exibia seu rosto adunco de velho cônego.

"Chegaram cedo! Melhor assim! Mas fiquem tranquilos, *seus* convidados ainda não apareceram." Um novo espinho incomodou as garras sensíveis do Leopardo. "Tancredi também já está aqui."

De fato, no canto oposto do salão, o sobrinho, de preto e delgado como uma serpente, participava de um grupo de três ou quatro jovens e os fazia estourar de rir com suas histórias certamente picantes, mas mantinha os olhos, inquietos como sempre, voltados para a entrada. As danças já haviam começado — da sala de baile chegavam as notas da orquestra, atravessando três, quatro, cinco, seis salões.

"E também estamos aguardando o coronel Pallavicino, que se comportou tão bem em Aspromonte."

A frase do príncipe de Ponteleone parecia banal, mas não era. Na superfície, tratava-se de uma constatação carente de sentido político, que visava apenas elogiar o tato, a delicadeza, a comoção, quase a ternura com que uma bala se alojara no pé do General; e também as chapeladas, as genuflexões e os beija-mãos que a haviam acompanhado, dirigidos ao Herói ferido que jazia sob um castanheiro do monte calabrês e que ainda sorria de emoção, e não de ironia, como seria lícito (porque Garibaldi infelizmente era desprovido de senso de humor). Num estrato intermediário da psique principesca, a frase tinha um significado técnico e buscava elogiar o Coronel por ter tomado boas decisões, ter alinhado oportunamente seus batalhões e ter podido cumprir, contra o mesmo adversário, o que Landi não conseguira de modo tão incompreensível em Calatafimi. De resto, no fundo do coração do Príncipe, o Coronel se "portara bem" porque conseguira deter, derrotar, ferir e capturar Garibaldi, e, ao fazer isso, salvara o compromisso alcançado a duras penas entre o velho e o novo estado de coisas.

Evocado e quase plasmado por palavras lisonjeiras e pelas ainda mais elogiosas suposições, o Coronel apareceu ao pé da escada. Avançava acompanhado de um tilintar de talins, correntinhas, esporas e medalhas, metido no uniforme bem forrado e trespassado, chapéu emplumado debaixo do braço, o pulso esquerdo apoiado ao sabre curvo: era um homem do mundo de maneiras empoladas, especializado, como toda a Europa já sabia, em beija-mãos prenhes de significados; cada senhora em cujos dedos seus bigodes perfumados pousaram naquela noite teve condições de evocar, com conhecimento de causa, o instante histórico que as gravuras populares já haviam exaltado.

Depois de ter suportado a ducha de elogios que os Ponteleone lhe derramaram e ter apertado os dois dedos que Dom Fabrizio lhe estendia, Pallavicino submergiu na onda perfumada de um grupo de senhoras; seus traços conscientemente viris emergiam acima dos ombros alvos e lançavam frases destacadas: "Eu chorava, condessa, chorava como uma criança", ou "Ele era belo e sereno como um arcanjo". Seu sentimentalismo másculo arrebatava aquelas damas, já tranquilizadas pelos disparos de seus militares.

Angelica e dom Calogero estavam demorando e os Salina já cogitavam passar para os outros salões quando Tancredi abandonou seu grupo e partiu feito um raio para a entrada: os esperados estavam entrando. Acima do turbilhão de crinolina rosa, os ombros brancos de Angelica despontavam sobre os braços fortes e macios; a cabeça se erguia pequena e desdenhosa sobre o colo liso e jovial, adornado de pérolas propositalmente modestas. Quando ela deixou, pela abertura da comprida luva *glacé*, sair a mão um tanto grande mas de talhe perfeito, viu-se brilhar a safira napolitana. Dom Calogero seguia em seu rastro, camundongo guardião de uma rosa flamejante; nos trajes dele não havia elegância, mas decência, ao menos dessa vez; seu único erro foi adornar a lapela com a cruz da Coroa d'Itália que lhe fora conferida havia pouco, mas que logo desapareceu num dos bolsos clandestinos do fraque de Tancredi.

O noivo já ensinara a Angelica a impassibilidade, um dos fundamentos da distinção ("Você só pode ser expansiva e barulhenta comigo, querida; diante dos outros você deve ser a futura princesa de Falconeri, superior a muitos, páreo para qualquer um"), e assim seu cumprimento à dona da casa foi uma mistura não espontânea, mas muito feliz, de modéstia virginal, altivez neoaristocrática e graça juvenil.

Os palermitanos afinal de contas são italianos, portanto tão sensíveis quanto qualquer outro ao fascínio da beleza e ao prestígio do dinheiro; além disso, como a penúria de Tancredi era um fato notório, ele, apesar de atraente, era considerado um mau partido (de modo equivocado, aliás, como se viu depois, quando já era muito tarde); assim, ele era mais apreciado pelas senhoras casadas do que pelas jovens casadouras. Tais méritos e deméritos, juntos, fizeram com que a acolhida a Angelica fosse de um entusiasmo imprevisto; a bem da verdade, alguns jovens talvez tenham se ressentido por não terem desenterrado para si uma ânfora tão bela e cheia de moedas; mas Donnafugata era feudo de Dom Fabrizio e, se ele achara ali aquele tesouro e o entregara ao amado Tancredi, não se podia lamentar mais do que se lastimaria a descoberta de uma mina de enxofre numa de suas terras: era propriedade dele, não havia o que contestar.

Aliás, mesmo essas frágeis objeções se dissipavam diante do brilho daqueles olhos; a certa altura, um verdadeiro enxame de rapazes queria ser apresentado a ela e tirá-la para dançar; Angelica dispensava cada um deles com um sorriso de sua boca de morango, a cada um mostrava o próprio *carnet*, em que todas as polcas, mazurcas e valsas eram seguidas pela assinatura de posse: Falconeri. Da parte das senhoritas, choviam propostas de um tratamento mais informal, e depois de uma hora Angelica se sentia à vontade entre pessoas que não faziam a menor ideia da bestialidade da mãe e da mesquinhez do pai.

A atitude dela não se traiu nem um instante: não foi vista errando sozinha com a cabeça nas nuvens, tampouco com os braços afastados do busto, nunca a voz se elevou acima do "diapasão" (aliás, bastante alto) das outras senhoras. De fato, Tancredi lhe dissera na véspera: "Veja, querida, nós (e agora, portanto, você também) devemos zelar por nossas casas e nosso mobiliário acima de qualquer outra coisa; nada nos ofende mais que o descuido em relação a isso; então observe tudo e elogie tudo; aliás, o palácio Ponteleone merece; mas, como você não é mais uma provinciana que se admira por qualquer coisa, procure mesclar alguma reserva aos elogios; admire, sim, mas sempre compare a algum modelo visto antes, e que seja ilustre". As longas visitas ao palácio de Donnafugata tinham ensinado muito a Angelica, e assim, naquela noite, ela admirou cada uma das tapeçarias, mas disse que as do palácio Pitti tinham as guarnições mais belas; louvou uma Madonna de Dolci, mas lembrou que a do Granduca tinha uma melancolia mais bem-acabada; e até sobre a fatia de torta que um solícito e jovem cavalheiro lhe trouxe declarou que era excelente, quase tão boa quanto a de "*monsù* Gaston", o cozinheiro dos Salina. E, como "*monsù* Gaston" era o Rafael dos cozinheiros, e as tapeçarias de Pitti, os "*monsù* Gaston" das tapeçarias, ninguém teve nada a objetar; ao contrário, todos se sentiram elogiados, e ela, já a partir daquela noite, começou a conquistar a fama de elegante mas inflexível entendedora de arte, que a acompanharia, indevidamente, por toda sua longa vida.

Enquanto Angelica colhia os louros, Maria Stella tagarelava num sofá com duas velhas amigas, e Concetta e Carolina gelavam com sua timidez os jovens mais corteses; Dom Fabrizio, por sua vez, vagava pelos salões: beijava a mão das senhoras que encontrava e esmagava os ombros dos homens a quem queria fazer festa, mas sentia que o mau humor aos poucos o invadia.

Acima de tudo, a casa não lhe agradava: havia setenta anos os Ponteleone não renovavam a decoração, que era do tempo da rainha Maria Carolina, e ele, que acreditava ter gostos modernos, ficava indignado. "Santo Deus, mas com a renda de Diego! Ele bem podia se livrar desses *tremò*,* desses espelhos embaçados! Encomende um belo mobiliário de jacarandá e veludo, viva confortavelmente e não obrigue seus convidados a perambular por essas catacumbas. Um dia ainda lhe digo isso!" Mas nunca disse nada a Diego, porque suas opiniões nasciam apenas do tédio e de sua tendência à controvérsia, e eram logo esquecidas; ele mesmo não mudava nada em San Lorenzo ou Donnafugata. No entanto, aquilo bastou para aumentar seu mal-estar.

Nem sequer as mulheres que estavam no baile lhe agradavam: duas ou três daquelas matronas haviam sido suas amantes e, ao vê-las agora carregadas de anos e noras, tinha dificuldade em recriar para si a imagem delas tais como eram vinte anos atrás, e se irritava pensando em como desperdiçara seus melhores anos perseguindo (e alcançando) damas desleixadas como aquelas. Tampouco as jovens lhe diziam grande coisa, com exceção de duas: a jovem duquesa de Palma, cujos olhos cinzentos e a severa suavidade do porte eram admiráveis; e Tutù Làscari, de quem, se ele fosse mais novo, também saberia extrair acordes singulares. Quanto às outras... foi bom que Angelica tivesse surgido das trevas de Donnafugata para mostrar às palermitanas o que era uma mulher bonita.

Não se podia dizer que estivesse errado: naqueles anos, a frequência de matrimônios entre primos, ditados pela pre-

---

* Corruptela de trumeau, *aparador característico dos séculos XVII e XVIII.*

guiça sexual e pelos cálculos terrenos, a escassez de proteínas na alimentação agravada pela abundância de amidos, a falta absoluta de ar fresco e de movimento haviam lotado os salões de uma turba de garotas incrivelmente baixotas, inverossimilmente oliváceas e insuportavelmente falastronas; elas passavam o tempo todo apinhadas, lançando apenas chamados corais aos jovens amedrontados, destinadas — parecia — somente a servir de fundo às três ou quatro belas criaturas, como a loura Maria Palma e a belíssima Eleonora Giardinelli, que passavam deslizando como cisnes sobre um pântano cheio de rãs. Quanto mais as observava, mais se irritava; num dado momento, ao cruzar uma extensa galeria em cujo pufe central se reunira uma colônia numerosa daquelas criaturas, sua mente condicionada por longas solidões e pensamentos abstratos acabou produzindo nele uma espécie de delírio: tinha a impressão de ser o guardião de um zoológico a quem coubera vigiar uma centena de macaquinhas; esperava vê-las de repente trepando nos lampadários e dali, suspensas pelas caudas, balançarem-se exibindo os traseiros e lançando cascas de avelãs, guinchos e caretas sobre os pacíficos visitantes.

Soa estranho, mas foi uma sensação religiosa que por fim o afastou daquela visão zoológica; com efeito, do grupo de símias em crinolina se erguia uma monótona e contínua invocação sagrada. "Virgem Maria!", exclamavam sem parar aquelas pobres moças. "Virgem Maria! Que casa linda!", "Virgem Maria! Como o coronel Pallavicino é bonito!", "Virgem Maria! Estou com os pés doendo!", "Virgem Maria! Que fome! Quando vão servir o bufê?" O nome da Virgem, invocado pelo coro virginal, tomava a galeria e de novo transformava aquelas macaquinhas em mulheres, pois ainda não se comprovara que os saguis das florestas brasileiras tivessem se convertido ao catolicismo.

Um pouco nauseado, o Príncipe passou ao salão contíguo; ali, por sua vez, acampara a tribo diversa e hostil dos homens: os jovens estavam dançando e na sala restavam apenas os velhos, todos amigos seus. Sentou-se um pouco entre eles: ali a Rainha dos Céus não era mais nomeada em vão; em contrapartida, os lugares-comuns e as platitudes turvavam o ar. Entre esses senhores, Dom Fabrizio passava por alguém "extravagante"; seu interesse pela matemática era considerado quase uma perversão pecaminosa, e se ele não fosse o Príncipe de Salina e não se soubesse que era ótimo cavaleiro, caçador incansável e um pouco mulherengo, suas paralaxes e telescópios correriam o risco de proscrevê-lo; mas pouco lhe dirigiam a palavra, porque o azul frio de seus olhos, entrevisto entre as pálpebras pesadas, fazia os interlocutores perderem as estribeiras, e muitas vezes ele se via isolado, não tanto por respeito — como supunha —, mas por temor.

Levantou-se: a melancolia se transformara em verdadeiro humor negro. Tinha cometido um erro ao ir ao baile: Stella, Angelica e as filhas se arranjariam muito bem sozinhas, e nesse momento ele estaria feliz no pequeno gabinete do terraço de via Salina, ouvindo o murmúrio do chafariz e tentando agarrar os cometas pela cauda. "Pois é, agora estou aqui; ir embora seria uma descortesia. Vamos ver os bailarinos."

O salão de baile era todo dourado: liso nas cornijas, trabalhado nas molduragens das portas, damasquinado claro e quase prateado sobre o escuro das portas e venezianas que cerravam as janelas e as aboliam, conferindo ao ambiente uma atmosfera altiva, como se fora um escrínio que excluísse qualquer referência ao exterior indigno. Não tinha a douradura ostensiva que os decoradores de então exibiam, mas um dourado gasto, pálido como os cabelos das meninas do Norte, determinado a esconder seu valor sob o recato, hoje perdido, de matéria preciosa que queria exibir a própria beleza e fazer esquecer o próprio custo; aqui e ali, sobre os painéis, viam-se emaranhados de flores rococó numa cor tão desmaiada que parecia apenas um rubor efêmero, mero reflexo dos lampadários.

Todavia aquela tonalidade solar, aquela variação de brilhos e sombras fizeram mal ao coração de Dom Fabrizio, que estava de pé, sombrio e imóvel, no vão de uma porta; naquele salão eminentemente aristocrático lhe ocorriam imagens do campo: o timbre cromático era o das intermináveis searas em torno de Donnafugata, estáticas, implorando clemência sob a tirania do sol; também naquela sala, como nos feudos em meados de agosto, a colheita fora encerrada havia tempos, armazenada noutros lugares e, como ali, dela só restava uma lembrança na cor dos restolhos queimados e inúteis. A valsa cujas notas atravessavam o ar quente lhe parecia apenas uma estilização daquela incessante passagem dos ventos que arpejam o próprio luto sobre as superfícies sedentas, ontem, hoje, amanhã, sempre, sempre, sempre. A multidão de dançarinos, entre os quais estavam tantas pessoas próximas de sua carne, senão também do coração, acabou lhe parecendo irreal, feita da mesma matéria com que se tecem as recordações perecíveis, ainda mais frágeis que aquela que nos perturba os sonhos. No teto, os deuses reclinados em assentos de ouro olhavam para baixo sorridentes e inexoráveis como o céu de verão. Acreditavam-se eternos: uma bomba fabricada em 1943 em Pittsburgh, Pensilvânia, devia provar-lhes o contrário.

"Que beleza, Príncipe, que beleza! Hoje em dia já não se fazem coisas assim, com o preço do ouro!" Sedàra estava parado a seu lado, os olhinhos espertos percorrendo o ambiente, insensíveis à graça, atentos ao valor monetário.

De repente Dom Fabrizio sentiu que o odiava — sua ascensão, a ascensão de centenas de outros como ele, suas obscuras transações, sua tenaz avareza e avidez, era por tudo isso que se alastrava o sentimento de morte que agora entristecia esses palácios; devia-se a ele, a seus comparsas, a seus rancores, a seu senso de inferioridade, a seu fracasso em desabrochar, o fato de agora também ele, Dom Fabrizio, associar os trajes negros dos bailarinos a corvos que planam em busca de carne podre, acima dos vales mais remotos. Teve vontade de responder com rispidez, de convidá-lo a retirar-se. Mas não podia: ele era um convidado, o pai da querida Angelica. E talvez um infeliz como os demais.

"Que beleza, dom Calogero, que beleza. Mas o que supera tudo são nossos dois jovens." Angelica e Tancredi passavam diante deles naquele momento, a mão enluvada do rapaz pousada de viés na cintura dela, os braços rijos e compenetrados, os olhos fixos um no outro. O preto do fraque dele, o rosa do traje dela, misturados, formavam uma joia estranha. Ambos ofereciam o espetáculo mais patético possível: o de dois jovens muito apaixonados que dançam juntos, cegos aos defeitos recíprocos, surdos às advertências do destino, iludidos de que o caminho da vida será liso como o pavimento do salão, atores ignaros que um diretor faz recitar o papel de Julieta e Romeu ocultando-lhes a cripta e o veneno, já previstos no roteiro. Nem um nem outro eram bons, cada qual cheio de cálculos, abarrotados de alvos secretos; porém ambos eram adoráveis e comoventes enquanto suas turvas mas ingênuas ambições eram obliteradas pelas palavras de alegre ternura que ele sussurrava em seu ouvido, pelo perfume dos cabelos dela, pela pressão recíproca daqueles corpos destinados a morrer.

Os dois jovens se afastavam, outros casais passavam, menos bonitos, igualmente comoventes, imersos cada qual em sua cegueira transitória. Dom Fabrizio sentiu o coração desempedrar: o desgosto cedia lugar à compaixão por esses seres efêmeros que buscavam gozar o exíguo raio de luz designado a eles entre as duas trevas, antes do berço e depois dos últimos estertores. Como era possível encarniçar-se contra quem, com toda certeza, deverá morrer? Equivaleria a ser tão vil quanto as varinas que, sessenta anos antes, ultrajavam os condenados na praça do Mercado. Até as macaquinhas nos pufes, até os velhos simplórios amigos dele eram miseráveis, irrecuperáveis e queridos como o gado que muge à noite pelas ruas da cidade, a caminho do abatedouro; um dia, ao ouvido de cada um deles chegaria o som de sinos que o Príncipe escutara três horas antes, atrás de San Domenico. Não era lícito odiar nada além da eternidade.

E depois toda a gente que enchia os salões, todas essas mulheres feiosas, esses homens tolos, esses dois sexos presunçosos eram o sangue de seu sangue, eram ele mesmo — somente com eles se entendia, somente com eles estava à vontade. "Talvez eu seja mais inteligente, com certeza sou mais culto que eles, mas sou da mesma laia e devo me solidarizar com todos."

Notou que dom Calogero conversava com Giovanni Finale sobre o possível aumento de preços dos caciocavalli* e que, esperançoso diante dessa hipótese abençoada, seus olhos ficaram líquidos e mansos. Podia sumir dali sem remorsos.

Até aquele momento, a irritação acumulada lhe dera energia; agora, mais relaxado, sobreveio o cansaço: já eram duas da madrugada. Procurou um lugar onde pudesse sentar tranquilo, longe dos homens — queridos e irmãos, vá lá, mas sempre maçantes. Logo o encontrou: a biblioteca, pequena, silenciosa, iluminada e vazia. Sentou e em seguida se levantou para beber a água que estava sobre uma mesinha. "Não há nada tão bom quanto água", pensou como um autêntico siciliano, sem enxugar as gotinhas que lhe ficaram nos lábios. Tornou a sentar. Gostava da biblioteca, num instante se sentiu à vontade; ela não se opunha à sua tomada de posse porque era impessoal como os cômodos pouco habitados: Ponteleone não era o tipo de perder seu tempo ali dentro. Pôs-se a examinar um quadro que estava à sua frente: uma boa cópia da *Morte do justo*, de Greuze. O ancião expirava em seu leito, num panejamento de lençóis limpíssimos, circundado por netos aflitos e netas que erguiam os braços para o alto. As moças eram bonitinhas, viçosas, o desalinho de suas roupas sugeria mais libertinagem que dor; logo se percebia que elas eram o verdadeiro motivo do quadro. No entanto, por um instante Dom Fabrizio ficou surpreso de que Diego quisesse ter diante dos olhos essa cena melancólica; de-

---

* *Tipo de queijo muito comum na Itália, sobretudo no Sul, fabricado com leite de vaca.*

pois se tranquilizou ao pensar que ele devia entrar ali uma ou duas vezes ao ano.

Logo em seguida, perguntou a si mesmo se sua morte seria parecida com aquela: provavelmente sim, exceto que os lençóis seriam menos impecáveis (ele sabia, os lençóis dos agonizantes são sempre sujos, cheios de babas, dejetos, manchas de remédios...), e era de esperar que Concetta, Carolina e as outras estivessem vestidas com mais decoro. Mas, no conjunto, era a mesma coisa. Como sempre, as considerações sobre a própria morte o acalmavam tanto quanto a morte dos outros o perturbava; seria porque, no fundo no fundo, sua morte fosse antes de tudo a do mundo inteiro?

Depois disso, pensou que era preciso mandar restaurar o jazigo da família, nos Capuchinhos. Pena que não era mais permitido pendurar na cripta os cadáveres pelo pescoço e vê-los mumificar-se aos poucos: ele faria uma figura incrível naquela parede, grande e alto como era, assustando as moças com o sorriso imóvel no rosto ressecado, as calças compridas de piquê branco. Mas não, iam vesti-lo a rigor, talvez com este mesmo fraque que estava usando.

A porta se abriu. "Tiozão, você está uma beleza esta noite. O fraque ficou perfeito. Mas o que está olhando? Está seduzindo a morte?"

Tancredi entrava de braços dados com Angelica: os dois ainda estavam sob o influxo sensual do baile, exaustos. Angelica sentou, pediu a Tancredi um lenço para enxugar as têmporas; foi Dom Fabrizio quem lhe estendeu o seu. Os dois jovens observavam o quadro com absoluta indiferença. Para ambos, o conhecimento da morte era algo puramente intelectual, era por assim dizer um mero dado de cultura, não uma experiência que lhes atingisse a medula dos ossos. A morte, sim, existia, sem dúvida, mas era assunto para os outros; Dom Fabrizio pensava que é pela ignorância íntima desse supremo consolo que os jovens sentem as dores de forma mais aguda que os velhos: para estes, a saída de emergência está mais próxima.

"Príncipe", dizia Angelica, "ficamos sabendo que o senhor estava aqui; viemos descansar, mas também lhe fazer um pedido: espero que não o recuse." Seus olhos riam maliciosos, sua mão pousava sobre a manga de Dom Fabrizio. "Queria lhe pedir que dançasse comigo a próxima mazurca. Diga que sim, não seja malvado: todos sabem que o senhor era um grande dançarino." O Príncipe ficou contentíssimo e se sentiu mais que lisonjeado. Cripta dos Capuchinhos coisa nenhuma! Suas faces peludas tremulavam de prazer. Mas a ideia da mazurca o assustava um pouco: essa dança militar, cheia de batidas de pés e piruetas, já não era coisa para suas juntas. Ajoelhar-se diante de Angelica seria um prazer, mas, e se depois penasse para levantar?

"Obrigado, Angelica, você me rejuvenesce. Terei o maior prazer em atender a seu pedido, mas a mazurca não, me conceda a próxima valsa."

"Está vendo, Tancredi, como o tio é bonzinho? Não banca o caprichoso que nem você. Sabe, Príncipe, ele não queria que eu lhe fizesse esse pedido: está com ciúme."

Tancredi ria: "Quando se tem um tio bonito e elegante assim, é natural sentir ciúme. Mas, enfim, desta vez não me oponho". Os três sorriam, e Dom Fabrizio não sabia se eles haviam armado aquela cena para lhe agradar ou zombar dele. Não tinha importância: eram adoráveis do mesmo jeito.

No momento de sair, Angelica roçou com a mão o forro de uma poltrona: "Estas são bonitas, têm uma bela cor; mas as da sua casa, Príncipe...". O navio avançava de acordo com o impulso recebido. Tancredi interveio: "Chega, Angelica. Nós dois gostamos de você independentemente de seus conhecimentos em matéria de mobiliário. Deixe para lá essas cadeiras e venha dançar".

Enquanto se dirigia ao salão de baile, Dom Fabrizio viu que Sedàra ainda conversava com Giovanni Finale. Ouviam-se as palavras *russella*, *primintìo* e *marzolino*: comparavam as qualidades dos grãos de semeadura. O Príncipe previu um convite iminente a Margarossa, a propriedade que estava arruinando Finale à força de muitas inovações agrícolas.

O casal Angelica-Dom Fabrizio causou uma impressão magnífica. Os pés enormes do Príncipe se moviam com delicadeza surpreendente, e em nenhum momento os sapatinhos de cetim de sua dama correram o risco de ser roçados; a manzorra dele envolvia a cintura dela com vigorosa firmeza, o queixo se apoiava sobre a onda fluvial de seus cabelos; o decote de Angelica emanava um perfume de *bouquet à la Maréchale*, sobretudo um aroma de pele jovem e lisa. Uma frase de Tumeo lhe voltou à memória: "Seus lençóis devem ter o perfume do paraíso". Frase inconveniente e rude — mas certeira. Aquele Tancredi...

Ela falava. Sua vaidade natural estava tão satisfeita quanto sua tenaz ambição. "Estou tão feliz, tiozão. Todos foram tão gentis, tão bons. Tancredi, aliás, é um amor; e o senhor também é um amor. Devo tudo isso ao senhor, tiozão, Tancredi também. Porque, se o senhor não tivesse aceitado, sabe-se lá como terminaria." "Eu não interferi em nada, minha filha: você deve tudo a si mesma." Era verdade: nenhum Tancredi resistiria à sua beleza unida àquele patrimônio. Ele se casaria com ela passando por cima de tudo. Uma pontada lhe atravessou o coração: pensava nos olhos altivos e derrotados de Concetta. Mas foi uma dor breve: a cada rodopio, um ano lhe caía dos ombros, e logo se sentiu como vinte anos atrás, quando naquele mesmo salão dançava com Stella, quando ainda ignorava o que eram as desilusões, o tédio, o resto. Por um instante, naquela noite, a morte foi de novo, a seus olhos, "assunto para os outros".

Estava tão absorto nas lembranças, em sintonia perfeita com a sensação presente, que não se deu conta de que a certa altura Angelica e ele dançavam sozinhos. Talvez instigados por Tancredi, os outros casais haviam parado e observavam; até os dois Ponteleone estavam entre eles: pareciam enternecidos, eram velhos e talvez compreendessem. Stella também era velha; porém, sob o umbral de uma porta, seus olhos estavam sombrios. Quando a orquestra silenciou, só não estourou um aplauso porque Dom Fabrizio tinha uma aparência demasiado leonina para permitir tais inconveniências.

Encerrada a valsa, Angelica convidou Dom Fabrizio a jantar na mesa dela e de Tancredi; ele ficaria muito contente, mas justo naquele momento as lembranças da juventude eram muito vívidas para que não percebesse que jantar com um velho tio seria algo penoso, agora, enquanto Stella estava ali, a dois passos. "Os apaixonados querem ficar sozinhos, ou no máximo com estranhos; com velhos, e ainda por cima parentes, jamais."

"Obrigado, Angelica, estou sem fome. Vou comer alguma coisa de pé mesmo. Vá com Tancredi, não se preocupem comigo."

* * *

Esperou um pouco até que os jovens se afastassem e então entrou no salão do bufê. Ao fundo havia uma mesa muito longa e estreita, iluminada pelos famosos doze candelabros de *vermeil* que o avô de Diego recebera de presente da Corte de Espanha ao término de sua embaixada em Madri: eretas sobre altos pedestais de metal reluzente, seis figuras de atletas e seis de mulheres, alternadas, sustentavam acima da cabeça o fuste de prata dourado, coroado pelas chamas de doze velas; a perícia do ourives insinuara maliciosamente a facilidade serena dos homens e o esforço gracioso das jovens ao carregar o peso desmedido. Doze peças de primeira ordem. "Quem sabe a quantas *'salme'** de terra equivalem", teria dito o infeliz Sedàra. Dom Fabrizio se lembrou do dia em que Diego lhe mostrou os estojos de cada um daqueles candelabros, pequenas montanhas de marroquim verde que traziam gravados nas laterais o ouro do escudo tripartite dos Ponteleone e as iniciais entrelaçadas dos doadores.

Abaixo dos candelabros, abaixo dos cinco patamares que erguiam ao teto distante as pirâmides intocadas de *dolci di riposto*,** estendia-se a opulência monótona das *tables à thé* dos grandes bailes: lagostas coralinas cozidas vivas, *chaud-froids* de vitela céreos e borrachudos, robalos cor de aço imersos em molhos suaves, perus que o calor dos fornos dourara, galinholas desossadas em leitos de *croûtons* de âmbar guarnecidos de seus

---

* *Medida de superfície correspondente a 17.462 metros quadrados, usada especialmente na Sicília.*
** *Docinhos típicos da Sicília, feitos de amêndoas, avelãs, açúcar e mel, que, por durarem muito, costumavam ser guardados na despensa* (riposto).

miúdos triturados, pastas de *foie gras* rosados sob uma couraça de gelatina, galantinas cor de aurora e dez outras delícias coloridas e cruéis; na extremidade da mesa, duas monumentais sopeiras de prata continham o consomê, âmbar tostado e límpido. Os chefs em suas vastas cozinhas deviam ter suado desde a noite anterior para preparar aquele banquete.

"Caramba, quanta comida! Dona Margherita sabe mesmo receber. Mas são necessários mais estômagos que o meu para tudo isso."

Desprezou a mesa das bebidas que estava à direita, reluzente de cristais e pratarias, e se dirigiu à esquerda, onde ficava a de doces. Ali, imensos babás castanhos como a pelagem dos alazões, *mont-blancs* nevados de chantili; *beignets Dauphine* que as amêndoas mosqueavam de branco e os pistaches de verde; pequenas colinas de profiteroles ao chocolate, marrons e gordas como o húmus da planície de Catânia, de onde, após muitos périplos, de fato provinham; *parfaits* rosados, *parfaits* champanhe, *parfaits* beges que desmoronavam com estalos quando a espátula os dividia; arpejos em tom maior de cerejas cristalizadas, timbres ácidos de ananases amarelos, os "triunfos da gula" com o verde opaco de seus pistaches esmagados, impudicos "doces das Virgens". Dom Fabrizio aceitou dois destes e, levando-os no prato, parecia uma caricatura profana de santa Ágata exibindo os próprios seios cortados. "Como é que o Santo Ofício, quando podia, não pensou em proibir esses doces? Os 'triunfos da gula' (a gula, pecado mortal!), as tetas de santa Ágata vendidas nos monastérios e devoradas pelos festeiros! Ora!"

Dom Fabrizio circulava na sala que recendia a baunilha, vinho e pó de arroz, à procura de um lugar. De uma das mesas, Tancredi o avistou e bateu a mão numa cadeira para mostrar que ali havia onde sentar; ao lado dele, Angelica tentava ver no reverso de um prato de prata se seu penteado estava direito. Dom Fabrizio balançou a cabeça sorrindo, em sinal de recusa. Continuou procurando. De uma mesa se ouvia a voz satisfeita de Pallavicino: "A maior emoção da minha vida...". Perto dele havia um lugar vazio. Mas que sujeito maçante! No fim das contas, não seria melhor acolher a cordialidade talvez forçada mas refrescante de Angelica, a agilidade seca de Tancredi? Não; melhor aborrecer-se que aborrecer os outros. Pediu licença e sentou perto do Coronel, que se pôs de pé ao vê-lo chegar e reconquistou um pouco da simpatia leopardiana. Enquanto degustava a refinada mistura de manjar branco, pistache e canela nos doces que escolhera, Dom Fabrizio conversava com Pallavicino e se dava conta de que ele, para além das frases melosas talvez destinadas às senhoras, estava longe de ser um imbecil; era também um "cavalheiro", e o ceticismo básico de sua classe, em geral sufocado pelas impetuosas labaredas soldadescas do uniforme, agora, que se encontrava num ambiente igual ao seu de nascimento, despontava de novo, alheio à inevitável retórica dos quartéis e de suas admiradoras.

"Agora a Esquerda quer me crucificar porque, em agosto, mandei meus rapazes abrirem fogo contra o General. Mas o senhor me diga, Príncipe: o que é que eu podia fazer, com as ordens expressas que pesavam sobre mim? Mas devo confessar: quando me vi, lá em Aspromonte, diante de centenas de descamisados, alguns com cara de fanáticos incuráveis, outros com a expressão de revoltosos de ofício, fiquei feliz por aquelas ordens coincidirem tão bem com o que eu mesmo pensava; se eu não tivesse mandado atirar, aquela gente teria feito picadinho dos meus soldados e de mim, e a celeuma não seria tão grande, mas acabaria provocando a intervenção francesa e austríaca com um pandemônio sem precedentes, e isso levaria à queda deste Reino da Itália que se formou por milagre, quer dizer, sem que se saiba como. E lhe digo, cá entre nós: meu breve ataque foi útil sobretudo a Garibaldi, porque o libertou daquele grupelho que se agarrara a ele, indivíduos do tipo Zambianchi, que se serviam dele para sabe-se lá que propósitos, talvez generosos apesar de ineptos, mas talvez desejados pelas Tulherias e pelo palácio Farnese;* todos indivíduos bem diferentes dos que haviam desembarcado com ele em Marsala, gente que acreditava (os melhores entre eles) que se pode fazer a Itália com uma série de 'quarenta e oitos'.** Ele, o General, sabe bem disso porque, no momento da minha famosa genuflexão, me cumprimentou com uma efusividade que imagino incomum diante de quem, cinco minutos antes, tinha mandado disparar um tiro em seu pé; e sabe o que me disse em voz baixa, ele, que era a única pessoa direita nas bandas daquela montanha infeliz? 'Obrigado, Coronel.' Obrigado por quê?, lhe pergunto. Por tê-lo deixado manco pelo resto da vida? Não, é claro, mas por tê-lo feito sentir com as próprias mãos as fanfarronadas, as canalhices e quem sabe coisa pior dos seus ambíguos sequazes."

"Mas, queira me desculpar, o senhor não acha, Coronel, que exagerou um pouco nos beija-mãos, nas chapeladas e cumprimentos?"

---

* *Ou seja, pelos franceses.*
** *Referência à onda de movimentos revolucionários, a maioria deles frustrados, que sacudiram a Europa em 1848. Um dos primeiros deles foi o liderado por Mazzini e Garibaldi, que proclamaram naquele ano a breve República de Roma.*

"Sinceramente, não. Porque aquelas homenagens foram atos genuínos. Era preciso ver aquele pobre grande homem estendido no chão sob um castanheiro, dolorido no corpo e ainda mais dolorido na alma. Dava pena! Revelou-se claramente aquilo que sempre tinha sido: uma criança, de barba e com rugas, mas ainda assim um menino, impetuoso e ingênuo. Era difícil resistir à compaixão por termos sido obrigados a lhe fazer 'dodói'. De resto, por que eu deveria ter resistido? Eu só beijo a mão das mulheres; e naquela circunstância, Príncipe, beijei a mão para salvar o Reino, que também é uma senhora a quem nós, militares, devemos prestar homenagem."

Passava um garçom: Dom Fabrizio pediu-lhe uma fatia de *mont-blanc* e uma taça de champanhe. "E o senhor, coronel, não se serve de nada?" "De comer, nada, obrigado. Talvez eu também aceite uma taça de champanhe."

Então prosseguiu; via-se que não podia se livrar daquela lembrança que, feita de poucos disparos e muita destreza, era justamente o tipo que fascinava seus semelhantes. "Os homens do General injuriavam e blasfemavam enquanto meus soldados os desarmavam. E sabe contra quem? Contra ele, que tinha sido o único a pagar na carne. Uma torpeza, porém natural: viam escapar de suas mãos aquela personalidade infantil, mas grandiosa, a única que podia encobrir as obscuras tramoias de tantos deles. E, ainda que minhas gentilezas tivessem sido supérfluas, mesmo assim eu ficaria feliz por elas; aqui, na Itália, nunca se exagera o bastante em matéria de sentimentalismo e afagos: são os argumentos políticos mais eficazes que temos."

Bebeu o vinho que lhe haviam trazido, mas isso pareceu aumentar ainda mais sua amargura. "O senhor já esteve no continente depois da fundação do Reino? Sorte sua. Não é um espetáculo bonito. Nunca estivemos tão divididos como desde que nos unimos. Turim não quer deixar de ser a capital, Milão acha nossa administração inferior à austríaca, Florença tem medo de que levem embora suas obras de arte, Nápoles chora pelas indústrias que perde, e aqui, aqui na Sicília, está em gestação um estrago enorme e irracional... No momento, graças também a este seu humilde servo, não se fala mais dos camisas vermelhas; mas voltarão a falar. Quando estes desaparecerem, virão outros de cores diferentes; e depois de novo vermelhos. E como isso vai acabar? Há a Grande Estrela,* dizem alguns. Pode ser. Mas o senhor sabe melhor que eu, Príncipe, que até as estrelas fixas não são fixas de fato." Talvez um tanto bêbado, profetizava. Diante das perspectivas sombrias, Dom Fabrizio sentiu o coração apertar.

O baile prosseguiu por muito tempo e logo eram seis da manhã: todos se sentiam exaustos e gostariam de estar na cama havia pelo menos três horas; mas ir embora cedo era como proclamar que a festa não estava boa e ofender os donos da casa que, coitados, se esforçaram tanto.

Os rostos das senhoras estavam pálidos, as roupas amarfanhadas, os hálitos carregados. "Virgem Maria, que cansaço! Virgem Maria, que sono!" Acima das gravatas desalinhadas, os rostos dos homens estavam amarelos e vincados, as bocas empapadas de saliva amarga. Suas visitas a um quartinho apartado,

---

* *Referência à boa sorte, ao emblema que simboliza a Itália e ao sol que queima a Sicília e o Sul da Itália.*

no andar da galeria da orquestra, se tornavam cada vez mais frequentes: lá estavam dispostos cerca de vinte urinóis enormes, àquela hora quase todos cheios, alguns já transbordando. Sentindo que o baile estava para terminar, os criados sonolentos não trocavam mais as velas dos lampadários; os tocos curtos expandiam nos salões uma luz diferente, fumarenta, de mau agouro. Na sala do bufê, vazia, somente travessas desmanteladas e copos com um dedo de vinho que os garçons bebiam depressa, olhando ao redor. A luz da aurora se insinuava pelas frestas das esquadrias, plebeia.

A reunião ia se desagregando, e ao redor de dona Margherita um grupo já se despedia. "Magnífico! Um sonho! À moda antiga!" Tancredi penou para acordar dom Calogero, que, com a cabeça para trás, adormecera numa poltrona afastada; as calças tinham subido até os joelhos e, acima das meias de seda, se viam as extremidades de sua roupa de baixo, de fato muito camponesa. O coronel Pallavicino também estava com olheiras; mas declarava a quem quisesse ouvi-lo que não iria para casa e passaria direto do palácio Ponteleone à praça de armas; de fato, assim exigia a férrea tradição seguida por militares convidados a um baile.

Quando a família se acomodou na carruagem (o orvalho deixara as almofadas úmidas), Dom Fabrizio disse que voltaria a pé; um pouco de ar fresco lhe faria bem, tinha uma ponta de dor de cabeça. A verdade é que queria buscar um pouco de paz olhando as estrelas. Ainda havia algumas no alto, bem no zênite. Como sempre, a visão o reanimou; estavam distantes, onipotentes e ao mesmo tempo tão dóceis a seus cálculos; exatamente o contrário dos homens, sempre muito próximos, fracos e tão indomáveis.

GIUSEPPE TOMASI DI LAMPEDUSA

Nas ruas já havia certo movimento: algumas carroças com montanhas de lixo quatro vezes mais altas que o burrico cinzento que as arrastava. Uma comprida carreta descoberta levava, amontoados, os bois abatidos pouco antes no matadouro, já esquartejados, exibindo seus mecanismos mais íntimos com o despudor da morte. A intervalos, uma gota vermelha e densa caía no chão.

Por uma viela oblíqua ele entreviu a parte oriental do céu, acima do mar. Vênus estava lá, envolta em seu turbante de vapores outonais. Ela era fiel, sempre esperava Dom Fabrizio em suas saídas matutinas, em Donnafugata, antes da caça; agora, depois do baile.

Dom Fabrizio suspirou. Quando se decidiria a conceder-lhe um encontro menos efêmero, longe das carcaças e do sangue, em sua região de certeza perene?

Sétima parte
Julho de 1883

Dom Fabrizio conhecia desde sempre aquela sensação. Havia décadas sentia como se a seiva vital, a faculdade de existir, enfim, a vida e talvez até a vontade de continuar vivendo saíssem dele lenta mas continuamente, como os grãozinhos que se juntam e caem em fila um a um, sem pressa e sem trégua, pelo estreito orifício de uma ampulheta. Em alguns momentos de atividade intensa e grande concentração, esse sentimento de contínuo abandono desaparecia para reapresentar-se, impassível, à mais breve ocasião de silêncio ou introspecção, como um rumor ininterrupto no ouvido, como as batidas de um pêndulo se impõem quando todo o resto se cala — e assim nos dão a certeza de que sempre estiveram ali, vigilantes, mesmo quando não as ouvíamos.

Em todos os outros momentos, bastava-lhe um mínimo de atenção para notar o chiado dos grãos de areia se esvaindo de leve, os átimos de tempo escapando de sua vida e o abandonando para sempre; a sensação, de resto, não estava ligada a nenhum mal-estar, ao contrário, essa imperceptível perda de vitalidade era a prova, a condição, por assim dizer, da sensação vital; e para ele, habituado a perscrutar espaços exteriores ilimitados, a indagar vastíssimos abismos interiores, isso não era nada desagradável; era a percepção de um contínuo e minúsculo desmantelo da personalidade, porém associado a um vago presságio de reedificação, noutro lugar, de uma individualidade (graças a Deus) menos consciente, porém mais ampla; aqueles grãozinhos de areia não se perderiam: desapareceriam, sim, mas se acumulariam quem sabe onde para testar uma construção mais duradoura. Mas construção — refletiu — não era a palavra exata, era muito pesada; tampouco grãos de areia: eram mais como partículas de vapor aquoso que emanassem de um pântano estreito e subissem ao céu para formar grandes nuvens, leves e livres. Às vezes ele se surpreendia que o reservatório vital ainda pudesse conter algo depois de tantos anos de perdas. "Nem se fosse grande como uma pirâmide." Noutras, mais frequentes, se orgulhava de ser quase o único a perceber essa fuga incessante, enquanto à sua volta ninguém parecia sentir o mesmo; e disso extraiu motivo para desprezar os demais, assim como o velho soldado despreza o recruta que se ilude pensando que as balas a zunir ao redor são varejeiras inócuas. São coisas que, não se sabe bem por qual razão, não se confessam; deixa-se que os outros as intuam, e ninguém à volta dele jamais as intuíra, nenhuma das filhas que sonhavam um além-túmulo idêntico a esta vida, repleto de magistraturas, chefes de cozinha, conventos e relojoeiros, de tudo; nem mesmo Stella, que, devorada pela gangrena da diabetes, se agarrara mesquinhamente a essa existência de sofrimentos. Talvez apenas Tancredi, por um instante, o compreendera quando lhe dissera com sua pungente ironia: "Você, tiozão, está seduzindo a morte". Agora a sedução terminara: a beldade havia dado seu sim, a fuga estava decidida, o compartimento no trem, reservado.

Porque agora a história era outra, inteiramente diversa. Sentado numa poltrona, as pernas muito compridas envoltas num cobertor, na sacada do Hotel Trinacria, sentia que a vida saía dele em largas ondas sucessivas, com um fragor espiritual comparável ao da cascata do Reno. Era o meio-dia de uma segunda-feira do final de julho, e o mar de Palermo, compacto, oleoso, inerte, estendia-se diante dele inverossimilmente imóvel e plano como um cão que tentasse fazer-se invisível às ameaças do dono; mas o sol parado e perpendicular estava lá em cima, bem plantado sobre suas pernas alargadas, e o açoi-

GIUSEPPE TOMASI DI LAMPEDUSA

240

tava sem piedade. O silêncio era absoluto. Sob a luz altíssima, Dom Fabrizio ouvia apenas o som do interior, da vida que irrompia para longe dele.

Viera de Nápoles pela manhã, poucas horas antes; fora para lá a fim de consultar o dr. Sèmmola. Acompanhado da filha de quarenta anos, Concetta, e do neto Fabrizietto, fizera uma viagem sombria e lenta como uma cerimônia fúnebre. O vaivém do porto na partida e na chegada a Nápoles, o cheiro acre da cabine, o rumor incessante daquela cidade paranoica o haviam inundado dessa exasperação lamentosa dos muito frágeis, que os exaure e abate, que suscita a exasperação oposta dos bons cristãos que têm muitos anos de vida no alforje. Quis voltar por terra — decisão imprevidente, de que o médico tentou dissuadi-lo; mas ele insistiu, e a sombra de seu prestígio ainda era tão imponente que acabou tendo êxito; resultado: passou trinta e seis horas enfurnado numa caixa escaldante, sufocado pela fumaça dos túneis que se sucediam como sonhos febris, cegado pelo sol nos trechos descobertos e explícitos como tristes realidades, humilhado pelas centenas de favores mínimos que fora obrigado a pedir ao neto assustado; atravessavam paisagens nefastas, cordilheiras malditas, planícies maláricas e entorpecidas; aquelas paisagens da Calábria e da Basilicata que lhe pareciam bárbaras, quando de fato eram tais e quais as da Sicília. A linha ferroviária ainda não estava terminada: em seu último trecho, perto de Reggio, fazia uma longa volta por Metaponto atravessando paisagens lunares que, por escárnio, traziam os nomes atléticos e voluptuosos de Crotona e Síbaris. Depois, em Messina, após o sorriso enganador do estreito, logo desmentido pelos tórridos montes do cabo Peloro, mais uma volta, longa como uma torturante mora processual; desceram em Catânia, embarcaram rumo a Castrogiovanni; a locomotiva, que arquejava pelas encostas fabulosas, parecia prestes a sucumbir como um cavalo esforçado; e, depois de uma descida estrepitosa, chegaram a Palermo. Na estação, as máscaras de sempre dos parentes, estampando o sorriso de satisfação pelo sucesso da viagem. Aliás, foi pelo sorriso consolador das pessoas que o aguardavam, por sua falsa e mal fingida aparência alegre, que se revelou a ele o verdadeiro sentido do diagnóstico de Sèmmola, que só lhe dissera generalidades tranquilizadoras; e foi então, após ter descido do trem, ao beijar a nora sepultada em trajes de viúva, os filhos a exibir os dentes em seus sorrisos, Tancredi e seus olhos temerosos, Angelica com a seda do corpete bem repuxada pelos seios maduros, foi então que o fragor da cascata se fez ouvir.

Provavelmente desmaiou, porque não lembrava como tinha entrado no carro; viu-se ali, estendido com as pernas crispadas, apenas Tancredi a seu lado. O coche ainda não se movera, e de fora lhe chegava ao ouvido o falatório dos familiares. "Não é nada." "A viagem foi muito longa." "Com este calor, qualquer um teria desmaiado." "Ir até a vila o cansaria demais." Estava de novo perfeitamente lúcido: percebia a conversa grave entre Concetta e Francesco Paolo, a elegância de Tancredi, sua roupa em quadriculado marrom e bege, o chapéu-coco escuro; e também percebeu que, pela primeira vez, o sorriso do sobrinho não era zombeteiro, ao contrário, parecia tingido de melancólico afeto; e por causa dele teve a sensação agridoce de que o sobrinho o amava e que também sabia que ele estava acabado, já que a perpétua ironia concordara em ser varrida pela ternura. A carruagem partiu e virou à direita. "Mas aonde estamos indo, Tancredi?" A própria voz o surpreendeu, percebia nela o eco do estrondo interior. "Tiozão, vamos para o Hotel Trinacria; você está cansado, e a vila fica longe; repouse uma noite e amanhã volte para casa. Não acha uma boa ideia?" "Mas então vamos para nossa casa de praia; fica ainda mais perto." Mas isso não era possível: a casa não estava arrumada, como ele bem sabia; servia apenas para eventuais almoços com vista para o mar; ali não havia nem sequer uma cama. "No hotel você vai estar melhor, tio, com todo o conforto." Era tratado como um recém-nascido; aliás, tinha o mesmo vigor de um recém-nascido.

Um médico foi o primeiro conforto que encontrou no hotel; fora chamado às pressas, talvez no momento de sua síncope. Mas não era o dr. Cataliotti, que sempre cuidava dele, vestido de branco sob o rosto sorridente e os óculos caros de ouro; era um pobre-diabo, um médico daquele bairro acanhado, testemunha impotente de mil agonias miseráveis. No topo do redingote puído se alongava o pobre rosto emaciado, pontilhado de pelos brancos, um rosto desiludido de intelectual faminto; quando sacou do bolso o relógio sem corrente, dava para ver as manchas de zinabre que haviam rompido a douradura postiça. Ele também era um odre miserável que os solavancos da vereda haviam gasto e que sem saber vertia as últimas gotas de óleo. Tomou as batidas do pulso, prescreveu umas gotas de cânfora, mostrou os dentes cariados num sorriso que pretendia ser tranquilizador, mas que demandava piedade; e foi embora a passos abafados.

Logo chegaram as gotas da farmácia vizinha; aquilo lhe fez bem; sentiu-se um pouco menos fraco, mas o ímpeto do tempo que lhe escapava não diminuiu sua fúria.

Dom Fabrizio olhou-se no espelho do armário: reconheceu mais a própria roupa que a si mesmo; muito alto e magro, com as faces encavadas, a barba crescida de três dias; parecia um desses ingleses lunáticos que perambulam pelas gravuras dos livros de Verne que, no Natal, ele dava de presente a Fabrizietto; um Leopardo em péssima forma. Mas por que Deus não queria que se morresse com o próprio rosto? Pois com todo mundo é assim: morre-se com uma máscara na cara, até os jovens; até aquele soldado com o rosto emporcalhado; até Paolo, quando o ergueram da calçada com a face contraída e amarrotada, enquanto as pessoas perseguiam na poeira o cavalo que o derrubara. E se nele, velho, o fragor da vida em fuga era tão potente, qual não deve ter sido o tumulto daqueles reservatórios ainda cheios que se esvaziavam num instante daqueles pobres corpos jovens? Gostaria com todas as forças de contrariar aquela absurda regra da camuflagem forçada, mas sentia que não era possível, erguer a lâmina teria sido como, antigamente, erguer a própria escrivaninha. "É preciso chamar um barbeiro", disse a Francesco Paolo. Mas logo pensou: "Não, é a regra do jogo; escorchante, mas formal. Depois vão me barbear". E disse alto: "Pode deixar; mais tarde pensamos nisso". A ideia do extremo abandono do cadáver e do barbeiro debruçado sobre ele não o perturbou.

O camareiro entrou com uma pequena bacia de água morna e uma esponja, tirou-lhe o paletó e a camisa, lavou seu rosto e as mãos como se lava uma criança, como se lava um defunto. A fuligem de um dia e meio de ferrovia tornava fúnebre até a água. Sufocava-se no cômodo baixo: o calor fermentava os odores, exacerbava o bafio dos veludos empoeirados. As sombras das dezenas de baratas ali esmagadas se tornavam visíveis em seu cheiro medicamentoso; da mesinha de cabeceira, a lembrança persistente de urinas velhas e diversas turvava o quarto. Mandou abrir as venezianas: o hotel estava na sombra, mas

a luz refletida pelo mar metálico cegava; porém, melhor isso
que o fedor de prisão; pediu que levassem uma poltrona para
a sacada; apoiado no braço de alguém, arrastou-se para fora e,
transpostos aqueles poucos metros, sentou-se com a sensação
de conforto que experimentava tempos atrás ao repousar após
seis horas de caçada na montanha. "Diga a todos que me deixem
em paz; estou me sentindo melhor; quero dormir." Realmente
estava com sono, mas lhe pareceu que ceder ao torpor agora era
tão absurdo quanto comer uma fatia de torta minutos antes de
um banquete desejado. Sorriu. "Sempre fui um guloso sábio."
E deixou-se estar ali, imerso no grande silêncio exterior, no as-
sombroso fragor interno.

   Pôde girar a cabeça para a esquerda: ao lado do monte Pellegrino se via a rachadura no arco das montanhas e, mais ao
longe, as duas colinas aos pés das quais ficava sua casa; inalcançável como era, esta lhe parecia muito distante; pensou em seu
observatório, nas lunetas agora fadadas a décadas de poeira; no
pobre Padre Pirrone, que também já era pó; nos quadros dos
feudos, nos macacos da tapeçaria, no grande leito de cobre
onde sua Stelluccia morrera; em todas essas coisas que agora
lhe pareciam humildes apesar de preciosas, em todos os emaranhados de metais, tramas de fios, telas recobertas de terras e su-
mos de relva que haviam sido mantidos por ele e daqui a pouco
tombariam, inimputáveis, num limbo feito de abandono e esquecimento; o coração se contraiu, esqueceu a própria agonia
pensando no fim iminente dessas pobres coisas queridas. A fila
inerte de casas atrás dele, a barragem dos montes, as imensi-
dões flageladas pelo sol lhe impediam até de pensar claramente
em Donnafugata; parecia-lhe uma casa surgida em sonho; não
mais sua, considerava: dele agora só restava este corpo exauri-

O LEOPARDO

245

do, as placas de ardósia sob os pés, o precipício de águas tenebrosas rumo ao abismo. Estava só, um náufrago à deriva numa jangada, entregue a correntezas indomáveis.

Havia os filhos, é verdade. Os filhos. O único parecido com ele, Giovanni, não estava mais aqui. A cada dois anos enviava lembranças de Londres; não lidava mais com carvão e agora comerciava diamantes; depois que Stella morreu, chegou endereçada a ela uma breve carta e logo em seguida um pacotinho com um bracelete. Aquele, sim. Também ele havia "seduzido a morte", ou melhor, com o abandono de tudo, organizara para si aquele tanto de morte que é possível manter continuando em vida. Mas os outros... Havia também os netos: Fabrizietto, o mais jovem dos Salina, tão bonito, tão vivo, tão querido.

Tão odioso. Com sua dupla dose de sangue Màlvica, seus instintos prazerosos, seus pendores a uma elegância burguesa. Era inútil tentar convencer-se do contrário, o último Salina era ele, o gigante desaparecido que agora agonizava na sacada de um hotel. Pois o significado de uma linhagem nobre consiste inteiramente nas tradições, nas recordações vitais; e ele era o último a possuir recordações incomuns, distintas das de outras famílias. Fabrizietto teria recordações banais, idênticas às de seus colegas de ginásio, recordações de merendas econômicas, de brincadeirinhas malvadas com os professores, de cavalos adquiridos com o olho mais no preço que em suas qualidades; e o significado do nome se transformaria em pompa vazia, sempre amargurada pela ameaça de que outros pudessem sobrepujá-la. Ocorreria a caçada a um casamento rico quando isso já teria se tornado uma *routine* ordinária, e não mais uma aventura audaciosa e predatória como fora a de Tancredi. As tapeçarias de Donnafugata, os amendoais de Ragattisi, quem sabe até a fonte de Anfitrite, coisas delicadas e vagas que eram, teriam a sorte grotesca de ser metamorfoseados em terrinas de *foie gras* logo digeridas e em mulherzinhas de *Bataclan* mais efêmeras que seus batons. E dele restaria apenas a lembrança de um avô velho e colérico que se arrebentara numa tarde de julho, justo a tempo de impedir o rapaz de sair em férias para as praias de Livorno. Ele mesmo dissera que os Salina seriam sempre os Salina. Havia errado. O último era ele. Garibaldi, aquele Vulcano barbudo, no fim das contas vencera.

Do quarto ao lado, que dava para a mesma sacada, lhe chegava a voz de Concetta: "Não podia deixar de fazer isso, era preciso chamá-lo; nunca me perdoaria se não o tivéssemos chamado". Compreendeu de pronto: tratava-se do padre. Por um instante pensou recusar, mentir, dizer que estava ótimo, que não precisava de nada. Mas logo se deu conta do ridículo de suas intenções: era o Príncipe de Salina e deveria morrer como um Príncipe de Salina, com um bom padre ao lado. Concetta tinha razão. De resto, por que deveria furtar-se ao que era desejado por milhares de outros moribundos? E se calou, esperando escutar o sininho do Viático. Aquele baile dos Ponteleone: Angelica cheirava como uma flor entre seus braços. Escutou-o em seguida: a paróquia da Pietà ficava quase em frente. O som argentino e festivo subia pelas escadas, irrompia no corredor, tornou-se agudo quando a porta se abriu: precedido do gerente do hotel, um suiçozinho irritadíssimo por ter um moribundo em suas dependências, padre Balsàno, o pároco, entrou trazendo sob o cibório o Santíssimo custodiado no estojo de couro. Tancredi e Fabrizietto ergueram a poltrona e a recolocaram no quarto; os outros estavam ajoelhados. Mais com o gesto que com a voz, disse: "Saiam! Saiam!". Queria se confessar. As coisas se fazem ou não se fazem. Todos se retiraram, mas, quando precisou falar, se deu conta de que não tinha muito a dizer: recordava alguns pecados específicos, mas lhe pareciam tão mesquinhos que realmente não valia a pena ter importunado um digno sacerdote naquele dia tórrido. Não que se sentisse inocente: mas era toda a vida que era culpada, não este ou aquele fato determinado; há um só pecado verdadeiro, o pecado original; e ele não tinha mais tempo de confessá-lo. Seus olhos devem ter expressado uma perturbação que o sacerdote pode ter confundido por expressão de contrição, como de fato em certo sentido era; e foi absolvido. Seu queixo, ao que parecia, devia estar caído sobre o peito, porque o padre precisou ajoelhar-se para depositar a hóstia entre seus lábios. Então o sacerdote murmurou as sílabas imemoriais que aplainam o caminho e se retirou.

A poltrona não foi mais arrastada para a varanda. Fabrizietto e Tancredi sentaram-se a seu lado, cada um lhe segurando a mão; o rapaz o olhava fixo com a curiosidade natural de quem assiste a sua primeira agonia, e nada mais; quem morria não era um homem, mas um avô, o que é bem diferente. Tancredi apertava sua mão com força e falava, falava muito, falava com alegria: expunha projetos que o envolviam, comentava os acontecimentos políticos; era deputado, lhe haviam prometido a legação de Lisboa, conhecia muitos casos secretos e saborosos. A voz nasal e o vocabulário arguto delineavam um ornamento frívolo sobre a irrupção das águas da vida, cada vez mais fragorosa. O Príncipe estava agradecido pela conversa e lhe apertava a mão com grande esforço, mas quase imperceptível. Estava agradecido, mas não o escutava. Fazia o balanço final de sua vida, queria peneirar do imenso amontoado de cinzas da passividade as palhinhas de ouro dos momentos felizes: lá estavam.

Duas semanas antes de seu casamento, seis semanas depois; meia hora na ocasião do nascimento de Paolo, quando sentiu orgulho por ter prolongado com um pequeno ramo a árvore da casa Salina. (O orgulho era indevido, agora o sabia, mas a altivez de fato existira); algumas conversas com Giovanni antes de ele sumir, na verdade alguns monólogos durante os quais acreditara descobrir no rapaz uma alma semelhante à sua; muitas horas no observatório, concentradas na abstração dos cálculos e na busca pelo inalcançável; mas essas horas de fato podiam ser postas no ativo da vida? Não seriam talvez uma benesse antecipada das beatitudes da morte? Não importava, existiram.

Lá embaixo, na rua, entre o hotel e o mar, um realejo estacionou e começou a tocar, na ávida esperança de comover os forasteiros que não existiam naquela temporada. Mastigava *Tu che a Dio spiegasti l'ale*;[*] aquilo que restava de Dom Fabrizio pensou em quanto fel, naquele momento, se misturava a tantas agonias na Itália por essas músicas mecânicas. Com sua intuição afiada, Tancredi correu à sacada, atirou uma moeda e fez sinal para que parassem. Lá fora o silêncio tornou a se fechar; dentro, o fragor se agigantou.

Tancredi. Claro, muito do ativo se devia a ele: sua compreensão tão preciosa quanto irônica, o prazer estético de ver como se arranjava entre as dificuldades da vida, a afetuosidade brincalhona como convém que seja; depois, os cães: Fufi, a grande pug de sua infância, Tom, o barulhento poodle confidente e amigo, os olhos mansos de Svelto, o destrambelhamento delicioso de Bendicò, as patas carinhosas de Pop, o pointer que neste instan-

---

[*] *"Tu, que a Deus abriste as asas", ária do terceiro ato da ópera* Lucia de Lammermoor, *de Gaetano Donizetti.*

te o procurava sob os arbustos e as poltronas da vila e que não o encontraria mais; alguns cavalos, estes já mais distantes e indiferentes. Havia as primeiras horas de seus retornos a Donnafugata, o sentimento de tradição e perenidade expresso na pedra e na água, o tempo congelado; os disparos alegres de algumas caçadas, o massacre afetuoso dos coelhos e das perdizes, umas boas risadas com Tumeo, alguns momentos de compunção no convento entre o cheiro de mofo e compotas. Havia mais? Sim, havia; mas já eram pepitas misturadas à terra: os momentos de satisfação em que dera respostas cortantes aos tolos, o contentamento que sentira quando percebeu que, na beleza e no caráter de Concetta, se eternizava uma verdadeira Salina; alguns instantes de ardor amoroso; a surpresa ao receber a carta de Arago, que espontaneamente o congratulava pela exatidão dos cálculos complicados relativos ao cometa de Huxley. E por que não? O reconhecimento público quando recebera a medalha na Sorbonne, a sensação delicada de algumas gravatas de seda, o odor de alguns couros macerados; a aparência risonha, o aspecto voluptuoso de algumas mulheres que encontrara: aquela que entrevira ainda ontem na estação de Catânia, misturada à multidão com seu vestido de viagem marrom e as luvas de camurça, que parecia buscar seu rosto desfeito do lado de fora do compartimento embaciado. Que vozerio, a multidão. "Sanduíches recheados!" "O *Corriere dell'Isola*!" E depois o arfar do trem cansado e sem fôlego... E aquele sol atroz na chegada, os sorrisos falsos, a irrupção das cataratas...

Na sombra que subia, experimentou contar quanto tempo de fato vivera; seu cérebro já não resolvia o cálculo mais simples: três meses, vinte dias, um total de seis meses, seis vezes oito oitenta e quatro... quarenta e oito mil... % $\sqrt[3]{840.000}$... Retomou o fio. "Tenho setenta e três anos, devo mais ou menos ter vivido, realmente vivido, um total de dois... no máximo três." E as dores, o tédio, quanto havia sido? Inútil se esforçar em calcular: todo o resto, setenta anos.

Sentiu que a mão não apertava mais as do sobrinho e do neto. Tancredi ergueu-se depressa e saiu... Não era mais um rio que irrompia dele, mas um oceano tempestuoso, hirto de espumas e enormes ondas desenfreadas...

Deve ter tido outra síncope, porque de repente notou que estava deitado na cama; alguém lhe segurava o pulso; da janela o reflexo implacável do mar o cegava; no quarto se ouvia um sibilo — era seu estertor, mas não o sabia; ao redor dele havia uma pequena multidão, um grupo de pessoas estranhas que o miravam fixamente com uma expressão amedrontada; aos poucos os reconheceu: Tancredi, Concetta, Angelica, Francesco Paolo, Carolina, Fabrizietto; quem lhe segurava o pulso era o dr. Cataliotti; pensou que sorrira para ele a fim de lhe dar as boas-vindas, mas ninguém pôde notar; todos, exceto Concetta, choravam; até Tancredi, que dizia: "Tio, tiozão querido!".

Em meio ao grupo, de repente uma jovem senhora avançou: esguia, com um vestido de viagem marrom em ampla *tournure*, um chapéu de palha ornado por um véu com *pois* que não chegava a esconder a graça encantadora do rosto. Insinuava uma pequena mão enluvada de camurça entre um e outro cotovelo dos chorosos, pedia licença, se avizinhava. Era ela, a criatura ansiada desde sempre que vinha buscá-lo: estranho que, mesmo tão jovem, tivesse se rendido a ele; a hora da partida do trem devia estar próxima. Face a face com ele, ergueu o véu e assim, cheia de pudor, mas pronta a ser possuída, pareceu-lhe mais bela do que a vislumbrara nos espaços estelares.

O estrondo do mar se aplacou de todo.

Oitava parte
Maio de 1910

Quem ia visitar as velhas srtas. Salina quase sempre encontrava pelo menos um chapéu de padre nas cadeiras da antessala. Elas eram três; lutas secretas pela hegemonia doméstica as haviam dilacerado, e cada uma delas — de caráter forte a seu modo — fazia questão de um confessor particular. Como ainda era costume no ano de 1910, as confissões ocorriam em casa, e os escrúpulos das penitentes exigiam que fossem habituais. Àquele pequeno pelotão de confessores devia-se acrescentar o capelão que todas as manhãs vinha celebrar a missa na capela privada, o Jesuíta que assumira a direção espiritual da casa, os monges e padres que vinham recolher prodigalidades para esta ou aquela paróquia ou obra pia; e logo se compreenderá como o vaivém de sacerdotes era incessante e por que a antessala de vila Salina quase sempre lembrava uma daquelas lojas romanas em torno da piazza Minerva, que expõem na vitrine todo tipo de chapéu eclesiástico imaginável, dos cor de fogo dos cardeais aos cor de tição dos curas rurais.

Naquela tarde de maio de 1910, a concentração de chapéus era sem precedentes. A presença do Vigário-Geral da Arquidiocese era atestada por seu amplo chapéu em fino castor, de uma deliciosa coloração "fúcsia", pousado numa cadeira apartada, com apenas uma luva ao lado, a da mão direita, em seda trançada na mesma cor suave; a de seu secretário, por um de veludo negro cuja copa era circundada por um estreito cordão violeta; a de dois padres jesuítas, por seus chapéus humildes em feltro escuro, símbolos de reserva e modéstia. O chapéu do capelão jazia numa cadeira isolada, como convém ao de pessoa submetida a investigação.

De fato, o agrupamento daquele dia não era algo irrelevante. Executando disposições pontifícias, o cardeal-arcebispo iniciara uma inspeção nos oratórios particulares da Arquidiocese com o objetivo de assegurar-se dos méritos das pessoas que dispunham de autorização para ali realizar ofícios, bem como da conformidade das instalações e do culto aos cânones da Igreja, além da autenticidade das relíquias veneradas. A capela particular das srtas. Salina era a mais conhecida da cidade e uma das primeiras que Sua Eminência se propusera a visitar; e era justamente para os preparativos desse acontecimento, marcado para a manhã do dia seguinte, que Monsenhor Vigário se dirigira à vila Salina. À Cúria Arquiepiscopal haviam chegado, insinuadas por sabe-se lá quais filtros, rumores embaraçosos a respeito daquela capela; decerto não quanto aos méritos das proprietárias e a seu direito de cumprir na própria casa os deveres religiosos; tudo isso estava fora de discussão, nem se punha em dúvida a regularidade e a continuidade do culto, aspectos que eram quase irretocáveis, caso não se levasse em conta uma excessiva relutância — aliás, compreensível — das srtas. Salina em franquear os ritos sagrados a pessoas estranhas ao círculo familiar mais íntimo. A atenção do Cardeal fora atraída por uma imagem venerada na capela e pelas relíquias, pelas dezenas de relíquias expostas: a autenticidade delas fora o alvo dos falatórios mais inquietantes, e era preciso que sua veracidade fosse comprovada. O capelão, que de resto era um religioso de boa cultura e de futuro bastante promissor, fora admoestado com energia por não ter alertado suficientemente as velhas senhoritas: ele recebera, se é lícito exprimir-se assim, "um sabão de tonsura".

A reunião transcorria no salão central da vila, o dos macacos e papagaios. Num sofá estofado de tecido azul com filetes vermelhos adquirido trinta anos antes, que destoava completamente das tintas evanescentes da preciosa tapeçaria, sentava-se a srta. Concetta, tendo o Monsenhor Vigário à direita; duas poltronas do mesmo tipo, cada uma ao lado de uma ponta do sofá, acolhiam a srta. Carolina e um dos Jesuítas, padre Corti, ao passo que a srta. Caterina, que tinha as pernas paralisadas, estava numa cadeira de rodas; os outros sacerdotes se contentavam com as cadeiras estofadas com a mesma seda da tapeçaria, que a todos pareciam inferiores às invejadas poltronas.

As três irmãs estavam pouco além ou aquém dos setenta anos, e Concetta não era a mais velha; mas, tendo a mencionada luta pela hegemonia se encerrado havia tempos com a *debellatio* das adversárias, ninguém jamais teria cogitado contestar seu posto de dona da casa. De sua figura ainda emergiam vestígios de uma beleza passada: gorda e imponente nos trajes austeros de tafetá negro, ela penteava os cabelos muito brancos num coque, de modo a descobrir a testa quase incólume; essa apresentação, aliada aos olhos desdenhosos e a uma contração irritadiça acima do nariz, conferia-lhe um aspecto autoritário e quase imperial — a tal ponto que um de seus sobrinhos, após ter visto o retrato de uma tsarina ilustre não se sabe mais em que livro, a chamava na intimidade de *La Grande Catherine*, apelido inconveniente que, de resto, a total pureza de vida de Concetta e a absoluta ignorância do sobrinho em matéria de história russa tornavam no fim das contas inocente.

A conversa se estendia por uma hora, o café já fora servido, começava a ficar tarde; Monsenhor Vigário reassumiu sua pauta: "Sua Eminência deseja paternalmente que o culto celebrado em particular seja conforme aos mais puros ritos da Santa Madre Igreja, e é por isso que seu zelo pastoral se dirige à sua capela dentre as primeiras, porque ele sabe quanto sua casa resplandece, farol de luz, sobre o laicato palermitano e deseja que, da irrepreensibilidade dos objetos venerados, emane maior edificação para as senhoritas e todas as almas religiosas".

Concetta se manteve calada, mas Carolina, a irmã mais velha, acabou explodindo: "Então agora devemos nos apresentar aos nossos conhecidos como suspeitas; desculpe, Monsenhor, mas essa história de inspeção em nossa capela é algo que nem deveria ter passado pela cabeça de Sua Eminência".

Monsenhor sorria, divertido: "A senhorita não imagina quanto sua emoção parece grata a meus olhos: ela é a expressão da fé ingênua, absoluta, muito apreciada pela Igreja e com certeza por Jesus Cristo Nosso Senhor; e é apenas para que essa fé floresça ainda mais, e seja purificada, que o Santo Padre recomendou tais verificações, as quais, aliás, têm sido levadas a cabo há alguns meses em todo o orbe católico".

A referência ao Santo Padre, a bem da verdade, não fora nada oportuna. Com efeito, Carolina fazia parte daquelas legiões de católicos que estão convencidos de possuir as verdades religiosas mais a fundo que o papa; e certas inovações moderadas de Pio X, em especial a abolição de alguns dias festivos secundários, já tinham conseguido exasperá-la. "Este papa deveria cuidar da vida dele, seria bem melhor." Depois, como lhe surgiu a suspeita de ter se excedido, persignou-se e murmurou um *Gloria Patri.*

Concetta interveio: "Não se deixe arrebatar a ponto de dizer coisas que você não pensa, Carolina. Que impressão o Monsenhor aqui presente levará de nós?".

A bem da verdade, o sacerdote sorria mais que nunca; apenas pensava se encontrar diante de uma menina envelhecida na estreiteza de ideias e nas práticas sem luz. E, benevolente, condescendia.

"O Monsenhor pensa que se vê diante de três santas mulheres", falou. Padre Corti, o Jesuíta, quis abrandar a tensão. "Eu, Monsenhor, sou dos que mais podem confirmar suas palavras.

Padre Pirrone, cuja memória é venerada por quantos o conheceram, muitas vezes me contava, quando eu era noviço, sobre o santo ambiente em que as senhoritas foram criadas; de resto, o nome de Salina bastaria para afiançar tudo."

Monsenhor desejava passar a fatos mais concretos: "Infelizmente, srta. Concetta, agora que está tudo esclarecido, se me permitem, eu gostaria de fazer uma visita à capela a fim de preparar Sua Eminência para as maravilhas de fé que encontrará amanhã".

Nos tempos do Príncipe Fabrizio não havia capela na vila: a família ia à igreja nos dias de festa, e até Padre Pirrone, para celebrar sua missa, devia percorrer um trecho de estrada todas as manhãs. Porém, depois da morte de Dom Fabrizio, quando, por várias complicações de herança que seria enfadonho narrar, a vila tornou-se propriedade exclusiva das três irmãs, elas logo pensaram em erguer um oratório próprio. Escolheram um salão um pouco afastado que, com suas meias colunas de falso mármore encastradas nas paredes, evocava uma tênue lembrança da basílica romana; do centro do teto raspou-se uma pintura inconvenientemente mitológica, enfeitou-se um altar. E pronto.

Quando Monsenhor entrou, a capela estava iluminada pelo sol da tarde que se punha; e, acima do altar, o quadro veneradíssimo das senhoritas se encontrava banhado de luz: era uma pintura no estilo de Cremona e representava uma jovenzinha frágil, muito aprazível, os olhos voltados para o céu, os cabelos castanhos e macios espalhados em gracioso desalinho sobre os ombros seminus; na mão direita, ela segurava uma carta amarrotada; a expressão era de espera ansiosa, não dissociada de cer

O LEOPARDO

257

ta alegria que brilhava em seus olhos cândidos; ao fundo verdejava uma amena paisagem lombarda. Nada de Menino Jesus, coroas, serpentes, estrelas, enfim, nenhum daqueles símbolos que costumam acompanhar a imagem de Maria; o pintor deve ter achado que a expressão virginal fosse suficiente para dá-la a conhecer. Monsenhor se aproximou, subiu um dos degraus do altar e, sem se persignar, ficou examinando o quadro por alguns minutos, expressando uma admiração sorridente, como se fosse um crítico de arte. Atrás dele, as irmãs faziam o sinal da cruz e murmuravam *Ave-Marias*.

Então o prelado desceu o degrau e se voltou. "Uma bela pintura", disse, "muito expressiva."

"Uma imagem milagrosa, Monsenhor, miraculosíssima", explicou Caterina, a pobre enferma, espichando-se em seu instrumento de tortura ambulante. "Quantos milagres já fez!" Carolina reforçava: "Representa Nossa Senhora da Carta. A Virgem está prestes a entregar a Santa Missiva e invoca do Filho Divino a proteção ao povo de Messina; proteção que foi gloriosamente concedida, como se viu pelos muitos milagres ocorridos por ocasião do terremoto de dois anos atrás".

"Bela pintura, senhorita: seja lá o que represente, é um belo quadro, e isso deve ser levado em conta." Depois se voltou para as relíquias: havia ali setenta e quatro delas, que cobriam por completo os dois trechos de parede ao lado do altar; cada uma era contornada por uma moldura que continha ainda uma cártula com a indicação sobre o que era e um número referente à documentação de autenticidade. Os documentos em si, vários deles volumosos e repletos de carimbos, estavam dentro de uma caixa recoberta de damasco que ficava num canto. Havia molduras de prata trabalhada e lisa, molduras de cobre e coral, molduras de tartaruga; havia umas de filigrana, outras de madeiras raras, buxo, veludo vermelho e veludo azul; grandes e minúsculas, octogonais, quadradas, redondas, ovais; molduras que valiam um patrimônio e molduras compradas nos magazines Bocconi; todas amalgamadas por aquelas almas devotas, a exaltar sua religiosa missão de guardiãs dos tesouros sobrenaturais.

Carolina fora a verdadeira criadora dessa coleção: fora ela quem descobrira dona Rosa, uma velha muito gorda, meio freira, que mantinha relações frutíferas em todas as igrejas, todos os conventos e todas as obras pias de Palermo e arredores. Essa dona Rosa levou à vila Salina, a cada dois meses, uma relíquia de santo embrulhada em papel de seda. Conseguira — afirmava — arrancá-la de uma paróquia desprovida ou de uma família em decadência. Se não se mencionava o nome do vendedor, era apenas por motivo de uma compreensível e elogiável discrição; de resto, as provas de autenticidade que ela trazia e consignava sempre estavam ali, claras como o sol, escritas em latim ou em caracteres misteriosos, tidos por grego ou siríaco. Concetta, a administradora e tesoureira, pagava. Depois procuravam e adaptavam as molduras. E de novo a impassível Concetta pagava. Houve um momento — isso durou uns dois anos — em que a ânsia colecionista até perturbou o sono de Carolina e Caterina: de manhã, contavam uma à outra seus sonhos de descobertas milagrosas e esperavam que eles se realizassem, como às vezes ocorria depois que eram confidenciados a dona Rosa. O que Concetta sonhava, ninguém sabia. Então dona Rosa morreu e o afluxo de relíquias cessou quase de todo; por outro lado, elas já estavam razoavelmente saciadas.

Monsenhor olhou com certa pressa algumas das molduras expostas. "Tesouros", dizia, "tesouros; que beleza de molduras."

Depois, congratulando-as pelas lindas alfaias (falou assim mesmo, dantescamente) e prometendo retornar no dia seguinte com Sua Eminência ("sim, às nove em ponto"), ajoelhou-se e persignou-se voltado para uma modesta Madona de Pompeia pendurada numa parede lateral, e saiu da capela. Logo as cadeiras ficaram viúvas de chapéus, e os eclesiásticos subiram nas carruagens do Arquiepiscopado que, com seus cavalos murzelos, estavam aguardando no pátio.

Monsenhor quis ter na própria carruagem a companhia do capelão, padre Titta, que ficou muito reconfortado com essa distinção. Os veículos se moveram, e Monsenhor se mantinha calado; margearam a rica vila Falconeri, com a buganvília florida derramando-se para além do muro do jardim esplendidamente cuidado; quando chegaram à descida que levava a Palermo, entre os laranjais, Monsenhor falou. "Então o senhor, padre Titta, teve coragem de celebrar por anos a fio o Santo Sacrifício diante do quadro daquela jovem? Daquela jovem que marcou um encontro e espera o namorado? Não venha me dizer que o senhor também acreditava que fosse uma imagem sacra." "Monsenhor, sou culpado, eu sei. Mas não é fácil enfrentar as srtas. Salina, a srta. Carolina. O senhor não sabe o que é isso." Monsenhor estremeceu com a lembrança. "Meu filho, você tocou a chaga com o dedo; e isso será levado em consideração."

Carolina foi desafogar sua ira numa carta a Chiara, a irmã casada em Nápoles; Caterina, cansada da conversa longa e penosa, foi acomodada na cama; Concetta voltou sozinha para o quarto. Era um desses aposentos (numerosos a tal ponto que vem a tentação de dizer que são todos assim) que têm duas faces: uma, mascarada, que exibem ao visitante ignaro; a outra, nua, que se revela apenas a quem está a par das coisas, sobretudo a seus donos, apresentando-se em sua essência esquálida. O quarto era ensolarado e dava para o fundo do jardim; num canto, uma cama alta com quatro travesseiros (Concetta sofria do coração e precisava dormir quase sentada); nenhum tapete, mas um belo assoalho branco com intrincados filetes amarelos, um cofre precioso com dezenas de gavetinhas recobertas de *pietra dura* e estuque; a escrivaninha, a mesa central e todo o mobiliário eram de um brilhante estilo neoclássico de fatura campestre, com figuras de caçadores, cães e caças que se agitavam ambarinas contra o fundo de jacarandá — uma decoração que Concetta já considerava antiquada e até de péssimo gosto e que, vendida no leilão que se seguiu à sua morte, hoje constitui o orgulho de um abastado despachante aduaneiro quando "sua senhora" oferece um coquetel às amigas invejosas. Nas paredes, retratos, aquarelas, imagens sacras; tudo limpo e em ordem. Apenas dois itens talvez pudessem parecer insólitos: no canto oposto à cama, uma pilha de quatro caixas enormes de madeira pintadas de verde, cada uma com um cadeado grosso; e, diante delas, no chão, um montinho de pelo maltratado. Ao visitante ingênuo o aposento teria, se tanto, arrancado um sorriso, tão claramente se revelavam ali a bonomia e o zelo de uma velha solteirona.

Quem conhecesse os fatos, sabia que para Concetta ele era um inferno de memórias mumificadas. As quatro caixas verdes continham dúzias de camisas para o dia e para a noite, penhoares, fronhas, lençóis subdivididos com cuidado em "bons" e "cotidianos": o enxoval de Concetta, confeccionado em vão cinquenta anos atrás; aqueles ferrolhos nunca eram abertos por medo de que de lá saíssem demônios inconvenientes, e sob a

ubíqua umidade palermitana as coisas iam amarelando, se des-
fazendo, inutilizadas para sempre e para qualquer um. Os retratos eram de mortos não mais amados, fotografias de amigos que
em vida infligiram feridas e que só por isso não eram esquecidos em morte; as aquarelas mostravam casas e lugares na maior
parte vendidos, aliás, pessimamente negociados por sobrinhos
perdulários; os santos na parede eram como fantasmas temidos,
mas nos quais no fundo já não se acredita; e, caso se observasse
bem o amontoado de pelo carcomido, era possível distinguir
duas orelhas eriçadas, um focinho de madeira preta, dois olhos
atônitos de vidro amarelo: era Bendicò, morto quarenta e cinco
anos atrás, embalsamado havia quarenta e cinco anos, ninho de
teias e de traças, detestado pelo pessoal da limpeza que havia
décadas pedia que fosse jogado no lixo; mas Concetta sempre
se opunha, não queria se desfazer da única lembrança de seu
passado que não lhe despertava sensações penosas.

Mas as sensações penosas de hoje (a certa idade, cada dia
apresenta a própria pena com pontualidade) se referiam todas ao
presente. Bem menos fervorosa que Carolina, bem mais sensível
que Caterina, Concetta compreendera o significado da visita de
Monsenhor Vigário e previa suas consequências: a ordem para
desfazerem-se de todas — ou quase — as relíquias; a substituição
do quadro sobre o altar; a eventual necessidade de reconsagrar a
capela. Ela acreditara bem pouco na autenticidade daquelas relíquias e pagara por elas com a alma indiferente de um pai que salda
a conta de brinquedos que a ele mesmo não interessam, mas que
servirão para deixar as crianças tranquilas; a remoção daqueles
objetos lhe era indiferente; o que a machucava, o que constituía a
aflição daquele dia era a triste figura que a casa Salina agora faria
diante das autoridades eclesiásticas e, logo mais, diante de toda a

cidade; a discrição da Igreja era o que de melhor se podia encontrar na Sicília, mas isso ainda não significava muito — dali a um mês, dali a dois, tudo se espalharia como tudo se espalhava naquela ilha que, em vez da Trinacria,* deveria ter como seu símbolo a siracusana Orelha de Dionísio,** que faz reboar o mais leve suspiro num raio de cinquenta metros. E ela prezava a estima da Igreja. O prestígio do nome em si aos poucos se apagara. O patrimônio, dividido e redividido, na melhor das hipóteses equivalia ao de tantas outras casas inferiores e era muito menor que o de alguns industriais opulentos; mas na Igreja, em suas relações com ela, os Salina haviam mantido a primazia; era preciso ver como Sua Eminência recebia as três irmãs quando iam visitá-lo no Natal! Mas e agora?

Uma camareira entrou. "Excelência, a Princesa está chegando. O automóvel está no pátio." Concetta se levantou, ajeitou os cabelos, jogou nos ombros um xale de renda preta, reassumiu o ar imperial e chegou à antessala, enquanto Angelica subia os últimos degraus da escadaria externa. Sofria de varizes, e suas pernas, que sempre tinham sido um pouco curtas, agora mal a sustentavam, e ela precisava se apoiar no braço de seu criado, cujo longo casaco preto varria os degraus na subida. "Concetta, querida!" "Minha Angelica! Há quanto tempo não nos vemos!" Desde a última visita haviam transcorrido exatos cinco dias, mas a intimidade entre as duas primas (intimidade por

*Antigo nome da Sicília e seu símbolo por excelência, tem a forma de uma cabeça de Górgona de onde despontam três pernas. Hoje está presente na bandeira siciliana.
**Gruta artificial hoje pertencente ao sítio arqueológico de Siracusa, cuja acústica é notável. Teria sido usada como prisão pelo tirano Dionísio.

vizinhança e sentimentos semelhante àquela que, poucos anos depois, se estabeleceria entre italianos e austríacos em suas trincheiras contíguas) era uma intimidade tal que cinco dias podiam realmente parecer muito tempo.

Em Angelica, que já estava perto dos setenta, ainda se percebiam muitos vestígios de beleza; a doença que três anos depois a transformaria numa larva miserável já estava em ato, mas ainda à espreita nas profundezas de seu sangue; os olhos verdes eram os mesmos de antigamente, os anos os tinham apenas embaçado de leve, e as rugas do pescoço se escondiam nos macios laços pretos da capa que ela, viúva havia três anos, usava com uma coqueteria que podia parecer nostálgica. "Você tem razão", dizia a Concetta enquanto se dirigiam de braços dados a uma sala, "você tem razão, mas com essas festas iminentes pelo cinquentenário dos Mil* não se tem mais paz. Imagine que três dias atrás me comunicaram que eu seria convidada a fazer parte do Comitê de honra; uma homenagem à memória do nosso Tancredi, claro, mas quanto trabalho para mim! Pensar em alojar os sobreviventes que virão de todas as partes da Itália, distribuir os convidados entre as tribunas sem ofender ninguém; tentar obter a adesão de todos os prefeitos da ilha. A propósito, querida, o Prefeito de Salina é um partidário da Igreja** e se recusou a participar do desfile; então pensei na mesma hora em seu sobrinho, Fabrizio; ele veio me visitar e vapt!, o agarrei; não pôde me dizer não, e assim, no final do mês, nós o veremos desfilar de

---

*Os "Mil" que desembarcaram na Sicília com Garibaldi.
**O Vaticano se opôs à unificação do Estado Italiano e só o reconheceu oficialmente em 1929, depois do Tratado de Latrão e do estabelecimento da autonomia da Santa Sé no Estado Vaticano.

balandrau pela via Libertà diante de um belo cartaz escrito 'Salina' em letras garrafais. Não acha que foi uma bela jogada? Um Salina vai prestar homenagem a Garibaldi, será a fusão da velha e da nova Sicília. Pensei também em você, querida: aqui está seu convite para a tribuna de honra, logo à direita da tribuna real." E tirou da bolsinha parisiense um cartão vermelho-garibaldino, de cor idêntica à faixa de seda que por algum tempo Tancredi usara acima do colarinho. "Carolina e Catarina não vão gostar", continuou falando de modo imperioso, "mas eu só dispunha de um lugar; de resto, você tem mais direito que elas, era a prima preferida do nosso Tancredi."

Falava muito e falava bem; quarenta anos de vida em comum com Tancredi, de coabitação tempestuosa e interrompida, mas longa o bastante, tinham apagado havia tempos os últimos rastros do sotaque e das maneiras de Donnafugata; ela se mimetizara a tal ponto que fazia, entrelaçando e torcendo as mãos, aquele movimento elegante que era uma das características de Tancredi. Lia muito e, na mesa de sua sala, os livros mais recentes de France e Bourget se alternavam aos de D'Annunzio e Serao; e, nos salões palermitanos, passava por especialista na arquitetura dos castelos franceses do Loire, sobre os quais discorria frequentemente com exaltação imprecisa, contrapondo — talvez de modo inconsciente — a serenidade renascentista deles à inquietação barroca do palácio de Donnafugata, pelo qual nutria uma aversão inexplicável para quem não tivesse conhecido sua infância humilde e descuidada.

"Mas que cabeça a minha, querida! Ia me esquecendo de lhe dizer que daqui a pouco o senador Tassoni vai chegar; é meu hóspede na vila Falconeri e deseja conhecer você: era um grande amigo do pobre Tancredi, um companheiro de armas, e parece que ouviu falar de você por meio dele. Nosso querido Tancredi!" O lenço com a fina borda preta despontou da bolsa, e ela enxugou as lágrimas dos olhos ainda bonitos.

Concetta sempre intercalava alguma frase no zumbido contínuo da voz de Angelica; porém, ao ouvir o nome de Tassoni, se calou. Revia a cena, muito remota mas clara, como algo que se vislumbra numa luneta invertida: a grande mesa branca circundada por todos aqueles mortos; ao lado dela, Tancredi, agora também desaparecido, como aliás ela mesma, de fato, já estava morta; o relato brutal, o riso histérico de Angelica, suas próprias lágrimas não menos histéricas. Aquele havia sido o ponto de virada de sua vida; o caminho tomado ali a conduzira até aqui, até esse deserto que não era habitado nem pelo amor, extinto, nem pelo rancor, apagado.

"Fiquei sabendo dos aborrecimentos que você teve com a Cúria. Como eles são maçantes! Mas por que não me disse antes? Eu poderia ter feito alguma coisa: o Cardeal tem consideração por mim, tenho medo de que agora seja tarde demais. Mas vou trabalhar nos bastidores. De resto, não vai ser nada."

O senador Tassoni, que chegou em seguida, era um velhinho muito elegante e lépido. Sua fortuna, grande e crescente, fora conquistada por meio de competições e lutas; o que em vez de enfraquecê-lo, o mantivera num estado de vigor permanente, que agora superava os anos e o mantinha aceso. Em seus poucos meses de serviço no Exército Meridional de Garibaldi adquirira um porte marcial destinado a não se apagar mais; unido à cortesia, isso formara um filtro que antes lhe garantira muitos sucessos e, agora, misturado ao número de suas ações, servia-lhe sobejamente para aterrorizar os Conselhos de Administração bancários e algodoeiros; meia Itália e grande parte dos países balcânicos cerziam os próprios botões com as linhas da empresa Tassoni & Cia.

"Senhorita", ia dizendo a Concetta enquanto se sentava ao lado dela num banquinho baixo, adequado a um pajem e escolhido justo por isso, "senhorita, agora se realiza um sonho da minha juventude mais distante. Quantas vezes nas noites geladas de bivaque no Volturno, ou em torno das ameias de Gaeta assediada, quantas vezes nosso inesquecível Tancredi me falou da sua pessoa; eu tinha a impressão de conhecê-la, de ter frequentado esta casa entre cujos muros transcorreu sua juventude indômita; estou feliz de poder, embora com tanto atraso, prestar minha homenagem aos pés de quem foi a consoladora de um dos mais puros heróis da nossa Redenção!"

Concetta era pouco acostumada a conversas com pessoas que não conhecesse desde a infância; era também pouco dada a leituras; portanto, não tivera meios de imunizar-se contra a retórica, ao contrário, sentia seu fascínio a ponto de sucumbir a ela. Comoveu-se com as palavras do senador: esqueceu-se do cinquentenário episódio guerreiro, não viu mais em Tassoni o violador de conventos, o zombador de pobres freiras assustadas, mas um idoso, um amigo sincero de Tancredi que falava dele com afeto, e que levava até ela, sombra, uma mensagem do morto transmitida através daqueles pântanos do tempo que os desaparecidos tão raramente podem vadear. "E o que é que meu primo falava de mim?", perguntou a meia-voz, com uma timidez que fazia reviver a jovem de dezoito anos naquele amontoado de seda preta e cabelos brancos.

"Ah, muitas coisas! Falava quase como falava de dona Angelica: esta era para ele o amor; já a senhorita era a imagem da adolescência suave, daquela adolescência que para nós, soldados, passa tão depressa."

Mais uma vez o gelo contraiu o velho coração; e Tassoni já erguia a voz, dirigindo-se a Angelica: "Lembra-se, princesa, do que ele nos disse em Viena dez anos atrás?". Voltou-se de novo a Concetta para explicar. "Eu tinha ido lá com a delegação italiana para o tratado de comércio; Tancredi me hospedou na embaixada com seu grande coração de amigo e camarada, sua afabilidade de grande cavalheiro. Talvez reencontrar um companheiro de armas naquela cidade hostil o tenha comovido, e quantas coisas do passado nos contou então! Numa coxia da Ópera, entre um ato e outro do *Don Giovanni*, confessou com sua ironia incomparável um pecado, um pecado imperdoável, como ele dizia, cometido contra a senhorita; sim, contra a senhorita." Interrompeu-se um instante para dar tempo de preparar a surpresa. "Imagine que nos contou como certa noite, durante um jantar em Donnafugata, permitiu-se inventar uma lorota e contá-la à senhorita; uma lorota soldadesca, referente aos combates em Palermo, da qual até eu participava; e que a senhorita acreditou na história e acabou se ofendendo, porque o episódio narrado era um tanto picante para os costumes de cinquenta anos atrás. A senhorita então o repreendeu. 'Era tão adorável', dizia ele, 'enquanto me fixava seus olhos coléricos, e os lábios intumesciam graciosamente de raiva, como os de um filhote; era tão adorável que, se eu não tivesse me contido, a teria abraçado ali mesmo, diante de vinte pessoas e do meu terrível tiozão'. A senhorita deve ter esquecido o episódio, mas Tancredi se recordava muito bem, tão grande era a delicadeza do seu coração; também se recordava do malfeito porque o havia cometido justo no dia em que encontrara dona Angelica pela primeira vez." E acenou para a princesa com um desses gestos de homenagem, executado com a mão direita declinante no ar, cuja tradição goldoniana se conserva apenas entre os senadores do Reino.

A conversa prosseguiu por algum tempo, mas não se pode dizer que dela Concetta tivesse participado muito. A revelação repentina penetrou em sua mente com lentidão, mas a princípio não a fez sofrer demasiado. Porém, quando as visitas se despediram e foram embora, e ela se viu só, começou a perceber com mais clareza e então a sofrer mais. Os fantasmas do passado tinham sido exorcizados havia anos; é lógico que se encontravam ocultos em tudo, e eram eles que conferiam amargor à comida, e tédio às companhias; mas seu verdadeiro rosto não se mostrava fazia muito tempo; agora saltava para fora envolto na comicidade fúnebre dos problemas irreparáveis. Decerto seria absurdo dizer que Concetta ainda amasse Tancredi; a eternidade amorosa dura poucos anos, não cinquenta; mas, assim como uma pessoa curada de uma varíola que a acometeu cinquenta anos antes ainda traz suas marcas no rosto, embora possa ter esquecido o tormento do mal, ela trazia em sua vida atual, oprimida, as cicatrizes de uma desilusão já quase histórica, aliás, histórica a ponto de celebrar oficialmente seu meio século. Mas até hoje, quando raras vezes ela repensava o que acontecera em Donnafugata naquele distante verão, sentia-se amparada por um senso de martírio sofrido, de erro cometido contra si; pela animosidade em relação ao pai, que a sacrificara; por um sentimento devastador diante do outro morto — esses sentimentos derivados, que haviam constituído o esqueleto de seu modo de pensar, também se desfaziam; não houvera inimigos, mas uma só adversária, ela mesma; seu futuro tinha sido destruído por sua própria imprudência, pelo ímpeto raivoso dos Salina; agora, justo no momento em que depois de décadas as recordações voltavam a ganhar vida, lhe faltava a consolação de poder atribuir sua infelicidade aos outros, consolação que é o último filtro enganoso dos desesperados.

Se as coisas ocorreram como Tassoni havia dito, as longas horas passadas em saborosa degustação de ódio diante do retrato do pai, o fato de ter ocultado qualquer fotografia de Tancredi para não ser forçada a odiá-lo também, tudo tinha sido uma estupidez; pior, uma injustiça cruel; e sofreu quando lhe voltou à mente o tom caloroso, o tom suplicante de Tancredi enquanto pedia ao tio que o deixasse entrar no convento; foram palavras de amor dirigidas a ela, palavras incompreendidas, afugentadas pelo orgulho que, diante de sua aspereza, bateram em retirada com o rabo entre as pernas feito um cachorrinho castigado. Do fundo atemporal do ser, uma dor atroz subiu e a manchou por inteiro diante daquela revelação da verdade.

Mas seria esta, de fato, a verdade? Em nenhum lugar como na Sicília a verdade tem vida tão breve: o fato ocorreu há cinco minutos, e já seu núcleo genuíno sumiu, camuflado, embelezado, desfigurado, oprimido, aniquilado pela fantasia e pelos interesses; o pudor, o medo, a generosidade, o mau humor, o oportunismo, a caridade, todas as paixões, tanto as boas quanto as más, se precipitam sobre o fato e o fazem em pedaços; num instante ele desaparece. E a pobre Concetta queria encontrar a verdade de sentimentos não expressos, mas apenas entrevistos meio século atrás! A verdade não existia mais; sua precariedade fora substituída pela irrefutabilidade da pena.

Enquanto isso, Angelica e Tassoni percorriam o breve trajeto até a vila Falconeri. Tassoni estava preocupado. "Angelica", disse (tivera com ela uma breve relação galante trinta anos atrás e conservava aquela insubstituível intimidade conferida por poucas horas passadas entre os mesmos lençóis), "temo, de algum modo, ter magoado sua prima; notou como estava silenciosa no final da visita? Seria uma pena, é uma senhora adorável." "Também acho, Vittorio", disse Angelica, exasperada por um ciúme dúplice, mas espectral. "Ela era loucamente apaixonada por Tancredi, mas ele nunca deu bola para ela." E assim uma nova pá de terra veio cair sobre o túmulo da verdade.

O Cardeal de Palermo era de fato um santo homem; e agora que há muito tempo não existe mais, permanecem vivas as lembranças de sua caridade e fé. Porém, quando vivo, as coisas eram diferentes: ele não era siciliano, não era sequer do Sul nem romano e, assim, sua atividade de homem do Norte se esforçara muitos anos antes em fazer fermentar a massa pesada e inerte da espiritualidade siciliana em geral, e do clero em particular. Auxiliado por dois ou três secretários de sua região, nos primeiros anos se iludira de que seria possível extirpar abusos e desimpedir o terreno das mais flagrantes pedras de entrave. Logo teve de admitir que era como dar tiros em algodão: o pequeno furo produzido era rapidamente recoberto por milhares de fibrilas cúmplices, e tudo continuava como antes, mas com o custo da pólvora, a deterioração do material e o ridículo do esforço inútil. Como ocorria com todos os que, naqueles tempos, queriam melhorar alguma coisa, não importa o quê, no caráter siciliano, logo se formou a seu respeito a opinião de que era um palerma (o que, nas condições ambientais, era exato) e precisava se contentar em realizar obras de caridade passivas que, além de tudo, diminuíam ainda mais sua popula-

ridade caso elas demandassem dos beneficiados o mais mínimo esforço, como, por exemplo, ir ao Palácio Arquiepiscopal
para receber os auxílios.

O velho prelado que na manhã de 14 de maio se dirigiu à vila
Salina era, pois, um homem bom mas desiludido, que acabara
assumindo perante seus diocesanos uma atitude de misericórdia desdenhosa (às vezes, no fim das contas, injusta); tal comportamento o levava a adotar maneiras ásperas e cortantes que
cada vez mais o arrastavam no charco ao desafeto.

As três irmãs Salina, como sabemos, estavam profundamente ofendidas pela inspeção em sua capela; mas, almas infantis e, de resto, femininas que eram, também antegozavam
satisfações colaterais, mas inegáveis: receber um Príncipe da
Igreja em casa, poder mostrar-lhe o fausto da casa Salina que
elas, de boa-fé, ainda acreditavam intacto, e sobretudo poder
ver por meia hora, circulando por sua casa, uma espécie de
suntuoso e volátil vermelho, poder admirar os tons variados e
harmônicos de suas diversas púrpuras e a ondulação das sedas
pesadas. Mas as pobres coitadas acabariam sendo frustradas
até nesta última e modesta esperança; quando elas, depois de
descerem a escadaria externa, viram Sua Eminência sair do
veículo, constataram que ele vestira o hábito mais simples:
sobre a túnica preta e severa, apenas minúsculos botõezinhos
purpúreos indicavam seu altíssimo posto; e, malgrado o rosto
de bondade ultrajada, o cardeal não era mais imponente que
o Arcipreste de Donnafugata. Mostrou-se cortês, mas frio, e
com grande e sapiente medida soube demonstrar seu respeito
pela casa Salina e pelas virtudes de cada uma das senhoritas,
mas temperou-o com seu desprezo pela inépcia e devoção
formalista delas; não disse palavra ao ouvir as exclamações

de Monsenhor Vigário sobre a beleza da decoração dos salões que atravessaram, recusou-se a aceitar o que quer que fosse do lauto lanche que fora preparado ("obrigado, senhorita, apenas um pouco de água: hoje é a véspera da festa do meu Santo Padroeiro") e nem sequer sentou. Dirigiu-se à capela, ajoelhou-se um segundo diante da Madona de Pompeia, inspecionou as relíquias de relance. Abençoou, porém, com mansidão pastoral as donas da casa e a criadagem de joelhos na sala da entrada, e em seguida disse a Concetta, que trazia no rosto as marcas de uma noite insone: "Senhorita, por três ou quatro dias não se poderá celebrar na capela o Ofício Divino; mas terei todo o cuidado de providenciar o mais rápido possível a nova consagração. A meu ver, a imagem da Madona de Pompeia ocupará dignamente o lugar do quadro que está acima do altar, quadro que, aliás, poderá unir-se às belas obras de arte que pude admirar atravessando os salões. Quanto às relíquias, deixo aqui dom Pacchiotti, meu secretário e sacerdote competentíssimo; ele examinará os documentos e lhes comunicará o resultado de suas pesquisas; e o que ele decidir será como se eu mesmo tivesse decidido".

Permitiu benevolamente que todos lhe beijassem o anel e, grave, subiu no veículo, acompanhado do pequeno séquito.

As carruagens ainda não haviam chegado à curva de Falconeri quando Carolina, com as mandíbulas serradas e os olhos faiscantes, exclamou: "Para mim, este papa é um turco",[*] enquanto davam éter sulfúrico a Caterina para que o cheirasse. Concetta se entretinha calmamente com dom Pacchiotti, que acabara aceitando uma xícara de café e um babá.

[*] *Turco, aqui, no sentido histórico de infiel.*

Em seguida o sacerdote solicitou a chave do baú dos documentos, pediu permissão e se retirou para a capela, não sem antes ter extraído de sua bolsa um martelinho, uma serra pequena, uma chave de fenda, uma lupa e um par de lápis. Estudara na Escola de Paleografia Vaticana, e além disso era piemontês: seu trabalho foi longo e acurado; o pessoal de serviço que passava em frente ao ingresso da capela escutava leves marteladas, barulho de parafusos e suspiros. Passadas três horas, reapareceu com a batina muito empoeirada e as mãos pretas, mas alegre e com uma expressão de serenidade no rosto de óculos; desculpava-se por segurar um grande cesto de vime: "Tomei a liberdade de me apropriar deste cesto para depositar o material descartado; posso deixá-lo aqui?". E depôs num canto aquele traste, que transbordava de papéis rasgados, cártulas e caixinhas com ossos e cartilagens. "Fico feliz em poder dizer que encontrei cinco relíquias perfeitamente autênticas e dignas de serem objeto de devoção. As outras estão ali", disse, apontando o cesto. "As senhoritas poderiam me dizer onde posso me limpar e lavar as mãos?"

Reapareceu depois de cinco minutos enxugando-as numa grande toalha em cuja bainha dançava um Leopardo bordado em fio vermelho. "Esqueci de dizer que as molduras estão em ordem, sobre a mesa da capela; algumas são realmente bonitas." Estava se despedindo. "Senhoritas, meus respeitos." Mas Caterina se recusou a beijar-lhe a mão. "E o que devemos fazer com o que está no cesto?" "O que quiserem, senhoritas: podem conservar ou jogar no lixo, não tem valor nenhum." E, como Concetta quisesse providenciar uma carruagem para acompanhá-lo: "Não se preocupe comigo, senhorita; almoçarei com os Oratorianos, que estão aqui ao lado: não necessito de nada". E, recolocando seus apetrechos na bolsa, retirou-se a passos ligeiros.

***

Concetta se recolheu em seu quarto; não experimentava absolutamente nenhuma sensação: tinha a impressão de viver em um mundo conhecido mas estranho, que já cedera todos os impulsos que podia oferecer e agora consistia em puras formas. O retrato do pai não ocupava mais que alguns centímetros quadrados de tela; as caixas verdes, alguns metros cúbicos de madeira. Depois de um tempo, trouxeram-lhe uma carta. O envelope tinha uma tarja preta com uma grande coroa em relevo: "Caríssima Concetta, soube da visita de Sua Eminência e estou feliz de que algumas relíquias tenham se salvado. Espero conseguir que Monsenhor Vigário celebre a primeira missa na capela reconsagrada. O senador Tassoni parte amanhã e lhe manda o *bon souvenir*. Irei visitá-la em breve e, enquanto isso, abraço-a com afeto junto a Carolina e Caterina. Sua Angelica". Continuou não sentindo nada: o vazio interior era completo; apenas do amontoado de pelos emanava uma névoa de mal-estar. Esta era a pena de hoje: até o pobre Bendicò insinuava lembranças amargas. Tocou a campainha. "Annetta", disse, "este cão realmente ficou muito estragado e empoeirado. Pode tirá-lo daqui e jogá-lo no lixo."

Enquanto a carcaça era arrastada, os olhos de vidro a fixaram com a humilde reprovação das coisas descartadas que se quer eliminar. Poucos minutos depois, o que restava de Bendicò foi jogado num canto do pátio por onde o lixeiro passava todos os dias; durante o voo janela abaixo, sua forma se recompôs por um instante: era possível ver dançando no ar um quadrúpede de longos bigodes, e sua pata anterior direita, erguida, parecia imprecar. Depois tudo recobrou a paz, num amontoado de poeira pálida.

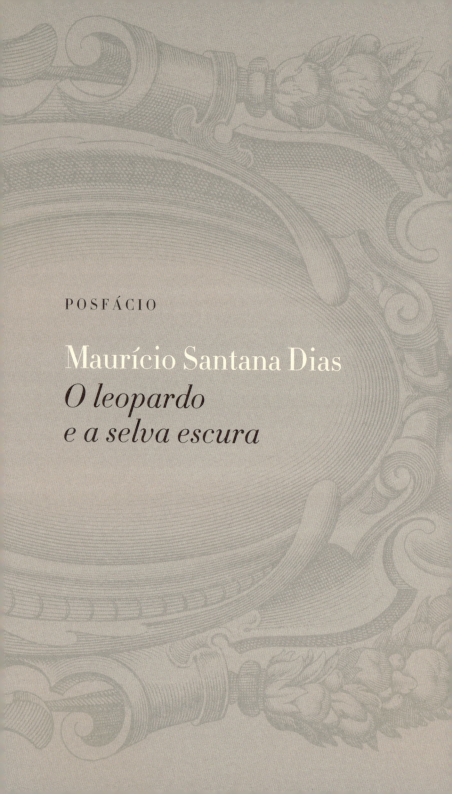

POSFÁCIO

Maurício Santana Dias
*O leopardo
e a selva escura*

E quando miro in cielo arder le stelle;
Dico fra me pensando:
*A che tante facelle?**

GIACOMO LEOPARDI, "CANTO NOTURNO DI UN
PASTORE ERRANTE DELL'ASIA"

I.

"Se quisermos que tudo continue como está, é preciso que
tudo mude." Ainda que *O Leopardo* não fosse o grande romance que é, somente por esta frase, hoje citada por muitos com a
força de um provérbio, como se fosse patrimônio comum, já
teria sobrevivido na memória coletiva. Pronunciada pelo jovem aristocrata Tancredi de Falconeri a seu tio Dom Fabrizio,
Príncipe de Salina e protagonista do livro, a sentença seria a
expressão cabal do pessimismo histórico e da ironia que dão
o tom do romance de Lampedusa. A cena do diálogo entre os
dois aparece já nas primeiras páginas do romance, quando
Tancredi tenta explicar ao tio, numa frase, por que decidira juntar-se aos garibaldinos que haviam desembarcado na
Sicília naqueles dias, em 1860, e a partir dali dariam início a
uma campanha que culminaria na unificação do Estado italiano. Num primeiro momento, o Príncipe não entende o que o
sobrinho diz, demora a assimilar o paradoxo formulado por
Tancredi, mas logo assimila a ideia e passa a repeti-la para si
como uma espécie de refrão.

* *"E quando miro arder no céu estrelas;/ Pensando digo a mim:/ Pra que
tantas centelhas?", poema XXIII dos* Cantos de Leopardi *(1798-1837).*

O LEOPARDO

A visão pessimista — e cínica — expressa pelo jovem Tancredi, porém, acabou sendo tomada por boa parte dos leitores do livro como axioma de uma pretensa imobilidade da história. Mas o romance de Lampedusa não é um tratado de filosofia da história nem um estudo sobre as revoluções dos astros e dos homens. A formulação se deve, em parte, ao pragmatismo de um nobre que, com boa dose de maquiavelismo, percebe a ocasião propícia para agir — com *virtude*, diria Maquiavel — a fim de garantir seus privilégios de classe e de autoridade; em parte, ao momento de crise existencial vivido por Dom Fabrizio, personagem de índole reflexiva e analítica, que no meio do caminho da vida (ou pouco mais para lá: em 1860, o Príncipe de Salina tem cerca de 45 anos) se vê desnorteado como numa selva escura, prestes a perder o vigor e, talvez, a majestade.

É em torno dessas duas figuras, a do protagonista (Fabrizio) e a do deuteragonista (Tancredi), que se desenvolve a economia do romance e seu andamento pendular, que ora aponta as forças da conservação, ora as da renovação; ora dá espaço à ação propriamente romanesca, ora à reflexão tipicamente ensaística, toda concentrada no Príncipe. E qual é a ação central do enredo? Certamente não a expedição dos Mil e a campanha de Garibaldi no Sul da Itália, embora esse fato histórico esteja em estreita correlação com o cerne do livro. A ação central, resumida de modo bastante simplificado, consiste em algo muito antigo e tradicional: o casamento de um membro da antiga família aristocrática em decadência (Tancredi) com uma típica representante da classe burguesa enriquecida (Angelica), união que irá garantir a continuidade da primeira, assim como a nobilitação da segunda. De fato, a maior parte do livro, de sua trama romanesca, se concentra nessa "história de amor" que é também, ou antes de tudo, a história de um contrato. E, desse contrato privado, o engajamento de Tancredi nas batalhas pela unificação da Itália — que por fim se dará sob a monarquia da casa de Savoia, não como a república sonhada por Garibaldi e Mazzini — é o correlato público e necessário. É preciso pegar em armas e se unir à nova classe dirigente para que "tudo continue como está".

2.

Em 1958, quando o romance de Giuseppe Tomasi di Lampedusa foi enfim publicado, postumamente, pela editora Feltrinelli, após uma série de peripécias, a atmosfera cultural na Itália não era propícia à recepção de um livro que, não bastasse sua roupagem oitocentista, parecia condenar a Sicília e o Sul do país a um imobilismo atávico, incapaz de se transformar e destinado a um eterno atraso. Embora àquela altura o auge do neorrealismo já tivesse passado — e a repercussão do *Metello* (1955), romance de Vasco Pratolini, foi um claro indício disso —, ainda predominava o sentimento difuso de que a literatura deveria expressar e corroborar as transformações históricas, cumprindo uma função quase pedagógica de esclarecer a nova massa de leitores sobre as ilimitadas possibilidades de mudança. E, sendo o Sul da Itália a região onde as marcas do feudalismo se manifestavam com maior evidência, muitos escritores contemporâneos de Lampedusa ou mais jovens se apropriaram do espaço meridional para fazer de seus romances libelos de denúncia contra aquela realidade miserável.

Um dos expoentes dessa concepção de literatura "progressista" foi o siciliano Elio Vittorini, que em 1941, com seu *Conversa na Sicília*, se consolidou como uma das vozes mais talentosas e influentes de então. Em primeiro lugar, é preciso dizer que o tipo de narrativa elaborada por Vittorini, e certa concepção do Sul e da "questão meridional" que dele decorre, está a anos-luz de *O Leopardo*. De fato, se os "abstratos furores" de Silvestro — protagonista da obra de Vittorini — não chegam a se aplacar e resolver na ilha de sua infância, os diálogos que ele tem ali, na Sicília, e as figuras com quem interage revelam um mundo vivo, em fermentação, onde as possibilidades de mudança estão todas por medrar. Nada mais distante do romance lampedusiano, em que a crise existencial e o ceticismo de Dom Fabrizio transbordam por toda a paisagem e submergem a "questão meridional", de matriz sociológica, numa visão de inferno e morte que só esporadicamente é suspensa pela exuberância sensual que teima em persistir.[*]

3.

O universo fechado, lento, intensamente melancólico e sensual de *O Leopardo* provocou, como não poderia deixar de ser, uma acirrada polêmica entre os críticos italianos da época, que

---

[*] *Todo o livro é atravessado por esse duplo impulso de vitalidade e morte, e o sensualismo de suas páginas só acentua a perda inevitável de todas as coisas experimentada obsessivamente pelo Príncipe de Salina. Então, quando sua morte chega, na sétima parte da narrativa, ela vem na forma de uma bela dama: a* belle dame sans merci *tratada por Mario Praz em seu notável estudo sobre o romantismo decadentista,* La carne, la morte e il diavolo nella letteratura romantica.

basicamente se dividiram em dois grupos: os que o atacavam por nele detectar a pura expressão do conservadorismo aristocrático de seu autor (Lampedusa era um aristocrata siciliano, e o personagem de Dom Fabrizio foi inspirado na figura de seu bisavô); e aqueles que o defendiam por sua inegável qualidade estética e por nele perceber um romance, necessariamente ambíguo e contraditório, e não uma tese sociológica. No entanto, se os intelectuais de fins dos anos 1950 se dividiram, e alguns ainda hoje condenam o livro por reacionarismo ideológico, os leitores em geral receberam o romance com enorme entusiasmo, a ponto de o transformarem no primeiro best-seller cult da Itália, um "caso literário" de rara proporção, antecipando-se em um quarto de século ao fenômeno de *O nome da rosa*, estreia estrondosa de Umberto Eco na ficção. E, assim como *O nome da rosa*, recebeu em poucos anos uma versão cinematográfica: *O Leopardo* serviu de base para que Luchino Visconti filmasse o extraordinário longa-metragem de 1963, com Burt Lancaster, Alain Delon e Claudia Cardinale nos papéis de Dom Fabrizio, Tancredi e Angelica.

Mas por muito pouco o manuscrito de Lampedusa escapou de ter permanecido na gaveta. Em 1957, os originais foram recusados por duas das principais editoras italianas, a Einaudi e a Mondadori. Em ambos os casos, pesou o parecer negativo de Elio Vittorini, então respeitado consultor literário das duas editoras e um dos escritores-intelectuais mais ativos da Itália. Por sorte, o manuscrito foi parar nas mãos de Giorgio Bassani, romancista de corte mais tradicional, que logo percebeu suas qualidades e acabou publicando o livro pela Feltrinelli no ano seguinte, quando Lampedusa já tinha morrido. O resto já se sabe.

4.

O Leopardo começa com a oração do Rosário e termina com a destruição das relíquias religiosas e profanas da casa Salina. Entre uma cena e outra se passam cinquenta anos, e nesse intervalo o desembarque dos Mil garibaldinos na Sicília se tornou capítulo dos manuais de história, mais uma efeméride a ser comemorada, ao passo que os principais personagens do livro já não estão neste mundo. Mas o tempo do romance não é concebido de modo linear — avança em blocos, em saltos abruptos, concentrando suas seis primeiras partes entre os anos de 1860-2 (união de Tancredi-Angelica em paralelo à unificação da Itália) e reservando as duas últimas (1883, morte de Dom Fabrizio; 1910, cinquentenário do desembarque na Sicília e destruição das relíquias) como falso epílogo, que confere um efeito de encerramento necessário ao que é intrinsecamente fragmentário e aberto.

A esse tratamento descontínuo do tempo, interno à fábula, ou seja, à sucessão de episódios da trama, se acrescenta outro: aquele que assinala pontualmente a distância de quase um século que intercorre entre o teatro de ações no qual se movem os personagens e aquele de onde fala o narrador. Esse recurso acaba solapando o "efeito de real" arquitetado pelo romance, que está bem longe de ser um "romance histórico" à maneira de certas narrativas do século XIX.[*] Assim, o

---

[*] *A propósito, leia-se a abordagem de Vittorio Spinazzola no livro* Il romanzo antistorico (*Roma: Editori Riuniti, 1990*), *em que* O Leopardo *é posto na mesma linhagem de* Os vice-reis, *de Federico de Roberto, e de* Os velhos e os jovens, *de Luigi Pirandello.*

POSFÁCIO

anacronismo deliberado de Lampedusa no uso da linguagem e da forma romanesca, ao "replicar" na superfície o estilo oitocentista, produz uma torção de sentido e um efeito a la "Pierre Menard":[*] ao buscar parecer idêntico ao "grande romance" oitocentista, revela sua diferença fundamental. E isso se dá sobretudo pela superposição bem calibrada de múltiplas temporalidades, que desaloja o romance do realismo oitocentista e o instala de pleno direito no espaço minado de suspeitas que é próprio da arte do pós-guerra. Não por acaso, numa das passagens mais famosas do romance (e do filme de Visconti), quando os personagens estão no baile em que Angelica é apresentada oficialmente à sociedade (Sexta parte), o narrador faz o seguinte comentário:

> No teto, os deuses reclinados em assentos de ouro olhavam para baixo sorridentes e inexoráveis como o céu de verão. Acreditavam-se eternos: uma bomba fabricada em 1943 em Pittsburgh, Pensilvânia, devia provar-lhes o contrário.

Escrevendo em meados do século XX, Lampedusa recorre incessantemente à ironia e ao humorismo, corroendo o cenário que o autor havia construído com tanto zelo e abrindo um furo na trama, por onde os leitores — e o reflexivo Dom Fabrizio — podem enxergar o dispositivo teatral sempre em ação, o gesto calculado de cada um, o mundo social como uma imensa (e pi-

---

[*] *"Pierre Menard, autor do Quixote"*, conto do livro Ficções, de J. L. Borges, em que um autor do século XX reescreve ipsis litteris um capítulo do romance de Cervantes, e essa operação é vista por seu comentador como sua obra mais importante.

randelliana) encenação. Aliás, em outro momento importante do enredo, quando Angelica faz sua primeira visita ao palácio de Donnafugata (em tradução literal: "mulher em fuga"), já na condição de noiva de Tancredi (Quarta parte), o narrador chega a se referir de modo explícito ao que há de teatral, ou cinematográfico, na cena:

> *Em seguida, Angelica enrubesceu e recuou meio passo: "Estou tão, tão feliz...". Aproximou-se de novo e, esticando-se na ponta dos pés, suspirou-lhe no ouvido: "Tiozão!"*. Excelente gag, cuja eficácia em termos cênicos podia ser comparada ao carrinho de bebê de Eisenstein e que, explícita e secreta como era, deixou maravilhado o coração simples do Príncipe, subjugando-o definitivamente à bela menina. *Enquanto isso, dom Calogero subia as escadas e dizia que sua esposa lamentava muito não poder estar presente, mas na noite anterior havia tropeçado em casa, o que lhe causara uma torção muito dolorosa no pé esquerdo. "Está com o peito do pé parecendo uma berinjela, Príncipe."*

5.

A superposição irônica de temporalidades ganha outro nível de complexidade quando se notam as várias justaposições de ações praticamente idênticas ao longo do romance. A mais evidente e significativa, quase paródica, é a que ocupa toda a Quinta parte do livro, quando Padre Pirrone, o capelão da casa Salina, retor-

---

* *Grifo nosso. A propósito, Visconti faz um aproveitamento magistral deste e de outros recursos que estão presentes no livro.*

POSFÁCIO

na a seu vilarejo natal e, abrindo um hiato no núcleo da ação romanesca — o noivado e o casamento de Tancredi e Angelica —, se torna o protagonista provisório de um episódio que duplica, em chave camponesa e popular, a trama central do livro. O leitor é deslocado para o ambiente rústico e pobre de uma família de lavradores da Sicília, onde, no entanto, a questão central é a mesma: como um casamento poderá salvar a continuidade de um determinado grupo social. Não só: nessa passagem, Lampedusa parece se valer de dois códigos romanescos tradicionais e muito distintos, alternando o decadentismo aristocrático, de matriz algo dannunziana, a um verismo que remete aos contos de Giovanni Verga. Assim, bem no meio do romance, o leitor é catapultado de um ambiente a outro, de uma ação a outra, de um estilo a outro, mas para assistir a uma *encenação do mesmo*, ou seja, ao casamento entre Angelina (aliás, 'Ncilina) e seu primo Santino. Dá-se aí o contraponto entre dois casamentos arranjados, o primeiro entre aristocratas e burgueses (Salina-Sedara), o segundo entre camponeses igualmente pobres. Um romance em miniatura dentro do romance maior, teatro dentro do teatro, que o reduplica, confirma e deforma. O próprio narrador sublinha o efeito paródico resultante ao contrapor o nome das figuras femininas: Angelica, nome "nobre" que deriva do *Orlando furioso*, de Ariosto (expressamente citado), sai de cena para dar lugar a Angelina ('Ncilina), nome "plebeu" que remete à heroína de *Senilidade*, romance de Italo Svevo, detalhe não explicitado pelo narrador.[*]

---

[*] *Curiosamente, no filme* Senilità *(1962), de Mauro Bolognini, a personagem Angelina (Angiolina) é representada pela mesma Claudia Cardinale.*

6.

Portanto, o romance que num primeiro momento foi lido como uma tentativa de recuperação nostálgica e extemporânea de um gênero que ia caindo no ostracismo — nos anos de 1950 e 1960, falava-se muito da morte do romance, uma morte inevitável, já que a forma-romance seria a expressão mais acabada de uma cultura burguesa moribunda —, ou mesmo como a defesa aristocrática de um imobilismo refratário a qualquer transformação histórica, lido hoje produz um efeito quase oposto. Como dirá o Príncipe Salina pouco antes de morrer, contrariando em parte o adágio do sobrinho Tancredi:

> *Ele mesmo dissera que os Salina seriam sempre os Salina.* Havia errado. O último era ele. Garibaldi, aquele Vulcano barbudo, no fim das contas vencera.[*]

O próprio Giuseppe Garibaldi, percebido por Dom Fabrizio como um oponente de classe, passa ao longo do romance de ditador a herói nacional, de general vitorioso a "menino" ferido em Aspromonte (Sexta parte), de promessa de uma Itália nova, republicana e igualitária, a fiador de uma unificação que terminou frustrando muitas esperanças, sobretudo entre os italianos do Sul.

A técnica do claro-escuro, o fausto quase barroco em que *O Leopardo* é plasmado, ainda se alimenta de uma infinidade

---

[*] *Grifo nosso. A constatação da vitória de Garibaldi é confirmada pelo Príncipe quando ele verifica em seu neto, Fabrizietto, o duplo burguês de si mesmo, até no nome.*

de pares que estabelecem oposição-complementariedade entre vários planos e tipos humanos, a começar pela dupla Dom Fabrizio-Tancredi: a vida contemplativa e a vida ativa, a reflexão e a ação, o velho e o novo — que de algum modo reitera o velho —, a seriedade e o humorismo. E, em níveis mais abstratos, entre os planos terreno e cósmico (sondado pelo Príncipe com seus telescópios), o mundano e o sublime, os astros e a poeira, a propensão da finitude ao infinito.

Outro exemplo desses contrastes: a paixão erótica de Tancredi e Angelica os leva a percorrer as zonas mais ocultas do palácio em busca de privacidade, e bem no seu centro eles se deparam com a "sala dos sádicos", onde antepassados da família Salina se entregavam a prazeres secretos. A essa cena libertina, Lampedusa, conhecedor da literatura francesa do século XVIII, justapõe uma cena religiosa cujo objeto central, o *punctum*, é também um açoite. A citação é longa, mas esclarecedora:

A bem da verdade, depois do Leopardo, o chicote parecia ser o objeto mais comum em Donnafugata. No dia seguinte à descoberta do apartamentinho enigmático, os dois namorados toparam com outro pequeno açoite, de caráter bem distinto. Não estava nos aposentos secretos, mas, ao contrário, no venerado local que pertencera ao Duque-Santo, o mais afastado do palácio. Ali, em meados do século XVII, um Salina se retirara como num convento particular e fizera penitência, preparando seu itinerário rumo ao Céu. Os cômodos eram estreitos, de teto baixo, com o piso atijolado de argila rústica, as paredes alvas e caiadas, semelhantes às dos camponeses mais desprovidos. O último aposento dava para uma sacada de onde se dominava a extensão amarela de feudos sobrepostos a feudos, todos imersos numa luz triste. Numa das paredes, um enorme crucifixo, maior que a escala real: a cabeça do Deus martirizado tocava o teto, os pés sangrentos roçavam o assoalho: a chaga no flanco parecia uma boca que a brutalidade proibira de pronunciar as palavras da última salvação. Ao lado do cadáver divino, de um prego pendia um açoite de cabo curto do qual partiam seis tiras de couro já endurecido, arrematadas por seis bolas de chumbo do tamanho de avelãs. Era a "disciplina" do Duque-Santo. Naquele quarto Giuseppe Corbèra, duque de Salina, se açoitava em solidão, diante de Deus e do próprio feudo, e talvez pensasse que as gotas de seu sangue fossem chover sobre as terras para redimi-las; em sua pia exaltação, talvez pensasse que apenas por meio desse batismo expiatório elas realmente se tornassem suas, sangue de seu sangue, carne de sua carne, como se diz.

Também aí a pulsão erótica tem sua contrapartida no impulso autoflagelador e mortuário do Duque-Santo. Mas, se há alguma religiosidade no livro, se for necessário falar de religiosidade em *O Leopardo*, não se trata certamente de um credo cristão ou católico, aí visto como simples formalidade, com seus ritos e o capelão de casa:* predomina bem mais um sentimento pagão, o da Sicília de "25 séculos atrás", o dos líricos gregos que outro siciliano — Salvatore Quasimodo — traduziu em 1940. Como o destes versos do poeta Mimnermo, admirado por Lampedusa e, aliás, muito "leopardianos":

---

* *No contexto do romance, o plano religioso seria, antes, entendido como o futuro de uma ilusão, nos termos de Freud, autor que Lampedusa conhecia muito bem.*

Nós, como folhas que gera a florida estação
da primavera, quando de súbito crescem aos raios do sol,
semelhantes a elas no brevíssimo tempo de flores da juventude
gozamos, sem conhecer por parte dos deuses nem o bem nem
[*o mal.*

7.

E, aqui, Mimnermo, Giacomo Leopardi e Tomasi di Lampedusa (ou seria o Príncipe Salina?) parecem de fato convergir. Assim como o pastor errante da Ásia interpela a lua no poema de Leopardi em epígrafe, ou como Mimnermo, que via o suceder contínuo de gerações como fenômeno natural, contemplado à distância por deuses sorridentes, Lampedusa submete os personagens e as ações de seu romance ao olhar do astrônomo Dom Fabrizio, que contempla a aventura humana *sub specie aeternitatis*, ou seja, do ponto de vista da eternidade. Dessa perspectiva, as guerras, as revoluções, o amor, a história perdem sua centralidade num espaço-tempo não humano, sacudindo os leitores de seu sonho antropocêntrico. Também por isso, esta é uma boa hora para ler ou reler *O Leopardo*.

8.

À guisa de epílogo, alguns esclarecimentos necessários sobre esta edição.

Em primeiro lugar, a escolha da tradução do título: o romance de Lampedusa já foi traduzido no Brasil e em Portugal como *O Leopardo* e (não traduzido) como *Gattopardo*. O italiano registra ambos os nomes, *leopardo* e *gattopardo*, como duas espécies diferentes de felino. Em termos estritamente zoológicos, o animal do brasão da casa Salina poderia ser: a) *Leptailurus serval*, ou serval; b) *Leopardus pardalis*, chamado também de ocelote ou jaguatirica (por seu pequeno porte, essa opção deveria ser descartada); ou c) *Acinonyx jubatus*, conhecido como guepardo. Num primeiro momento, cheguei a pensar em traduzi-lo por *O Guepardo*, mais condizente com o animal referido pelo título do romance. Porém, como o livro de Lampedusa e o filme de Visconti já foram consagrados em português como *O Leopardo*, acabei optando por esta tradução, menos precisa quanto à zoologia, contudo mais adequada ao nosso contexto cultural. De todo modo, *O Guepardo* não soaria mal (etimologicamente, é um galicismo ‹*guépard*, século XVIII› que, por sua vez, tomou de empréstimo ao italiano ‹*gattopardo*, século XVI›).

Outro ponto a ser esclarecido é que, por ter sido publicado postumamente, Lampedusa não teve a oportunidade de rever o manuscrito do romance. Assim, o uso idiossincrático de maiúsculas e minúsculas, bem como a pontuação nem sempre regular, podem ter sido uma decisão deliberada do autor ou apenas se devem a uma falta de revisão final. Na dúvida, esta tradução, feita a partir do texto estabelecido por Gioacchino Lanza Tomasi, buscou manter em grande parte as marcas da edição italiana.

Por fim, as notas deste volume são resultado de obra coletiva, elaboradas em conjunto pelo tradutor, o editor brasileiro e o editor italiano.

Apêndices

Índice analítico
292

Introdução às obras completas
296

Sobre o estabelecimento do texto
346

Cronologia
374

Sobre o autor
381

Créditos das imagens
383

Índice analítico

Primeira parte

Rosário e apresentação do Príncipe, 9
O jardim e o soldado morto, 12
As audiências reais, 16
O jantar, 19
Na carruagem rumo a Palermo, 23
Visita a Mariannina, 26
Retorno a San Lorenzo, 28
Conversa com Tancredi, 30
Na administração: os feudos e as considerações políticas, 33
No observatório com Padre Pirrone, 40
Distração no almoço, 44
Dom Fabrizio e os camponeses, 46
Dom Fabrizio e o filho Paolo, 47
A notícia do desembarque e novamente o Rosário, 48.

Segunda parte

Viagem para Donnafugata — A parada, 51
Antecedentes e transcurso da viagem, 53
Chegada a Donnafugata, 59
Na igreja, 61
Dom Onofrio Rotolo, 63
Conversa durante o banho, 69
A fonte de Anfitrite, 73
Surpresa antes do jantar, 75
O jantar e as várias reações, 79
Dom Fabrizio e as estrelas, 84
Visita ao monastério, 85
O que se vê de uma janela, 88.

Terceira parte

Partida para a caçada, 91
Aborrecimentos de Dom Fabrizio, 93
A carta de Tancredi, 96
A caçada e o plebiscito, 101
Dom Ciccio Tumeo se revolta, 111
Como se engole um sapo, 122
Breve epílogo, 132.

Quarta parte

Dom Fabrizio e Dom Calogero, 135
Primeira visita de Angelica, 138
Chegada de Tancredi e Cavriaghi, 144
Chegada de Angelica, 149
O ciclone amoroso, 153
Repouso depois do ciclone, 163
Um piemontês chega a Donnafugata, 168
Um passeio no povoado, 171
Chevalley e Dom Fabrizio, 173
Partida ao amanhecer, 185.

Quinta parte

*Chegada de Padre Pirrone a San Cono. Conversa com os amigos
e o herbolário,* 189
Problemas familiares de um Jesuíta, 200
Resolução dos problemas, 204
Conversa com o "homem honrado", 207
Retorno a Palermo, 209.

APÊNDICES

Sexta parte

Indo ao baile, 211
O baile: a entrada de Pallavicino e dos Sedàr —
Descontentamento de Dom Fabrizio, 214
O salão de baile, 221
Na biblioteca, 225
Dom Fabrizio dança com Angelica, 228
O banquete; conversa com Pallavicino, 230
O baile se apaga; a volta para casa, 235.

Sétima parte

A morte do Príncipe, 239.

Oitava parte

A visita de Monsenhor Vigário, 253
O quadro e as relíquias, 257
O quarto de Concetta, 260
Visita de Angelica e do senador Tassoni, 263
O Cardeal: fim das relíquias, 271
Fim de tudo, 275.

Gioacchino
Lanza Tomasi
*Introdução às obras
completas*[*]

Palermo na virada do século

Quando Giuseppe Tomasi nasceu, em 23 de dezembro de 1896, Palermo era uma cidade muito diferente da atual. Os enormes conventos que acompanham o príncipe astrônomo em sua libertina saída noturna, de sua vila nas montanhas até a cidade, já haviam sido secularizados. No entanto, a Palermo cercada de muros continuava com seu aspecto feudal: um centro histórico repleto de palácios e instituições eclesiásticas, as antigas ruas de artesãos ainda cheias de vida e, ao redor desse núcleo, a expansão cautelosa da nova cidade burguesa. Essa Palermo de então tinha seu fulcro nos Florio e nos armadores ligados à ascensão de sua fortuna — como os Bordonaro e os De Pace —; nos Whitaker, fabricantes ingleses do vinho Marsala; e na última geração dos barões, aqueles que, tendo adquirido os feudos eclesiásticos depois da secularização de 1866, promoveram a expansão imobiliária ao longo do eixo da via Libertà.

Uma dezena de famílias ainda recebia com regularidade em seus palácios, como os Lanza di Trabia, cuja fortuna havia sido incrementada depois do casamento do príncipe Pietro com Giulia Florio, e os Lanza di Mazzarino, fortalecidos com os capitais que lhes foram deixados pelo conde Francesco Paolo, rara figura empreendedora na nobreza siciliana da primeira metade do século XIX. Mas os palácios dos Trigona di Sant'Elia, dos Ugo delle Favare, dos Alliata di Villafranca, dos Mantegna di Gangi, dos Valguarnera di Niscemi, dos Lanza Filangeri di Mirto, dos Papè di Valdina, dos Ventimiglia di Belmonte também eram

---

Originalmente publicado em I grandi siciliani, *suplemento de* L'Ora, *Palermo, 1990.*

O LEOPARDO

297

frequentados. Algumas famílias haviam construído residências nos arredores do centro histórico — como os Tasca di Cutò na via Lincoln, os De Spuches di Galati e os Lanza di Scalea na via Ruggero Settimo, os Moncada di Paternò nas cercanias do novo porto — e várias outras conservavam seus palácios e os abriam de tempos em tempos — como os Santostefano della Cerda, os Paternò di Spedalotto e, entre eles, os Tomasi di Lampedusa. O século XIX também conheceu um colecionismo frenético, e as residências das famílias mais ricas haviam se atulhado de considerável quantidade de objetos, sobretudo porcelanas, que conviviam com peças raras de artesanato siciliano, bordados de coral e prata, preciosidades em madeira de lei dos entalhadores locais, pinturas decorativas, acabamentos de ambientes internos. Era possível estimar a fortuna dos proprietários usando como régua o momento em que interromperam suas aquisições e reformas; com efeito, eram poucos os que se permitiram renovar seus palácios seguindo a evolução da moda — como fizeram os Tasca di Cutò. Antes de caírem nas garras do mercado de antiguidades, aqueles palácios mais pareciam o castelo da Bela Adormecida, onde um dia um feitiço imobilizara toda vida.

Giuseppe Tomasi nunca se afastaria desse mundo e de seus encantos mediterrâneos; vive sua decadência, agonia e morte até o fim. E vive-as de forma consciente, às vezes com raiva, não por imaginar ser possível mudar seu destino, mas com aquele tipo de revolta desencadeada no indivíduo que se vê diante da culpa primordial, de um pecado cometido antes que ele tenha uma responsabilidade objetiva por ele. Giuseppe nasceu e fez parte de uma sociedade condenada; como aristocrata, portava seu legado e expiaria suas consequências históricas ao longo da vida.

A "crosta" palermitana — o príncipe astrônomo

Como o escritor observaria mais tarde, a "crosta" palermitana se forma na primeira infância. Um palácio de Palermo se compara a um grande palco teatral, onde a família encena a si mesma. Nesse teatro, todos contribuem para a divulgação de uma glória dinástica — é uma espécie de ópera séria, a representação apologética de um sistema com sua hierarquia de valores. Houve um tempo em que a representação encontrava correspondência na sociedade externa, mas no palácio Lampedusa finissecular já se produzira uma fratura entre encenação e realidade. A imagem social que se representava ali era minada pela base devido à ausência de poder. Não cabe às crianças perceber essa carência, ainda mais se o ambiente rememora glórias e ostenta ambições antigas. Mesmo a arte, como pensava Platão, é engano; não representa as ideias, mas as camufla, e os palácios palermitanos eram mestres nesses ardis e ilusões. Tomasi sustentou o engano, e a obra-prima de sua vida, pela qual é lembrado por milhões de leitores, consiste num romance em que a ilusão original de toda criança se traduz num apólogo de reconciliação.

Ao comparar os dados históricos dos Tomasi di Lampedusa com a representação literária dos Corbèra di Salina, nota-se a força com que o autor projetou seu desejo. Giulio Fabrizio Tomasi e Wochinger, bisavô do escritor e astrônomo, era um homem original, com uma paixão científica e certa habilidade de prestidigitador com que entretinha parentes e amigos; de resto, era muito pacato e devoto, à sua maneira um bom *pater familias*. No diário deixado por Giuseppe Tomasi, o primogênito de Giulio e avô do escritor, lê-se que o palácio da família é frequentado sobretudo por um vaivém de eclesiásticos, e ali não se desenrola nenhuma vida mundana. A julgar pelas páginas do diário, esses Lampedusa são pessoas sem grandes ambições, sisudas, oprimidas por constantes pressões da máfia em relação a um vale na planície dos Colli (Reitano) que mais tarde será perdido. É comovente a descrição do dia em que Giulio Fabrizio comunica ao filho o nome de sua futura mulher, ao que se segue a visita da noiva, Fanny Papè di Valdina, recebida por Giuseppe como uma dádiva dos céus. Não há traço autoritário nessa imagem de aristocrata modesto que se mantém afastado das seduções do mundo. O leopardo vidente, respeitado senhor de bens ilimitados, observador arguto de uma transição histórica, cientista de certo gabarito, é o sonho glorioso de seu descendente, a continuação na fantasia literária da casa em que nasceu e viveu até sua destruição. E essa casa, de fato, fora obra do único Tomasi protagonista da sociedade do absolutismo, o príncipe Ferdinando Maria, magistrado de Palermo na metade do século XVIII, que introduzira os Tomasi na arena da vida política e social da capital e tomara como representação de seu poder o esplêndido rococó de um palácio palermitano. Com efeito, os outros familiares eram em geral propensos à renúncia, inclinados por força ou voluntariamente à fuga do mundo que caracterizara o episódio da fundação de Palma e a história de seus santos setecentistas.

Os Tasca di Cutò — o lado materno

O regresso ao palco da sociedade, por outro lado, fora um objetivo do pai do escritor e da esposa Beatrice Tasca di Cutò. Na virada do século, os dois haviam participado da grande época da Palermo dos Florio. Beatrice trouxe consigo um bom dote, que serviu de base inicial para tais ambições. Mas ela também era um fruto atípico da aristocracia palermitana, com uma característica que transmitirá intacta ao filho: a visão da província associada a uma instrução aberta a influências externas, ávida por leituras, que acaba por tornar o indivíduo ao mesmo tempo partícipe e deslocado da sociedade em que vive.

O príncipe Alessandro Filangeri di Cutò, bisavô do escritor, morrera em 1854, deixando apenas uma filha legítima, Giovanna, a única nascida depois do casamento com sua amante, a atriz milanesa Teresa Merli Clerici. Giovanna tinha quatro anos quando o pai morreu, e teve início um período conturbado referente à sucessão. O tutor da menina julgou oportuno afastar da Sicília mãe e filha, à espera de uma definição das diversas pendências. Giovanna cresceu e foi educada em Paris, retornando à Sicília em 1867 para desposar Lucio Tasca di Almerita, herdeiro de uma fortuna recente, mas sólida.

Na memória dos netos, Giuseppe Tomasi e os três irmãos Piccolo — Casimiro, Giovanna e Lucio —, a avó Cutò era uma personagem que só existia na imaginação, costurada com as narrativas de suas mães e tias. Giovanna morrera antes que eles nascessem. Mas o fascínio da mãe e uma educação francesa em contraste agudo com a formação beata da sociedade palermitana da época, que nos meados do século XIX ainda era em larga medida confiada aos padres, haviam deixado marcas nas cinco belas irmãs Cutò: Beatrice, mãe do escritor; Teresa, casada com Piccolo; Nicoletta (Lina), casada com Cianciafara; Giulia, casada com Trigona di Sant'Elia; e Maria, que permaneceu solteira. As irmãs eram bonitas, ricas, mais instruídas do que o habitual, livres de preconceitos. Como observa Giuseppe Tomasi, Beatrice foi a primeira a morrer de morte natural, ao passo que a morte violenta se manifestara em todas as suas formas no caso das três irmãs mais novas: Lina morreu sob os escombros de sua casa no terremoto de Messina; Giulia foi apunhalada pelo amante Vincenzo Paternò del Cugno, e Maria tirou a própria vida. Foi como se o fatalismo palermitano se desforrasse delas, confirmando o fato de que ser excêntrico não traz felicidade.

A infância e as recordações

Quando, em 1955, Giuseppe Tomasi quis registrar no papel algumas memórias de infância, lembrou-se de uma época feliz em que todos, mesmo os que mais tarde se mostraram hostis, lhe dispensavam muitas atenções. E também relembrou não só os eventos traumáticos que marcaram seus primeiros anos, como o assassinato de Umberto I em Monza e o terremoto de Messina, como alguns momentos felizes: a Favignana dos Florio e as viagens a Paris. Mas a felicidade se encontra sobretudo nos lugares: o palácio Lampedusa de Palermo e o palácio Cutò de Santa Margherita Belice eram os paraísos do menino. Também o ouvi falar com carinho da mansão Cutò de Bagheria — da qual, porém, não guardava lembranças tão detalhadas como temos de coisas com que mantivemos uma longa convivência —, e ainda do palácio Tomasi de Torretta, que lhe trazia lembranças horríveis, povoadas de parentes que o pai tentava afastar com atitudes arrogantes.

Essas "Recordações da infância" já mostram a orientação libidinal do escritor: um apego desesperado à teatralidade dos edifícios de que se sente parte integrante, revivido com a dor da separação, à qual se segue, nas efetivas condições sicilianas, a perda definitiva, por vontade deliberada ou acaso. "Assim, para mim será muito doloroso reevocar a Desaparecida amada, tal como era até 1929, em sua integridade e beleza, como, apesar de tudo, continuou a ser até 5 de abril de 1943, dia em que as bombas vindas do outro lado do Atlântico a cercaram e a destruíram." As datas assinalam as etapas da desaparição: em 1929, um andar do palácio Lampedusa foi alugado para a empresa municipal de gás, e em 5 de abril de 1943 as fortalezas voadoras destruíram mais de um terço do centro histórico. Foi uma violência contra os edifícios que continuou mesmo depois da morte do escritor: o palácio de Santa Margherita e o pavilhão de caça na Venaria, que haviam sido vendidos aos inimigos históricos Filangeri, desapareceram no terremoto de Belice, em 1968.

Essas memórias servirão ao escritor de estudos para os capítulos centrais de *O Leopardo* e, como sói acontecer, interrompem-se quando surge a razão. O autor conta o que pensava até os doze anos, quando nossas responsabilidades subjetivas são todas perdoadas, o conceito de pecado ainda é vago e não temos de que nos envergonhar; depois a biografia de Giuseppe Tomasi é tomada pelo véu da discrição, uma timidez em narrar a própria vida que, mesmo em relação a mim, foi vencida apenas certas vezes e somente por alusões, passagens que abriam uma imprevista janela sobre sua vida passada, sobre feridas ainda abertas, sobre aquilo que se sabe, mas que seria preferível não ter acontecido e, portanto, não se comenta. Assim, os biógrafos de Tomasi se encontraram diante de um grande vazio de informações, de 1908, ano do terremoto de Messina, a 1953, quando Tomasi começou a frequentar um grupo de jovens em cuja memória sua personalidade deixou uma marca indelével, feita de anedotas e gracejos que transmitiam de modo indireto a sabedoria de quem conseguiu aprender a ciência do mundo.

Esse vazio vem sendo reconstituído pelas cuidadosas pesquisas de Andrea Vitello, Caterina Cardona, David Gilmour e, em data mais recente, por alguns documentos publicados por Francesco Valenti e pela descoberta de outros papéis e fotografias em lugares inexplorados da última casa de Lampedusa, na via Butera. Se muitas páginas em branco estão agora preenchidas, isso ocorreu graças a eles, pois o personagem só começou a falar nos três últimos anos de vida — nunca saberemos com certeza que pessoa ele foi antes disso e não conhecemos os processos pelos quais um aristocrata desiludido adquiriu o conhecimento do mundo.

Todos os testemunhos concordam que Giuseppe Tomasi girava, desde criança e até a maturidade, em torno da órbita materna. O apego da mãe ao filho era mais forte do que o normal e provocou inúmeros conflitos por ocasião de seu casamento. Os interesses culturais do menino foram, desde os primeiros anos, despertados e cultivados pela mãe, ao passo que o mundo do pai, com suas atividades esportivas e mundanas, sua prepotência de chefe de família que não pode contar com a primogenitura, despertou no menino uma rejeição que viria, com o tempo, a lhe marcar o caráter.

O homicídio trigona — o serviço militar

Os dias felizes das "Recordações da infância" duraram pouco. À morte da tia Lina no terremoto seguiu-se, três anos mais tarde, o assassinato da tia Giulia. Depois do crime, Paternò deu um

APÊNDICES

304

tiro na têmpora, mas sobreviveu, e o processo por homicídio transcorreu em Roma em 1912. Esse processo afetou a família do escritor, pois a defesa, para sustentar a tese de crime passional, ressaltou o máximo possível a liberalidade das irmãs Cutò. Quem mais pagou o preço foi Maria, mas Beatrice também foi atingida e os jornais divulgaram como fato comprovado uma relação sua com Ignazio Florio. A partir de então, como me disse Giuseppe, o palácio da via Lampedusa permaneceu fechado aos estranhos, e seus pais recolheram-se à vida privada, como se dizia em sociedade. As atas do processo e várias notícias da imprensa ainda se encontram entre os documentos da biblioteca Lampedusa.

Àquela altura, Giuseppe tinha dezesseis anos e estava terminando o ensino médio no liceu Garibaldi de Palermo. Recebeu o diploma em 1914 e em 1915 matriculou-se na faculdade de direito da Universidade de Roma. Os pais, e talvez ele mesmo, esperavam que seguisse os passos do tio Pietro Tomasi, que ingressara na carreira diplomática e fora ministro plenipotenciário junto ao rei da Baviera. Mas nem em Roma nem em Gênova, onde se matricularia depois da guerra, ele prestou qualquer exame.

Giuseppe foi chamado pelas Forças Armadas em novembro de 1915. Como todos os convocados de boa família, escolheu o "voluntariado de um ano", um curso de formação militar breve e seleto que dava acesso aos postos de oficial reservista. Fez o curso em Messina; em maio foi nomeado cabo e no outono estava em Augusta, designado para a unidade de artilharia comandada pelo tenente Enrico Cardile, um literato de quem ficou amigo e que provavelmente lhe apresentou as antiguidades clássicas de Siracusa. A escritora Cettina Voza estabeleceu uma identificação plausível entre o professor La Ciura* e um amigo do tenente Enrico Cardile, o helenista Giulio Emanuele Rizzo. Cardile escreveu uma ode à memória de Giuseppe, quando, durante o avanço austríaco para Caporetto, a unidade em que o jovem oficial servia foi desbaratada pelos soldados austríacos e por um tempo não se teve mais notícia do subtenente Tomasi. Em 1917, Giuseppe faz o curso de formação de oficiais em Turim e em setembro parte para o fronte. Aproximavam-se os dias de Caporetto. Tomasi foi designado para um posto de observação da artilharia no planalto de Asiago. Quando os austríacos avançaram, o observatório foi eliminado e o escritor se tornou prisioneiro de uma companhia de bósnios.

A guerra — a prisão

Sobre a guerra e a prisão, Giuseppe Tomasi, como sempre quando se tratava de sua vida, pouco falava. Pensando bem, mesmo agora, tantos anos depois de sua morte, esse era um traço peculiar de seu caráter. Homem de uma prosa adorável, repleta de casos variados e envolventes no que dizia respeito aos outros, tornava-se mais esquivo do que o usual quando o protagonista da narração era ele. E nos raros momentos em que se abria, o interlocutor ficava com a impressão de que todas as alegrias haviam sido acompanhadas de um profundo desgosto, uma *nausée* existencial que permeava a própria condição humana. "Todos os dias livramo-nos da merda, mas ela está conosco e dentro de

---

* *Referência ao personagem Rosario la Ciura, professor aposentado de letras clássicas que aparece no conto "A sereia".*

nós." Trata-se de uma observação biológica incontestável, o que não impede que a maioria da humanidade perceba o aspecto desagradável de tal contato. Assim, ele costumava escapar a essa situação inventando o mundo como deveria ser, o romanesco, o qual ele sabia muito bem, e na própria pele, que era bastante diferente da realidade. Faço essa observação antes de apresentar os poucos dados que Giuseppe Tomasi nos deixou para sua biografia em tempos de guerra: um capelão militar, ao saber que os bósnios são muçulmanos, pega um fuzil e começa a disparar tresloucado contra os infiéis; as lembranças da Primeira Guerra: um passeio noturno por Viena em que ele, vestido como oficial austríaco, visita a Ópera, depois de combinar com o verdadeiro dono do uniforme (que o acompanhava) que ele, subtenente Tomasi, não tentaria fugir, mas não daria sua palavra de honra. E ainda a primeira fuga do campo de Szombathely na Hungria, disfarçado de oficial austríaco, e a captura na fronteira suíça e ameaça de fuzilamento por deserção, até serem reconhecidos, ele e seu companheiro de fuga, como prisioneiros italianos. O certo é que Giuseppe realmente fugiu com a dissolução do antigo império, no final de 1918. Regressou à Itália a pé, com os debandados, chegou a Trieste e de lá alcançou Palermo.

Em 1919, estava de novo em serviço militar em Casale Monferrato, para controlar a ordem pública perturbada pelos conflitos sociais do pós-guerra; por fim, é dispensado em fevereiro de 1920, com o posto de tenente.

Ao longo da vida, passará sete anos no Exército, aquela grande amolação, como ele dizia, que se seguira à aventura do Risorgimento — e que, salvo para os piemonteses, constituíra uma grande novidade para as classes dirigentes italianas nascidas entre 1879 e 1925.

Os amigos de infância

Restam poucos testemunhos sobre seus amigos de infância e o primeiro pós-guerra. Mas sabe-se que seu amor pela leitura se consolidou nessa época. Com efeito, os leitores incansáveis com quem Tomasi tinha contato eram Fulco Santostefano della Verdura e Lucio Piccolo. Fulco, segundo Giuseppe e Lucio, foi quem apresentou ao grupo os franceses, de Mallarmé e Verlaine a Valéry. Por outro lado, não se sabe quando nem como ocorreu a posterior conversão de Giuseppe à literatura inglesa. Talvez tenham sido os sentimentos antigermânicos que sobrevieram à guerra ou a curiosidade de se aprofundar, como Lucio, em línguas não praticadas na infância. Ele havia aprendido francês com a mãe, educada, como já se disse, na França, e o alemão fora a língua da infância tanto para ele quanto para os Piccolo, segundo uma tendência da aristocracia palermitana da época, em grande parte favorável à Tríplice Aliança. Mas Giuseppe Tomasi, que dizia falar um alemão perfeito, a ponto de se gabar de ter passeado por Viena quando prisioneiro de guerra sem ser reconhecido como italiano (embora provavelmente se tratasse de uma de suas tantas fantasias), nunca viria a ser um cultor da literatura alemã, mesmo admirando Weimar, a *Goethezeit* e sua filiação manniana.

Logo depois da guerra e da prisão, entregou-se à leitura dos ingleses. Na biblioteca Lampedusa há várias edições de bolso em inglês com a assinatura de Giuseppe Tomasi di Palma, com datas entre 1919 e 1922. Devem ter sido tempos de leituras incansáveis e em diversas áreas, anos do encontro com Shakespeare, Coleridge, Trollope, Joyce. É nessa época que Lucio Piccolo dá o apelido de "monstro" a seu primo, referindo-se ao grau monstruoso de seus conhecimentos literários.

APÊNDICES

Sabemos por outras fontes que o escritor sofria então de um grave esgotamento nervoso e haviam começado a circular na sociedade palermitana rumores sobre sua impotência sexual. É também a época em que ele tenta fugir de Palermo e faz viagens frequentes em companhia da mãe, como atesta uma série de álbuns fotográficos que retratam Beatrice e o filho em passeios pela Itália, com algumas idas a Munique.

Também passa várias temporadas em Gênova e no Piemonte, quando se hospeda com alguns amigos que conhecera durante a guerra. Eram três, e nos anos 1950 ele os relembrava como os melhores correspondentes de sua vida misteriosa. Bruno Revel havia sido companheiro de prisão. Valdese di Torre Pellice hospedou várias vezes Tomasi na Villa Miravalle, perto de Torre Pellice, ou em Como, na casa do pai, pastor da comunidade valdense local, ou em sua casa em Milão, onde lecionava literatura francesa na Universidade de Bocconi. Outra amizade do período foi a de Guido Lajolo, estudante de engenharia em Gênova e Turim, cidades onde encontraremos Tomasi no começo dos anos 1920. E em Gênova, por fim, Tomasi se hospedou na casa de Massimo Erede, outro amigo sobre o qual o ouvi falar; dessa amizade, porém, ao contrário das duas primeiras, não restou nenhum documento epistolar.

O tio Pietro e Alice Barbi

Em 1917, Pietro Tomasi della Torretta, tio do escritor, voltou à Rússia, onde já estivera durante seu período de serviço em Petersburgo (1899-1903), quando então conhecera a baronesa Alice Wolff, nascida Barbi. Alice Barbi, filha de um músico de

San Giovanni em Persiceto que fizera carreira na Alemanha, havia estudado violino e depois seguira uma brilhante carreira de cantora de câmara centro-europeia. Em 1893, conheceu na corte de Dresden o barão Boris Wolff, membro da comitiva de uma grã-duquesa Románov (com o sobrenome de casada Wettin), a família reinante da Saxônia. Em dezembro, Barbi dava seu concerto de despedida em Viena, acompanhada ao piano por Brahms. O compositor conhecera Alice dois anos antes e ficara fascinado. Fora sua última paixão ardente e ele a relembra em cartas como intérprete insuperável de seus *Lieder*. Com aquele concerto de 20 de dezembro de 1893, Barbi abandonava a carreira artística para se casar com Wolff, com quem teve duas filhas, Alexandra, em 1894, e Olga, em 1896.

Boris morreu em 1917, e em 1920 o diplomata se casou em Londres com a viúva, quinze anos mais velha que ele, fato que não escapou à malícia dos Cutò, representada pela alcunha "a jovem Alice" com que a marquesa della Torretta era designada por sua cunhada Beatrice e pelas anedotas referentes a ela, contadas pelos sobrinhos Piccolo e pelo próprio Giuseppe. Em 1922, depois de ocupar o Ministério das Relações Exteriores do gabinete Bonomi e ser nomeado senador do Reino, Tomasi della Torretta foi enviado a Londres. Permaneceu ali até 1927, quando foi precocemente aposentado em virtude de suas divergências com o regime.

O viajante na Inglaterra

A primeira viagem de Giuseppe Tomasi à Inglaterra ocorreu em 1925. Como lhe permitia a hospitalidade da embaixada, esta e as viagens subsequentes foram de longa permanência, durante as quais ele procurou aproximar sua Inglaterra literária da realidade em que vivia. Naquela época, o inglês de Giuseppe era, de fato, uma espécie de língua morta, isto é, não era uma língua falada. Os Tomasi, como já disse, eram, como boa parte da aristocracia palermitana, favoráveis à Tríplice Aliança e, além do francês, língua obrigatória na educação aristocrática, haviam contratado governantas alemãs para a educação linguística dos filhos. As línguas estrangeiras que Giuseppe sabia falar com fluência eram o francês e o alemão, o que torna verossímeis seu disfarce como oficial austríaco e o passeio como prisioneiro pela Viena imperial. No final dos anos 1950, meu alemão era quase inexistente e não posso avaliar o de Giuseppe. Mas, nos poucos textos remanescentes, os gêneros e as concordâncias apresentam alguns erros. O francês era fluente, mesmo que lhe faltassem as expressões coloquiais. Já seu inglês falado, como indicam testemunhos londrinos da época, era bastante trôpego e com alguns erros de pronúncia mesmo nos anos 1950. Com efeito, Giuseppe não tinha o traquejo mundano do grande cosmopolita. Nisso, Tomasi della Torreta o superava de longe. Giuseppe considerava o tio um perfeito cavalheiro, embora não isento daquela obtusidade diplomática imortalizada pelo marquês de Norpois na obra *Em busca do tempo perdido* (como ressaltava Giuseppe, tanto Torretta quanto Norpois eram especialistas na questão balcânica). Na verdade, Torretta, mesmo na velhice, era um homem que pertencia à sua época e frequentava personalidades políticas do mais alto nível, como Bergamini, Parri e Terracini. Giuseppe, por sua vez, tinha uma abordagem livresca e criara para si um mundo de personagens construídos segundo esquemas literários.

Mas, nos anos da missão do tio em Londres, Giuseppe percorreu a Inglaterra de ponta a ponta, parece até que noivou na Escócia. E é provável que, precisamente por essa relação singular do adulto estudioso com a paisagem adorada, a Inglaterra tenha permanecido como seu modelo preferido de civilidade — o qual, mais tarde, procuraria enaltecer aos olhos de seus jovens amigos e alunos. Era uma abordagem peculiar, que consistia em vaguear por Londres em busca da cidade de Dickens e visitar os locais dos escritores para reencontrar suas obras, tanto que chegou a afirmar: "Não falo nem da Escócia, mas na própria Inglaterra não os aconselho a fazer a corte às moças sem lhes citar um verso de Burns: a pureza desse poeta as inebria a tal ponto que perdem o senso da pureza pessoal". Mas era uma técnica, como me assegurou David Gilmour, o biógrafo escocês de Lampedusa, totalmente equivocada e fadada ao insucesso.

A Inglaterra de Tomasi é, acima de tudo, a Inglaterra de sua oligarquia, aspecto aliás compatível com uma sociedade que, mesmo quando protesta, admite a diferença de classe; permanecem-lhe desconhecidos os grandes setores do proletariado inglês, os aglomerados operários da primeira civilização industrial, os aspectos e problemas da civilização insular pelos quais ele nutria pouca simpatia, como se pode depreender de seu retrato de Bernard Shaw na *Literatura inglesa*.

Do encontro ao casamento com Alexandra Wolff

As longas estadias na ilha se deram em 1926 e 1927 e se repetiram em 1931 e 1934, mas agora Giuseppe não podia mais contar com a hospitalidade da embaixada e seu destino pessoal estava em baixa. Na década de 1920, ademais, ele viajava todos os anos com a mãe, como se depreende das cartas de Beatrice e de alguns conjuntos de fotografias. O itinerário preferido passava por Florença, Bolonha e Merano, com permanência nas três cidades, e depois alguns dias em Munique. Outras vezes foram juntos à França, estiveram nos castelos do Loire, em Paris e Dijon. Certa vez hospedaram-se em Monte Pellice na casa dos Revel, onde Beatrice menciona uma jovem "que parecia se dar muitíssimo bem com meu Giuseppe", como escreve à irmã Piccolo.

Em Londres, em 1925, conhece Alexandra Wolff — a primogênita de Alice Barbi —, que se tornaria sua mulher. O encontro foi descrito por Alexandra (Licy) ao tradutor de Lampedusa para o inglês, Archibald Colquhouns, e remete à impressão de Francesco Orlando sobre o casal, quando afirma em seu *Ricordo di Lampedusa*:* "Parecia que haviam lido na infância Shakespeare, bem como Salgari...". Com efeito, Licy conta que o tio e a mãe, indo a uma recepção oficial, deixaram-nos sozinhos na embaixada; ela e Giuseppe então se dirigiram a Whitechapel falando de Shakespeare. A afinidade literária deve ter sido grande, uma espécie de atração entre duas solidões que haviam encontrado na literatura um refúgio contra a inadequação à vida ordinária. A hipótese de Orlando era substancialmente verdadeira no caso de Licy: uma de suas brincadeiras preferidas na infância, junto com a irmã Olga (Lolette), era recitar a passagem em que os artesãos declamam Píramo e Tisbe, no último ato de *Sonho de uma noite de verão*. Licy ainda

---

* *Scheiwiller, Milão, 1962; texto retomado em* Ricordo di Lampedusa (1962), seguito da Da distanze diverse, *Bollati Boringhieri, Turim, 1966.*

comentava, divertida, a alegria infantil em imitarem o muro, a lua e sobretudo o leão, a cada vez ela e a irmã trocando os papéis.

A partir daí, com certeza se manifestou uma afinidade em potencial. Os documentos mostram de maneira intermitente a evolução dos fatos. No verão de 1927, Giuseppe vai ao castelo de Stomersee na Letônia, perto da fronteira com a União Soviética. Antes da viagem, a "jovem Alice" — que desde o encontro com Torretta nunca mais voltara ao local — lhe descreve uma topografia anterior aos saques dos camponeses durante a revolução de 1905. Lá ela deixara parte do coração e da vida, bem como uma enorme biblioteca de canto camerístico, contendo a obra completa dos compositores de *Lieder*, de Zelter e Loewe a Wolff. O castelo e a propriedade feudal dos Wolff causam grande impressão em Giuseppe, que os descreve à marquesa Torretta com uma riqueza de detalhes que prenuncia o mestre que virá a ser.

Esqueci de dizer que em 1918 Licy se casara com o barão André Pilar, aristocrata báltico de quem já estava separada na época em que conheceu Giuseppe. Nos anos 1920, Pilar vivia entre Riga e a Alemanha; era um dos poucos oficiais czaristas que sobreviveram às batalhas dos lagos Masurianos, quando os regimentos imperiais foram dizimados, privando o regime de seus quadros mais leais. O casamento fora infeliz. Corria o boato de que ele era homossexual, e parece que houve um período tempestuoso do casal na Alemanha, no começo do matrimônio. Licy sofreu um esgotamento nervoso, tratado com insulina, e datam daquela época seus primeiros contatos com a psicanálise, da qual faria sua profissão. Pilar era um cavalheiro refinado e continuou amigo da ex-mulher, a quem sempre visitava de passagem por Palermo, em suas viagens como representante da Geigy. Era o único ser vivo a quem Licy reconhecia um direito de autoridade sobre si. A excêntrica indumentária de Licy — em geral amplas roupas negras, a que não faltavam manchas, e turbantes por vezes com buracos causados por brasas de cigarro — era o principal objeto de seus comentários impiedosos. As alfinetadas — *les chaussures infames, le vieux sac misérable** e a necessidade mais geral de um *habillement digne d'une dame*** — eram acolhidas com uma docilidade que não deixava de surpreender o próprio Giuseppe. O marido dava um sorriso amarelo e observava que poderia muito bem se sentir ofendido com essas impertinências de Pilar. Seria possível inferir que, com o primeiro marido, houvera aquela intimidade que aniquila a personalidade própria, o que não se verificara no segundo casamento; mas vale também notar que Pilar era um homem peremptório e autoritário por natureza, além de ter sido companheiro de infância de Licy.

Em 1930, Giuseppe e Licy se encontram de novo em Roma, na casa de Tomasi della Torretta, na via Brenta. Em 1931, Giuseppe visita Stomersee mais uma vez; no ano seguinte, Licy está desde janeiro na casa da mãe em Roma e se hospeda em Palermo para a Páscoa de 1932. É nesse momento que a decisão do casamento adquire forma. Quando Licy volta a Riga, Giuseppe lhe envia todos os dias uma refinada carta de amor. São cartas que utilizam a técnica da reminiscência evocativa, aprendida com a leitura de Proust. Ao que parece, apenas o amigo Revel está a par do que vem acontecendo, ainda que, em Roma e Palermo, os Torretta e os Lampedusa manifestem algumas apreensões. Nesse ínterim, Licy obtém o divórcio e Giuseppe prepara os do-

---

Sapatos infames; bolsa velha e indigente.
**Vestuário digno de uma dama.*

O LEOPARDO

315

cumentos para o casamento. Os dois se casam em Riga em 24 de agosto de 1932.

Alguns dias depois, Giuseppe encontra André Pilar no círculo da nobreza de Riga. Este vai a seu encontro e lhe diz: *"Maintenant que nous sommes presque cousins, on peut bien se tutoyer".* [*]

Um casamento difícil

No mesmo dia da cerimônia na igreja ortodoxa de Riga, Giuseppe escreve aos pais anunciando sua decisão. É uma carta parida a duras penas, dado seu caráter esquivo e avesso a conflitos. Esperava logo ser confortado por um telegrama. Mas, cinco dias depois, como o silêncio se prolongasse, Giuseppe envia à mãe uma carta em que seu desespero transparece. Licy, por seu lado, mostra-se muito mais emancipada em relação à sua mãe. Os Torretta, eles também, só foram informados depois do fato consumado, e no mesmo instante mandaram suas congratulações ao casal. No entanto, os pedidos por mais notícias que Alice enviou à filha não foram atendidos.

Os Torretta e os Lampedusa encontraram o casal em outubro, em Bolzano, onde os prenúncios de futuros dissabores já se manifestaram. Beatrice não queria se afastar do filho e se opôs a que o casal vivesse num apartamento só deles; Licy queria independência. Os meses passados em Palermo, como era previsível, não foram felizes. Logo Licy voltou para o Báltico, onde Giuseppe foi encontrá-la no verão e lá ficou até quando o inver-

---

[*] *"Agora que somos quase primos, podemos nos tratar por 'você'".*

APÊNDICES

316

no já estava bem adiantado. Voltou a Palermo para o Natal e tentou convencer a mulher a ir ter com ele. Licy respondeu com uma carta dura, na qual não poupava à sogra a ofensa genealógica — a bisavó cantora e amante do príncipe Alessandro — e a suspeita que recaía sobre a fortuna dos Tasca, talvez fruto de ligações mafiosas. Sinal de que, nos meses de permanência em Palermo, ela pudera desfrutar do principal hábito da indolente vida aristocrática da época: a paixão pela maledicência. Era uma resposta de orgulho dinástico que punha os pingos nos "is" quanto aos papéis e as posições sociais das respectivas famílias. Os argumentos, que seriam muito duros para os aristocratas sicilianos do século XVII, felizmente não tiveram a mesma eficácia sobre um descendente deles, três séculos depois. Giuseppe relevou a ofensa, considerando-a um dos muitos traços infantis da esposa e nada mais, e se entregou à difícil tarefa de transitar entre as duas mulheres em conflito — ambas possessivas, ambas muito ciosas de seus direitos em relação a ele.

Separados em suas próprias terras

A situação não mudou com a morte do pai do escritor em 1934. Giuseppe teve de passar mais tempo em Palermo, sobretudo para cuidar da disputa sucessória interminável e destemperada que se instaurara com a morte do bisavô astrônomo. Encerrara-se a época de vagabundagem pela Europa, da década anterior. Marido e mulher se mantinham ligados a seus assuntos pessoais — Licy a Stomersee e à psicanálise, Giuseppe ao palácio de Palermo e à mãe. Encontravam-se cerca de duas vezes por ano. No verão em Stomersee; no Natal em Roma, onde Licy se hospedava na casa da mãe, e por períodos mais curtos em Palermo. Além disso, trocavam cartas. No outono-inverno de 1936, Licy ficou um bom tempo na Itália, às voltas com seu ingresso na Sociedade Italiana de Psicanálise. Foi admitida sem se submeter a exame, graças a um relatório sobre dois casos clínicos que causou muito boa impressão em Edoardo Weiss, o fundador da entidade.

As longas cartas entre Palermo e Stomersee geralmente evitam temas passíveis de atritos. Minuciosas descrições gastronômicas, observações e comentários sobre os respectivos cães de estimação, impressões de viagem e, da parte dele, relatos de encontros com conhecidos comuns e aprovados por ambas as partes. Eram poucos, na verdade. Restringiam-se ao barão Bebbuzzo Sgadari di Lo Monaco, o primeiro homem de sociedade a considerar oportuno submeter-se a um tratamento psicanalítico conduzido pela princesa; o barão Corrado Fatta della Fratta, historiador e filósofo, um erudito que nutria verdadeira devoção por Giuseppe, e isso numa época em que seus círculos, na melhor das hipóteses, consideravam-no um homem recluso, quando não um tolo; certo Notarbartolo di Sciara, que acabará psicótico; Stefano Lanza Filangeri do Mirto, cujo domínio do alemão tanto impressionara Licy, a ponto de ela se referir a ele com o termo báltico *salonfähig* — era como os remanescentes sociais da *Goethezeit* setecentista, a aristocracia que ficara hibernando nas regiões bálticas, costumavam designar um homem do mundo.

Mas nessa época Giuseppe também conheceu um grupo de intelectuais burgueses que animaram a monotonia de seus dias. Do Bellini, o clube aristocrático, ele passava para o café Caflisch da via Ruggero Settimo, e ali encontrava professores e magistrados: Gaetano Falzone, Virgilio Titone, Enrico Merlo di Santa Elisabetta.

Quanto às cartas de Licy, as mais interessantes discorrem sobre dois tratamentos psicanalíticos realizados nos gélidos aposentos do castelo de Stomersee durante o inverno, um com a governanta da casa e o outro com um funcionário do serviço secreto soviético. Quanto ao resto, elas falam sobretudo de longas e dolorosas doenças, reais ou psicossomáticas, que eram quase crônicas em Licy. E não falta a acidez sempre que se fala em retomar a vida em comum em Palermo. Licy declara expressamente que a presença invasiva da sogra em sua relação com o marido está além de suas forças.

O mundo exterior — a política

A essa altura, é de se perguntar qual era a atitude de Tomasi em relação à vida que o cercava. Nos anos 1950, ele parecia um observador bastante arguto dos eventos externos, políticos e históricos, e, como costumava dizer, não perdia a oportunidade de pontificar. Sua posição, nos termos de hoje, seria a de um conservador esclarecido, crítico do papel que sua classe desempenhava na Itália durante o século XX (Giulio Tomasi e o cunhado Alessandro Tasca di Cutò eram alguns dos poucos aristocratas antifascistas dos anos 1920), com sólidas convicções democráticas e uma rejeição ao mundo comunista mais por conformidade geral do que por ideologia. Beatrice, por seu lado, declara-se uma fascista convicta nos anos 1920. Mas qual havia sido o passado de Giuseppe Tomasi, ninguém saberia dizer com certeza. Aquele momento de felicidade inédita que, nele, derivava de uma relação vital e inesperada com uma geração mais jovem cedia lugar a uma dolorosa lembrança, sempre que se aproximava de seu passado. "A vida é feita de fases" — era esse seu comentário, insinuando que antes ele fora diferente, sem explicitar em que aspecto.

Ninguém saberia dizer o que Giuseppe pensava na época da Primeira Guerra Mundial. Somente aquela inclinação à Inglaterra, já presente no final do conflito, e seu escasso interesse pela literatura alemã contemporânea (com exceção dos irmãos Mann) podem nos indicar sua aproximação aos ideais de representatividade democrática. Não duvidava do valor da democracia, mas ressaltava que a prática apontava considerável resistência à exportação desses ideais, bem como à sua aplicabilidade em diferentes sociedades. Por outro lado, a ausência de interesses especulativos fazia parte de sua natureza, e ele estava sempre pronto a ridicularizar as generalizações teóricas com observações extraídas do cotidiano. Não gostava de credos, menos ainda dos laicos. Enquanto André Pilar e Corrado Fatta se deliciavam com *O declínio do Ocidente*, de Spengler, Tomasi o ombreava a *Os grandes iniciados*, de Schuré.

Sua oposição ao fascismo havia sido dinástica e, ao mesmo tempo, empírica. Dinástica, pois o tio Alessandro Tasca di Cutò, deputado socialista, fora antifascista declarado, tal como o tio Pietro. E, das poucas lembranças favoráveis ao pai, guardava que ele havia previsto desde o início os males do fascismo — e seu julgamento não fora tão precoce assim. Entre os livros que, logo depois da guerra, Giuseppe deve ter lido com prazer está a primeira edição de *Considerações de um apolítico*, de Thomas Mann, texto a que, em nome da ordem, não faltam propensões autoritárias. Suas críticas contra o fascismo eram, na verdade, mais de gosto do que de conteúdo (o brilho ofuscante ou o aspecto macabro dos uniformes; a insipidez dos comícios militares; o militarismo mal-acabado; as imposições linguísticas, desde o uso de *voi* ao de *pallacorda*, imposto como palavra autenticamente italiana em lugar de "tênis"), enquanto o estado policial e os crimes atribuídos ao fascismo tinham papel secundário.

Mas tal era sua *forma mentis*, ditada por aquilo que poderíamos definir como uma lentidão garantida pelo empirismo. Os grandes males muitas vezes lhe pareciam consequência da necessidade: como governar os italianos ou os russos sem um Mussolini ou um Stálin? E, ainda por cima, nele se acrescentava o gosto nietzschiano pela refundação, de tal forma que, se era preferível viver sob Mussolini a viver sob Stálin, este seria muito mais objeto de sua admiração, justamente pela eficácia dos grandes expurgos. Com Hitler, porém, era impossível qualquer sintonia. Como Benedetto Croce, ele pensava que a Alemanha enlouquecera pouco a pouco depois da grande fase literária, do *Sturm und Drang* ao idealismo; o Terceiro Reich, a seus olhos, era desprovido de qualquer fascínio secreto: não se tratava de refundação, e sim de retrocesso a um primitivismo irracional e sectário. Quanto a Franco, considerava-o uma espécie de braço secular da Igreja, e via em suas evasivas — e, por fim, em sua recusa de entrar na guerra ao lado das ditaduras europeias — uma prova da milenar sabedoria eclesiástica.

A guerra — fim das casas avoengas

O pior ainda estava por vir. A destruição de Palermo durante a Segunda Guerra não foi devastadora a ponto de aniquilar o centro histórico, como ocorreu em diversas localidades da Europa Central. Mas os danos foram catastróficos; segundo as estimativas oficiais, 70% dos edifícios de Palermo e 50% dos de Nápoles se tornaram inabitáveis. No caso de Giuseppe e Licy, há de se considerar também que a guerra levou à perda das casas que eram o refúgio da vida deles. Os dois saem da guerra como tartarugas sem casco.

Em dezembro de 1939, Giuseppe foi reconvocado pelo Exército para um curso de atualização de dois meses. Nesse meio-tempo, o pacto Ribbentrop-Molotov obrigou Licy a deixar Stomersee. Segundo o tratado, os bálticos de origem germânica receberiam a cidadania do Reich e teriam direito a uma indenização. Em meio ao caos geral, Licy combateu em Riga em várias frentes, para salvar as próprias coisas e ainda com o objetivo de obter passaportes para alguns conhecidos judeus e para sua amiga Lila Iliascenko. No final do ano, vê-se forçada a deixar Riga e se refugia na casa materna em Roma.

O marido é mobilizado antes mesmo da declaração de guerra e é encaminhado a um grupo de artilharia de obuses instalado perto de Poggioreale. Licy, que chegara a Palermo, faz-lhe visitas frequentes. Giuseppe mora num tugúrio, como diria mais tarde ao procurar convencer a mulher a encontrá-lo na casa que alugou durante a desocupação no distrito de Vina, em Capo d'Orlando: "Não é um tugúrio como aquela de Poggioreale". O serviço militar dura apenas três meses: Giuseppe consegue dispensa por ser chefe de empresa agrícola e por estar com uma periartrite (real) na perna direita.

Em 1941, Licy regressa à Letônia, ocupada pelas tropas alemãs durante a batalha pela tomada de Leningrado. Permanece até o final de 1942, quando se aproxima a contraofensiva russa.

Faz várias visitas a Stomersee, onde dorme numa barraca. O castelo havia sido saqueado e, durante o ano da ocupação soviética, a população camponesa fora deportada. A correspondência entre Palermo e Riga recomeça. Ela, combativa; ele, resignado e desiludido. Sucedem-se os horrores da guerra. Os bombardeios em Palermo atingem apenas de leve a via Lampedusa. Na Letônia, Licy se bate contra tudo e todos, nazistas e comunistas. Giuseppe se aninha totalmente na órbita materna e se liga ainda mais aos Piccolo. Escapa com frequência para Capo d'Orlando (a única casa, depois da destruição do palácio, onde se sente à vontade).

Perto do final de 1942, mãe e filho se transferem para Capo d'Orlando, na residência dos Piccolo. Palermo agora está deserta; a casa, inabitável. Em novembro, a contraofensiva soviética convence Licy da inutilidade de sua resistência. Ela deixa a Letônia e volta a Roma, onde Giuseppe vai encontrá-la no Natal, logo voltando à Sicília. Quer achar uma casa vizinha à dos Piccolo, para não abusar mais da hospitalidade dos primos. Além disso, as personalidades fortes e excêntricas dos Cutò não são talhadas para o convívio e as duas irmãs, Beatrice e Teresa, brigam. Em 1943, Giuseppe aluga uma casa no distrito de Vina, na planície que se estende ao sopé do monte onde se ergue a vila dos Piccolo, e se muda com a mãe. Vai sempre a Palermo, preocupado com o palácio da via Lampedusa, que se encontra cada vez mais abalado com os bombardeios mas ainda não havia sido atingido em cheio. Tenta salvar os objetos valiosos e envia três carregamentos para uma casa do marquês De Spuches di Schisò, nos arredores de Carini; apenas um chega a seu destino. Móveis, quadros de maior valor e vários livros são encaminhados para a casa em Vina.

O LEOPARDO

Em fevereiro, na tentativa de convencer a Licy a se juntar a ele, Giuseppe lhe escreve uma carta diplomática, cheia de subterfúgios e adulações. Refere-se ao caráter inevitável da situação e deposita esperanças em que "tanto a flexibilidade italiana quanto a eslava saberão se adaptar às circunstâncias e não desejarão criar para mim um 'segundo fronte'". Licy se mostra irredutível. A correspondência continua ao longo de 1943, com os horrores da guerra: a morte de inocentes na cidade bombardeada. "Mas, quando se vê o que aconteceu, vem a vontade de cuspir no próprio passaporte de ser humano...", ele escreve em 16 de fevereiro. Em 22 de março, durante um bombardeio, um navio explode no porto e os fragmentos que caem sobre o palácio destroem-lhe o teto, deixando a biblioteca a descoberto. Muitos livros provenientes do palácio Lampedusa trazem as marcas do ocorrido, permeados de pó e manchas de chuva. Em 5 de abril, o palácio é diretamente atingido em várias partes. Giuseppe se detém diante das ruínas e caminha até a mansão de Stefano Lanza di Mirto, em Santa Flavia. Permanece ali por três dias, sem conseguir falar, antes de voltar a Capo d'Orlando.

O armistício e a libertação

Em meados de julho de 1943, a casa alugada por Giuseppe no distrito de Vina é atingida por uma bomba. Giuseppe e a mãe não estavam. Com o início do desembarque dos Aliados na Sicília, agora a costa era insegura. Pouco depois, temendo a divisão da Itália e a ocupação alemã, Licy chega a Capo d'Orlando; os três, a quem os acontecimentos obrigam a uma vida em comum, transferem-se para Ficarra, no interior.

Lá vivem os últimos combates da batalha da Sicília e tomam conhecimento do armistício de 8 de setembro (Ficarra fora "libertada" em 9 de agosto). Na metade de outubro, as famílias se separam. E, pela primeira vez desde que pisara na Sicília, Licy mora com o marido numa casa sem a presença da sogra. Giuseppe e Licy partem sozinhos para Palermo. Beatrice permanece em Ficarra e se muda pouco tempo depois para um hotel de Capo d'Orlando, onde se hospeda por cerca de dois anos. Em 1946, recusando-se a morar com o filho, instala-se sozinha num pequeno apartamento do semidestruído palácio Lampedusa; morre poucos meses depois.

Do final de 1943 a 1946, Giuseppe e Licy moraram na Piazza Castelnuovo, num quarto alugado. Foram os tempos mais sombrios — a cidade destruída, as ruínas do palácio Lampedusa expostas a saques diários. Não bastasse, a inflação provocada pela nova lira implantada pelo governo militar das forças aliadas, além do retorno dos evacuados, reduzira a população de Palermo à miséria. Em 19 de outubro de 1944, durante um tumulto na frente do palácio Comitini, o Exército dispara sobre a multidão, causando trinta mortes. Seguem-se outras em março de 1946, quando a multidão ateia fogo ao prédio da Receita comunal. O palácio Mazzarino, onde eu morava, dá para a via Maqueda, e até hoje lembro dos tumultos e dos disparos distantes, vindos da sede da comuna e do palácio Comitini, hoje sede da prefeitura.

Licy ainda podia se refugiar na psicanálise. Vai com frequência a Roma, onde, em 1946, participa com os outros analistas da organização do Primeiro Congresso Nacional de Psicanálise. Nesses anos, começa a clinicar e lecionar em Palermo, é orientadora de alguns alunos e entra em guerra contra o catedrático local de psiquiatria. Giuseppe está às voltas com as antigas pendências de família: a partilha judicial e sucessória com os tios. Em novembro de 1945, chega-se a um acordo consensual. O segundo andar de um palácio na via Butera, nº 42, cabe por sorteio a ele e à prima Carolina, metade para cada um. Giuseppe faz um trato com Carolina e se muda para o imóvel, que se encontra em condições terríveis — os portões arrancados, o pátio interno um verdadeiro "cortiço" a céu aberto, abrigando homens e animais. Mas, para os co-herdeiros residentes em Palermo, não existem muitas alternativas. Alguns vivem na mansão Lampedusa nos Colli; outros, no palácio de Torretta.

Em 1950, são postos à venda o primeiro e o segundo andar do palácio encostado àquele onde mora o casal, com entrada pela via Butera, nº 28. No passado, o palácio inteiro havia sido propriedade dos Lampedusa; o bisavô astrônomo o comprara com o dinheiro da venda da ilha de Lampedusa a Ferdinando II. Em 1865, o armador De Pace adquiriu metade dele, que então seria recomprada por Giuseppe. O palácio também sofreu alguns danos de guerra, e o escritor não tem ânimo para se mudar. Durante todo o ano de 1951, briga com co-herdeiros, bancos e advogados, supervisiona os consertos e reformas indispensáveis para a mudança e se transfere para lá no final do ano. Giuseppe vende sua parte no feudo de San Nicola perto de Torretta e faz um financiamento para comprar a propriedade De Pace. Ainda em 1951, recebe outras somas com a venda do que restou do palácio Lampedusa. Mais tarde tentará vender sua parte na área edificável da mansão Lampedusa em San Lorenzo Colli, mas apenas depois de sua morte é que a viúva consegue fazer um acordo com os outros herdeiros; enquanto isso, Giuseppe começa a atrasar as prestações do financiamento. Até sua morte, tais serão os problemas do príncipe, que ele precisa ocultar da mulher.

Presidente da Cruz Vermelha na Sicília

Mas, ao lado dos problemas, também há satisfações. A libertação de 1943 lhe proporcionou um cargo. Por indicação de Enrico Merlo, magistrado do Tribunal de Contas e amigo de Giuseppe, o governo militar aliado o inclui entre os homens representativos, não comprometidos com o regime, que dirigiriam os vários setores da administração pública agora renovados. Assim, em 1944, Giuseppe Tomasi é nomeado presidente provincial, e depois regional, da Cruz Vermelha. Permanecerá no cargo até meados de 1947, cumprindo seus deveres com zelo e procurando combater as propinas nos fornecimentos. Uma luta desigual, de que acaba desistindo.

Os estímulos culturais não haviam cessado. Quando o cineclube de Palermo é fundado, no final dos anos 1940, Giuseppe se torna sócio dele. O círculo era frequentado pelos intelectuais que despontavam na época, e alguns ainda se recordam do velho espectador assíduo e taciturno.

As cartas de 1950, que compõem o bloco final de correspondência com Licy, mostram que ele havia reencontrado o equilíbrio, retomado o interesse pela literatura e até conquistara uma autonomia de que nunca gozara antes. E, para quem acredita que os sonhos possam ser premonitórios, lembro que Giuseppe tinha um recorrente: ele percebia que havia atingido a maioridade e não iria mais depender da mãe nem da mulher. O papel central desse sonho é comprovado tanto por uma carta em que

O LEOPARDO

327

ele o descreve a Licy quanto pela menção de Orlando em *Ricordo di Lampedusa*. Como diz Tomasi no conto "A sereia", tudo "predispunha ao prodígio".

Nosso mestre e amigo

A partir de 1950, Giuseppe e alguns amigos passaram a frequentar com assiduidade a casa de Bebbuzzo Sgadari di Lo Monaco, na avenida Scinà. Sgadari, crítico musical do *Giornale di Sicilia*, possuía uma enorme coleção de discos e gostava de companhia. Duas ou três vezes por semana, os jovens aficionados eram convidados para ouvir música, depois do jantar.

Além de melômano, Sgadari era um amante das artes em geral. Traduzira Ronsard e Villon, escrevera um dicionário dos pintores sicilianos, dos quais possuía uma magnífica coleção de desenhos, tinha uma grande biblioteca bem organizada, colecionava faianças em maiólica. Além disso, era um homem fascinante, dono de uma simpatia que vinha acompanhada de introspecção e argúcia.

A casa de Sgadari servia de ponto de encontro dos intelectuais de passagem por Palermo, e muitos jovens, entre os quais eu me incluía, frequentavam o local, felizes com as possibilidades proporcionadas pelo dono da casa. Bebbuzzo desempenhava em certa medida o papel de confidente de nossas paixões e interesses, que se desenvolviam sob seus olhos ali mesmo, naquele território cultural que ele oferecia. Foi lá que estreitei relações com Lucio Piccolo e Tomasi di Lampedusa. Os dois eram meus primos em terceiro grau, pelo lado materno; eu já cruzara com Giuseppe nos grandes coquetéis

APÊNDICES

328

que meus pais costumavam oferecer no palácio Mazzarino. A timidez entre nós logo se rompeu e em 1953 já éramos amigos. Foi na casa de Bebbuzzo que conheci Licy, a qual, numa carta ao marido, datada de dezembro de 1952, refere-se a mim com extrema simpatia.

Naquele ano, Giuseppe e eu fomos juntos pela primeira vez a Capo d'Orlando, quando voltávamos de uma mostra em Messina dedicada a Antonello; naquele mesmo ano, encontramos Bernard Berenson, grande amigo de André Pilar. Lembro das conversas e das várias implicâncias de Berenson, um velhote ainda mais espirituoso, astuto e malicioso do que o próprio Lampedusa. E no mesmo ano Giuseppe Tomasi se ofereceu para ensinar língua e literatura inglesas a Francesco Orlando, então estudante de direito.

O grupo começou com aulas de língua três vezes por semana, no salão central do primeiro andar da via Butera, ao lado da biblioteca onde Licy recebia seus pacientes, mas logo passou à literatura. Já no início do curso, Lampedusa se viu cercado de um pequeno grupo de fiéis. Seguiram-no com bastante assiduidade até o final da parte dedicada a Shakespeare, depois escassearam e reapareceram no verão de 1954, como que atraídos por uma grande ocasião, quando Tomasi falaria de Joyce e Eliot — autores cercados de uma aura mítica, mesmo que em grande parte desconhecidos dos rapazes que éramos. Além de mim e Francesco Orlando, os outros jovens amigos do príncipe eram Francesco Agnello, Antonio Pasqualino e a irmã Bice, minha noiva Mirella Radice; alguns eram esporádicos, como Tito La Francesca, Ernesto Savagnone e Gabriella Saladino.

Entre o outono de 1953 e setembro de 1954, brincando e relendo, inventando e consultando, Lampedusa redigiu de um ímpeto um milhar de páginas manuscritas. Trata-se da obra *Literatura inglesa*, publicada pela Mondadori em 1990-1.

Essa atividade de crítico literário só tivera um antecedente em sua vida nos anos 1926-7, quando a revista genovesa *Le Opere e i Giorni* publicou três longos artigos: os dois primeiros dedicados respectivamente às novelas de Paul Morand, ambientadas no primeiro pós-guerra, e a W. B. Yeats e ao renascimento celta, enquanto o terceiro e mais extenso é, propriamente dizendo, um resumo e uma resenha de *Caesar: Geschichte seins Ruhms*, de Friedrich Gundolf (Berlim, 1925). Os anos não passaram em vão para nosso escritor. Basta comparar as poucas páginas dedicadas a Yeats nas aulas e as numerosas publicadas na revista. No primeiro caso, temos um homem que discorre de modo intempensivo, é direto, entre elogios hiperbólicos e críticas severas, naquele estilo empolado que é um dos traços mais característicos do Lampedusa narrador, mas que ao mesmo tempo surpreende pela expressividade e força representativa; já no segundo, vê-se um scholar diligente, que se dá ao trabalho de ilustrar de forma prolixa e em termos positivos a obra e o mundo de Yeats.

Orlando nos deixou um excelente ensaio sobre o homem e sua personalidade, o já citado *Ricordo di Lampedusa*. Mesmo a viúva, na maioria das vezes defensora obstinada de uma visão austera e oficial do marido, declarou que, ao ler Orlando, tinha a impressão de ouvir Tomasi. Sua fala era uma girândola de remissões e bruscas mudanças de assunto, com lampejos de erudição em termos simples, o que, aliás, é a maneira mais eficaz de torná-la proveitosa. Assim, a *Literatura inglesa* alcançou ótimos resultados didáticos, mesmo que a erudição venha acompanhada de empréstimos alheios e invencionices, que surgem sempre que Giuseppe se lembra de um caso picante. "Quantos amigos não se perdem por causa de uma piada", costumava dizer, e com isso queria me levar a refletir sobre um traço comum de nossa personalidade. No outono de 1954, o curso de inglês havia terminado e Giuseppe começou a elaborar um de francês.

Na origem dos dois cursos estava a decisão de Francesco Orlando de renunciar à carreira de advogado no escritório do pai e se dedicar à literatura. O curso de francês não é tão completo como o de inglês, mas mesmo assim são quinhentas folhas preenchidas com a habitual letra miúda e apertada. Orlando comenta, em *Ricordo di Lampedusa*, que o mestre parecia perder aos poucos o gosto por sua relação com o aluno. No inverno-primavera de 1955 já se dedicava a *O Leopardo*. Relendo tempos depois a obra completa de Lampedusa, tive a impressão de que o escritor, embora criticasse o *roman philosophique*, quis com seus textos de crítica ou narrativa fazer uma advertência a seus jovens amigos. Com gracejos e sarcasmos, convidava-os a explorar o amplo espaço do saber, a escapar à indolência característica da condição siciliana, enfim, a não recair nas escolhas que haviam marcado sua vida.

Uma vocação de poeta: Lucio Piccolo

O apelo determinante viera, dessa vez, de Capo d'Orlando. Teresa Tasca di Cutò, mãe dos primos Piccolo, morrera em 1954, e chegara o momento de emancipação de Lucio. Até aquela data, sua atividade artística oficial (por assim dizer) tinha sido a música. Além de extraordinário conhecedor de Wagner, era um ótimo maestro substituto, tanto quanto um compositor pode ser, isto é, era capaz de reproduzir ao piano qualquer trecho de música.

Tocava de memória passagens do *Anel* durante horas e talvez *Parsifal* inteiro, sua partitura favorita — podia divagar longamente sobre os sentidos esotéricos da peça, entre análises harmônicas, textos sagrados do ocultismo e reflexões pessoais. Fazia trinta anos que vinha compondo um *Magnificat*, do qual já possuía cerca de trinta páginas ("Desconfio que ele escreve no máximo uma nota por dia", troçava Giuseppe), e estava parado no mesmo ponto havia muitos anos. Por outro lado, o piano vertical de Capo d'Orlando estava inutilizável, infestado e corroído por ninhadas de ratos.

O estilo do *Magnificat* era o de Gian Francesco Malipiero, autor que Lucio conhecia à perfeição — tinha todas as suas partituras editadas, desde os exórdios na metade dos anos 1930, inclusive aquelas que o próprio Malipiero rejeitara na juventude. Uma vez, no Festival de Veneza, Bebbuzzo Sgadaria informou o músico sobre a presença daquele seu grande admirador siciliano, e Malipiero, sempre tomado pela mania de perseguição, incumbiu sarcasticamente Bebbuzzo de expressar sua simpatia ao único admirador que lhe restava.

O tema do teatro malipieriano, a presença órfica da música no mundo, com as várias reencarnações no mito de Orfeu, era caro a Lucio, ainda que sua partitura predileta fosse *Pentesilea*. De fato, o gosto musical de Lucio se mantivera num certo campo gregoriano redundante e floreado. Considero que as datas de composição dessas obras podem valer como pontos de referência para a carreira musical de Lucio, que de fato se extinguiu no começo dos anos 1930. Depois, na quietude de Capo d'Orlando, sob as asas vigilantes de Teresa Cutò, qualquer independência fora reduzida ao silêncio. Lucio, como Giuseppe, tornou-se apenas um fruidor onívoro, sobretudo de poesia.

No passado Lucio havia escrito versos, corretamente rimados, mantidos inéditos; agora, com a morte da mãe, veio a fulguração. Escreve algumas reevocações lírico-esotéricas de uma Palermo de sua infância, que publica por conta própria em Sant'Agata, em 1954, com o título de *9 liriche*. O primo Giuseppe, escolhido como consultor editorial por ter maior experiência de mundo, foi convidado a escrever uma carta de apresentação para enviar ao admirado Eugenio Montale. Lucio se enganou nas despesas postais do envelope, e mais tarde Montale diria que lera os versos sobretudo por causa das 180 liras que teve de pagar no recebimento da remessa. A leitura de Montale valeu a Lucio o convite para os "Encontros de San Pellegrino", que visavam a uma troca de experiências entre gerações literárias diferentes: nove escritores renomados apresentariam nove autores desconhecidos. Montale apresentou Piccolo, que chegou a San Pellegrino acompanhado por Giuseppe e um motorista que se sentia investido do papel de guarda-costas.

Uma vocação de escritor: Giuseppe Tomasi di Lampedusa

Para Giuseppe, aquela havia sido sua única imersão no mundo das letras, vivida ao mesmo tempo com timidez e orgulho. Pôde constatar que seus conhecimentos de leitor equivaliam, em alguns aspectos até superavam, aos dos literatos profissionais. Observou com espanto palermitano o sucesso de Lucio. Ele amava o primo e o admirava, mas nenhum palermitano reconhece excelência em um indivíduo do mesmo ambiente. O sucesso de um homem excêntrico e antissocial como Lucio o surpreendia sinceramente, assim como, quatro anos depois, todos os palermitanos que o haviam conhecido se surpreenderiam com o sucesso de *O Leopardo*.

Giuseppe afirmava que a ideia de escrever um romance sobre as reações de seu bisavô no dia do desembarque de Marsala vinha fermentando em seu íntimo desde longa data, ainda que permanecesse sempre latente. Em seu plano original, o romance cobriria um arco temporal de 24 horas, ideia que o próprio autor reconhecia derivar de *Ulisses*, de Joyce. A primeira parte da obra se atém a esse âmbito e a essa técnica. Em junho de 1955, já escrito e reescrito esse capítulo, Giuseppe deixa seu príncipe de lado e redige um cuidadoso reconhecimento das casas que perdeu: são as "Recordações da infância". A redação caminha ao lado da elaboração de *O Leopardo*, que avança além da primeira parte e além do único dia de *Ulisses*.

Outro acontecimento determinante que impulsionará o romance a seu caráter de grande epopeia ao mesmo tempo privada e pública, de apólogo da antiga classe dominante, ocorre com duas visitas a Palma Montechiaro, o antigo feudo dos Tomasi, no verão e outono de 1955. Giuseppe se hospedou em Siciliana de Francesco Agnello, no palacete baronal da localidade que, pouco tempo antes, Francesco convencera os pais a restaurar. Francesco se empenhou em vencer a resistência do velho amigo e o convenceu a visitar Palma. As estradas locais, naquela época, eram famosas pelas curvas tortuosas. A distância total era de cerca de setenta quilômetros. Levava-se quase uma hora de Siciliana a Agrigento, e outro tanto de Agrigento a Palma, mesmo a distância sendo menor.

APÊNDICES

334

Terra de santos

Velhos fantasmas paternos se adensavam em torno de Palma e seus santos, cujas histórias Giuseppe com certeza conhecia desde a infância. Ele me contou que todo 5 de janeiro o avô comemorava a festa do beato Giuseppe Tomasi, hoje santo, com uma missa particular, durante a qual eram expostas as relíquias conservadas em família: a mitra cardinalícia e as babuchas. E, entre os objetos que Giuseppe se deu ao trabalho de salvar dos escombros do palácio Lampedusa, está também o chapéu do santo. Mas a recordação vinha cercada por uma aura de rejeição ao mundo paterno. A última celebração do beato Tomasi a que o jovem Giuseppe deve ter assistido foi a de 1907; depois da morte de seu avô Giuseppe, seus pais tinham renunciado ao papel de promotores do evento.

Na memória de Giuseppe, a lembrança dessas cerimônias se alinhava entre as desagradáveis. Delas participavam os vários descendentes do Leopardo residentes em Palermo, tendo à frente as srtas. Lampedusa e os parentes Crescimanno, pessoas com as quais seu pai iria brigar ou já estava em litígio, brigas que, à sua morte, passariam para a alçada do filho. Não se pode esquecer que o astrônomo havia morrido sem deixar testamento, e os filhos varões desconfiaram que a mãe destruíra o documento para favorecer as filhas mulheres. E, numa sociedade em que a única fonte de subsistência depende de perder ou adquirir capitais, o "negócio" da antiga sociedade meridional, o rancor se prolonga por gerações e é invocado como causa das desventuras dos descendentes.

A aura dos austeros Tomasi seiscentistas, fundadores de Palma, a cidade que haviam transformado em terra de santos e conventos, pairava também no interior do palácio da via Lampedusa, do qual Giuseppe e Licy retiraram tudo o que conseguiram dos painéis de madeira setecentistas. Entre esses elementos decorativos, havia uma série de requadros de porta com lúgubres santos barrocos e dois batentes de uma alcova em nicho, no centro de uma estupenda decoração rococó, com um retrato do beato e um da santa. Os santos velavam também os amores e o sono dos Tomasi laicos; foram vãs as tentativas de Beatrice e Giulio de removê-los. Palma fora fundada pelos gêmeos Carlo e Giulio Tomasi em 3 de maio de 1637. Nesse mesmo ano, Carlo, barão de Montechiaro, adquirira da Coroa a *licentia populandi*,* e um ano depois da fundação ele receberia o título de duque sobre a nova terra. Passados três anos, o barão renunciou ao mundo, ingressando na ordem dos clérigos regulares de Thiene. O feudo passou para seu irmão Giulio, a quem não faltava fervor religioso. Em 1659, Giulio entregava seu palácio ao Mosteiro do Santíssimo Rosário, em que estavam encerradas quatro filhas suas e onde depois sua esposa, Rosalia Traina, também tomaria o véu. O filho primogênito, Giuseppe, a exemplo do tio Carlo, também seguiu a vida da renúncia ao mundo e ingressou na ordem de Thiene. Estudioso de filologia bíblica, conseguiu converter seu professor de hebraico, o rabino Mosè da Cave, e preparou a primeira edição filológica das Sagradas Escrituras. Cardeal, morrendo em olor de santidade, foi canonizado por João Paulo II. No mosteiro do Rosário vivia sua irmã Isabella, que ao tomar o véu adotara o nome de Maria Crucificada. Está entre as grandes figuras místicas do século XVII, tendo

---

* *O privilégio de povoar um feudo, concessão outorgada pelo Reino da Sicília.*

como modelo de ascese santa Teresa d'Ávila. Os prodígios de sua vida de claustro, com visões, estigmas, cartas ditadas pelo diabo, penitências e cilícios, conferiram uma auréola toda particular ao nome dos Tomasi e à "terra" de Palma.

Esses antepassados distantes, o claustro no monte Calvário para onde o duque Giulio se retirou, o mosteiro, a matriz, a terra de santos em geral tinham contornos bastante vagos entre as lembranças familiares de Giuseppe Tomasi. Seu pai já rompera os vínculos com o mundo do fanatismo devoto dos Tomasi, e esse mundo paterno se apresentava a seu último descendente direto sobretudo na forma de litígios hereditários e da decadência que afetara tios e primos, levando-os para as franjas da sociedade. Perseguidos pela fome, alguns parentes haviam tentado usufruir dos bens geridos pela administração judicial Tomasi em Palma. Dois primos tísicos tinham acelerado seu fim nos anos 1930, quando trabalhavam na administração das minas de Montegrande. E Francesco, um irmão de seu pai, tentara viver com a esposa e o filho menino entre as ruínas do castelo de Montechiaro. Os santos que surgem em círculo, velhas abadessas severas e jovens monjas em êxtase, num pequeno quadro de Domenico Provenzani que Giuseppe salvara dos destroços da via Lampedusa, eram ofuscados pela grande e penosa saga da partilha judicial, com seu rastro de ressentimentos e rancores.

O duque e seu feudo

Giuseppe cedeu. No final de agosto de 1955, fez sua primeira visita a Palma, em companhia de Francesco Agnello. Voltou entusiasmado. Não tinha imóveis significativos lá, não era o grande latifundiário da região — como tampouco nenhum Tomasi, já fazia quase dois séculos —, mas era o descendente dos santos, um pedaço daquela terra que, graças às circunstâncias místicas de sua família, se diferenciara de qualquer outra fundação feudal siciliana. Com essas premissas, a visita foi venturosa. Observou deliciado a sacristia da matriz e o interior da igreja, e ficou comovido com a acolhida da comunidade beneditina do Santíssimo Rosário. Eu mesmo posso atestar, tendo acompanhado outros visitantes pouco propensos à vida religiosa, que essa sensação se repetia com regularidade, na cela da santa, nas capelas internas, no coro, no claustro.

Ao voltar a Palermo, Giuseppe comunicou seu entusiasmo à mulher e a mim, e programamos uma viagem conjunta a Siciliana no começo de outubro. Giuseppe foi com Licy, eu com minha noiva, Mirella. O encantamento se repetiu tanto na matriz quanto na visita ao convento. Todavia, essa comunicação entre mundos diferentes, entre nós e a terra de santos, foi impossível no caso de Licy. Fosse porque, para ela, feudalidade significava comando, ou porque, com sua formação política moldada por uma tradição anti-hispânica, a inquisição, as fogueiras, os místicos e os santos eram, todos eles, filhos do obscurantismo. Era isso o que se ensinava no liceu imperial czarista. Licy só amoleceu diante das ruínas do castelo de Montechiaro e até planejou acampar com Giuseppe no pequeno pátio interno, no verão seguinte. E ela falava a sério, tanto que Giuseppe pensou em providenciar alguns reparos. Alguns meses depois, chegou à via Butera uma carta apócrifa dos *carabinieri* de Palma — tendo, com grande honra, tomado conhecimento do desejo dos ilustríssimos príncipes em passar alguns dias no castelo, eles declaravam que não poderiam lhes garantir a devida segurança.

O escritor a trabalho

Depois das idas a Palma, a redação de *O Leopardo* retomou grande vigor. E a "visita ao mosteiro" faz parte dos primeiros deveres do príncipe de Salina, assim que chega a Donnafugata. Mas as figuras dos santos e seus cilícios também aparecerão ligadas à terra, às posses, ao amor e à morte, no terceiro dos capítulos dedicados a Donnafugata, escrito no verão do ano seguinte.

Em 31 de março de 1956, Giuseppe sente necessidade de comunicar a Guido Lajolo, que emigrara muitos anos antes para o Brasil, os dois novos fatos que estão mudando sua vida: "aconteceram (ou, melhor dizendo, estão para acontecer) dois fatos muito importantes: 1) escrevi um romance; 2) estamos para adotar um filho".

A carta é um exemplo típico de sua propensão a metamorfoses romanescas, isto é, modificar a realidade segundo seus caprichos para torná-la mais condizente com um romance e, ao mesmo tempo, fazê-la corresponder a seus almejados desejos. Com isso, toda notícia sofre um processo de amplificação, pois, de outra maneira, não seria notícia. Eis agora os primos Cianciafara e Piccolo, os três dedicados a atividades artísticas bem-sucedidas. Já sabemos que Lucio se tornou poeta, mas a pintura de Casimiro e as gravuras de Filippo Cianciafara estão percorrendo o mundo. E a mesma amplificação romanesca atravessa o quadro familiar que me cerca: pais muito ricos e altivos, uma noiva linda, mas de péssima família, enquanto ele e a esposa se dedicam a estudos intensivos que tornarão a jovem digna de seu príncipe encantado. Mesmo a nomenclatura do romance surge aureolada pelas recordações, como no caso do professor La Ciura; até Chevalley di Monterzuolo tinha como modelo um prefeito de Agrigento de mesmo nome, como veio me confidenciar uma amiga piemontesa, descendente sua, que me disse sorrindo que o sucesso de *O Leopardo* foi um sofrimento para sua família. E não era a única. Os descendentes de Maria Favara, seus primos Valguarnera di Niscemi e Stantostefano della Cerca, tiveram muitos motivos de queixa com a difamação genealógica de Angelica Sedàra.

O Leopardo é descrito a Lajolo como "um romance: melhor dizendo, três longas novelas interligadas...". Se não me trai a memória, essas três novelas correspondem à primeira parte (mansão Salina), à segunda (a viagem para Donnafugata) e à primeira versão da terceira e quarta partes (Tancredi e Angelica em Donnafugata e a visita de Chevalley di Monterzuolo) e à última (as relíquias). O quarto tema da primeira versão (a morte do príncipe) é o último a ser escrito, e foi com sua redação que Giuseppe considerou ter unificado os diversos momentos num romance.

Em busca de um editor

Tomado por uma alegria infantil quanto à sua criação, o autor pensava em publicá-la imediatamente. Orlando se prontificou a datilografar as quatro partes. Nesse meio-tempo, o escritor redigiu uma quinta, que continha as passagens principais dos desenvolvimentos políticos e familiares em Donnafugata (o referendo e o noivado de Tancredi). Em 24 de maio de 1956, Lucio Piccolo enviou as cinco partes ao conde Federici, funcionário da Mondadori, com o qual ele mantinha contato. Em 7 de junho, Giuseppe explicou a Lajolo que o romance "é composto por cinco longos relatos: três episódios se desenrolam em 1860, ano da expedição dos Mil na Sicília, o quarto em 1883, o último, o epílogo, em 1910, cinquentenário dos Mil". Como se vê, o romance crescia dia a dia. Durante o verão, o segundo capítulo de Donnafugata foi desdobrado, resultando na parte IV, com o arrebatamento amoroso e a visita de Chevalley. O novo capítulo também foi datilografado por Orlando e enviado a Federici em 10 de outubro, especificando onde o acréscimo se situava em relação à primeira remessa. Numa carta de 10 de dezembro, Federici por fim recusou o material datilografado (agora com seis partes). Giuseppe se ressentiu, mas agora sua principal ocupação era escrever e a recusa não o esmoreceu.

Nos poucos meses que lhe restavam de vida, entre o outono de 1956 e o inverno de 1957, Giuseppe escreveu mais dois capítulos, o intermezzo de Padre Pirrone em San Cono e o baile na casa Ponteleone, além de um capítulo inacabado, "O cancioneiro de Casa Salina". Em janeiro-fevereiro de 1957, transcreveu mais uma vez o livro num caderno grande, de tamanho ofício. O romance aparece em oito partes e ao final vem um índice analítico. Giuseppe escreveu mais dois contos: um curto, "A alegria e a lei", no final de 1956; o outro longo, que o deixou muito satisfeito, "A sereia", no inverno de 1957. Nesse mesmo inverno começou um romance novo, *Os gatinhos cegos*, do qual resta o primeiro capítulo.

Em dezembro de 1956, o Tribunal de Recursos acolheu seu pedido de adoção. Giuseppe fizera a proposta de adotar a mim e a meus pais em março daquele ano. A decisão foi comemorada na via Butera e no palácio Mazzarino. Na vida pessoal, exceto pelo problema das necessidades econômicas que batia às portas de minha família, tudo parecia acertado e as coisas corriam de vento em popa. Em fevereiro de 1957, por intermédio do editor livreiro Fausto Flaccovio, o material datilografado em seis partes foi enviado a Vittorini, diretor da coleção "I Gettoni", da Einaudi. Passados dois meses, mais um canal foi ativado — o engenheiro Giorgio Giargia, que à época era paciente da princesa, se prontificou a indicar o manuscrito a Elena Croce. O canal se mostrou lento, mas foi ele que acabou por levar à publicação de *O Leopardo*, em novembro de 1958.

Desolação e fim

Nos anos 1950, Giuseppe parecia mais velho do que era. Sofria de algumas doenças crônicas, tinha um permanente pigarro de fumante e de vez em quando as dores reumáticas o faziam mancar um pouco. Mas a conduta espartana do casal Lampedusa, uma vida sem grandes confortos, mantida com despesas modestas, não deixava transparecer a magnitude dos males. O escritor só ficava em casa se não houvesse alternativa: para ele, sair era essencial. Essa exigência também se ligava, sem dúvida, à singular liturgia de uma convivência que, tanto pelas circunstâncias descritas quanto pelas personalidades envolvidas, só pudera se instaurar a partir de 1944.

Os horários, as refeições, a alimentação do casal divergiam em tudo. Ele costumava acordar cedo, e pouco depois das oito já estava na rua, com sua maleta cheia de livros, indo aos três cafés do centro que gostava de frequentar: a confeitaria do Massimo das nove às dez; antes do enfado que viria a sentir com relação aos frequentadores do local, zarpava para o Caflisch da via Ruggero Settimo; por fim, do meio-dia às duas, o Mazzara. Na

APÊNDICES

342

confeitaria do Massimo e no Mazzara, lia e escrevia; no Caflisch, encontrava os amigos e conhecidos burgueses, hábito que adquirira antes mesmo da guerra. Ia para casa por volta das três, às vezes mais tarde, quando fazia uma boa refeição no restaurante Renato ou no Pappagallo.

Licy, por seu lado, não saía da cama antes das onze e recebia seus pacientes entre o final da manhã e o fim da tarde (às seis ou sete horas). Era quando os horários e atividades do casal coincidiam. Vinha então aquele período de três ou quatro horas de conversa, entremeadas por uma refeição que, para um paladar siciliano, imagino não fosse muito atraente. Licy se arriscava em vários pratos báltico-escandinavos e, quando não encontrava em Palermo alguns ingredientes básicos, substituía-os por invenções próprias. Exemplo terrível desse apego gastronômico às terras setentrionais era sua versão de arenque marinado. Em Palermo, é claro, era impossível obter arenque fresco, e então Giuseppe ficava encarregado de comprar arenques defumados — "mas fêmeas", recomendava Licy sempre que o incumbia de providenciá-los. Os arenques eram fartamente enxaguados e postos a marinar junto com a ricota, empregada como substituto do creme azedo. E a ricota, em contato com aquele horrendo peixe malcheiroso, de fato azedava, causando diarreias frequentes em Licy. Apenas os tórridos verões palermitanos, quando a ricota fermenta sozinha, sem necessidade de arenques, a faziam renunciar a esse prato que adorava.

Por volta das onze da noite, Giuseppe ia dormir e Licy se retirava outra vez para o gabinete da biblioteca, onde examinava até o amanhecer os protocolos dos pacientes ou lia e escutava os noticiários noturnos em língua estrangeira, inclusive os das emissoras comunistas, razão pela qual suas informações sobre os acontecimentos diários eram, muitas vezes, diferentes das do leitor de jornais. O casal também ia com frequência ao cinema, arte em que ambos eram especialistas e grandes aficionados, e aqui seus julgamentos concordavam mais do que em qualquer área.

O biógrafo de Tomasi pode acompanhar os deslocamentos e, às vezes, as ocupações desses anos num lacônico diário sobre seu cotidiano; encontram-se outros materiais sobre os pensamentos desse extraordinário solitário em bilhetes esparsos, cujo conteúdo consiste, em geral, de algumas reflexões deprimidas, como aquelas feitas por Dom Fabrizio quando passa da observação para uma universalização abstrata. Outros materiais ainda se encontram num caderno em que o escritor copiava, à guisa de citação, alguns trechos que considerava dignos de maior reflexão.

Assim, não admira que não se observasse em Giuseppe nenhum sinal particular de decadência física, antes que seus habituais acessos de tosse começassem a revelar sangue. Estávamos em Capo d'Orlando, no final de abril; ao voltarmos a Palermo, uma estratigrafia revelou um tumor no pulmão direito. Para tentar convencê-lo a fazer uma cirurgia em Roma, foi preciso informá-lo sobre a doença. Ele sentiu de súbito uma grande fraqueza, entendeu que a enfermidade vinha de longa data e que a enfrentara apenas com a vontade. Chegou a Roma no final de maio. A evolução da doença foi rápida. A cirurgia foi desaconselhada, em vista do estado geral dos pulmões e da posição do tumor. Recorreu-se a uma cobaltoterapia. Quando desembarquei em Roma, em 20 de julho, ele não conseguia ficar de pé. Morreu no dia 23, na casa da cunhada, na via San Martino della Battaglia, esquina com a Piazza Indipendenza.

As várias cartas que enviou a mim, a Mirella e aos Piccolo descrevem suas sensações diante dos tratamentos. A aparelhagem de aplicação da cobaltoterapia está, para ele, bem como as máquinas em *Tempos modernos* estão para o personagem de Chaplin. É a mesma desconfiança. Sua vontade de voltar para casa transparece em tom doloroso e desesperado. Mais prudente do que muitos sicilianos, havia feito seu testamento em 1956, quando dera entrada na justiça ao pedido de adoção. Durante a doença, redigiu duas cartas para a mulher e para mim. Suas vontades e seus desejos deveriam ser inequívocos, ele dizia. E, entre outras coisas, falava d'*O Leopardo*. Pedia que os herdeiros se empenhassem na publicação do livro, mas não queria a humilhação de que a pagassem do próprio bolso. Antes de ir para Roma, enviara a Enrico Merlo uma cópia datilografada do romance, com uma breve descrição das correspondências entre os personagens reais e os personagens do romance. As indicações são unívocas, exceto no caso de Tancredi, que ele diz ter baseado em minha aparência física e na carreira política dos dois senadores Lanza di Scalea, Francesco e Pietro.

A carta a Enrico Merlo e a carta testamento enviada a mim foram achadas em 1998 por Giuseppe Bianchieri, dentro de um volume das *Viagens do capitão Cook*.

Em 2 de julho, Elio Vittorini havia respondido diretamente ao sr. Giuseppe Tomasi, cujo romance datilografado lhe fora indicado por Flaccovio. Mostrava a leitura atenta de um intelectual que, por sua posição, era o menos adequado para recebê-lo. A carta chegou ao autor em meados de julho. Ela lhe agradou, mas também o entristeceu: era o primeiro sinal de atenção de alguém fora de seu círculo, mas era também uma recusa.

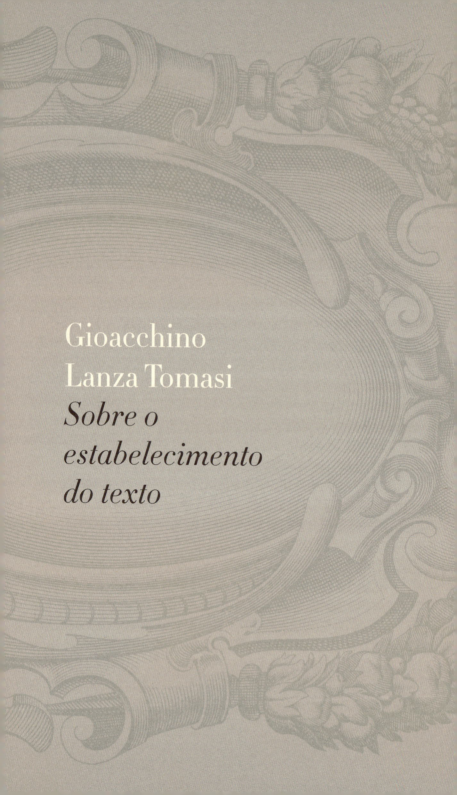

Gioacchino Lanza Tomasi
Sobre o estabelecimento do texto

Giuseppe Tomasi di Lampedusa não teve tempo de autorizar a publicação de suas obras. Em abril de 1957, foi diagnosticado com um tumor no pulmão; no final de maio, empreendeu uma esperançosa viagem a Roma, onde morreu em 23 de julho. Fazia um ano que tentava conseguir uma editora para *O Leopardo*. Primeiro o romance havia sido submetido à Mondadori, que dele declinou; depois foi encaminhado à Einaudi — poucos dias antes de sua morte, Lampedusa recebeu outra carta de recusa. O escritor acreditava piamente no valor da obra. Antes da viagem, escreveu duas cartas testamentárias, uma dirigida à mulher, a princesa Alexandra (Licy) Wolff Stomersee,[*] e outra a mim, seu filho adotivo.[**] Em 30 de maio, também escreveu a Enrico Merlo.[***] A carta a Merlo e a carta testamentária a mim dirigida foram reencontradas em 2000 por Giuseppe Bianchieri, sobrinho da princesa, num volume das *Viagens do capitão Cook*. Licy adquirira do marido o costume de usar livros como repositórios de documentos importantes. E por vezes uma carta ou um cheque eram perdidos: esquecer em que li-

---

[*] *Psicanalista, filha de Boris Wolff Stomersee e Alice Barbi, célebre cantora de* Lieder.

[**] *Gioacchino Lanza di Assaro era um dos jovens próximos a Lampedusa em seus últimos anos de vida. Primo distante escritor, que a ele se refere nas cartas como Giò ou Gioitto, foi adotado por ele em 1956. Professor de história da música e produtor musical, atualmente é diretor do Teatro di San Carlo de Nápoles.*

[***] *Enrico Merlo, barão de Tagliavia. Conselheiro do Tribunal de Contas para a Região da Sicília, pertence à restrita lista dos amigos de escola de Lampedusa. Merlo e Lampedusa se encontravam quase todos os dias no Café Caflish.*

vro estavam tinha o mesmo efeito de, hoje em dia, não lembrar a senha do computador.

A carta a Enrico Merlo acompanhava uma cópia datilografada do romance, com uma breve descrição das equivalências entre personagens reais e fictícios. As indicações eram inequívocas; apenas Tancredi, segundo ele, teria os traços físicos baseados nos meus e a carreira política na dos dois senadores Lanza di Scalea, Francesco e Pietro. Francesco, exilado na Toscana e senador por nomeação régia depois da Unificação, militara na esquerda moderada e concorrera sem sucesso às eleições de prefeito de Palermo. O filho Pietro havia sido ministro da Guerra no gabinete Facta e ministro das Colônias no primeiro gabinete de Mussolini. Político profissional, subsecretário na época da guerra da Líbia, passara da esquerda moderada para a direita. Assim, correspondia a tudo o que Tomasi escreveria em "O cancioneiro da Casa Salina", o capítulo inacabado de *O Leopardo*: "Tancredi ainda era jovem demais para aspirar a cargos políticos definidos, mas sua atividade e fortuna recente o tornavam indispensável por toda parte; militava na proveitosa zona nebulosa da 'extrema esquerda da extrema direita', excelente trampolim que depois lhe permitiria manobras admiráveis e admiradas; mas ele disfarçava sabiamente a intensa atividade política com uma despreocupação e uma leveza de expressão que o deixavam bem com todos".

Na época em que tudo era manuscrito, a extensão da carta era determinada pelo tamanho da folha dobrada em quatro. Preenchia-se até o final e muitas vezes a última frase e a assinatura eram escritas de atravessado. Para um autor que está explicando o sentido de seu romance a um siciliano culto e especialista, a carta a Merlo é uma mensagem lacônica. Uma verdadeira manifestação de *understatement*, modelo de comportamento ao mesmo tempo ético e estético.

N. H.
Barão Enrico Merlo di Tagliavia
S. M.

30 de maio de 1957

Caro Enrico,
na pasta de couro você vai encontrar o texto datilografado do *Leopardo*.
Peço-lhe que tenha cuidado, pois é a única cópia que possuo.
Peço-lhe também que leia com atenção, porque cada palavra foi bem pesada e muitas coisas não estão ditas às claras, mas apenas sugeridas.
Parece-me que apresenta certo interesse porque mostra um nobre siciliano num momento de crise (não se diz que seja apenas a de 1860), como ele reage e como o declínio da família vai se acentuando até sua quase total dissolução; tudo isso, porém, visto de dentro, com certa participação do autor e sem nenhum ressentimento, como acontece, ao contrário, nos "Vice-Reis".*
É desnecessário dizer a você que o "príncipe de Salina" é o príncipe de Lampedusa, Giulio Fabrizio, meu bisavô; tudo é real: a estatura, a matemática, a falsa violência, o ceticismo, a mulher, a mãe alemã, a recusa em ser senador. Padre Pirrone também

---

* I Vicerè, *romance histórico de Federico de Roberto, de 1891, sobre uma família nobre de Catânia no período do Risorgimento.*

O LEOPARDO

349

é autêntico, inclusive no nome. Creio que tornei os dois mais inteligentes do que realmente eram.

Tancredi é, na aparência física e nas maneiras, Giò; em termos morais, uma mistura do senador Scalea e de Pietro, seu filho. Angelica não sei quem é, mas lembre-se que Sedàra, como nome, parece muito com "Favara".

Donnafugata como lugar é Palma; como palácio, é Santa Margherita. Aprecio muito os dois últimos capítulos: a morte de Dom Fabrizio, que sempre foi *só*, embora tivesse mulher e sete filhos; a questão das relíquias que põe o selo final em tudo é absolutamente autêntica e vista com meus próprios olhos.

A Sicília é a que é; de 1860, de antes e de sempre.

Creio que o conjunto não está isento de uma poesia melancólica própria.

Parto hoje; não sei quando voltarei; se quiser me escrever, pode enviar para:

Signora Biancheri
Via S. Martino della Battaglia, 2
Roma

Com meus caros cumprimentos
seu
Giuseppe

[No verso do envelope:]
Presta atenção: o cão Bendicò é um personagem importantíssimo, quase a chave do romance.

A carta testamentária pode ajudar a compreender o talento do escritor. Composta ao estilo das cartas do gênero, revela ao mesmo tempo uma habilidade na escrita que soma a força da comunicação afetiva a um atento controle do léxico e da frase. As leituras de Stendhal haviam formado um discípulo.

Para Giò

Maio de 1957

Caríssimo Gioitto,

Espero que, mesmo depois que as cortinas tenham se fechado, minha voz o alcance para lhe dizer o quanto sou grato pelo consolo que sua presença trouxe a estes dois ou três últimos anos de minha vida que foram bastante difíceis e sombrios mas que, não fosse por você e pela cara Mirella,[*] teriam sido francamente trágicos. Nossa existência, a de Licy e a minha, estava à beira de chegar a uma aridez total entre as preocupações e a idade, quando o afeto, a presença constante, a graciosa existência de vocês trouxeram um pouco de luz à nossa escuridão.

Eu quis muito bem a você, Gioitto; nunca tive um filho, mas creio que não poderia ter amado mais a ele do que amei você.

[...]

Esse gênero de carta costuma terminar com um pedido de perdão pelos erros cometidos; devo dizer, porém, que, por mais que busque na memória, realmente não me lembro de lhe ter

[*] *Mirella Radice, noiva e depois mulher de Gioacchino Lanza di Assaro.*

feito qualquer mal; se sua memória se lembrar de alguma coisa, acredite, foi involuntária; em todo caso, peço-lhe perdão da mesma maneira.

Gostaria também de pedir que você tente conseguir a publicação do *Leopardo*.

Por favor, diga a Giovanna, Casimiro e Lucio[*] que lhes sou muito, muito agradecido pelo afeto constante que sempre encontrei junto a eles; a Piana[**] foi um dos poucos oásis de luz nestes meus últimos anos de tanta escuridão; diga a eles que lhes peço que transfiram para você e Mirella aquele afeto que podiam ter por mim.

Peço que leia esta carta para Licy.

E me despeço abraçando você e Mirella com todo o afeto possível e desejando os melhores votos para a felicidade do casal.

Naqueles mesmos dias de final de maio, ele também escreveu seu testamento. Foi redigido numa carta intitulada:

Últimas vontades de caráter privado — o testamento se encontra em envelope à parte.

É o texto irritado de um homem que tem certeza de sua morte.

Desejo ou, melhor, quero que à minha morte não se faça nenhuma espécie de divulgação, nem pela imprensa nem por outros meios. Os funerais devem ser os mais simples possíveis, a uma hora in-

---

[*] *Giovanna, Casimiro e Lucio Piccolo di Calanovella, primos em primeiro grau de Lampedusa, pelo lado materno. Casimiro se dedicava à pintura e à fotografia; Lucio, à composição e à poesia.*
[**] *A vila Piccolo ficava em Piana di Capo d'Orlando, em Messina, na Sicília.*

cômoda. Não desejo nenhuma flor e ninguém a me acompanhar a não ser minha mulher, meu filho adotivo e sua noiva.

Desejo que minha mulher ou meu filho anunciem minha morte por carta ao engenheiro Guido Lajolo* (rua Everlândia, 1147, São Paulo, Brasil).

Desejo que se faça todo o possível para a publicação do *Leopardo* (o manuscrito válido é aquele reunido num único caderno grosso escrito à mão); isso não significa, é claro, que deva ser publicado às expensas de meus herdeiros; eu consideraria uma grande humilhação. Ao ser publicado, um exemplar com dedicatória deverá ser enviado a todas as pessoas aqui mencionadas: sra. Iliascenko,** Lolette,*** tio Pietro,**** Corrado Fatta,***** família Piccolo, Francesco Agnello,******

---

* *Guido Lajolo, engenheiro e companheiro de prisão de Lampedusa no campo de Szombathely durante a Primeira Guerra Mundial. O antigo companheiro, que havia imigrado para o Brasil, reencontrou o amigo em 1953, em Palermo, e os dois mantiveram correspondência.*

** *Ljudimila Iliascenko, amiga de infância da princesa de Lampedusa. Vivia em Palermo, onde ensinava línguas.*

*** *Olga Wolff Stomersee Bianchieri, irmã da princesa.*

**** *Pietro Tomasi della Torretta, tio de Lampedusa, foi embaixador da Itália em Londres de 1922 a 1927. O sobrinho costumava se hospedar na embaixada, e lá conheceu a futura mulher, filha do primeiro casamento de Alice Barbi, então mulher do embaixador.*

***** *Corrado Fatta della Fratta, historiador e grande amigo de Lampedusa. Sua principal obra é uma biografia de Henrique VIII.*

****** *Francesco Agnello pertencia ao círculo de jovens próximos a Lampedusa em seus últimos anos de vida. Mais tarde, tornou-se um importante produtor musical.*

Francesco Orlando,[*] Antonio Pasqualino[**] e engenheiro Guido Lajolo. E também advogado Bono[***] e Ubaldo Mirabelli[****] e sr. Aridon.[*****] Peço perdão a todos a quem posso ter ofendido e declaro com franqueza que escrevo sem animosidade em relação a quem quer que seja, mesmo aqueles que mais obstinadamente me prejudicaram e ofenderam.

Mas declaro também que, entre as pessoas vivas, amo apenas minha mulher, Giò e Mirella. E peço que cuidem muito bem de Pop,[******] à qual sou muito afeiçoado.

Creio que não há mais a dizer: se esqueci alguma coisa, tenho certeza de que meus herdeiros a cumprirão por si mesmos, segundo o espírito destas minhas últimas vontades.

Giuseppe Tomasi di Lampedusa

Palermo, 24 de maio de 1957.

Essas últimas vontades de caráter privado surgiram quando se preparava uma edição da correspondência entre o escritor e a mulher. Dão a palavra final sobre as inúmeras discussões em relação ao texto de *O Leopardo* aprovado pelo autor.

[*] *Francesco Orlando, aluno preferido de Lampedusa, redigiu para ele* Literatura inglesa *e* Literatura francesa, *uma série de aulas que lhe eram lidas duas vezes por semana a partir de 1954. É professor de teoria e técnica do romance na Scuola Normale de Pisa.*

[**] *Antonio Pasqualino pertencia ao círculo de jovens próximos ao escritor. Tornou-se médico-cirurgião e um respeitado antropólogo.*

[***] *Advogado de Misilmeri, pai de dois pacientes de Licy Lampedusa.*

[****] *Ubaldo Mirabelli, historiador da arte e jornalista, foi por muitos anos diretor do Teatro Massimo de Palermo.*

[*****] *Giuseppe Aridon, administrador do espólio Lampedusa para o escritor e sua prima Carolina Tomasi.*

[******] *Cachorrinha do casal Lampedusa.*

Crítico esporádico de literatura francesa e história nos anos 1926-7 em *Le Opere e i Giorni*, publicação mensal de cultura editada em Gênova, Lampedusa retomou a escrita em 1954. A inércia do escritor durou até o seminário realizado nas Termas de San Pellegrino no verão de 1954. Estava acompanhando o primo Lucio Piccolo, que, apresentado por Eugenio Montale, era admitido à "república das letras" no salão do [casino] Kursaal. Vista de perto, aquela república não lhe pareceu composta por semideuses. Atuar como literato pode equivaler a ser literato, mas nem todos os talentos reunidos em San Pellegrino haviam feito grande coisa. A atividade poética e o destino de Lucio Piccolo, dois dias em San Pellegrino abandonando sua solidão, as aulas vespertinas que ministrava a Francesco Orlando, ele também poeta e narrador àquela época, traduziram-se em incentivos à ação. No final de 1954 já estava escrevendo e, nos trinta meses de vida que lhe restavam, Lampedusa escreveu quase todos os dias, independente do sucesso, aquele que a sorte em vida lhe negou. Quando morreu, em julho de 1957, trabalhava num segundo romance, *Os gatinhos cegos*; talvez tivesse acrescentado um ou mais capítulos a *O Leopardo*.

O romance foi publicado no outono de 1958, editado por Giorgio Bassani, e a edição foi tida como correta até 1968, quando Carlo Muscetta, professor de literatura italiana na Catânia, anunciou ter encontrado centenas de divergências, muitas delas significativas, entre o manuscrito e o texto impresso. Veio à tona, então, um problema referente tanto à autenticidade da edição Bassani quanto à autoridade das várias fontes. A questão já fora levantada por Francesco Orlando em seu *Ricordo di Lampedusa*. Como relembra Orlando, conhecem-se três versões de *O Leopardo*, que o autor redigiu como texto a ser submetido aos editores.

Uma primeira versão manuscrita reunida em vários cadernos (1955-6); uma versão em seis partes datilografada por Orlando e corrigida pelo autor (1956); uma transcrição autógrafa em oito partes de 1957, que trazia no frontispício: *O Leopardo* (*completo*), que o autor confiara a mim antes de ir para Roma.

Entre as três versões, a primeira está, sem dúvida, descartada como texto definitivo. Até hoje não se encontraram os cadernos manuscritos entre os documentos de família, e seu texto é superado pela versão datilografada com que o autor tentou obter a publicação do romance desde maio de 1956. Inicialmente, cinco e depois seis partes datilografadas foram remetidas ao conde Federici da Mondadori, com uma carta de apresentação de Lucio Piccolo. Assim, o texto datilografado obteve, mesmo que de forma provisória, o *placet* do autor. Foi corrigido com atenção e apresenta alguns acréscimos autógrafos: numeração das páginas e das partes; acréscimo da ambientação temporal com indicação de mês e ano no início de cada parte; substituição de alguns vocábulos. O exame do texto datilografado confirma minhas lembranças sobre a ordem da redação. Ao começar, Lampedusa havia me dito: "Serão 24 horas da vida de meu bisavô no dia do desembarque de Garibaldi"; e, depois de algum tempo, "não consigo fazer um *Ulisses*". Então preferiu adotar o esquema de três etapas de 25 anos: 1860, desembarque de Marsala (partes I e II, ambientadas respectivamente em Palermo e Donnafugata); 1885, morte do príncipe (verdadeira data da morte do bisavô, depois antecipada, não sei por qual razão, para 1883); 1910, o fim de tudo. O texto datilografado revela que "A morte do príncipe" correspondia originalmente à parte III, e o "Fim de tudo" à IV e última parte. Tenho certeza também de que o texto "Recordações da infância" foi iniciado depois de *O Leopardo*, e provavel-

APÊNDICES

356

mente a riqueza das lembranças despertadas pela reconstrução mental de Santa Margherita e a premência de narrar levaram a matéria a transpor os limites de um esquema preconcebido.

À medida que prosseguia, o autor era tomado pela ânsia da comunicação. Transcrevo de sua agenda de bolso de 1956 os dias em que faz menção à "Histoire sans nom", como se referia ao livro antes de chamá-lo *O Leopardo*. São anotações particulares que revelam a multiplicação de seus anseios e desejos.

22 de fevereiro — "Tempo ensolarado de manhã. Límpido e frio à noite. Às 18h30 'the boys'. Gioitto me presenteia o 'Lope de Vega'. E com ele leio *La moza de cántaro*. Redação do romance."

28 de fevereiro — "Tempo melhor e quase bonito. No Massimo [o primeiro ponto de seu passeio matinal era a confeitaria do Massimo], Aridon, a quem leio carta de tio Pietro. Aparição inesperada de Lucio. Há notícias mais tranquilizadoras para a via Butera. De M. [M. significa Mazzara, o café aonde o escritor chegava por volta das 10h] primeiro Fatta depois retorno de Lucio, depois Agnello, por fim Gioitto previamente avisado. Com ele e Lucio almoço no Renato, que vai indo bem e alegre. Em casa às 16h. Orlando falta. Às 18h30 chega Giò para a análise, durante a qual mourejo com o Principão."

29 de fevereiro — "Tempo médio quase bom. Antes de sair, telefono para Corrao.* Depois do Massimo vou ao palácio Mazzarino** (para segundo encontro com Lucio ainda em Palermo). Com Giò, saída de trem às 10h40. Chego a Sant'Agata e às 13h15 a Capo

---

Francesco Corrao, médico e psicanalista, aluno da princesa.
**O palácio Mazzarino, na via Maqueda, onde morava Gioacchino Lanza,* *pertencia então ao pai dele, Fabrizio Lanza, conde de Assaro.*

d'Orlando. Casa deserta, habitada apenas por um novo telescópio e um globo terrestre. Pouco depois chega Lucio. Depois do almoço, longo sono de Gioitto e, depois do leite da tarde, leitura de minha 'Histoire sans nom', que é concluída depois do jantar. O sucesso é razoável sem nenhum entusiasmo,"

1º de março — "Tempo bom. Capo d'Orlando. Às 18h vem Daneu,* que fica para o jantar e vai embora às 21h15. À noite, releitura para o grande público."

7 de março — "No M. Aridon. Depois, longa redação da 'Histoire sans nom'. Às 18h30, Giò e Mirella. Os dois me falam de Agnello. Jantar com os 'boys' na Pizzaria. Parece que Mirella reclamou asperamente de Giò com Licy, a ponto de ameaçar deixá-lo."

8 de março — "Tempo bom de manhã; à noite garoa e trovões. No M. Aridon. Depois termino ali a 'Histoire sans nom'. Às 18h50 Orlando, para quem leio o que escrevi hoje."

17 de março — "Tempo encoberto, mas bonito e quente. No Massimo, Aridon. No M., Corrado Fatta. Às 16h Orlando, para quem leio muito Tomasi e pouco *Werther*. Às 19h (atrasados) 'the boys', que me trazem, ela as tragédias de Della Valle, ele uma gravata. Mirella tem aula de Renascimento; Gioitto gostaria de ler Gôngora comigo, mas se submete à leitura de Tomasi. Ambos extraordinariamente afetuosos."

As anotações seguintes, por sua vez, referem-se à versão datilografada.

16 de junho — "No M. Giò com más notícias sobre a saúde da mãe de Mirella. Às 15h30, saída de Licy para Roma. No último instante

---

Antonio Daneu, importante antiquário de Palermo.

chega Giò para se despedir. Com ele na casa de Orlando, onde copio manuscrito. Às 18h30, Giò vem em casa (*Las famosas asturianas*). Durante a noite, leitura do primeiro capítulo do *Leopardo* para a sra. Iliascenko, que não entende nada."

26 de julho — "Às 15h na casa de Orlando para cópia do *Leopardo*. Às 17h30 na clínica Noto para segunda medicação no nariz. Às 21h chegam 'the boys' e vamos jantar no Spanò, enquanto Licy vai jantar na Villa Igiea convidada pelo Rotary junto com as Soroptimist. Depois do jantar vamos também à Villa Igiea buscar Licy e depois à casa de Lo Monaco."[*]

23 de agosto — "Às 11h15 vou à casa de Orlando para copiar a última parte do *Leopardo*. Às 13h30 com Orlando almoço no Castelnuovo, depois retomamos e completamos o trabalho até as 17h50. Chega Giò que me leva para casa de carro."

O texto datilografado, nesses meses, também foi lido na casa de Bebbuzzo Sgadari e emprestado a alguns amigos, entre os quais Corrado Fatta e minha mãe.[**] Ninguém viu nele um grande romance; pelo contrário, sua correspondência com fatos reais da Palermo de outrora era ressaltada com uma mescla de divertimento e repugnância. Apenas as passagens estranhas à vida palermitana causaram admiração: o encontro com Chevalley e a morte do príncipe. Já Licy e, em parte, minha mãe,

---

[*] *Pietro Emanuele Sgadari (Bebbuzzo), barão de Lo Monaco, musicólogo e escritor de arte. Mantinha a casa aberta e foi o elemento catalisador entre Lampedusa e o grupo de seus jovens amigos e discípulos.*
[**] *Conchita Ramirez de Villaurrutia. Filha do diplomata e historiador espanhol, Venceslao Ramirez de Villaurrutia, ministro das Relações Exteriores no último governo de Alfonso XIII.*

O LEOPARDO

imunes aos afetos locais, desde o início se impressionaram com
o valor literário.

Em 8 de junho de 1956, numa carta à cunhada Lolette
Bianchieri, em que agradece o empréstimo de um livro de
Apollinaire, Lampedusa menciona o andamento do romance
e o resultado aparentemente favorável da primeira tentativa
de publicação.

> Para passar de Apollinaire a um autor muito inferior, fico conten-
> te em lhe dizer que meu *Leopardo* (assim se chama agora) foi en-
> viado por Lucio Piccolo à Mondadori. Para nossa grande surpre-
> sa, em resposta veio pelo correio uma carta bastante calorosa que
> inclusive agradecia a Lucio por ter dado ao editor uma indicação
> de tanto interesse e prometia (implicitamente) a publicação, avi-
> sando, porém, que ainda seria necessário muito tempo devido à
> quantidade de compromissos anteriores. Devo confessar que mi-
> nha censurável vaidade está muito satisfeita.
>
> Escrevi um quinto episódio a ser incluído entre o jantar em
> Donnafugata e a morte do príncipe. Ali se vê dom Fabrizio à caça
> junto com o organista e suas considerações sobre a política e a
> transformação de Tancredi. Alguns trechos são graciosos, outros
> bem menos. Se meu amigo Orlando, que por ora está muito ocu-
> pado com os exames, tiver tempo para datilografá-lo, enviarei a
> você por meio de Licy; na condição de manuscrito, ele está ilegí-
> vel. Decida com Licy se será preciso falar com tio Pietro ou não.

Outras cartas à mulher, entre junho e novembro de 1956,
permitem-nos acompanhar o avanço da redação. E percebe-se
que o romance foi, na verdade, escrito em prazos curtos, quase
uma sucessão de ideias lançadas diretamente no papel.

Sexta-feira, 29 de junho de 1956
A Licy

[...] Je me félicite pour le succès scientifique que je communiquerai comme tu le veux. "After having both been the 'scourge of the Woermannscher Partei...' we are on the way of being both 'the scourge of italian publishers'. Quant à moi je suis en train d'écrire un episode qui sera le numéro 4: il sera suivi par un Nº 5 (tentative d'adultère de Angelica étouffé par la Principessa pour l'honneur de la famille et l'affection pour Tancredi). Comme ça ce sera un véritable roman et "basta". Ce que j'ai écrit depuis ton départ (première visite de Angelica après ses fiançailles, arrivée nocturne de Tancredi en coupé) n'est pas très mal: malheureusement, poétique.

[... Fico muito feliz com o sucesso científico que comunicarei como você quer. "Depois de termos sido ambos o 'flagelo do Woermannscher Partei...', estamos em vias de ser ambos 'o flagelo dos editores italianos'. Quanto a mim, estou escrevendo um episódio que será o número 4: será seguido por um Nº 5 (tentativa de adultério de Angelica, sufocada pela Princesa pela honra da família e pela afeição por Tancredi). Assim será um verdadeiro romance e ponto final. O que escrevi desde a sua partida (primeira visita de Angelica depois do noivado, chegada noturna de Tancredi de carro) não está muito ruim: infelizmente, poético.]

Domingo, 8 de julho de 1956
A Licy

[...] Moi aussi j'ai été pris par un raptus pour mon "Gattopardo". La nuit passée j'ai travaillé jusqu'à 3 heures de la nuit. Il s'agissait

de faire comprendre en six lignes toutes les significations histo-
riques, sociales, économiques et galantes du premier baiser (pu-
blic) de Tancredi à sa fiancée Angelica. Je crois que cela n'est pas
trop mal venu. Le chapitre est presque fini; il sera très long: je n'ai
plus qu'à écrire la conversation de don Fabrizio quand on vient
lui proposer de devenir sénateur.

Écris-moi et donne-moi des nouvelles entières et authentiques.

Moi aussi avec affaires, mal au dos, "boys" et "Gattopardo", je me
sens très fatigué.

Mille et mille bons baisers de ton M.* qui t'aime

[... Também fui tomado de um arroubo por meu *Leopardo*. Na noite passada trabalhei até as três da madrugada. Tratava-se de expor
em seis linhas todas as significações históricas, sociais, econômicas e galantes do primeiro beijo (público) de Tancredi em sua noiva Angelica. Creio que não saiu muito ruim. O capítulo está quase
terminado; será bem longo: só falta escrever a conversa de dom
Fabrizio quando lhe vêm propor que se torne senador.

Escreva-me e me dê notícias completas e verdadeiras.

Eu também com afazeres, dor nas costas, "boys" e *Leopardo*, sin-
to-me muito cansado.

Mil e mil bons beijos do seu M. que a ama.]

Segunda-feira, 9 de julho de 1956
A Licy

[...] Demain j'irai chez Orlando pour faire taper le nouveau chapitre
du "Gattopardo". Je pense que c'est le meilleur; la première partie

---

* *Licy dera a Giuseppe o apelido de Muri.*

APÊNDICES

362

est ennuyeuse mais j'ai essayé d'y mettre des tas d'idées sociales: la deuxième (les amours assez poussées de Tancredi et Angelica, leur voyages de découverte dans l'immense palais de Donnafugata) est très vive, pas trop mal écrite comme style, mais je crains, d'un "snobisme" aigu, et peut-être un peu trop poétique. Le spectacle perpétuel des "goings on" des "boys" a produit en moi un attendrisement pour les "goings on" de Tancredi et Angelica. Que dis-tu de la partie nouvelle que je t'ai envoyée?

Vois le médecin! Et n'oublie pas

ton M. qui t'aime

Et qui t'envoie mille baisers

[...] Amanhã irei à casa de Orlando para que ele datilografe o novo capítulo do *Leopardo*. Penso que é o melhor; a primeira parte é maçante mas tentei incluir várias ideias sociais: a segunda (os amores bastante avançados de Tancredi e Angelica, suas viagens de descoberta no imenso palácio de Donnafugata) é muito viva, não muito mal escrita como estilo, mas, temo eu, de um "esnobismo" agudo e talvez um pouco poética demais. O espetáculo constante dos "goings on" dos "boys" produziu em mim um enternecimento pelos "goings on" de Tancredi e Angelica. O que você diz da parte nova que lhe enviei?

Vá ao médico! E não esquece

seu M. que a ama

E lhe envia mil beijos]

Quarta-feira, 11 de julho de 1956
A Licy

[...] Mon "Gattopardo" est "practically" fini. Demain il sera aussi
fini de taper. Il fait affreusement chaud.
Mille et mille baisers affectueux et amoureux
De ton M. qui t'aime

[... Meu *Leopardo* está "practically" terminado. Amanhã também
acabará de ser datilografado. Faz um calor medonho.
Mil e mil beijos afetuosos e amorosos
Do seu M. que a ama]

Quinta-feira, 29 de novembro de 1956
A Licy

[...] Pendant que j'écrivai cette lettre-ci, chez Mazzara l'avocat Bono
est venu pour me rendre le manuscrit du "Gattopardo". Il était se-
coué par le plus violent enthousiasme: il m'a dit que jamais dans un
livre il n'avait eu la sensation plus precise de la Sicile avec son grand
charme et ses grands défauts. Il dit aussi que c'est d'une actualité
brûlante et il prédit un grand succès de curiosité et de vente. À tra-
vers tout ceci on comprenait qu'il était surtout étonné parce que,
évidemment, dans le tréfonds de soi-même, il me croyait un âne.

[...] Enquanto eu escrevia esta carta no Mazzara, o advogado Bono
veio me entregar o manuscrito do *Leopardo*. Estava tomado
pelo mais intenso entusiasmo: disse que nunca tivera num livro
a sensação mais exata da Sicília com seu grande encanto e seus
enormes defeitos. Diz também que é da maior atualidade e pre-

vê grande sucesso de interesse e vendas. Por tudo isso dava para perceber que ele estava espantado acima de tudo porque, evidentemente, no fundo me julgava um asno.]

As atribulações da publicação forneceram novo material para o mito romântico do gênio incompreendido. A bem da verdade, os pareceristas da Mondadori e o próprio Elio Vittorini, que primeiro passou o material datilografado para a Mondadori e depois fez uma leitura atenta para a Einaudi, cometeram um enorme erro, mais comercial do que crítico: na verdade, reconheceram em *O Leopardo* o talento de um escritor. A resposta pessoal de Vittorini alcançou Giuseppe Tomasi em Roma: "Como parecer não é ruim, mas publicação, nada", ele me disse no dia anterior à sua morte. Se Vittorini era um literato capaz de reconhecer um adversário digno de consideração, também afirmava não ser homem feito para protegê-lo. Contudo, não se opôs de forma radical a *O Leopardo*. Recomendou à Mondadori que ficasse atenta a ele, mas, como me contou Vittorio Sereni, quis o azar que o burocrata de plantão, em vez de responder ao autor com uma carta de interlocução, devolvesse o manuscrito ao remetente com as frases de praxe. Os dezoito meses que se passaram entre o envio do texto datilografado a Elena Croce e sua publicação na coleção "Contemporanei" da Feltrinelli não seriam tantos, na verdade, se a morte não tivesse sido mais rápida. A tragédia é inteiramente humana, não literária.

Em março de 1958, Giorgio Bassani foi a Palermo no encalço d'*O Leopardo*. O texto datilografado já havia sido composto para a impressão, bem como o episódio do baile, que lhe fora encaminhado numa cópia que a princesa mandara datilografar.

Bassani desconfiava que tinha em mãos um texto incompleto, talvez incorreto, e a principal finalidade da visita à Sicília era remontar às fontes. Confiei-lhe o manuscrito de 1957, que ele utilizou para retocar aqui e ali as provas das sete partes já compostas, e o tomou como fonte exclusiva para a parte V, "As férias de Padre Pirrone". A princesa não lhe encaminhara esse intermezzo camponês, pois, baseando-se numa consideração oral do autor, achava que deveria ser eliminado do romance. *O Leopardo* da primeira edição Feltrinelli (1958), portanto, segue o texto datilografado, à exceção de "As férias de Padre Pirrone"; foi cotejado com o manuscrito de 1957 para conferir as variantes (ao passar do texto datilografado ao último manuscrito, o autor fez milhares de correções e acréscimos que Bassani muitas vezes incluiu em sua edição), foi integrado antepondo os sumários do índice analítico a cada parte e teve sua pontuação radicalmente revista pelo editor. Foi essa edição do romance que serviu de base para todas as primeiras traduções, inclusive a de Archibald Colquhoun para o inglês.

Até 1968, quando a obra já estava traduzida, pode-se dizer, para todas as línguas, e o filme de Luchino Visconti fora lançado, a edição Bassani nunca havia sido questionada. Mas, naquele ano, Carlo Muscetta sustentou que o texto publicado fora, em certo sentido, reescrito por Bassani. Muscetta havia recebido do editor uma fotocópia do manuscrito e encontrara muitas divergências; embora não modificassem substancialmente o romance, pareceu oportuno fazer uma edição seguindo o manuscrito de 1957. Foi lançada em 1969 e tornou-se a edição-padrão em italiano. Como agora sabemos, é a que o autor, em seus últimos desejos, apontou como versão definitiva.

***

Se, como confirma a carta a Enrico Merlo, a pista histórica do romance é fornecida por algumas referências genealógicas e topográficas, ainda mais visíveis são as inserções derivadas de um exaustivo conhecimento da memorialística contemporânea; em particular, a expansividade de Tancredi e seu modo brioso de fazer a revolução se encontram nos *Tre Mesi Nella Vicaria di Palermo* [Três meses na milícia de Palermo], de Francesco Brancaccio di Carpino.* É um dos textos menos heroicos da memorialística garibaldina. Brancaccio e seus amigos enfrentam a revolução de 1860 da mesma forma que, hoje, os jovens de boa família se empolgam com motos de muitas cilindradas: algumas aventuras, umas poucas batalhas, disciplina zero; e, no caso de Brancaccio, o livro é uma oportunidade de citar entre seus amigos fraternos grande parte dos nobres da ilha, que de fato não são poucos. Mas inevitavelmente a realidade de Brancaccio é artificial, enquanto a de Lampedusa é empírica. Frases como "Regressarei com a tricolor" são de Tancredi segundo Brancaccio, tanto que o autor sente várias vezes a necessidade de criticar a ênfase, e justifica-a com o oportunismo. Tancredi e Angelica, quando agem politicamente em primeira pessoa, são os únicos personagens em parte construídos fora da crônica e da memória, mas, num pragmatista obstinado como Lampedusa, a experiência é insubstituível. Lampedusa era capaz de encenar com perfeição as anotações insossas, porém verdadeiras, do diário de seu avô, Giuseppe Tomasi (ali reencontramos o dia

---

* *Francesco Brancaccio di Carpino,* Tre Mesi Nella Vicaria di Palermo, 1860, *Palermo, 1900.*

enquadrado entre rosários e práticas devotas, a paixão pelos cavalos e, diga-se também, a insipidez do primogênito Paolo): eram experiências a que podia dar verossimilhança, o que não ocorria à afoiteza de espadachim de Brancaccio. Quando esta permeia o comportamento de Tancredi, Lampedusa acrescenta uma didascália. Aos ouvidos desse grande realista, o tom soa falso e é preciso remediá-lo. Cabe, a propósito, a comparação proposta por Moravia entre *O Leopardo* e *As confissões de um italiano* — os dois romances descrevem afetivamente o crepúsculo de uma civilização, mas Lampedusa faz soar o sinal de alarme assim que a vontade de descrever é substituída pela vontade de parecer, ao passo que Nievo pode se entregar à retórica da pátria e do amor ao longo de capítulos inteiros. Em termos literários, Nievo é um grande cidadão vêneto e um mau italiano. Lampedusa, cujo romance corroeu o culto da Unidade da mesma forma que *Le mie prigioni* [Minhas prisões]* corroeu os méritos hoje recriminados da administração austríaca, estava em estado de alerta. A retórica do Risorgimento lhe é mais antipática, decerto, do que a ideologia do Risorgimento, da qual, afinal, compartilhava (como stendhaliano genuíno, não conseguia resistir à admiração pelas ideologias que se demonstraram eficientes e era, portanto, admirador secreto de todas as revoluções, inclusive a de Outubro); assim, graças à circunstância de descrever o surgimento da nação italiana a partir de uma perspectiva temporal em que o impulso ideológico já se esgotara em múltiplos resultados indesejáveis, Lampedusa tentará

Romance de Silvio Pellico sobre o cárcere na fortaleza de Spielberg, em Brno. Nos textos escolares sobre o Risorgimento, afirmava-se que Minhas prisões provocara mais danos à Áustria que uma batalha perdida.

corrigir literariamente as deteriorações do gosto que acompanham de maneira inevitável todas as ideologias.

Às vezes, Brancaccio também fornece um cenário ambiental. Por exemplo, "La bella Gigouigìn",* cantada em Brancaccio pelos garibaldinos durante a tomada de Milazzo, retorna em *O Leopardo* entoada pelos cabos eleitorais do continente durante a campanha plebiscitária; mas as comoções oitocentistas só podem entrar em *O Leopardo* desde que sejam objeto de escárnio: a canção apresentada por Brancaccio como hino de concórdia nacional aparece em Donnafugata mais como sinal da incompatibilidade entre sicilianos e invasores. Reduzidas a esquema, as emoções positivas permanecem apenas nas estruturas da forma romance, e raras vezes interferem na descrição minuciosa daquele reino mineral, feito de fósseis animados e inanimados, em que Lampedusa identifica a condição siciliana. A descoberta de Bassani e a recusa de Vittorini não são caprichos de literatos. Bassani também é um anatomista dos vencidos, ao passo que a recusa da transcendência, mesmo no plano da ideologia, é francamente desagradável para quem se julga capaz de contribuir para o progresso do mundo.

A questão da autenticidade do texto de *O Leopardo* não se encerra com a publicação da obra em conformidade com o manuscrito de 1957. Com efeito, o romance mais popular do pós-guerra italiano se torna dileto objeto de estudo de alguns filólogos italianos, que encontraram 49 divergências entre o

---

* *Canção lombarda de fundo libertino adotada durante o Risorgimento como canção patriótica.*

manuscrito e o texto impresso. (São divergências menores, que não invalidam a compreensão do texto.) Em 1995, a Mondadori publicou o volume *Opere* em sua coleção "I Meridiani", contendo todos os textos literários do autor. O livro traz um fragmento inicial da parte IV, relembrado por Francesco Orlando no seu *Ricordo di Lampedusa* e posteriormente suprimido pelo autor. Seguindo o estilo do "Índice analítico", poderia ser intitulado "Dom Fabrizio e Bendicò". Esse fragmento estava num caderno em tamanho ofício, com o título autógrafo de "Caderno nº 7 da primeira redação". Foi encontrado na biblioteca do escritor em Palermo.

Em 1998, Giuseppe Bianchieri, ao reorganizar os papéis de sua tia, a princesa Alessandra, encontrou vários materiais autógrafos e datilografados referentes a *O Leopardo*, entre eles o fragmento de outra parte do romance de que eu tinha conhecimento. Traz o título autógrafo de "O cancioneiro da casa Salina". No texto consolidado, o amor de Dom Fabrizio por Angelica não é explícito. Mas o objetivo de "O cancioneiro da casa Salina" era revelar a paixão do Príncipe por Angelica, uma paixão que se disfarça numa sequência de sonetos. Lampedusa também havia comentado comigo a trama de outro capítulo, em que Dom Fabrizio evita um escândalo antecipando-se a um encontro entre Angelica e um amante seu no Hôtel des Palmes. Dom Fabrizio chega ao local antes do amante de Angelica — provavelmente o senador Tassoni, cuja relação com ela é mencionada na parte VIII do texto publicado — e frustra a cilada política mundana urdida contra o casal. "O cancioneiro" traz a data de 1863. Esse capítulo adicional seria colocado entre "O cancioneiro" e "A morte do príncipe", depois da guerra de 1866 e na época da primeira candidatura parlamentar de Tancredi. O capítulo

APÊNDICES

jamais foi escrito. Giuseppe me contou o enredo, divertindo-se com sua invenção de um caso no Palmes. O edifício surgira como residência dos Ingham,[*] mas, desde que se convertera em hotel, era o local preferido dos amores citadinos, e os encontros no Palmes ainda faziam parte do imaginário erótico palermitano na época da redação do romance. Mas lembro que Giuseppe leu "O cancioneiro" para mim, e lembro também que o nome de Angelica deveria ser revelado por meio de algum artifício retórico, por exemplo um acróstico (creio que surgiria um "Angelica minha!") no final do "Cancioneiro".

"O cancioneiro", como chegou a nós, não é um acréscimo significativo ao romance e está incompleto. Seria uma brincadeira literária que, interrompendo a narrativa, passava a um exercício baseado em alguns traços poéticos muito valorizados, em especial os *Sonnets* de Shakespeare — para a versificação italiana, ele se remetia aos sonetos de Michelangelo. (A opinião de Lampedusa sobre os sonetos de Michelangelo era: conteúdo bom, poesia medíocre.) A "Ode" de Padre Pirrone que os antecede é, por sua vez, uma paródia erudita, que zomba da cultura jesuítica na província em relação ao *affaire* de Port Royal e ao legitimismo dogmático da leitura católica correta da história, que Padre Pirrone exibe ao fazer sua preleção conservadora sobre eventos retirados da Antiguidade clássica e dos tempos presentes. A paródia é baseada numa "Cançoneta" composta pelo velho Padre Pirrone para as núpcias do avô de Giuseppe. Padre Pirrone também é objeto de troça tanto por sua avaliação da *Bérénice* de Racine quanto pela ausência de cadáveres na peça.

---

[*] *Famosos comerciantes ingleses de vinho que abriram suas cantinas na Sicília durante o bloqueio napoleônico ao comércio com a Inglaterra.*

O jesuíta considera *Bérénice* a única tragédia não sanguinária do autor, enquanto Lampedusa a comentara de maneira bem diferente na *Literatura francesa:* "Os corpos permanecem intactos, apenas as almas são destruídas", questão sobre a qual, em termos jesuíticos, Padre Pirrone não se detém. Os sonetos refletem alguns jogos poético-culturais que costumavam ocorrer em Capo d'Orlando entre Lampedusa e Lucio Piccolo. Há um caderno manuscrito com essas brincadeiras, que consistem, em sua maioria, em versos de Lucio Piccolo ditados a Lampedusa ou a mim, um fragmento imitando o estilo da tragédia raciniana e uma versão totalmente diferente do balé de Piccolo, redigida sobretudo em versos e publicada mais tarde com o título de "Le esequie della luna" [As exéquias da lua]. Esses dois últimos textos se enquadram na categoria dos *wicked jokes* praticados nas tardes de Capo d'Orlando. Os dois primos então se entregavam a piruetas e rodopios literários que tinham como alvo os amigos e conhecidos.

A redescoberta desse material revela que Lampedusa transformava observações cotidianas em roteiros humorístico-sardônicos, gracejos marotos que não agradavam àqueles que deles eram mote, se porventura se inteirassem da troça, uma característica que a geração de Lampedusa atribuía à temível maledicência das irmãs Cutò.* A natureza burlesca do capítulo, mirando muitas vezes o círculo mais próximo de

---

* As irmãs Mastrogiovanni Tasca Filangeri di Cutò eram Beatrice, mãe do escritor; Teresa, mãe dos irmãos Piccolo; Giulia Trigona di Sant'Elia (nome de casada); Lina Cianciafara (nome de casada) e Maria (solteira). A mãe, Giovanna Filangeri di Cutò, fora educada em Paris, e as filhas haviam recebido uma formação mais cosmopolita e livre de preconceitos do que a então vigente na aristocracia palermitana.

suas amizades, e o esforço da escrita poética foram os motivos, creio eu, que levaram o autor a abandonar o empreendimento. A datação remete ao outono de 1956. O romance em seis partes, aquele enviado à Mondadori e depois à Einaudi e a Elena Croce, datilografado por Francesco Orlando, estava circulando entre os editores, mas Giuseppe acrescentara ao texto do romance as partes V ("As férias de Padre Pirrone") e VI ("O baile"), e começara também a redação de "O cancioneiro da casa Salina".

Redescobertos esses materiais, podia-se considerar concluída a história editorial de *O Leopardo*. Em 2002, a Feltrinelli publicou uma nova edição, que corrigia as 49 discrepâncias encontradas pelos filólogos e incluía em apêndice os dois fragmentos destinados ao romance. Assim, a presente edição traz várias diferenças em relação à de 1958, usada para as traduções nas línguas mais importantes; as traduções posteriores a 1969, em chinês, por exemplo, foram feitas a partir do manuscrito de 1957. Desde 2006, a única edição utilizada é a de 2002, sobre a qual foram realizadas as novas traduções em alemão e grego, bem como a primeira tradução em coreano.

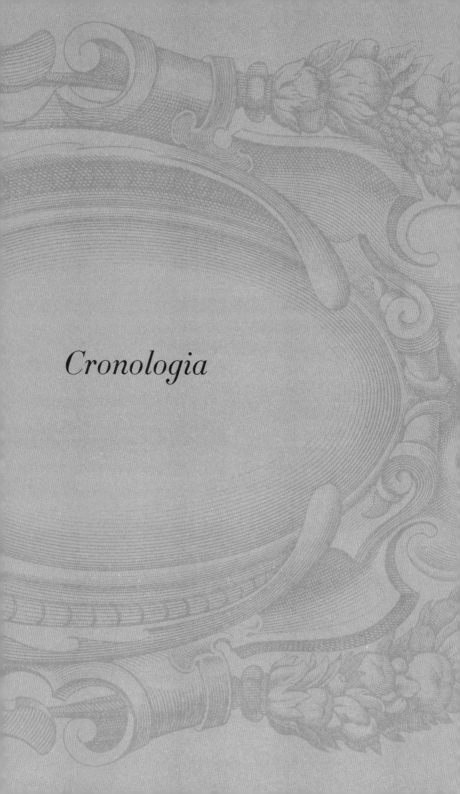

Cronologia

1896 | 23 de dezembro: Giuseppe Maria Fabrizio Salvatore Stefano Vittorio Tomasi nasce em Palermo, filho de Giulio Maria Tomasi, duque de Palma, e Beatrice Mastrogiovanni Tasca Filangeri di Cutò.

1908 | Com a morte do avô de Giuseppe, seu pai, Giulio Tomasi, torna-se príncipe de Lampedusa.

1915 | Em abril, Giuseppe inscreve-se na faculdade de direito da Universidade de Roma. Em novembro, convocado pelas Forças Armadas, serve um ano como "voluntário" em Messina.

1916 | Depois de ser nomeado cabo, é transferido para Augusta.

1917 | Frequenta o curso de formação de oficiais em Turim; nomeado aspirante a subtenente da reserva, em setembro é enviado para o fronte no planalto de Asiago e em novembro é feito prisioneiro.

1918 | Foge do campo em novembro; alcança Trieste e chega a Palermo.

1919 | Volta ao serviço militar em Casale Monferrato.

1920 | Transfere-se para a Universidade de Gênova. É dispensado com a patente de tenente e regressa a Palermo. Em Londres, seu tio Pietro Tomasi, marquês della Torretta, desposa a célebre cantora de *Lieder* Alice Barbi, de Modena, viúva do barão báltico Boris Wolff Stomersee, com quem teve duas filhas, Alexandra (Licy) e Olga (Lolette).

1920-30 | Giuseppe faz várias viagens pela Itália e ao exterior (Grã-Bretanha, França, Alemanha, Áustria), sozinho ou, na maioria das vezes, em companhia da mãe.

1922 | Pietro Tomasi della Torretta é nomeado embaixador em Londres.

1925 | Em Londres, na embaixada da Itália, Giuseppe conhece Licy Wolff Stomersee.

1926-7 | Publica três artigos na revista genovesa *Le Opere e i Giorni*: "Paul Morand", "W. B. Yeats e il risorgimento irlandese" e "Una storia della fama di Cesare".

1927-31 | Viagens de Giuseppe à Letônia, e de Licy a Roma.

1932 | Em agosto, Giuseppe e Licy se casam numa igreja ortodoxa em Riga. Estabelecem-se em Palermo, no palácio Lampedusa.

1933 | Licy volta a Stomersee. Entre 1933 e 1939, ela vive entre Riga e Stomersee, passando breves períodos em Palermo. Nos verões, Giuseppe a encontra na Letônia.

1934 | Giulio Tomasi morre e Giuseppe herda o título de príncipe de Lampedusa.

1936 | Licy se torna membro efetivo da Sociedade Italiana de Psicanálise.

1939 | Hitler invade a Polônia e Giuseppe é reconvocado pelas Forças Armadas. Licy é obrigada a deixar a Letônia e se refugia em Roma, na casa materna.

1940 | A Itália entra em guerra contra a França e a Grã-Bretanha. Mobilizado no CXXI Grupo de Obuses, Giuseppe recebe visitas frequentes da mulher. A Letônia é anexada à União Soviética. Giuseppe obtém dispensa como chefe de empreendimento agrícola.

1941 | Riga é ocupada pelas tropas alemãs. Licy volta a Riga e vai amiúde a Stomersee. O palácio Lampedusa é levemente danificado por uma bomba.

1942 | No final do ano, os bombardeios sobre Palermo se intensificam e Giuseppe e a mãe se transferem para Capo d'Orlando, também na Sicília, na casa dos primos Piccolo. Licy sai definitivamente do Báltico e se muda para Roma, com os Torretta. Licy se nega a ir para Capo d'Orlando e Giuseppe vai encontrá-la no Natal.

1943 | Em janeiro, um bombardeio aéreo estilhaça as janelas do palácio Lampedusa, e Giuseppe e a mãe alugam uma casa no distrito de Vina. Em março, um navio explode no porto de Palermo e o palácio Lampedusa é atingido, ficando com a biblioteca a céu aberto. No mês seguinte uma bomba atinge diretamente o palácio, que sofre danos graves. Em maio, Palermo sofre um bombardeio intenso e o palácio Lampedusa é atingido mais uma vez. Em meados de julho, uma bomba atinge a casa em Vina. Os Aliados desembarcam na Sicília. Licy se reúne a Giuseppe e Beatrice em Capo d'Orlando e os três se transferem para Ficarra. Em setembro é assinado o armistício. Em outubro Giuseppe e Licy voltam a Palermo, onde alugam um apartamento mobiliado na piazza Castelnuovo — é a primeira vez que o casal vive na Sicília sem a presença de Beatrice, que ficou em Capo d'Orlando.

1944 | Giuseppe é nomeado presidente provincial, e depois regional, da Cruz Vermelha italiana.

1945 | Acordo consensual entre os herdeiros Lampedusa sobre a herança de Giulio Maria Tomasi e Maria Stella Guccia, que serviram de modelos para o príncipe e a princesa de Salina.

1946 | Na primavera, Beatrice Tomasi volta a morar no palácio semidestruído, onde morre em 17 de outubro. Em novembro, Giuseppe e Licy se transferem para a via Butera, nº 42.

1951 | Giuseppe vende os destroços do palácio Lampedusa e compra da família De Pace dois andares do palácio da via Butera, nº 28.

1953 | Trava amizade com os jovens frequentadores da casa do barão Pietro Emanuele Sgadari di Lo Monaco: Francesco Agnello, Francesco Orlando, Pietro Emanuele, Antonio Pasqualino e sobretudo Gioacchino Lanza. Começa a dar aulas de língua e literatura inglesas a Francesco Orlando.

1954 | No final do ano, começa a escrever *O Leopardo*.

APÊNDICES

1955 | Interrompe por alguns meses a redação de *O Leopardo* e escreve "Recordações da infância".

1956 | Francesco Orlando datilografa sob ditado quatro partes de *O Leopardo*. Em maio, Lucio Piccolo envia uma versão do livro ao conde Federici, funcionário da Mondadori.

Em outubro, um novo lote é enviado a Federici. Em dezembro, Giuseppe escreve o conto "A alegria e a lei". Nesse mesmo mês, Mondadori recusa os originais, entregando a Piccolo o material datilografado. Acordo das partes no Tribunal de Recursos para a adoção de Gioacchino Lanza. Giuseppe escreve seu testamento.

1957 | Escreve o conto "A sereia". Inicia a transcrição manuscrita e integral de *O Leopardo*. Escreve o primeiro capítulo de um novo romance, *Os gatinhos cegos*. Em fevereiro, por intermédio do editor livreiro Fausto Flaccovio, *O Leopardo* é enviado a Elio Vittorini, diretor da Einaudi. Um paciente de Licy se oferece para enviar uma cópia de *O Leopardo* a Elena Croce, intelectual de grande prestígio. No final de abril, surgem traços de sangue na expectoração de Giuseppe, que é diagnosticado com um câncer no pulmão direito. Em maio, ele escreve duas cartas de "últimas vontades" à mulher e ao filho adotivo; no último dia do mês, antes de partir para Roma para um tratamento de cobaltoterapia, envia a cópia datilografada de *O Leopardo* a seu amigo, o barão Enrico Merlo di Tagliavia, com uma carta de comentários ao texto. Em 2 de julho recebe a carta de recusa de Vittorini. Giuseppe Tomasi di Lampedusa morre na madrugada de 23 de julho. Os restos mortais são enterrados em Palermo, na tumba da família.

O LEOPARDO

379

1958 | Giorgio Bassani, a quem Elena Croce havia entregado uma cópia datilografada de *O Leopardo*, vai a Palermo para reconstituir as fases de elaboração do romance. Gioacchino Lanza Tomasi lhe confia o manuscrito de 1957 e, em 11 de novembro, o livro é publicado pela Feltrinelli, editado por Giorgio Bassani.

1959 | *O Leopardo* ganha o Prêmio Strega.

Sobre o autor

Giuseppe Maria Fabrizio Salvatore Stefano Vittorio Tomasi nasceu em 23 de dezembro de 1896, em Palermo, Itália.

Oriundo da aristocracia siciliana, seguiu carreira militar e serviu como oficial da artilharia na Primeira Guerra Mundial. Foi capturado na Hungria, mas conseguiu escapar e fugiu para a Itália a pé. Depois de um colapso nervoso que eliminou suas chances de seguir carreira diplomática, dedicou-se a atividades mais introspectivas.

Último príncipe de Lampedusa, publicou seus primeiros escritos em 1926, mas só começaria a escrever *O Leopardo* — sua principal obra, aclamada pela crítica — em 1954. Rejeitada por diversas editoras, o livro foi finalmente publicado em 1958, um ano depois de sua morte.

Créditos das imagens

Obra de arte de capa
Dois leopardos, detalhe do mosaico *Centauros*, séc. XII, Palazzo
dei Normanni, foto de Luigi Nifosi, Shutterstock.

Imagem de guarda
Detalhe de nave da igreja barroca La chiesa del Gesu,
ou Casa Professa, construída em 1636, Palermo,
Itália. Renata Sedmakova/ Shutterstock

Foto do autor
Espólio de Giuseppe Tomasi di Lampedusa

Imagem das pp. 4-5
Palermo e Monte Pellegrino, de Francesco Lojacono,
óleo sobre tela, 41 x 94 cm

Imagem de aberturas de parte
Cartelas e molduras decorativas, Edmund V. Gillon Jr.,
Dover Publications, 1975

1ª EDIÇÃO [2017] 5 reimpressões

Esta obra foi composta em Didot e impressa em ofsete pela
Geográfica sobre papel Pólen da Suzano S.A. para a
Editora Schwarcz em março de 2025